BIANCA™

SANDRA MARTON

LA PASIÓN
TENÍA UN PRECIO

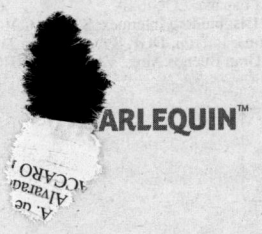

ARLEQUIN™

Editado por Harlequin Ibérica.
Una división de HarperCollins Ibérica, S.A.
Avenida de Burgos, 8B - Planta 18
28036 Madrid

© 2024 Harlequin Ibérica, una división de HarperCollins Ibérica, S.A.
N.º 466 - 20.1.24

© 2011 Sandra Marton
La pasión tenía un precio
Título original: Not For Sale

© 2010 Annie West
El príncipe indomable
Título original: Passion, Purity and the Prince

© 2011 Helen Bianchin
El sabor de la pasión
Título original: Alessandro's Prize
Publicadas originalmente por Harlequin Enterprises, Ltd.
Estos títulos fueron publicados originalmente en español en 2011

I.S.B.N.: 978-84-1180-616-9
Depósito legal: M-32146-2023
Impreso en España por: BLACK PRINT
Fecha impresión para Argentina: 18.7.24
Distribuidor exclusivo para España: LOGISTA
Distribuidor para México: Distribuidora Intermex, S. ___ C.V.
Distribuidores para Argentina: Interior, DGP, S.A. ___ o 2118.
Cap. Fed./Buenos Aires y Gran Buenos Aires, VA ___ HNOS.

Capítulo 1

LUCAS Vieira estaba furioso.

El día no había ido bien. Aunque eso era quedarse corto: había sido un caos. Y ahora se estaba convirtiendo a toda velocidad en una catástrofe.

Había empezado con una taza de café quemado. Lucas no sabía siquiera que algo así pudiera existir hasta que su asistente provisional le preparó algo negro, caliente y aceitoso y le sirvió una taza.

Le dio un sorbo y lo apartó a un lado, abrió el teléfono móvil para ver si tenía mensajes y se encontró con uno del mismo periodista idiota que llevaba intentando entrevistarle desde hacía dos semanas. ¿Cómo había conseguido aquel hombre su número? Era privado, como el resto de su vida.

Lucas valoraba mucho su intimidad. Evitaba a la prensa. Viajaba en avión privado. A su ático de la Quinta Avenida sólo se podía acceder en ascensor privado. Su casa en el mar, en los Hamptons, estaba vallada; la isla del caribe que había comprado el año pasado estaba plagada de carteles de «No pasar».

Lucas Vieira, un hombre misterioso, le había calificado una publicación. No era exacto del todo. Había ocasiones en las que no podía evitar las cámaras, los micrófonos y las preguntas. Era multimillonario, y eso despertaba interés.

También era un hombre que había llegado a lo más

alto de una profesión en la que el linaje y la procedencia significaban mucho.

Y él no tenía ninguna de las dos cosas.

O sí, pero no del tipo que se llevaba en Wall Street. Ni tampoco Lucas quería hablar de eso. Las únicas preguntas que llegaba a considerar eran las que se referían a la cara pública de la financiera Vieira, cómo había llegado a convertirse en una empresa tan poderosa, cómo Lucas había alcanzado tanto éxito a la edad de treinta y tres años…

Estaba cansado de que le preguntaran, así que finalmente había ofrecido una respuesta en una reciente entrevista.

–El éxito –había dicho con firmeza–, es cuando la preparación se encuentra con la oportunidad.

–¿Eso es todo? –había preguntado el entrevistador.

–Eso es todo –había contestado Lucas.

Entonces se había quitado el minúsculo micrófono de la solapa, se había puesto de pie, y había salido del estudio pasando por delante de las cámaras.

Lo que no había añadido había sido que para llegar a aquel punto, un hombre no podía permitir que nada, absolutamente nada, se interpusiera en su camino.

Lucas frunció el ceño, apartó la silla de cuero del enorme escritorio de madera de palosanto y miró sin ver a través de la pared de cristal que daba al centro de Manhattan.

Volvió a centrarse en el presente, y en cómo diablos iba a mantenerse firme ahora a aquella premisa.

Tenía que haber una manera.

Había aprendido la importancia de no permitir que nada se interpusiera entre un hombre y su objetivo años atrás, cuando era un niño de siete años, un *menino da rua* sucio y hambriento que vivía en las calles de Río de Janeiro. Robaba carteras a los turistas, comía de las basuras de los restaurantes, dormía en los callejones y en los parques, aunque en realidad uno no puede dormir demasiado cuando tiene que estar alerta a cada sonido y a cada paso.

Antes de eso, lo único que tenía era a su madre. Y entonces, una noche, un hombre al que ella había llevado a su chabola miró a Lucas, que trataba de hacerse invisible en una de las esquinas de la chabola, y dijo que no pensaba pagar por acostarse con una prostituta con su hijo mirando.

Al día siguiente, la madre de Lucas le llevó a las sucias calles de Copacabana, le dijo que fuera un niño bueno y lo dejó allí.

No volvió a verla nunca más.

Lucas aprendió a sobrevivir. A moverse continuamente, a correr cuando aparecía la policía. Pero una noche, Lucas no pudo correr. Estaba medio enfermo, delirante de fiebre, deshidratado tras haber vomitado lo poco que tenía en el estómago.

Estaba condenado.

Pero en realidad no lo estaba.

Aquella noche su vida cambió para siempre.

Con la policía iba aquel día una trabajadora social a la que le gustaba su trabajo. Se lo llevó a una sede que albergaba a una de las pocas organizaciones que veían a los niños de la calle como seres humanos. Allí le atiborraron de antibióticos y zumo de frutas, y cuando fue capaz de comer, le dieron alimentos. Le bañaron, le cortaron el pelo, le vistieron con ropa que le quedaba grande, pero eso no importaba.

Lucas no era ningún estúpido. De hecho, era muy inteligente. Había aprendido él solo a leer y a hacer cuentas. Ahora devoraba los libros que le dejaban, observaba cómo se comportaban los demás, aprendió a hablar apropiadamente, a recordar que debía lavarse las manos y los dientes, a dar las gracias y pedir las cosas por favor.

Y aprendió a sonreír.

Eso fue lo más duro. Sonreír no formaba parte de quién era, pero lo hizo.

Pasaron las semanas, los meses, y entonces sucedió otro milagro. Una pareja norteamericana se pasó por ahí, hablaron con él un rato, y lo siguiente que supo fue que se lo iban a llevar a un sitio llamado Nueva Jersey y que ahora era su hijo.

Tendría que haber supuesto que no duraría.

Lucas tenía ahora muy bien aspecto. Pelo negro, ojos verdes, piel dorada. Olía bien. Hablaba bien. Sin embargo, en su interior, el niño que no confiaba en nadie estaba a la defensiva. Odiaba que le dijeran lo que tenía que hacer, y la pareja de Nueva Jersey creía que los niños debían hacer lo que se les ordenara cada minuto y cada hora del día.

Las cosas se deterioraron rápidamente.

Su padre adoptivo decía que no era agradecido, y trató de inculcarle la gratitud a golpes. Su madre adoptiva decía que estaba poseído por el demonio, y le exigía que pidiera misericordia de rodillas.

Finalmente dijeron que nunca lograrían nada de él. Cuando cumplió diez años, le llevaron a un enorme edificio gris y lo entregaron a Servicios Sociales.

Lucas se pasó los siguientes ocho años yendo de una casa de acogida a otra. Dos o tres estuvieron bien, pero el resto… incluso ahora, siendo un adulto, apretaba los puños cuando recordaba algunas cosas por las que él y otros habían tenido que pasar. El último sitio fue tan horrible que la medianoche del día que cumplió dieciocho años metió las pocas cosas que tenía en una bolsa, se la echó al hombro y se marchó de allí.

Pero había aprendido la que sería la lección más importante de su vida.

Sabía exactamente lo que quería. Respeto. Eso era todo, en una palabra. Y también sabía que el respeto llegaba cuando un hombre tenía poder. Y dinero. Él quería las dos cosas.

Trabajó duramente, recogió cosechas en los campos de Nueva Jersey durante el verano, hizo todo los trabajos manuales que pudo encontrar durante el invierno. Consiguió el diploma de graduado escolar porque nunca había dejado de leer, y la lectura llevaba al conocimiento. Entró en una universidad pública, asistió a clase cuando estaba agotado y muerto de sueño. Si a aquello se le añadían unos modales aceptables, ropa que cubría el cuerpo musculoso y esbelto del hombre en el que se había convertido, el camino a la cima parecía de pronto posible.

Más que posible. Era factible.

A la edad de treinta y tres años, Lucas Vieira lo tenía todo.

O casi, pensó con ironía en aquel día que había empezado con un mal café y una secretaria inepta. Y no podía culpar a nadie más que a sí mismo.

Sintió un arrebato de ira al ponerse de pie y recorrer su enorme despacho.

Aquel repentino ataque de furia era una mala señal. Aprender a contener las emociones era también necesario para conseguir el éxito. Pero no era tan malo como el hecho de no haber captado que su actual amante estaba viendo de forma poco realística lo que ella llamaba «la relación».

Para Lucas no había sido más que una aventura.

Pero fuera lo que fuera, ahora estaba al borde del desastre. Iba a perder la oportunidad de comprar la empresa de Leonid Rostov, valorada en veinte mil millones de dólares. Todo el mundo quería los activos de Rostov, pero Lucas más que nadie. Añadirlos a su formidable imperio haría que compensara lo mucho que había trabajado para convertirse en quien era.

Unos meses atrás, cuando corrió el rumor de que Rostov quería vender y que iba a ir a Nueva York, Lucas asumió un riesgo. No le envió a Rostov cartas ni propuestas. No lo llamó por teléfono a su oficina de Moscú. Lo que hizo fue enviarle una caja de puros habanos, porque el ruso salía en todas las fotos con un cigarro puro en la boca. Y una tarjeta de visita, en cuyo anverso había escrito: *Cena en el hotel Palace de Nueva York el próximo sábado a las ocho.*

Rostov había mordido el anzuelo.

Disfrutaron de una agradable cena en un reservado. No hablaron de negocios. Lucas sabía que Rostov le estaba poniendo a prueba. El ruso comía y bebía abundantemente. Lucas comía poco y hacía que las copas le duraran mucho. Al final de la noche, Rostov le dio una palmada en la espalda y le invitó a Moscú.

Ahora, tras interminables viajes de ida y vuelta y arduas negociaciones a través de traductores, ya que Rostov apenas hablaba inglés, el ruso estaba otra vez en Nueva York.

—Comeremos juntos una vez más, Lucas, con una botella de vodka, y luego te convertiré en un hombre feliz.

Sólo había un problema. Rostov iba a llevar a su esposa. Ilana Rostov se había unido a ellos la última vez que Lucas estuvo en Moscú. Tenía un rostro bello aunque quirúrgicamente alterado. Se movía en medio de una nube de perfume y de los lóbulos de las orejas le colgaban unos pendientes de diamantes que parecían lámparas de araña del teatro Bolshoi. Hablaba inglés con fluidez y aquella noche había hecho de traductora para su marido.

Y también le había puesto la mano a Lucas en el regazo bajo el dobladillo del mantel.

Lucas se las había arreglado sin saber cómo para superar la cena. El traductor que él había contratado para aquella noche no se dio cuenta de nada, y Rostov tampoco.

Y el ruso iba a volver a llevar a su mujer aquella noche.

–Nada de traductores –aseguró con firmeza–. Los traductores son funcionarios. Pero por supuesto, puedes llevar a una mujer. Aunque mi Ilana se ocupará de ti tan bien como de mí.

Lucas estuvo a punto de reírse, porque tenía un as en la manga.

Se llamaba Elin Jansson. Elin, que había nacido en Finlandia, hablaba ruso con fluidez. Era modelo; era la actual amante de Lucas. Y le serviría de protección contra Ilana Rostov.

Lucas gimió, se acercó a la pared de cristal que había detrás del escritorio y apoyó la frente contra el frío vidrio.

Todo parecía muy sencillo. Tendría que haberlo imaginado. La vida no era nunca sencilla.

–¿Señor Vieira?

Lucas se dio la vuelta. Su asistente temporal sonrió nerviosa desde el umbral. Era joven y hacía un café horrible, pero lo peor de todo era que, dijera él lo que dijera para que se sintiera cómoda, seguía aterrorizada por él. Ahora mismo parecía como si deseara que se la tragara la tierra. Y no era de extrañar. Lucas había dado órdenes precisas de que no se le molestara.

—¿Qué ocurre, Denise?

—Me llamo Elise, señor —la joven tragó saliva—. He llamado pero usted no… —volvió a tragar saliva—. Ha llamado el señor Rostov. Le dije que estaba ocupado, tal y como usted me pidió. Y me dijo que le avisara de que la señora Rostov y él podrían retrasarse unos minutos y…

No siguió hablando.

—Ya me lo has dicho —murmuró Lucas crispado—. ¿Algo más?

—Yo sólo… me preguntaba si debería llamar al restaurante y… avisar de que sólo serán tres para cenar.

Aquello iba de mal en peor. ¿Acaso sabía el mundo entero lo que había ocurrido?

—¿Te he pedido que lo hagas?

—No, señor, yo sólo pensé que…

—No pienses. Limítate a hacer lo que te digo.

A la joven se le desencajó completamente el rostro. Diablos, menos mal que iba a controlar sus emociones.

—Siento haberte hablado así, Denise.

—Me llamo Elise —repitió ella con voz temblorosa—. Y no tiene que disculparse, señor. Yo sólo… quiero decir, sé que está usted triste.

—No lo estoy —aseguró Lucas forzando una sonrisa, como cuando era niño—. ¿Por qué iba a estarlo?

—Bueno, la señorita Jansson… cuando estuvo aquí hace un rato —volvió a tragar saliva—, el señor Gordon estaba en mi escritorio. No pudimos evitar oírlo. No pude evitar que la señorita Jansson pasara por delante de mí y luego, cuando entró en su despacho…

—Así que tenía público —murmuró Lucas entre dientes—. ¿Y qué hay de los trabajadores de las otras plantas? ¿También estaban escuchando?

—No lo sé, señor Vieira. Puedo preguntarlo, si es eso lo que…

–Lo que quiero –la interrumpió él–, es que no vuelvas a mencionar este asunto nunca más. Ni conmigo ni con nadie, ¿está claro?

La joven asintió.

Lucas se dijo que le subiría el sueldo a su secretaria habitual cuando regresara de vacaciones si le juraba que no volvería a dejar su puesto bajo ninguna circunstancia.

–Sí, señor. Y quiero que sepa cuánto lamento que usted y la señorita Jansson…

–Vuelve a tu escritorio –le espetó él–. Y no vuelvas a interrumpirme si no quieres acabar en Recursos Humanos cobrando el finiquito, ¿lo has entendido?

Al parecer. Denise, Elise o como diablos se llamara, se fue y cerró la puerta tras ella. Lucas se dejó caer entonces en la silla, echó la cabeza hacia atrás y se quedó mirando al techo.

Maravilloso. En un par de horas iba a encontrarse con un hombre que hablaba poco inglés y con una mujer que sólo quería coquetear con él. No tenía traductor, y ahora su vida privada era tema de discusión entre sus empleados.

¿Y por qué no iba a serlo? Elin había montado toda una escena, exigiendo saber quién era aquella «rubia tonta» mientras arrojaba una foto sobre su escritorio. Había aparecido en Internet, en alguna página de cotilleos, le dijo. A Lucas le bastó una mirada para ver que se trataba de un milagro del photoshop, pero estaba tan bien hecho que la «rubia tonta» parecía estar encima de él.

Lucas alzó la vista sonriendo para decirle exactamente eso a Elin. Pero entonces vio sus ojos fríos, la línea dura de la boca, y de pronto los detalles nimios cobraron importancia.

La bolsa de maquillaje de Elin, que había dejado en un cajón de la cómoda. Los vaqueros, la camiseta y las zapatillas deportivas que había en el armario. Para poder volver a las siete de la mañana a su casa en taxi sin levantar sospechas, le había dicho en un ronroneo.

«Qué estúpido soy», se dijo Lucas. A Elin no le importaba el qué dirán. Además, la mitad de las mujeres de Manhattan se subían a taxis a primera hora de la mañana vestidas con la misma ropa que la noche anterior.

Y tal vez la parte más obvia de aquella mentira era que podía contar con los dedos de una mano el número de veces que Elin o cualquier otra mujer había dormido en su cama la noche entera.

Lucas no era partidario de eso. El sexo era sexo, y el sueño, sueño. Una cosa se hacía con una mujer, y la otra, solo.

–¿Te parece divertido haberme engañado? –Elin se había puesto en jarras–. Estoy esperando una explicación.

Lucas se puso de pie. Elin era alta, pero él, con su metro noventa, la sobrepasaba con creces.

–Yo no engaño –dijo con frialdad–. Y yo no doy explicaciones. Ni a ti ni a nadie.

Ella se había quedado muy quieta, lo que para Lucas supuso un avance. Y entonces le explicó con calma cómo eran las cosas entre ellos. Estaban disfrutando de una aventura, pero nada más.

Elin le había gritado algo en finlandés. Algo que sin duda no era un cumplido. Y un segundo más tarde, se había marchado.

No pasaba nada, se dijo Lucas. De hecho hacía ya tiempo que tendrían que haberse dicho adiós. Pero entonces se impuso la realidad.

La cena. Leonis Rostov. Su esposa. Durante un instante, Lucas pensó en ir tras Elin y preguntarle si eso significaba que no iba a ir a cenar con él aquella noche…

Se dirigió hacia el armarito de madera de palosanto que había al otro lado del despacho, lo abrió y sacó una copa de balón y una botella de whisky escocés de malta.

Todo era culpa suya. Tendría que haber evitado mezclar los negocios con el placer, pero en su momento le pareció perfecto. Una mujer bella y sofisticada que sabría qué tenedor utilizar mientras traducía del ruso al inglés y del inglés al ruso. ¿Dónde diablos podría encontrar a una mujer así a aquellas horas de la noche?

—Se… señor Vieira.

—Maldición —murmuró Lucas dirigiéndose hacia la puerta.

Su asistente estaba temblando. A su lado, maldita sea, se encontraba Jack Gordon. Lucas le había contratado hacía un año. Gordon era brillante e innovador. Sin embargo, Lucas se preguntaba a veces si no había en Gordon algo más de lo que se veía a simple vista.

O tal vez menos.

Lucas giró la cabeza. Denise–Elise dio un paso atrás y cerró la puerta. Lucas miró con frialdad a Gordon.

—Más vale que esto sea bueno.

Gordon palideció, pero se mantuvo firme. Lucas no pudo evitar admirarlo por ello.

—Señor, creo que cuando escuche lo que tengo que decir…

—Dilo y luego sal de aquí.

Gordon aspiró con fuerza el aire.

–Esto no es fácil –volvió a tomar aire–. Sé lo que ha ocurrido entre usted y la señorita Jansson. Pero un momento, no estoy aquí para hablar de eso.

–Más te vale.

–Se suponía que ella iba a ir con usted esta noche. A esa reunión –se apresuró a explicarse Gordon–. El lunes por la mañana mencionó que Rostov no quería traductores profesionales, así que él hablaría con usted a través de su mujer y…

–Ve al grano.

–Conozco a alguien que habla ruso con fluidez.

–Tal vez no escuchaste bien todo lo que dije el lunes –aseguró Lucas con fría precisión–. Rostov no quiere que haya ningún funcionario presente esta noche. Así es como considera él a los traductores oficiales.

–Dani puede fingir que es su pareja.

Lucas torció el gesto.

–No creo que consiga hacerle creer al ruso que de pronto me gustan los hombres.

–Dani es una mujer, señor. Una mujer preciosa. Y también es inteligente. Y habla ruso.

Lucas sintió una punzada de esperanza. Pero entonces se enfrentó a la realidad. ¿Una mujer a la que no conocía para una velada tan importante como aquélla? De ninguna manera.

–Olvídalo.

–Podría funcionar, señor.

Lucas sacudió la cabeza.

–Es un acuerdo de veinte mil millones de dólares, Jack. No puedo arriesgarme a que esta mujer lo ponga en peligro.

Gordon se rió. Lucas entornó los ojos.

–¿He dicho algo gracioso?

–No, no, por supuesto que no. Conozco a Dani desde hace años. Es exactamente lo que necesita para esta situación.

–Y si estuviera lo suficientemente loco para decir que sí, ¿por qué razón lo haría ella?

–Porque somos viejos amigos. Lo haría como un favor.

Lucas apretó las mandíbulas. ¿Un acuerdo de veinte mil millones de dólares que dependía de un hombre que bebía demasiado vodka, una mujer que tenía las manos más largas que un pulpo y de otra mujer a la que no conocía?

Imposible. E imposible dejarlo pasar.

–De acuerdo –dijo bruscamente–. Llámala. Dile a…

–Dani. Dani Sinclair.

–Dani. Dile que la recogeré a las siete y media. ¿Dónde vive?

–Ella se reunirá con usted –se apresuró a decir Jack.

–En el vestíbulo del Palace. A las ocho en punto. No, que sea a menos diez –así tendría tiempo para pagar el taxi de la señorita Sinclair y librarse de ella si resultaba no ser adecuada para el trabajo.

–Dile que se vista de manera apropiada –se detuvo un instante–. Puede hacerlo, ¿verdad?

–Irá vestida de manera adecuada, señor.

–Y por supuesto, déjale claro que le pagaré por su tiempo. Digamos mil dólares por toda la velada.

Se dio cuenta de que Gordon contenía otra vez una carcajada. Lucas pensó con frialdad que si aquello no funcionaba, le despediría con cajas destempladas.

–Muy bien, señor –Gordon extendió la mano–. Buena suerte.

Lucas miró hacia la mano extendida, reprimió una

sensación de repugnancia que sabía que era absurda y aceptó el apretón de manos.

Jack Gordon regresó a toda prisa a su propio despacho antes de sacar el móvil y marcar un número.

–Dani, cariño, tengo un trabajo para ti.

Se lo explicó lo más rápidamente posibles. Dani Sinclair no era de las que hablaban mucho, pero tampoco los hombres le pagaban por ello. Cuando hubo terminado la escuchó suspirar.

–A ver si lo he entendido. Dices que un tipo…

–No es un tipo cualquiera, cariño. Es Lucas Vieira. Tiene más dinero que nadie.

–¿Le has dicho que tendré una cita con él?

–Sí, pero no ese tipo de cita. Esto es una cena con Vieira, un tipo ruso y su mujer. Tienes que actuar como si Vieira y tú tuvierais algo. Y tienes que traducir –Jack se rió suavemente–. Supongo que sacarse ese título en lenguas cirílicas fue una buena idea después de todo.

–Estoy estudiando el postgrado –aseguró Dani–. Una chica tiene que pensar en su futuro –guardó silencio un instante–. ¿Cuánto has dicho que va a pagar?

–Mil dólares.

Ella se rió.

–¿Has olvidado cuál es mi tarifa, Jack? Son diez mil por noche. Pero te haré un descuento especial. Cinco mil.

–Cielos, ¿por una cena?

–Y por supuesto, mi tarifa habitual si tu señor Vieira quiere algo más.

Jack Gordon se rascó la cabeza.

–Si quiere algo más puedes negociar directamente tú la tarifa.

Dani se rió entre dientes.

–Jack, eres un zorro. No le has dicho lo que soy. ¿Quieres que le dé un patatús?

–Quiero que me deba una –aseguró Jack Gordon con tono súbitamente frío–. Y así será, salgan como salgan las cosas.

–Estupendo. De acuerdo. Entonces, ¿cuándo va a ser esto?

–Creí que te lo había dicho. Esta noche. En el vestíbulo del Palace. Diez minutos antes de las ocho.

–Oh, pero yo…

Dani guardó silencio. Estaba muy bien cenar en un sitio increíble, hablar un poco de ruso y fingir que era la pareja de Lucas Vieira, el tipo duro, sexy y atractivo de Wall Street. Y mejor todavía si al final de la cena quería prolongar la velada.

Resultaba muy tentador. Si es que podía hacerlo. El problema era que ya tenía una cita aquella noche con un magnate del petróleo texano que venía a la ciudad una vez al mes como un reloj. Tenía que haber una manera de…

–¿Dani?

Y la había. Podía conseguir cuatrocientos cincuenta sin hacer nada más que una llamada telefónica.

–Sí –dijo bruscamente–. Muy bien. En el vestíbulo del Palace a las ocho menos diez.

Colgó, buscó en la agenda del móvil y marcó un botón. Una voz femenina respondió al tercer timbre. Parecía tener prisa.

–¿Caroline? Soy Dani, la del seminario de Chejov. Escucha, tengo un trabajo de traducción para el que no tengo tiempo y he pensado al instante en ti.

Caroline Hamilton utilizó la cadera para cerrar la puerta de la cocina y se sujetó el móvil entre la oreja y el hombro. Dejó las bolsas de la compra para poder liberar una mano y cerrar los tres pestillos de la puerta.

¿Dani del seminario de Chejov? Caroline trató de recordarla mientras recorría los dos metros cuadrados que su casero insistía en llamar cocina. De acuerdo, Dani, una compañera del master de estudios rusos y eslavos. Alta, impresionante y vestida a la última moda. Nunca se habían dirigido la palabra más que para decirse «hola» y darse los teléfonos por si necesitaban intercambiar apuntes en alguna ocasión.

–¿Un trabajo de traducción, dices? –preguntó Caroline.

–Así es. Uno poco habitual. Implica cena.

A Caroline le rugió el estómago. No había comido. No tenía tiempo ni mucho menos dinero.

–Como supuesta novia de un tipo rico.

–¿Cómo?

–Como te he dicho, es una cena. Te encuentras en el vestíbulo del hotel Palace con este guapísimo hombre de negocios y finges ser su novia. Hay otra pareja y ellos son rusos. Tu novio no habla ruso, así que tú le haces de traductora.

Caroline se quitó la chaqueta, se apartó la lisa melena de la cara y abrió mucho sus ojos de gacela.

–Gracias, pero paso. Suena muy, muy raro.

–Cien dólares.

–Dani, yo…

–Doscientos. Y la cena. Luego se acabó la noche y te vuelves a casa con doscientos dólares en el bolsillo de los vaqueros. Aunque por supuesto, no puedes llevar vaqueros –se apresuró a aclarar.

–Pues no hay nada más que decir, porque yo desde luego no tengo…

–Yo tengo una talla treinta y seis. ¿Tú?

–También, pero…

–Y treinta y siete de zapatos, ¿verdad?

Caroline se dejó caer sobre el taburete de madera de la cocina.

–Sí. Pero sinceramente…

–Trescientos –la interrumpió Dani–. Y voy de camino. Vestido, zapatos y maquillaje. Va a ser muy divertido.

En lo único en que Caroline podía pensar era en los trescientos dólares. No hacía falta ser lingüista para traducirlo en un buen pedazo del alquiler del próximo mes.

–Necesito tu dirección, Caroline. Se nos acaba el tiempo.

Caroline se la dio. Se dijo que debía ignorar el escalofrío que le recorrió la espina dorsal. Y volvió a decírselo dos horas más tarde, cuando Dani la giró hacia el espejo y vio a…

–Cenicienta –dijo Dani riéndose ante la expresión de asombro de Caroline–. Oye, una última cosa, ¿de acuerdo? Deja que el tipo piense que eres yo. Verás, el amigo que me ha buscado esto cree que soy yo la que va a hacer el trabajo, y será más fácil para todos si lo dejamos así.

Caroline volvió a mirar su reflejo. El acondicionador de cincuenta dólares de Dani había hecho que su pálida melena adquiriera un brillo dorado. Los ojos le brillaban gracias a la sombra dorada que se había aplicado en los párpados. Tenía los pómulos y la boca de un delicado rosa, y el vestido era casi transparente, de color negro, y mostraba más pierna de la que ella había enseñado nunca sin estar en bañador o en pantalones cortos. En los pies llevaba puestas unas sandalias doradas con un tacón tan alto que se preguntó si sería capaz de caminar con ellas.

Ya no parecía ella misma, y eso la aterrorizaba.

—Dani, yo no… no puedo…

—Vas a encontrarte con él dentro de media hora.

—No, de verdad, esto no está bien. Mentir, fingir que soy tú, que soy la novia de ese tal Luke Vieira…

—Lucas —la atajó Dani con impaciencia—. De acuerdo. Quinientos.

Caroline se la quedó mirando fijamente.

—¿Quinientos dólares?

—Se nos acaba el tiempo. Dime sí o no.

Caroline tragó saliva. Y dijo lo único que podía decir.

—Sí.

LUCAS volvió a casa, se duchó y se cambió de ropa. Camisa blanca, corbata azul y traje gris. Desenfadado y al mismo tiempo formal. Ahora lo único que tenía que hacer era calmarse.

El hotel estaba entre la Quince y Madison y el vivía en la Quinta Avenida, a sólo un par de manzanas. No le hacía falta llevar coche. Como cualquier neoyorquino, sabía que la mejor manera de cubrir aquella distancia era caminando.

Además, andar le daría tiempo para calmar su furia. Estaba que echaba humo, pero sólo él era responsable del lío en el que estaba metido. Había cometido un error al no darse cuenta de que Elin estaba intentando que su aventura fuera más lejos.

El elegante vestíbulo del Palace estaba abarrotado. Lucas encontró un lugar relativamente despejado que le ofrecía una buena vista de la entrada y luego consultó su reloj. Eran las siete cuarenta y cinco. Por si Dani Sinclair había llegado antes, miró a su alrededor en busca de la mujer de veintimuchos años, alta y de cabello castaño que le había descrito Jack Gordon.

–No se le pasará por alto su cuerpo –le había dicho a Lucas por teléfono hacía una hora cuando lo llamó para darle una descripción–. Una auténtica muñeca. Hecha para la acción, usted ya me entiende.

Lucas apretó los labios. No le gustaba el tono cada

vez más zalamero de Gordon, y no tenía interés en saber si conocía íntimamente a aquella mujer. Siempre y cuando tuviera un aspecto presentable, pasara por su pareja y hablara ruso, se daba por satisfecho.

Había muchas mujeres en el vestíbulo. Algunas casaban con la descripción de Gordon, pero ninguna estaba sola. Lucas frunció el ceño y volvió a consultar su reloj. Habían pasado cuatro minutos.

A las ocho menos cinco, Lucas sintió cómo se le tensaban los músculos de la mandíbula. Sí, Rostov había dicho que su esposa y él llegarían tarde, pero si esa tal Sinclair no aparecía pronto…

Una mujer entró en el vestíbulo. Estaba sola. Lucas sintió una punzada de esperanza hasta que se dio cuenta de que no podía ser la mujer que estaba esperando. No había nada en ella que casara con la descripción de Gordon.

Tenía el cabello dorado, no castaño. No podía distinguir desde allí el color de sus ojos, pero sí que tenían forma felina. El rostro era ovalado y la boca de un suave rosa.

Incluso en la distancia se veía que era impresionante.

Lucas torció el gesto. Estaba allí para cerrar un importante trato de negocios. Además, pasaría algún tiempo antes de que deseara volver a estar con una mujer. El asunto de Elin le había dejado un mal sabor de boca.

Alzó la vista, miró de nuevo a la mujer a la cara… y vio que ella lo estaba mirando. Sus miradas se cruzaron durante un instante, y Lucas sintió algo parecido a un nudo en el estómago. Dio un paso adelante… y entonces la mujer apartó la vista.

Lucas se pasó la mano por el pelo y volvió a mirar la hora. Eran las ocho menos cinco pasadas. Podía llamar a la suite de Rostov, fingir una enfermedad repentina. No. Eso era el camino fácil. Además, él quería dejar las cosas arregladas aquella noche. Su única opción era seguir con la cena, dejar que Ilana Rostov hiciera de traductora, tratar de ignorar su mano en el regazo y…

—Disculpe, señor…

—¿Sí? —gruñó Lucas dándose la vuelta al sentir una mano en el brazo.

Entonces vio a la rubia de ojos de gata mirándolo. Tan de cerca descubrió que tenía los ojos color avellana y que era todavía más adorable de lo que le había parecido en un principio.

Era una mujer al acecho. Había muchas como ella en Nueva York, pero no estaba interesado. Nunca había pagado por tener relaciones sexuales y nunca lo haría.

—Yo… me preguntaba si usted… si usted…

—No.

Ella dio un respingo y palideció. Lucas sintió una punzada de culpabilidad.

—Mire, es usted una mujer muy guapa —dijo—. Me halaga que quiera tomar una copa conmigo, o cenar, o lo que sea…

—No —le interrumpió ella—. No es eso lo que…

—He quedado con alguien. Un asunto de negocios. Su tiempo se ha terminado, ¿de acuerdo?

Aquellos ojos color avellana lo miraron con frialdad.

—Tiene usted una interesante opinión de sí mismo, señor.

Lucas alzó las cejas.

—Eh, yo no soy quien ha…

—No estoy interesada en una copa. Ni en una cena —la mujer se puso muy recta—. De hecho preferiría tomar algo con Bob Esponja que con alguien tan maleducado y ególatra como usted.

Lucas parpadeó y se rió a pesar suyo.

–Tiene usted razón. Le debo una disculpa. Estoy de mal humor, pero no tengo por qué pagarlo con usted. ¿Hacemos una tregua? –le preguntó tendiéndole la mano.

Ella vaciló. Luego sus labios se curvaron en una sonrisa. Le estrechó la mano y Lucas sintió algo parecido a una descarga eléctrica.

–Tregua.

–Bien –él le sonrió–. Mire, de verdad que éste es un mal momento. ¿Por qué no le dejo mi teléfono? Lláme-me mañana. O mejor todavía, déjeme su número y…

La rubia retiró la mano.

–No lo entiende –su voz volvía a ser fría–. No estoy tratando de… ligar con usted. Se supone que tengo que encontrarme aquí con un hombre. Un asunto de negocios, igual que usted.

Lucas entornó los ojos.

–¿Y qué aspecto tiene ese hombre?

–Ése es el problema. No lo conozco. Pero estoy segura de que es de mediana edad. Y seguramente sea feo. Y… ¿por qué me mira así?

–¿Cómo se llama ese tipo?

–No creo que eso sea asunto suyo –contestó la rubia alzando la barbilla.

–¿Es por casualidad Lucas Vieira?

Ella abrió la boca.

–Oh, Dios mío –murmuró–. Oh, Dios mío…

–No me lo diga –dijo Lucas–. Usted no puede ser… ¿Dani Sinclair?

–Tiene usted razón –parecía que la mujer se fuera a desmayar–. No puedo serlo, pero lo soy.

¿Éste era Lucas Vieira? ¿Este tipo alto, moreno y absolutamente espectacular? Se había fijado en él al instante. Y no había sido la única. Todas las mujeres del vestíbulo le habían lanzado miradas más o menos discretas a aquel hombre tan guapo que estaba allí solo, mirando hacia la puerta como si esperara a alguien.

Caroline se dio cuenta entonces de que Lucas tenía los ojos clavados en ella. El corazón le latió con fuerza; sintió una oleada de calor en el pecho, en el vientre, en la sangre. Así se sentía desde que había salido de su apartamento, como si hubiera entrado en una realidad diferente al asumir la identidad de otra mujer, al ponerse su ropa, al quedar con un desconocido y fingir que era su novia...

—Tendrías que haber estado aquí hace veinte minutos —le espetó entonces él.

—Lo sé. Pero el tráfico...

—Hubiera querido tener tiempo para que nos conociéramos un poco.

Caroline ya le conocía un poco. No era rico, sino inmensamente rico. No era guapo, sino tremendamente guapo. Encantador cuando quería y frío cuando pensaba que lo necesitaba.

El tipo de hombre que le gustaba a su madre.

Aunque no tan rico, por supuesto. Pero sí con demasiado dinero, demasiado poder y demasiada arrogancia.

Caroline nunca lo había entendido. Su madre era muy inteligente, muy lógica para todo lo demás. Había que serlo para criar a una hija sin dinero y sin marido. Pero se enamoraba una y otra vez del mismo tipo de hombre. Lo único bueno era que Caroline había aprendido de sus errores. Evitaba a ese tipo de chicos en el instituto y en la universidad.

Entonces, ¿qué diablos estaba haciendo allí aquella noche? No podía seguir adelante con aquello. No podía fingir que era la novia de Lucas Vieira ni la novia de nadie en un ambiente así.

—Señor Vieira —dijo precipitadamente—, creo que he cometido un error.

—Estoy de acuerdo. Pero las personas con las que hemos quedado no han aparecido todavía, así que…

—No debería estar aquí. No soy… no lo voy a hacer bien.

—Lo harás estupendamente.

Había un tono desesperado en su voz. ¿Cómo podía estar desesperado un hombre así? Le bastaba con chasquear los dedos para que cualquiera de las mujeres que había allí acudiera corriendo. De acuerdo, necesitaba una traductora. Eso podía hacerlo, pero nunca podría fingir que tenía una relación con él.

—Puedo hacerle de traductora. Pero lo demás…

—Lo demás es la parte más importante.

Caroline frunció el ceño.

—No lo entiendo. ¿Por qué es importante que finja que soy su pareja para esta noche?

—No sólo eso —él apretó los labios—. Mi amante. Tenemos que dar una sensación de intimidad, Dani. ¿Lo entiendes?

Caroline parpadeó. De acuerdo, ése era su nombre aquella noche. Dani.

—Pero, ¿por qué? —preguntó vacilante—. Si esto es una cena de negocios…

Para su sorpresa, se le tiñeron las mejillas de color.

—El hombre con el que tengo que hacer negocios tiene una esposa. Es una mujer… muy segura de sí misma. Agresiva, digamos. Cuando quiere algo, va a por ello —su sonrojo se hizo más intenso.

—¿Va a por usted?

–Se puede decir que sí –reconoció Lucas–. Por eso cuento con tu presencia para evitarlo.

Caroline tragó saliva.

–Señor Vieira…

–Lucas.

–Lucas, yo no puedo… no hay forma de que yo…

–¡Maldición! –miró por detrás de ella. Su expresión pasó de dura a grave.

Caroline se puso tensa.

–¿Qué ocurre? –trató de mirar hacia atrás, pero él le puso la mano en el hombro para evitarlo.

–No. Sigue mirándome. Son los Rostov, la pareja con la que hemos quedado. Vienen hacia aquí.

–Esto no está bien, señor Vieira…

–Por el amor de Dios, llámame Lucas. ¡Lucas! Los amantes no se tratan de usted.

–Pero yo no soy tu amante, y no quiero que nadie piense que…

–¡Lucas!

Una mano regordeta le dio una palmada en el hombro. El dueño de la mano también era regordete, pensó Caroline. Tenía los ojos pequeños, la nariz grande y una sonrisa de oreja a oreja.

–Leo –le saludó Lucas–. Me alegro de volver a verte.

Leo Rostov dirigió la vista hacia Caroline.

–Ah, ésta es tu mujer

–No –contestó Caroline–. Yo soy…

–Sí –la atajó Lucas con una risotada que no tenía ninguna relación con la presión de sus dedos sobre su piel cuando la atrajo hacia sí agarrándola de la cintura–. Pero es una de esas mujeres liberadas, Leo, ya sabes. Se enfada cuando la llaman «mi mujer» –miró a Caroline–. ¿No es verdad, cariño?

¿Había una nota de desesperación en la voz de Lucas Vieira? ¿Un brillo de agobio en sus ojos verdes? Bien, él solito se había metido en esto.

—¡Lucas!

Una mujer salió de detrás de la abultada figura de Rostov. Bastó una mirada para que Caroline lo entendiera todo. Ilana Rostov era espectacular. Gran melena. Grandes diamantes. Y por el modo en que estaba mirando a Lucas, sin duda se trataba de una leona cazadora.

—Lucas, Oh, cariño. Qué maravilloso volver a verte.

—Ilana —Lucas apretó con más fuerza a Caroline contra sí—. Me gustaría presentarte a mi…

—Hola, ¿cómo estás? —dijo Ilana sin apartar los ojos de Lucas.

Sonriendo y batiendo las pestañas, se acercó a él y le rozó el torso con los senos.

—Un beso, cariño. Ya sabes que así es como los rusos saludamos a los viejos amigos —sonriendo, se puso de puntillas y le rodeó el cuello con los brazos.

Lucas reculó, pero dio lo mismo. No iba a detenerse ante nada. O sí, pensó Caroline. Su tacón de aguja dorado clavándose en el pie de Ilana.

La rusa gritó y dio un paso atrás. Caroline le dirigió una mirada de perversa inocencia.

—Dios mío, ¿te he pisado? ¡Cuánto lo siento! —Caroline ocupó el lugar que Ilana había dejado libre y la miró.

La expresión de su rostro valía oro; tuvo que hacer un gran esfuerzo para no echarse a reír.

—Lucas, cielo, estoy encantada de conocer a tus amigos, pero, ¿qué hay de la cena? —sin dejar de sonreír, se acercó todavía más a él—. Estoy muerta de hambre, cariño.

Caroline observó cómo una miríada de emociones le cruzaba el rostro cuando la sorpresa dio paso a la alegría… y luego a algo más oscuro y mucho más peligroso. Lucas la abrazó. Ella le puso las manos sobre el pecho y sintió el fuerte latido de su corazón.

–Sí –dijo él–. Yo también.

No estaba hablando de comida. Caroline sintió que el corazón le daba un vuelco. ¿En qué momento se había hecho Lucas con el control del juego?

–Señor Vieira –dijo ella–. Quiero decir, Lucas…

Él se rió, inclinó la cabeza y tomó posesión de su boca de forma apasionada.

Capítulo 3

EL pequeño desliz de Dani llamándolo «señor Vieira» podría haber sido el final para Lucas.

Ésa era la razón por la que la había besado. La única razón. Para convencer a los Rostov de que tenía una relación íntima con la mujer que estaba entre sus brazos.

¿Por qué otra razón iba a haberla besado? No la conocía, ni ella a él. No tenía ningún deseo de conocerla; había renunciado a las mujeres durante un tiempo.

Pero la mujer tenía los labios de seda. Y sabía a menta. Entonces dejó de pensar.

Todo lo que había a su alrededor desapareció. El ruido. La gente. Los Rostov. Era como si todos y cada uno de sus sentidos estuvieran únicamente concentrados en la mujer que tenía en brazos.

La estrechó más contra sí. Deslizó una mano hacia la base de su espina dorsal y la levantó ligeramente, lo justo para apreciar los contornos de su cuerpo mientras le cubría el rostro con la otra mano.

Sintió la suave presión de sus senos contra su pecho. El delicado arco de su pómulo bajo los dedos. Sintió cómo se ponía duro como el granito.

Le abrió los labios con los suyos. Ella emitió un gemido y Lucas pensó: «Eso es, bésame tú también». Y durante un instante la joven lo hizo. Luego se puso tensa. Iba a apartarse.

Lucas se dijo con admirable lógica que no podía

permitirlo. Si eran amantes, tenía que recibir de buena gana sus besos en cualquier momento y circunstancia, no sólo en la cama.

Lo que le llevó a imaginársela en la cama con el dorado cabello alborotado sobre la almohada y los ojos ardientes por el deseo mientras entraba en ella...

Dani le clavó los dientes en el labio.

–¡Dios! –Lucas se echó hacia atrás. Se tocó con un dedo. No había sangre, sólo furia. Rostov soltó una carcajada. Ilana subió las cejas hasta el nacimiento del pelo. Y Dani... Dani parecía a punto de echar a correr de allí. Maldición, no podía permitir que eso sucediera.

La vida le había enseñado muchas cosas a Lucas. Recuperación rápida. Control. Necesitaba poner todo aquello en práctica ahora. Consiguió sonreír mientras le pasaba la mano por la cintura.

–Vamos, cariño –dijo con una sonrisa seductora–. Sabes que no jugamos a estas cosas en público.

Otra carcajada de Rostov. Se hizo otro silencio y luego Ilana suspiró. Y lo mejor de todo fue el tono carmesí que cruzó el hermoso rostro de su traductora.

–No –dijo–. Nosotros no jugamos...

–Así es, cariño. No lo hacemos.

Caroline parecía debatirse entre la vergüenza y el deseo de asesinarle. Y eso hizo que a Lucas le resultara más fácil estrecharla con más fuerza contra sí.

–Si quieres tu recompensa, tendrás que esperar a que acabe la velada. Ya lo sabes, Dani.

Le estaba diciendo que si quería los mil dólares tendría que representar el papel para el que Jack Gordon la había contratado.

–¿Lo has entendido, cariño?

A ella le brillaron los ojos. Ahora no mostraban vergüenza ni miedo.

—Lo he entendido perfectamente, cariño.

Lucas se rió, La dama tenía agallas, y eso le gustaba. No estaba acostumbrado a verlo. Las mujeres no se le solían enfrentar, al menos hasta que ponía fin a la relación.

Rostov le dio un codazo en las costillas.

—Tu dama es una gata salvaje, Lucas.

Lo era. Era muchas cosas. Guapa. Inteligente. Experta en ruso, según parecía. Y tenía una boca dulce y una piel suave.

—Se está haciendo tarde —dijo consultando su reloj—. ¿Por qué no entramos directamente al restaurante y nos tomamos una copa allí?

—Tomaremos champán —dijo Rostov dándole una palmada en la espalda—. Cuando hayamos tratado un par de puntos, *da*?

Lucas inclinó la cabeza. Dani dijo algo en ruso, Rostov contestó y ella miró a Lucas.

—Quiere decir que hay un par de asuntos que le preocupan en el acuerdo, y quiere hablar de ellos.

Lucas sonrió. Su plan había funcionado. Rostov estaba dispuesto a cerrar el trato. Dani entendía los matices de la traducción. Y al verla ahora con las mejillas un tanto sonrojadas, el cabello un poco despeinado y los ojos brillantes, ni siquiera Ilana se cuestionaría su relación.

Podía relajarse. Sólo faltaban un par de horas de socialización. Luego Rostov y él se darían la mano y se dirían adiós, Ilana se convertiría en un mal recuerdo, le entregaría a Dani Sinclair un cheque por mil dólares y no volverían a verse nunca más.

Caroline se sentó en el restaurante frente a la mujer de la máscara congelada y se preguntó cómo podía haberse visto envuelta en aquella situación.

Todavía no podía creer que Lucas Vieira la hubiera besado de aquella forma, atrayéndola hacia sí, dejándole sentir el latido de su corazón, el calor de su cuerpo. La dureza de su erección.

Caroline agarró la copa de champán y se la llevó a los labios. El restaurante era un lugar pequeño, íntimo y elegante, igual que los clientes. Reconoció algunos rostros del cine y la televisión y de las portadas de las revistas. Los hombres exudaban poder y las mujeres iban vestidas de forma exquisita. Más de una había mirado hacia ella con envidia por contar con la atención de un hombre como Lucas. Pero no era real, y Caroline debía recordarlo. Aunque le resultaba difícil, porque Lucas se mostraba muy atento.

Y era extremadamente sexy, incluso cuando Rostov y él se enzarzaron en una intensa conversación sobre bebidas. Ilana tradujo para su esposo en voz baja y Caroline hizo lo mismo por Lucas.

Todo había salido muy bien, a excepción de esos momentos en los que Lucas le hacía alguna pregunta a ella o se inclinaba para escuchar lo que tenía que decir. Entonces apoyaba su oscura cabeza contra la suya y ella pensaba que sólo tenía que levantarla un poco para sentir el roce de su mejilla.

Incluso después, cuando se cerró el acuerdo y se sirvió otra botella de champán, el peligro no había terminado. Lucas seguía rozándola de cuando en cuando. El pelo. La mano. El hombro cuando colocaba el brazo en el respaldo del asiento y le rozaba la piel desnuda con los dedos.

Puede que formara parte de la farsa, o tal vez Lucas no fuera siquiera consciente de lo que estaba haciendo. Era un hombre acostumbrado a estar con mujeres, eso estaba claro. Pero cuando la tocaba…

Caroline se estremeció. Lucas, que estaba hablando con Rostov pero tenía la mano sobre la de Caroline, se inclinó hacia ella.

—¿Tienes frío, cariño? ¿Te dejo mi chaqueta?

¿Su chaqueta, que conservaría su olor y el calor de su cuerpo?

—¿Dani? Si quieres yo te puedo dar calor.

Ella clavó los ojos en los suyos. Algo brillaba en aquellas verdes profundidades. ¿Estaba jugando con ella?

—Gracias —dijo con suma cautela—. Estoy bien.

Lucas sonrió. A Caroline le dio un vuelco el corazón. Tenía la sonrisa más sexy que había visto en su vida. Lo tenía todo sexy: los ojos, el rostro, las manos, el cuerpo… y sus besos. Dejó escapar un leve gemido y Lucas alzó una ceja.

—¿Seguro que estás bien?

—Sí —se apresuró a responder ella—. Es sólo que… no sé qué pedir.

—Deja que pida por ti, mi amor.

Quería decir que no, pero habría sido una estupidez. Era más fácil leer a Chejov que leer aquella carta. Mayonesa negra de trufa. Espuma de eneldo. Pero el hecho de permitir que hiciera algo personal por ella la hacía sentirse incómoda.

—¿Dani?

—Sí —dijo—. Gracias, eso me gustaría.

Lucas se llevó su mano a los labios.

—Dos «gracias» seguidos. Debo estar haciendo algo bien.

Los Rostov sonrieron. Eso estaba bien. Después de todo, la actuación era en su honor. Tenía que recordarlo.

El camarero llevó el primer plato. Justo a tiempo.

Necesitaba comer. Llevaba horas sin probar bocado. Por desgracia, apenas fue capaz de probar un poco. Ni tampoco lo consiguió con el segundo plato. Estaba segura de que sería delicioso, pero su estómago se había puesto en huelga.

—Lucas —dijo con tono desesperado—. Yo…

Él la miró a los ojos y apretó las mandíbulas. Entonces le tomó la mano, volvió a besársela de aquella manera tan increíble y miró hacia Leo Rostov, que estaba contando uno de sus interminables chistes.

—Leo —dijo Lucas educadamente—, Dani está agotada. Vais a tener que perdonarnos.

Era una petición, pero también una orden. Ella se dio cuenta y Rostov también. Su rostro rojizo se ensombreció. No estaba acostumbrado a que otra persona dijera cuándo se acababa la fiesta.

—Lucas —susurró Caroline—. No pasa nada. Si tienes que…

—Lo que tengo que hacer —respondió con calma—, es llevarte a casa.

Caroline se dio cuenta entonces de que su pareja era muy arrogante, pero también muy auténtico.

Lucas sacó el teléfono móvil, llamó a su chófer para que estuviera en la puerta del restaurante, rechazó el intento de Rostov de pagar la cuenta y pidió otra botella de champán.

—Ilana y tú quedaos y divertíos —les pidió.

Entonces salieron a la calle y Lucas se giró hacia ella.

—¿Estás bien?

—Sí, gracias. Es que ha sido un día muy largo y…

Lucas tenía sus manos fuertes y cálidas sobre sus hombros. Estaban tan cerca que podía sentir su calor, ver el iris esmeralda de sus ojos. Caroline se estremeció.

–Maldición –gruñó él quitándose la chaqueta del traje y colocándosela por los hombros.

Tal y como se temía, la tela conservaba su calor y su aroma.

–No –dijo al instante–. De verdad, yo no…

–Deja que te dé calor –le pidió él como había dicho hacía unos instante.

Sólo que esta vez no se trataba de una pregunta. Cuando alzó la vista para mirarlo, fue como si el mundo se detuviera.

–Diablos –dijo él con voz seca.

Podría haberle preguntado por qué dijo eso. Por qué su voz sonaba como arena. Pero habría sido una tontería, y ya había cometido suficientes, empezando por aceptar la proposición de Dani.

–Dani –dijo aquella única palabra con recelo, y ella emitió un gemido ahogado, dio un paso adelante y él le agarró de las solapas de su chaqueta y la atrajo hacia el calor de su cuerpo.

E hizo lo que llevaba toda la noche deseando hacer.

Inclinó la cabeza. Le tomó la boca. La besó suavemente y cuando ella se puso de puntillas y le echó los brazos al cuello, cuando abrió los labios a los suyos, la besó más apasionadamente.

–Dani –volvió a decir contra su boca.

Y Caroline sujetó el rostro de Lucas entre las manos y lo atrajo hacia sí para que el beso no terminara.

Capítulo 4

UN Mercedes negro y largo se detuvo en la entrada. Lucas entró y le tendió la mano a Caroline para ayudarla a pasar al interior de la limusina de cuero oscuro. Era como entrar en un mundo sólo para ellos. Sin luces, sin gente.

–Llévanos a casa –le dijo Lucas al chófer, que subió la mampara de separación y se quedaron a solas–. Ven aquí –dijo con voz ronca.

Y sin vacilar, Caroline se acurrucó en sus brazos.

El Mercedes se movió a toda prisa por las oscuras calles de la ciudad. Era como una carroza mágica cruzando un mar de sueños. Un amante de ensueño que la besaba y la colocaba sobre su regazo.

–Abre la boca –susurró Lucas–. Déjame saborearte.

Ella gimió. Abrió los labios bajo los suyos mientras la limusina enfilaba por la Quinta Avenida.

–Llevo toda la noche deseando esto. Tenerte entre mis brazos, besarte. Dios, Dani, ere preciosa.

–Lucas, no…

–¿Quieres que pare? –se retiró lo suficiente para poder mirarla a los ojos.

Caroline le sostuvo la mirada. Lo que quería decirle era que se llamaba Caroline, que no era Dani…

–Si esto no es lo que quieres, dímelo ahora –le pidió él con brusquedad.

Ella sacudió la cabeza.

«No te pares. No te pares. No…».

Lucas la besó y el mundo desapareció por completo.

Parecía que estuvieran en el cielo, con la luz de la luna filtrándose por la ventanilla. La besó en el ascensor privado que llevaba a su ático, la besó cuando la tomó en brazos y la llevó a su dormitorio, la besó cuando la dejó en el suelo.

Le cubrió un seno, deslizó los dedos por el pezón de seda que anhelaba su contacto. Ardía en llamas por él.

–Dani –repitió Lucas, y juntos se apoyaron contra la pared. La boca de Lucas se apoderó de la suya; le levantó la falda para acariciarla con premura. Ella tembló, le sujetó el rostro con las manos y le ofreció los labios, la lengua y su deseo.

Lucas dijo algo en portugués y ella le desabrochó los botones de la camisa. Lucas la levantó y Caroline contuvo el aliento ante el impacto de su erección contra ella.

–Rodéame la cintura con las piernas –le pidió con un gruñido.

Caroline obedeció y volvió a contener el aliento cuando él deslizó una mano entre ellos y entonces…

Y entonces entró en ella fuerte y caliente, seda sobre acero, estirándola, llenándola, y resultaba delicioso y aterrador, no era nada parecido a la única vez que había estado con un hombre, no se parecía a nada que pudiera haber imaginado.

–Lucas –sollozó–. Oh, Dios, Lucas…

Caroline gritó en éxtasis y sintió cómo volaba con él sobre las estrellas.

Lucas no supo cuánto tiempo estuvieron así, con Dani entre sus brazos y las piernas rodeándole las caderas, los dos jadeando mientras el sudor les perlaba la piel.

Pudieron haber transcurrido horas. O minutos. Había perdido la habilidad de pensar con claridad.

Qué diablos, eso había quedado dolorosamente claro. Un hombre con cabeza no hacía lo que él acababa de hacer. Hacerle el amor a una mujer con la finura de un toro en celo.

Y sin protección. No se lo podía creer. ¿Cómo era posible que la pasión hubiera superado a la lógica?

–Por favor…

Dani le estaba hablando. Susurrando, más bien. Tenía el rostro hundido en su cuello, como si no quisiera mirarlo. Entre eso y el temblor de su voz, parecía estar molesta. ¿Y por qué no iba a estarlo?

–Dani –dijo con dulzura–. Mírame.

Ella sacudió la cabeza. Su cabello, aquella melena de seda dorada, se agitó alrededor de su cara.

–Cariño, ya sé que esto no ha sido…

–Por favor, bájame.

Había una ligera nota de pánico en sus palabras. Lucas asintió, la bajó al suelo y apretó los dientes para contener la repentina oleada de deseo que experimentó cuando su cuerpo rozó el suyo.

–Dani…

–Tú no lo entiendes –Caroline levantó la cabeza; a él se le encogió el corazón al ver lo que reflejaban sus ojos–. Escúchame, Lucas. Lo que acabamos de hacer… yo nunca…

–Lo entiendo –él le sujetó el rostro–. Ha sido demasiado rápido. Culpa mía. Lo siento. Quería hacer las cosas bien. Pero te deseaba tanto que…

–No –ella le agarró las muñecas–. No es eso. Lo que quiero decir es que yo… yo…

–No te he dado suficiente tiempo.

Caroline soltó una pequeña carcajada de impotencia.

–Lucas, no estamos hablando de lo mismo…

–Claro que sí –insistió él–. Ha sido culpa mía.

¿Qué sentido tenía explicarse ahora?, pensó Caroline. Lo cierto era que después de lo que acababa de hacer, tener relaciones sexuales con un desconocido, estaba dispuesta visto lo visto a seguid adelante fingiendo que era una mujer capaz de hacer algo así sin sentirse culpable. Lucas nunca llegaría a saber que en realidad era Caroline Hamilton, no Dani Sinclair. No volverían a verse nunca más.

–Debes saber que estoy sano –dijo él con tono suave acariciándole un mechón de pelo.

Caroline parpadeó.

–¿Qué?

–Que estoy sano, cariño –se inclinó para rozarle los labios con los suyos–. De todas formas, tendría que haber utilizado preservativo. ¿Tú estás…?

Ella sintió cómo se sonrojaba.

–Sí –se apresuró a decir–. Estoy completamente sana.

En eso no mentía. La última vez que tuvo relaciones sexuales fue hacía tres años, así que era imposible que tuviera ninguna enfermedad de transmisión sexual.

Lucas apoyó las manos en la pared, una cada lado de ella.

–No quería decir eso. Me refería a si tomas la píldora.

La tomaba para regular su periodo, pero no hacía falta darle detalles.

–Sí –respondió sin poder evitar sonrojarse todavía más.

–Bien. Pero si algo saliera mal…

–Nada va a salir mal –respondió ella al instante.

Si aquella conversación duraba un segundo más, se echaría a llorar o a reír histéricamente.

–¿Dani?

–No… no me llames así –Caroline tragó saliva–. Quiero decir… ese nombre nunca me ha gustado –sin poder evitarlo, las lágrimas le resbalaron por las mejillas–. Tengo que irme –dijo.

Pero cuando trató de marcharse, Lucas la sujetó por los hombros.

–Cariño –torció el gesto–. Maldita sea, te he hecho llorar.

–No –ella negó con la cabeza–. No, no es culpa tuya.

Lucas le levantó la barbilla para obligarla a mirarlo. Se le estaba corriendo el rímel. Estaba hecha un desastre. Un hermoso desastre, pensó mientras la estrechaba entre sus brazos.

–Te he hecho daño –gruñó él–. He sido demasiado brusco y demasiado rápido.

–No –murmuró Caroline en un sollozo–. Soy yo. Lo que he hecho, venir aquí, comportarme como una…

–Shh –Lucas la abrazó y la acunó suavemente entre sus brazos hasta que la sintió relajarse un poco–. No hay que lamentar lo que ha sucedido. Ha sido algo...

¿Inesperado? ¿Imprevisto? Estar con una mujer era lo último que imaginaba que haría aquella noche, pero no se arrepentía. De hecho, el instinto le decía que lo que acababan de compartir sería algo que no olvidaría pronto.

–Ha sido algo maravilloso –dijo con dulzura–. Increíble. Y es culpa mía que para ti no haya sido igual.

–Pero sí lo ha sido. Maravilloso, quiero decir.

–Me alegro –Lucas le deslizó los labios por los suyos–. Pero estoy seguro de que puedo hacerlo mejor.

–Es tarde –suspiró ella–. Y…

–Quiero desnudarte.

El sonido de su voz provocó que a Caroline le temblaran las rodillas.

–Desnudarte. Besarte. Acariciarte por todas partes. Despacio esta vez. Muy despacio –Lucas la atrajo hacia sí y la besó apasionadamente–. Podemos pasar el resto de la noche conociéndonos mejor el uno al otro.

Caroline lo miró a los ojos y volvió a alzar una mano hacia su rostro. ¿Qué era más fuerte, el deseo de echar a correr o el deseo de dejar que pasara lo que ella sabía que quería que pasara?

Lucas le tomó la mano, le besó la palma, la muñeca, el brazo, y Caroline obtuvo la respuesta.

–Lucas –susurró rodeándole la nuca y devolviéndole los besos.

Él empezó a desvestirla muy despacio, haciendo las cosas como debió haberlas hecho la primera vez, desplegando cada caricia, cada roce de piel con piel, dándole la vuelta y besándole el cuello mientras le bajaba la cremallera.

El vestido se abrió. Caroline trató de sujetarlo, pero él se lo deslizó por los brazos, le cubrió los senos y la sintió estremecerse.

La sostuvo de ese modo hasta que ella gimió su nombre y se apoyó de nuevo contra él. Lucas le desabrochó el cierre delantero del sujetador y contuvo un gemido al sentir sus senos desnudos en las manos.

La escuchó contener el aliento. Sintió el escalofrío que la recorrió. Le deslizó los pulgares por los pezones y ella emitió aquel sonido de placer que le hacía desear darle la vuelta y hundirse en su interior.

Pero todavía no. Le deslizó una mano por las costillas. Por el vientre. Posó los labios en su nuca y besó su piel fragante. Bajó más las manos. Más todavía. Ella susurró su nombre, trató de darse la vuelta, pero él no se lo permitió, no ahora que tenía las manos entre sus muslos, cuando estaba más excitado de lo que creyó posible estar jamás.

Le abrió lentamente las piernas con los dedos. La acarició. Escuchó el silbido de su respiración. Sintió cómo trataba de cerrar los muslos para detenerle.

Sintió cómo dejaba de luchar contra él, contra sí misma, y comenzaba a moverse sobre su mano.

–No –dijo–. No, Lucas, no. No lo hagas. Voy a…

Soltó un gritó largo. Aquel sonido le llenó de un inmenso placer. La estrechó entre sus brazos y la llevó hasta la cama.

La luz de la luna la bañaba en marfil. Su cabello se desparramó por la almohada, era oro pulido sobre crema. Se la había imaginado así, pero era más perfecta que su imagen mental. Era adorable. Toda ella.

Le hizo el amor despacio, como había prometido, observando su rostro mientras lo hacía, disfrutando de cómo abría los ojos de par en par, como entreabría los labios. Cuando le puso la mano en el seno, ella se la agarró.

–Déjame tocarte –susurró Lucas.

Entonces Caroline le soltó la mano, contuvo la respiración y gritó cuando le deslizó el pulgar por el pezón rosado antes de inclinar la cabeza e introducírselo en el calor de su boca.

Sabía a miel. A crema. A vainilla. Le succionó los pezones, se los lamió hasta que sus gemidos le hicieron saber que estaba loca de deseo por él.

Igual que lo estaba él por ella.

–Lucas…

Su susurro era una plegaria.

Él la estrechó entre sus brazos. La atrajo hacia sí y la besó lenta y deliberadamente. No se saciaba de ella;

por mucho que deseara hundirse en su calor de seda, quería seguir besándola. Caroline tembló contra él y Lucas tembló también, ansioso por poseerla.

Era una dulce tortura.

Caroline volvió a suspirar su nombre, esta vez con creciente urgencia. Le rodeó el cuello con los brazos. Él sabía lo que anhelaba; él también lo deseaba, pero se dijo que debía esperar.

—Lucas —susurró ella—. Lucas, por favor...

Pronuncio aquel «por favor» con tanta dulzura e inocencia que estuvo a punto de ser su fin. Lucas se puso de pie, se quitó la ropa, vio cómo ella abría mucho los ojos cuando observó su erección. Era grande, eso lo sabía. Y estaba orgulloso de serlo, pero vio un destello de miedo en sus ojos.

—¿Va todo bien? —le preguntó con voz ronca—. Encajamos, ¿te acuerdas? Acaba de suceder.

Le tomó la mano y Caroline lo agarró. Él gimió. Ella volvió a apartar la mano y Lucas se la sujetó mientras abría el cajón de la mesilla de noche y sacaba un preservativo. Unos segundos más tarde se arrodilló entre sus muslos.

Con los ojos clavados en los suyos, entró lentamente en ella.

—¿Te gusta? —susurró—. Dime que sí. Dime...

Caroline le acercó el rostro al suyo. Lo besó. Susurró su nombre y él se perdió entre sus besos, en el ritmo que establecieron.

El mundo estalló en llamas.

Tras un largo rato, Lucas se tumbó de costado con ella acurrucada entre sus brazos como un gatito satisfecho. Le gustaba sentirla cálida y suave contra él.

–¿Estás bien, cariño?

Dani emitió un sonido parecido a un ronroneo que le hizo sonreír.

–Entonces cierra los ojos –le pidió subiendo la colcha para taparles.

Ella dejó caer las pestañas hasta las mejillas. Lucas le besó la sien y escuchó su acompasada respiración.

Era increíble. Había terminado el día sin querer saber nada de las mujeres y terminaba la noche con una mujer entre los brazos. Bostezó. Estaba demasiado cansado para tratar de entender nada en aquel momento. El reloj de la mesilla marcaba las tres y media. Tenían tres horas de sueño antes de que sonara la alarma, a menos que se despertara un poco antes para poder volver a hacerle el amor.

Pero puede que no fuera tan buena idea. Tal vez debería haberla llevado a su apartamento. Tal vez se arrepintiera de que se hubiera quedado a pasar la noche. No había más que ver lo que había sucedido con Elin. Se había quedado unas cuantas noche allí y eso bastó para que decidiera que tenían una relación.

Tal vez… tal vez necesitara dormir. Lucas atrajo a su traductora hacia sí. Dejó caer los párpados. Sonrió al recordar que le había dicho que no le gustara que la llamaran Dani. ¿Cuál sería su nombre auténtico? ¿Danielle? Ya lo averiguaría por la mañana.

Averiguaría muchas cosas por la mañana. El único problema posible sería que malinterpretara el hecho de haber pasado la noche en su cama. Las mujeres…

Lucas se quedó dormido.

Y cuando la alarma sonó a las seis y media, no hubo ningún problema que resolver porque Dani Sinclair se había ido.

Capítulo 5

CAROLINE se despertó sobresaltada antes del amanecer. Sintió a su lado un cuerpo duro, cálido, musculoso y bronceado que sujetaba el suyo por la cintura con gesto posesivo.

El corazón se le subió a la boca. En su mente surgieron escenas de la noche anterior. Ella lanzándose en brazos de Lucas en su limusina, besándolo en el ascensor. Haciendo el amor con él contra la pared y luego en aquella cama.

Pero no había sido amor, había sido sexo. Tratar de convertir la noche anterior en algo romántico era como fingir que *madame* Bovary era Cenicienta.

Nunca en su vida había hecho nada parecido a aquello. Se había ido a la cama con un hombre al que no conocía, y lo único bueno era que todavía estaba dormido. Caroline suspiró en silencio al observar su magnífico cuerpo y su hermoso rostro. Le apartó el brazo con sumo cuidado. Despertarlo y tener que enfrentarse de nuevo a él era lo último que deseaba en el mundo.

Se puso en acción y localizó su ropa dispersa. Pero no encontró sus braguitas. Tenía que marcharse de allí cuanto antes.

La mortecina luz del amanecer iluminó las estancias del ático mientras bajaba. No recordaba el lugar, la noche anterior tenía toda la atención centrada en Lucas.

Ahora vio que era muy grande y estaba decorado con madera y cristal. El ascensor, pequeño y elegante, esperaba al final del recibidor. Mientras bajaba en él, Caroline se miró al espejo, y lo que vio le hizo dar un respingo. El maquillaje corrido. El pelo revuelto. En un mundo mejor, el vestíbulo habría estado vacío.

–Buenos días, señorita –la saludó el portero sonriendo, como si estuviera acostumbrado a ver mujeres en su estado saliendo del ascensor de Lucas–. ¿Quiere que le pida un taxi? –preguntó abriéndole la puerta.

Caroline deseó que el suelo de mármol se la tragara.

–Sí, por favor –dijo.

No se imaginaba subiéndose al metro con aquel aspecto a aquellas horas de la mañana.

Cuando se bajó del taxi y llegó a su apartamento sin cruzarse con nadie, cerró la puerta, se quitó el vestido y los zapatos y se dirigió directa a la ducha.

Pero ni todo el agua con jabón del mundo podrían conseguir que olvidara lo que había sucedido.

Lucas se despertó al escuchar un sonido distante. Parecía ser el sonido del ascensor. Se incorporó. A su lado había un espacio vacío, y la ropa de Dani ya no estaba tirada por la habitación.

Se había ido.

Se recostó contra los almohadones y puso las manos en la nuca. Bueno, pues mejor así. Mucho mejor. Así no tenía que forzar una conversación matinal ni ofrecerle un café.

Lucas se puso de pie y se dirigió a la ducha. Abrió todos los chorros para producir una fina neblina mientras dejaba que el agua resbalara por su cuerpo.

Recordó el momento en el que había acariciado los

pezones rosados de Dani hasta convertirlos en pequeños puntos tirantes, y cómo ella había gritado como si
algo tan sencillo fuera nuevo. Y más adelante, cuando
abrió las piernas y besó su piel más íntima, la saboreó
con la boca…

Diablos.

Lucas cambió el agua caliente a fría. Ya estaba bien
de pensar en la noche anterior. Tenía un largo día por
delante.

El día no estaba yendo bien.

Lucas había estado casi toda la mañana en una reunión sin enterarse de nada de lo que se decía. Había
cancelado la cita que tenía a la hora de comer. Y ahora
estaba sentado en su escritorio tratando de dar respuesta a una pregunta tan difícil como poco importante.

¿Por qué había huido Dani Sinclair?

¿De qué otra forma podía calificarse que una mujer
que había pasado la noche en tu cama desapareciera sin
decir adiós, sin dejar una nota, sin dejar su número de
teléfono?

Daba igual si no volvía a verla. Tal vez fuera mejor
así. Pero tenía que ponerse en contacto con ella. No le
había pagado los mil dólares por el trabajo que había
hecho.

Diablos. Aquello no estaba bien. Darle dinero a
Dani después de haber hecho el amor con ella por la
noche tenía una connotación desagradable. Pero daba
lo mismo. Los negocios eran los negocios. Le debía dinero por la parte de la velada relacionada con los Rostov. Lo que había sucedido después no eran negocios.

Y todo aquello le devolvía a la pregunta inicial.

¿Por qué se había esfumado? Eso no le gustaba. Las

mujeres no se iban de su lado como Dani había hecho.

—¿Señor Vieira?

Lucas puso los ojos en blanco. Denise-Elise sonaba patética incluso a través del intercomunicador.

—¿Sí?

—El señor Gordon está aquí y quiere verlo, señor.

Jack Gordon. Lucas apretó los labios. No tenía ganas de ver a aquel hombre ahora, pero Gordon le había hecho un favor la noche anterior. Además, tendría la dirección de Dani, y así podría enviarle por correo el cheque.

—Dile que pase.

Gordon entró por la puerta sonriendo.

—Hola, ¿qué tal salió todo?

—Muy bien. De hecho iba a llamarte para darte las gracias y pedirte que…

—¿Tenía razón o no? Sabía que Dani sería perfecta.

—Sí, lo fue. Y necesito que…

—Es un bombón, ¿verdad? Y además inteligente. Y menudo cuerpo.

Lucas deseó levantarse de la silla, agarrar a Gordon de las solapas y echarle de allí. Pero esbozó una sonrisa educada.

—Estoy muy ocupado esta mañana, Jack. Así que gracias por recomendarme a la señorita Sinclair. Y por favor, déjale su dirección a mi asistente.

—¿La dirección de Dani? —Jack Gordon sonrió con astucia—. Ajá. La velada fue entonces mejor que bien, ¿eh?

Lucas entornó los ojos.

—He olvidado pagarle los mil dólares que mencioné. Aunque se merece una gratificación. ¿Cuál es su tarifa habitual? Debería habérselo preguntado, pero…

—Pero no hubo tiempo —Gordon sonrió y apoyó la cadera en el escritorio de Lucas—. Lo comprendo. ¿Su tarifa habitual? Bueno, no es barata.

—Sólo dime cuánto cobra.

—¿Por una noche? Diez mil dólares.

—¿Cómo? —Lucas parpadeó y sintió un escalofrío—. Nadie gana tanto dinero como traductora.

—¿Como traductora? —Gordon se rió—. Claro que no, pero Dani…

—¿Pero Dani qué? —a Lucas le brillaron los ojos cuando se puso de pie—. ¿A qué se dedica para ganar tanto dinero?

Gordon se quedó mirando a su jefe.

—Ella… ella hace lo que hizo con usted anoche.

Lucas sintió cómo se quedaba paralizado.

—Responde a la pregunta, Jack. ¿Qué hace Dani Sinclair para ganar diez mil dólares por una noche?

Jack Gordon tragó saliva.

—Es… ya sabe… es… acompañante. Sale con… con hombres. Como con usted. Y tiene que admitir que es buena…

Lucas lo golpeó. Fuerte. Le dio en toda la mandíbula. Gordon se tambaleó, cayó sobre una rodilla y se llevó la mano a la boca. Lucas rodeó el escritorio, volvió de nuevo hacia él.

Y se detuvo.

Una acompañante. Una prostituta. Se había acostado con una mujer que se vendía a cualquier hombre que pudiera permitirse pagar sus servicios.

Una prostituta había pasado la noche en su cama.

El corazón empezó a latirle con fuerza. Se le nubló la visión. Gordon seguía apoyado sobre una rodilla con el rostro pálido y los ojos abiertos de par en par por el miedo. Lucas sintió un nudo en el estómago. Jack era un cerdo, pero había descargado su ira contra la persona equivocada.

–Levántate.

–No me pegue otra vez.

–¡Levántate, maldita sea!

–Tendría que habérselo dicho, señor Vieira.

–Pero no lo hiciste –Lucas le puso delante una libreta con un bolígrafo–. Escribe su dirección.

–Sí, claro. Mire, he cometido un error, ¿de acuerdo? Lo siento de verdad, yo…

–Estás despedido, Gordon.

Gordon adquirió una expresión desagradable.

–¿De veras? Si cuento esta historia por ahí…

–Hazlo y, que Dios me ayude, no vivirás lo suficiente para disfrutarlo.

–No se atreverá a…

Lucas se rió. Y Jack Gordon, al escuchar aquella risa y mirarlo a los ojos, supo que había perdido el juego.

Los viernes eran siempre el día más fácil de la semana para Caroline.

Durante el periodo escolar tenía un seminario matutino. Después podía irse a casa y tumbarse. Ahora, con los colegios cerrados por las vacaciones de verano, el día entero era suyo. Normalmente eso sería estupendo.

Pero ese día no.

Sin tener algo que hacer, los recuerdos de la noche anterior seguían colándose. Así que cuando la camarera de la cafetería en la que había empezado a trabajar hacía poco llamó para preguntarle si podía sustituirla un par de horas, dijo que sí aunque odiaba aquel lugar por su famosa pero maleducada clientela del mundo del espectáculo y por los turista mirones.

A eso de las dos de la tarde ya se había arrepentido de su decisión. Una familia de turistas de cinco personas había consumido una cuenta de ciento veinte dólares y le habían dejado una propina de dos. La mujer de la mesa cuatro estaba todavía pensando qué pedir tras llevar quince minutos leyendo la carta. Y el cliente de la mesa seis, el presentador de un programa de televisión, había devuelto la hamburguesa tres veces.

—Tu hamburguesa ya está.

Caroline asintió a la camarera de mediana edad que pasó a su lado, cruzó las puertas abatibles que llevaban a la cocina, recogió la hamburguesa y se la llevó a la mesa seis.

Al menos se podía volver a pedir un plato. Lo que no se podía era cambiar un comportamiento que te avergonzaba tanto que te querías morir al pensar en ello…

—¿Señorita? ¡Señorita!

Mesa seis. Caroline empastó una sonrisa.

—¿Sí, señor?

—¿El chef no entiende el significado de la palabra «poco hecha»?

Caroline miró la hamburguesa. Sangraba como un extra en una película de terror. Recogió el plato, forzó una sonrisa y se dirigió de nuevo a la cocina.

—No está lo suficientemente poco hecha.

Caroline suspiró al unísono con la cocinera antes de salir justo a tiempo de que la mujer de la mesa tres le hiciera el gesto para que le cobrara. Caroline asintió, sacó la libreta del bolsillo e hizo la cuenta. Era mucho, pero en aquel sitio todo resultaba muy caro.

—¡Señorita!

Oh, Dios mío.

—¿Sí, señor?

–¿Dónde está mi hamburguesa?

–La mandó usted de vuelta, señor. La cocinera está…

–La quiero ahora, señorita.

–Pero señor…

–¿Está discutiendo conmigo, señorita?

–No, por supuesto que no, pero…

–¡Llame ahora mismo al encargado! No voy a permitir que me insulte una…

Aquello fue la gota que colmó el vaso. El trabajo, los clientes… ya había tenido suficiente. Había otros restaurantes, otros trabajos, e iba a recibir quinientos dólares. La noche anterior había pensado en lo horrible que sería aceptar aquel dinero, pero aquello era ridículo. Había hecho lo que Dani le pidió que hiciera, y por eso le iba a pagar.

Caroline arrojó la libreta sobre el mostrador. Se quitó el delantal blanco que tenían que llevar todas las camareras y se lo arrojó al idiota de la mesa seis.

–¿Disculpe? –le espetó él sin dar crédito.

Caroline sonrió por primera vez con naturalidad desde que se había levantado aquella mañana.

–Hace bien en disculparse –aseguró con dulzura.

Y se marchó.

¿Debería llamar a Dani o presentarse en su puerta? Nunca había estado en su casa, pero recordaba su dirección. Decidió presentarse sin más.

La casa de Dani era un edificio de piedra que estaba en una calle de moda. Caroline alzó las cejas. Tal vez se hubiera equivocado. Pero cuando llamó a la puerta, fue la propia Dani la que abrió.

–Caroline, ¿qué estás haciendo aquí?

Caroline se sintió como una estúpida. Iba vestida

con vaqueros, camiseta y deportivas. Dani llevaba un vestido escarlata corto y botas negras de piel con tacón de aguja. Estaba maquillada y perfectamente peinada.

–He venido a… –Caroline tragó saliva–. Me debes dinero –le espetó.

–Oh, así es –Dani dio un paso atrás–. Bueno, no te quedes ahí fuera. Entra. Pero voy a salir –dijo Dani con brusquedad cruzando el caro suelo de diseño de su caro salón–. Quinientos, ¿verdad? –preguntó abriendo el bolso.

Caroline asintió mientras miraba a su alrededor. Había estado en los apartamentos de otros compañeros de master. Todos se parecían al suyo: muebles baratos, paredes deslucidas… la casa de Dani era un palacio.

–Guau –dijo en voz baja–. Esto es precioso.

Dani sonrió e inclinó la cabeza.

–Tú podrías tener una casa así si quisieras –dijo lentamente.

–¿Yo? –Caroline se rió–. Claro. Si me tocara la lotería.

–Trabajando –Dani volvió a sonreír–. Lo digo en serio, Dani. Yo podría ayudarte a empezar. Presentarte a algunas personas, ayudarte a comprar algo de ropa.

Caroline sacudió la cabeza.

–No lo entiendo. ¿Estás hablando de ser modelo?

–¿Modelo? –Dani se rió–. Bueno, es una forma de verlo.

–Gracias, pero no creo que…

Sonó el timbre de la puerta. Dani torció el gesto.

–No esperaba compañía esta tarde. Toma –le tendió cinco billetes de cien dólares–. Vamos, toma el dinero.

Caroline lo hizo a regañadientes. De pronto le parecía mal aceptarlo. El estómago le dio un vuelco.

–¿Puedo… puedo usar el baño?

–Al final del pasillo a la derecha –Dani puso los ojos en blanco cuando volvió a sonar el timbre–. Pero date prisa, ¿de acuerdo? Ya te he dicho que iba a salir.

Caroline cerró la puerta del baño tras ella. Sentía frío y calor al mismo tiempo. Aquel maldito dinero le había vuelto a recordar todo. No podía aceptar los quinientos dólares. Los devolvería.

Entonces escuchó unas voces. La de Dani. Y la de un hombre. Pero no la de cualquier hombre. Era la voz de Lucas Vieira.

Salió al instante al pasillo. Vio a Lucas, su cuerpo alto y poderoso tan familiar ahora para ella. Y a Dani mirándolo desafiante y en jarras.

–Por supuesto que soy Dani Sinclair –le estaba diciendo–. ¿Y quién diablos eres tú?

–Soy Lucas Vieira –gruñó Lucas–. Y tú no eres Dani Sinclair.

–No seas ridículo. ¡Cómo no voy a saber quién soy!

–¿Lucas?

Caroline avanzó lentamente por el pasillo. Lucas alzó la vista y vio la confusión en sus ojos.

–¿Dani?

–¿Dani? –la auténtica Dani se echó a reír–. ¡Ya lo pillo! Eres el tipo de anoche. Y crees que Caroline soy yo.

–¿Qué diablos está pasando aquí? –la expresión de Lucas pasó de perpleja a confundida.

Caroline se humedeció los labios.

–Puedo explicarlo. En realidad me llamo Caroline. Caroline Hamilton. Verás, se suponía que Dani iba a ser tu traductora…

Lucas torció el gesto.

–Mi cita, querrás decir –dijo en voz baja–. La que concertó Jack Gordon.

–No conozco a nadie llamado Jack Gordon. Dani lo arregló todo. Y sí, se suponía que yo era tu cita.

–Y tú estuviste de acuerdo.

–Bueno, sí. No quería hacerlo. De verdad, no quería. Pero tienes que entenderlo, necesitaba el dinero.

–Necesitabas el dinero –Lucas miró el fajo de billetes que Caroline tenía en la mano y luego alzó la vista hacia su rostro–. Dios, necesitabas el dinero –repitió con desagrado.

Caroline estiró la espalda.

–Tal vez quinientos dólares no signifiquen nada para ti, pero para mí…

Lucas se giró hacia Dani.

–¿Ah, sí? ¿Gordon te pagó tu tarifa habitual y tú sólo le has dado a ella quinientos dólares?

–Nadie me ha pagado ni un céntimo todavía –respondió Dani con frialdad–. Lo único que he sacado de esto hasta el momento son problemas.

–¿Qué tarifa habitual? ¿Quién es Jack Gordon? ¿Qué clase de problemas? –Caroline se acercó rápidamente a Lucas y se detuvo a escasos centímetros de él–. Lucas –le temblaba la voz–. Quinientos dólares es mucho dinero. Lo necesitaba. Y si sirve de algo, nunca había hecho nada así con anterioridad.

Caroline sintió cómo la frialdad reemplazaba a la ira en el rostro de Lucas.

–¿En serio?

¿Fingir que era otra persona? No, por supuesto que no. Caroline sacudió la cabeza.

–No –afirmó con rotundidad–. Nunca.

–¿Quieres hacerme creer que anoche fue tu primera vez?

Caroline se puso tensa.

–Actúas como si todo esto fuera culpa mía, pero,

¿qué me dices de ti? Tú formabas parte del juego. Me pagaste por interpretar un papel.

Lucas apretó las mandíbulas. Tenía razón. Le había pagado para que fingiera ser su amante. En cuanto a lo que sucedió después… ahí también había interpretado un papel.

Irse a la cama con desconocidos era su profesión. Era una chica de compañía. Una prostituta. Una mujer que se vendía a los hombres por dinero. Y él había pensado aunque sólo fuera durante un instante que entre ellos había sucedido algo especial.

Una oleada de furia le atravesó la sangre. Quería dar un puñetazo contra la pared, agarrar a Caroline Hamilton y sacudirla como si fuera una muñeca de trapo.

Pero lo que hizo fue sacar una libreta y una pluma de oro, rellenar dos cheques y darle uno a Dani Sinclair. Ella lo miró y luego lo miró a él.

–Pagada con creces –dijo Lucas con frialdad.

–Sin duda, señor Vieira –Dani sonrió–. Lucas.

–Llámame señor Vieira –dijo con más frialdad todavía pasándole el segundo cheque a Caroline.

–¿Qué es esto? –preguntó ella asombrada.

–Es lo que te debo por anoche.

Caroline se sonrojó.

–No me debes nada.

–Por supuesto que sí –aseguró él con impaciencia–. Le dije a Gordon que te pagaría mil dólares.

–No –Caroline negó con la cabeza y dio un paso atrás sin apartar los ojos del cheque que Lucas tenía en la mano–. No me debes nada.

–¡Acepta el maldito cheque!

–No lo quiero.

–Yo nunca incumplo un trato –le arrojó el cheque–. Tómalo.

–Lucas –a Caroline le tembló la voz–. No sé qué estás pensando, pero…

–Necesitas el dinero, ¿recuerdas? –afirmó él con frialdad–. Y yo desde luego recibí de ti todo lo que necesitaba.

Caroline no se movió. Su rostro palideció completamente. Las lágrimas le asomaron a los ojos. Algo dentro de él pareció romperse. Quería estrecharla entre sus brazos, besarla para que dejara de llorar.

Dios, era una actriz consumada. Pero a él no volvería a engañarle.

La agarró de la muñeca y la atrajo hacia sí. Inclinó la cabeza y la besó con la suficiente fuerza para hacerla gemir. Caroline alzó el puño y le golpeó en el hombro… pero luego aflojó la tensión y abrió los labios bajo los suyos.

Lucas maldijo.

Luego la apartó de sí, dejó que el cheque cayera al suelo y se marchó de allí.

Capítulo 6

L UCAS sabía que estaba en un peligroso estado mental.

Caroline Hamilton le había mentido, no sólo respecto a quién era, sino a *qué* era. La idea de habérsela llevado a la cama le ponía furioso.

Sabía que no tenía sentido regresar a la oficina. Sería un error tomar decisiones o incluso tratar con gente cuando estaba tratando de mantener la ira bajo control. Tenía que liberarse de aquella energía físicamente. Le iría bien ir al gimnasio.

Una hora más tarde estaba sudado y jadeaba, pero su humor seguía siendo el mismo.

«De acuerdo», pensó mientras se duchaba. Sólo había una manera de enfrentarse a aquello. No iba a permitir que una mentirosa ocupara su mente.

Tenía muchos números en la agenda, mujeres que conocía y que estarían encantadas de recibir una llamada suya.

En cuestión de minutos llenaría el fin de semana con suficiente variedad para borrar para siempre el recuerdo de Caroline Hamilton.

Se marchó a casa, se afeitó, se cambió, llamó a un restaurante en el que había una lista de espera de un mes y en el que por supuesto consiguió mesa para las ocho en punto y se preparó para disfrutar de una morena que lo recibió con una gran sonrisa.

Dos horas más tarde dijo que tenía una reunión al día siguiente muy temprano y la llevó a casa.

–Lo he pasado muy bien –susurró ella.

Pero Lucas sabía que era mentira. Había sido la peor de las compañías: silencioso, serio, apurando a toda prisa una cena que tendría que haber durado tres horas.

–Yo también.

«Mentiroso», se dijo. Pero no tan mentiroso como Caroline Hamilton.

Regresó el sábado al gimnasio, jugó un par de horas al squash, levantó pesas, corrió por Central Park. Por la noche, en lugar de limitarse a enviar un cheque para un acto benéfico, asistió en compañía de una pelirroja de sonrisa contagiosa y piernas interminables. Después se la llevó a cenar algo porque sabía que era lo que debía hacer, pero cuando ella le tomó la mano y dijo que vivía muy cerca y que la noche acababa de empezar, Lucas volvió a decir que tenía una reunión a primera hora de la mañana y la dejó en la puerta de su casa con un apretón de manos.

¡Con un apretón de manos!

Se hizo una promesa. Lo haría mucho mejor al día siguiente. Había quedado para comer con una impresionante actriz de Broadway.

Pero fue todavía peor.

–No eres tú –contestó cuando ella le preguntó qué le pasaba–. Soy yo –aseguró levantándose y saliendo de allí.

Ya había tenido bastante.

Volvió a casa, hizo la maleta, telefoneó a su piloto y se dirigió a Cape Cod. Un banquero que conocía tenía una casa de fin de semana en la playa y su mujer y él iban a celebrar una gran fiesta. Le habían invitado, pero él había rechazado la invitación.

–Si cambias de opinión, vente –le había dicho el banquero.

Bueno, pues había cambiado de opinión.

Bebió un vino excelente, comió langosta a la plancha, coqueteó con dos mujeres… y luego se disculpó y se fue a dar solo un largo paseo por la playa.

No hacía un día muy bueno. El mar tenía el color del estaño, había olas altas y el cielo estaba sombrío. A Lucas le parecía muy bien. Iba acorde con su estado de ánimo.

¿Por qué diablos no podía dejar de pensar en Caroline? La despreciaba, despreciaba lo que era. ¿Y qué si era hermosa? Había tenido la oportunidad de estar con mujeres igual de hermosas en los dos últimas días y se había alejado de todas ellas. No había fingido interés en su conversación ni se había reído de sus bromas, y desde luego no había querido llevarse a ninguna a la cama.

Y sin embargo, sabía que si Caroline se materializara delante de él en aquel momento, tan dispuesta y entregada como había estado la otra noche, le quitaría la ropa, la tomaría entre sus brazos, la tumbaría en la arena y entraría en ella.

–Maldición –murmuró.

Todo había sido una farsa. Todo lo que Caroline había hecho fue una mentira. Aquellos sonidos, los gemidos, volverle loco de deseo y de pasión… en eso consistía su profesión. En intercambiar sexo por dinero.

El cielo pasó de gris a color carbón. Los relámpagos brillaron sobre el Atlántico; la lluvia comenzó a caer con fuerza. Regresó a la fiesta, se rió con los demás al verse empapado, tomó un taxi al aeropuerto y volvió a casa.

El lunes por la mañana, las cosas estaban mejor.

Se levantó sintiéndose otra vez él mismo. Su secretaria habitual había regresado. El café sabía como debía saber. Jack Gordon era historia. Seis meses de sueldo y ninguna carta de recomendación.

Caroline Hamilton se había convertido en un recuerdo sin importancia. Tenía reuniones hasta mediodía, luego comería algo rápido en su escritorio.

A la una, en medio de una compleja conversación con su abogado para rematar los detalles del acuerdo con Rostov, todo se vino abajo.

Nada había cambiado. ¿Por qué se había convencido de que sí? Había llenado su día con trabajo suficiente para tener a seis hombres ocupados, y por eso no se había puesto a mirar por la ventana. Gordon era un gusano intrigante. Merecía que le hubiera echado. Pero, ¿qué precio había pagado Caroline? Le había mentido. La escena en el apartamento de Dani Sinclair, su ira al arrojar aquel cheque, no había servido para resolver la situación.

Y eso era lo que tenía que hacer. Resolver la situación. Borrar el recuerdo de sus mentiras. La pregunta era, ¿cómo?

–Lucas –le estaba diciendo su abogado–. ¿Lucas? ¿Sigues aquí?

Lucas aspiró con fuerza el aire.

–Sí, estoy aquí, pero ha ocurrido algo –se detuvo un instante–. Ted, si necesitara un detective…

–Puedo recomendarte uno –el abogado le dio un nombre y un número de teléfono–. ¿Puedo ayudarte en algo?

Lucas forzó una risita.

–No, no es nada importante.

Y una porra que no.

Colgó el teléfono y se puso de pie. La única manera de dejar atrás aquello era enfrentándose a Caroline, decirle lo que pensaba de ella, decirle…

¿Cómo iba a saber qué decirle? Cuando la viera le saldrían las palabras adecuadas.

Un par de horas más tarde tenía más información de la que necesitaba. Lo único que quería era la dirección de Caroline. Ahora sabía que tenía veinticuatro años, que había nacido en un pueblecito del estado de Nueva York, que era licenciada en francés y ahora estaba haciendo un master en ruso y estudios eslavos.

El detective no había averiguado lo demás, que tenía unos ingresos extra, pero Lucas ya contaba con ello. Caroline era lista. Ocultaría cuidadosamente su ocupación, si es que podía llamarse así,

Su dirección no supuso ninguna sorpresa. Vivía en uno de esos barrios de Manhattan que habían pasado de proveer refugio a quienes apenas tenían para vivir a convertirse en el lugar de moda de aquéllos que tenían más dinero del que necesitaban. Lucas había estado en un par de fiestas en Hell's Kitchen, y sabía cómo sería la casa de Caroline. Un dúplex luminoso en lo que antaño fue una corrala. Un loft reconvertido allí donde antes hubo un almacén. Mucha madera, ladrillo visto, muebles incómodos y arte indescifrable. Caro, pero eso no suponía un problema para una estudiante que se ganaba la vida con la profesión más antigua del mundo.

Lucas estuvo a punto de soltar una carcajada amarga cuando salió de la oficina. Él, que nunca en su vida había pagado por mantener relaciones sexuales, que nunca había estado con una mujer por otro motivo que no fuera por su deseo mutuo, había contratado sus servicios.

El tráfico era un desastre. Ni pensar en tomar un taxi. Andar era más rápido, y hacía que siguiera en movimiento, que era lo que necesitaba en aquel momento.

Las calles fueron cambiando gradualmente, pasaron de ser comerciales a ser residenciales, hasta que finalmente se encontró en el barrio de Caroline, en su calle.

No era lo que esperaba. Un puñado de calles no habían pasado de estar descuidadas a convertirse en *chics*. Y ésta era una de ellas.

En la entrada había cubos de basura rebosantes. Nombres de bandas callejeras y símbolos adornaban las paredes llenas de grafitis. Todos los edificios parecían sucios, y el de Caroline en particular. Había un coche de policía aparcado delante.

La puerta del edificio no estaba cerrada con llave. Lucas apretó los labios. Las puertas abiertas en un lugar como aquél eran una invitación a los problemas. El portal olía mal. A suciedad, comida y algo que no supo identificar, pero que apestaba.

Pero no era su problema.

A la izquierda había un panel con botones y etiquetas. En el apartamento 3G se leía: *C. Hamilton*.

Al menos Caroline había tenido el sentido común de no escribir su nombre completo. Lucas pensó en las mujeres con las que había salido durante el fin de semana. Todas vivían en edificios con cámaras de seguridad, cerraduras y porteros que parecían luchadores retirados.

Pero una vez más, la seguridad de Caroline o su falta de ella no era problema suyo. Sólo le llamaba la atención que una mujer inteligente como ella viviera en un lugar así. No podía ser una cuestión de dinero, teniendo en cuenta el modo en que se ganaba la vida.

Lucas frunció el ceño y subió por las desvencijadas escaleras hasta llegar el tercer piso. El apartamento 3G estaba justo delante. Experimentó una extraña sensación de incomodidad.

Algo no iba bien.

El coche de policía en la entrada. El antinatural silencio del viejo edificio, roto únicamente por la puerta de la casa de al lado al abrirse un centímetro para volver a cerrarse al instante.

Lucas apretó el timbre del apartamento de Caroline y luego golpeó la puerta con el puño.

–¿Caroline? –tiró del picaporte y lo agitó–. Maldición, Caroline…

La puerta se abrió. Ella estaba allí de pie en chándal, sin maquillaje, con el rostro pálido, los ojos rojos, el pelo húmedo y despeinado cayéndole sobre los hombros.

–Madre de Dios –dijo Lucas con voz ronca–. ¿Qué ocurre?

–Lucas –susurró ella–. Lucas…

Cualquier pensamiento lógico, toda la rabia, todos sus deseos de amarga venganza desaparecieron de su mente. Abrió los brazos y Caroline corrió a refugiarse en ellos.

Lucas la estrechó contra su corazón y le susurró palabras tranquilizadoras en portugués. Ella temblaba.

–Caroline, cariño, *que aconteceu*? ¿Qué ha pasado?

–Un hombre –dijo ella–. Un hombre…

–Disculpe, señor.

Lucas la colocó detrás de él al escuchar una voz masculina. Todos los músculos de su cuerpo se pusieron en alerta, pero el dueño de la voz era un policía de uniforme que estaba saliendo de la puerta que había a la izquierda. Un agente más bajito salió detrás de él.

Eran los policías del coche patrulla. A Lucas se le heló la sangre en las venas.

–¿Qué ha pasado aquí? –quiso saber.

El primer policía dio un paso adelante.

–Señor, identifíquese, por favor.

Lo que él quería hacer era tomar a Caroline en brazos, sacarla de aquel lugar y volver atrás en el tiempo para que fuera otra vez jueves por la noche y estuviera a salvo en su cama.

–¿Señor?

Lucas asintió y atrajo a Caroline hacia sí.

–Soy Lucas Vieira. Y le he hecho una pregunta.

–¿Es usted amigo de la señorita Hamilton, señor Vieira?

Caroline hundió el rostro en su hombro. Lucas volvió a asentir.

–Soy un buen amigo de la señorita Hamilton, agente.

–¿Y ha venido aquí para…?

–No pienso responder a más preguntas hasta que me diga qué ha sucedido.

–Alguien ha entrado en el apartamento de la señorita Hamilton.

El otro policía se echó a un lado y dejó al descubierto lo que antes era una ventana y ahora era un marco vacío que daba a la oxidada escalera de incendios. Había trozos de vidrio en el suelo.

A Lucas se le nubló la visión y experimentó una ira como nunca antes había sentido.

–Caroline –la sujetó de los hombros y miró su rostro pálido–. Dime quién ha hecho esto.

Ella negó con la cabeza.

–Nunca había visto a ese hombre.

–¿Qué te ha hecho?

Caroline no respondió y él supo que estaba a punto de perder completamente el control.

–Cariño, ¿te ha hecho daño?

Ella dejó escapar un trémulo y largo suspiro.

–No.

–¿Estás segura? Porque si te ha hecho algo…

–No. No me ha tocado. Grité y… y…

Caroline contuvo el aliento. Tenía el rostro girado hacia el suyo y los labios entreabiertos. Lucas resistió el deseo de estrecharla contra su pecho y besarla para espantar el terror de sus ojos.

–Estaba… estaba saliendo de la ducha. Me pareció escuchar que algo se rompía. Cristal. En la cocina –señaló un horno y una nevera que parecían sacados de una *favela* de Río de Janeiro–. Así que salí del baño. Esperaba ver un vaso roto en el suelo, ya sabes, algo que hubiera tirado el gato…

–¿Qué ocurrió, Caroline?

–Vi los vidrios rotos en el suelo. Y vi al hombre. Estaba entrando por la ventana. Grité. Y debí gritar muy fuerte, porque el señor Witkin, que vive en la puerta de al lado, empezó a dar golpes en la pared como hace cuando pongo la música demasiado alta, pero no lo hago, nunca pongo la música alta…

Empezó a llorar. Sin hacer ruido, con los hombros temblando, lo que transformó la ira de Lucas en miedo helado. Volvió a estrecharla entre sus brazos.

–El intruso se marchó. La señorita Hamilton llamó a la policía –dijo el agente más alto.

–Los agentes llegaron enseguida –susurró Caroline.

Lucas miró a los policías.

–Gracias –dijo de corazón–. Gracias por todo.

Ambos hombres asintieron.

–Ojalá hubiéramos podido atrapar a ese hombre. Desde hace dos semanas se han sucedido varios atracos en esta calle –dijo el policía bajito–. Es el mismo modus operandi. Un tipo rompe la ventana, entra y se lleva todo lo que no está clavado al suelo.

–Últimamente ha arriesgado más –intervino el otro agente clavando la mirada en Caroline, que temblaba en brazos de Lucas–. Escoge apartamentos en los que viven mujeres solas…

Se detuvo. Estaba claro que había algo más, pero no iba a decirlo.

–Será mejor que la dama arregle esa ventana –dijo el agente bajito–. Que ponga un candado. Las ventanas que dan a las salidas de incendios son peligrosas.

–Sí –respondió Lucas aclarándose la garganta–. ¿Han terminado de hablar con la señorita Hamilton?

Los policías asintieron.

–Tal vez necesitemos hablar con ella de nuevo, pero por ahora…

Lucas soltó a Caroline, sacó una tarjeta de visita y una pluma y escribió su dirección en ella antes de dársela.

–Pueden encontrar a la señorita Hamilton en esta dirección si la necesitan –aseguró.

–No –se apresuró a intervenir Caroline–. Pueden encontrarme aquí mismo. Arreglaré la ventana y…

–La señorita Hamilton se quedará conmigo –insistió él–. Permítanme que les acompañe, agentes –dijo educadamente como si hubiera un recibidor en lugar de una puerta.

Estrechó la mano de ambos agentes y vio cómo bajaban las escaleras. Luego cerró la puerta, aspiró con fuerza el aire y se giró hacia Caroline mientras se repetía que debía guardar la calma. Sabía que iba a discutir sobre lo de irse con él, pero no había nada que decir.

¿Qué clase de sinsentido era aquél? Había ido allí para ponerle las cosas claras. Pero no había encontrado a una Caroline desafiante, sino a una frágil. Aunque eso no había cambiado nada. Por supuesto que no. No sentía nada hacia ella. Sólo estaba haciendo lo que haría cualquier hombre decente cuando viera a una mujer en apuros.

—De acuerdo —dijo con tono neutro—. Esto es lo que vamos a hacer. Mete algunas cosas en una bolsa, sólo lo que crees que vas a necesitar a corto plazo.

—Gracias por preocuparte, eres muy amable, pero…

—Mi chófer recogerá el resto.

Caroline estiró la espina dorsal.

—No me estás escuchando. Agradezco la oferta, pero…

—No es una oferta. Es lo que vas a hacer.

Caroline lo miró. El color había regresado a su rostro.

—Si decidiera irme —dijo con voz pausada—, me quedaría en casa de alguna amigo.

—¿Qué amigo?

—No lo sé. Alguno. No es tu problema.

Tenía razón. Lo que le pasara no era problema suyo. ¿No era eso lo que se había estado diciendo durante la última hora?

—¿Qué amigo? —se oyó repetir.

—Ya te he dicho que…

—¿Jack Gordon?

—Ya te he dicho que no conozco a ningún Jack Gordon.

—¿Con Dani Sinclair, entonces?

Los ojos de Caroline echaron chispas.

—Dani y yo somos compañeras de master. No es mi amiga.

No, pensó Lucas con frialdad. Esa tal Sinclair era su socia en el negocio. Pero no era el momento de hablar de aquello.

—Entonces, ¿con qué amigo vas a quedarte?

—Adiós, Lucas.

—¿Adiós? —Lucas se acercó a ella—. Unos minutos atrás estabas tan contenta de verme que te arrojaste a mis brazos.

—Unos minutos atrás, las únicas personas a las que había visto en todo el día eran dos policías y un ladrón —aseguró poniéndose rígida—. Me hubiera lanzado en brazos de cualquiera que hubiera entrado por esa puerta.

—Menudo piropo, querida. Me siento halagado.

Caroline se cruzó de brazos. Él hizo lo mismo.

—Una vez más —dijo ella—, gracias, pero…

—Vas a venir conmigo, Caroline —Lucas sonrió con firmeza.

—Oh, por el amor de Dios —se acercó a él con la barbilla alzada y le puso un dedo en el pecho—. Escúcheme, señor Vieira, yo tomo mis propias decisiones, ¿entendido? Y no voy a ir a ninguna parte con usted.

—Tú decides —respondió Lucas con voz pausada—. O vas por tu propio pie o te cargo al hombro.

Ella se le quedó mirando fijamente con furia.

—Maldito seas, Lucas Vieira.

—Vale, maldito sea, pero te vienes conmigo, Caroline. Lo único que puedes decidir es cómo.

Caroline lo miraba con tal gesto de desafío, que a pesar de todo Lucas sintió deseos de echarse a reír.

—De acuerdo —murmuró ella entre dientes—. Iré. Pero sólo una noche. Te lo advierto, no estoy interesado en dejarte que…

—¿Dejarme qué? —preguntó Lucas acercándose, estrechándola entre sus brazos y besándola del modo que había deseado hacerlo desde que entró por la puerta.

Caroline se puso tensa. Luego exhaló un pequeño suspiro y se inclinó sobre él.

–¡Ay!

Unos cuchillos afilados se clavaron en la pierna de Lucas. Dio un salto atrás, miró hacia abajo y vio una cosa esquelética del tamaño de un perro agarrada a su pierna.

Caroline también miró hacia abajo… y se rió.

–¡Oh, Dios mío, Oliver! –se inclinó, agarró a la criatura en brazos y se incorporó.

Un gato enorme, escuálido y espantosamente feo lo miró con sus malévolos ojos amarillos.

–¿Qué es esto? –preguntó Lucas.

–Es Oliver, mi gato –Caroline hundió el rostro en el pelo del animal–. Pobrecito. Está aterrorizado.

–Y por supuesto, no querrás dejarlo aquí…

Caroline entornó los ojos.

–Oliver viene conmigo, o yo me quedo aquí.

–Maldita sea, mujer…

–¿Y por qué estás aquí, además? –ella alzó la barbilla–. La última vez que te vi en el apartamento de Dani fue suficiente para mí.

–Eso no tiene nada que ver con esto.

–¡Claro que sí! Actuaste como si… como si yo no fuera nada, y ahora juegas a ser el caballero que viene a rescatar a una dama en apuros.

–Mira, tal vez la última vez exageré, ¿de acuerdo?

Diablos, tal vez sí. Había contratado a Caroline para un trabajo. Y ella lo había hecho bien. Si había alguien a quien culpar era a Jack Gordon por no haberle dicho directamente que Caroline era… que era algo más que una traductora.

¿Y por qué estaba permitiendo que ella desviara la conversación?

—Muy bien —dijo con brusquedad—. Puedes traer al gato. Vamos, mete en una bolsa lo que necesites. Estoy harto de perder el tiempo.

Se quedaron mirándose el uno al otro fijamente. Entonces Caroline le pasó el gato.

—Vamos, agárralo. No puedo hacer el equipaje y sujetar a Oliver al mismo tiempo.

Aquel diablo flaco aterrizó sobre su pecho clavándole las garras en la chaqueta del traje. Lucas miró al gato. El gato lo miró a él. Emitió un sonido diabólico.

En un último intento de cordura, Lucas se agarró a algo que le parecía razonable.

—No sé si en mi edificio se permiten mascotas.

Caroline se rió. Lucas no podía culparla. Sabía tan bien como ella que tanto si se permitían como si no, a él le daría lo mismo. Lo que pasaba era que no entendía por qué la gente tenía mascotas. Encariñarse con un ser que terminaba muriendo o marchándose. Pero no había tiempo para explicar su filosofía.

—Vamos, haz el equipaje —le pidió.

Caroline se dio la vuelta y entró en la habitación. Lucas mantuvo sujeto con un brazo al gato, que volvió a emitir aquel sonido gutural.

—No tientes tu suerte, gato —dijo en voz baja.

Entonces llamó a su chófer para que les recogiera en la entrada. Cuando colgó, Caroline salió del dormitorio con una bolsa de viaje bajo un brazo y un planta en el otro.

—Es un helecho —dijo fríamente antes de que Lucas comentara nada—. Y sí, también se viene conmigo. Necesita cuidados —pasó por delante de él y se las arregló para abrir la puerta–. Tal vez te resulte difícil de entender, pero no soy partidaria de dejar que los seres vivos sufran.

Lucas fue tras ella mientras el gato trataba de recuperar la libertad arañándole la chaqueta, la camisa y también la piel. Y no pudo evitar preguntarse si aquella filosofía sería también aplicable a él.

Capítulo 7

UN ático de treinta y dos millones de dólares. Un lugar que podría salir en las páginas de las más prestigiosas publicaciones de arquitectura si Lucas no fuera tan celoso de su privacidad.

En las paredes, una mezcla ecléctica de grabados de madera japoneses y un magnífico óleo de Edward Hopper. En los suelos, alfombras persas antiguas sobre la madera de palosanto brasileña. En las doce habitaciones llenas de luz, techos altos, muebles color cereza, sofás de seda blanca y flores frescas en los jarrones de diseño.

Ahora se habían añadido dos piezas nuevas. El helecho que parecía un resto del pleistoceno estaba en la habitación de invitados. Caroline había subido las escaleras con él tras haber acomodado a Oliver. Lucas se había ofrecido a llevarlo, pero ella lo rechazó.

–Soy perfectamente capaz de hacerlo yo misma –le había dicho con frialdad.

Ahora el helecho y ella estaban fueran de su vista.

No así un cajón de gato rojo brillante que habían comprado de camino. Estaba en el elegante lavabo de abajo. Tenía tapa, por supuesto, pero no servía para disimular su propósito. Y menos ahora que Oliver acababa de entrar en él.

Lucas se dio la vuelta y miró por la pared de cristal del salón hacia Central Park, cuyas luces empezaban a encenderse. Se preguntó cómo era posible que un hombre que estaba tan dispuesto a enfrentarse a la mujer que le había mentido, hubiera terminado en aquella situación.

Caroline era una mentirosa. El hecho de que viviera al borde de la pobreza y que cuidara de una planta moribunda y un gato callejero no cambiaba nada.

No podía cambiarlo.

Era lo que era, y él nunca podría aceptarlo. Aunque tampoco tenía por qué hacerlo. Ni tampoco tenía que gustarle el hecho de que Caroline estuviera allí con su planta y su gato, volviendo su vida del revés.

Lucas se apartó de la ventana, recorrió el salón y fue encendiendo todas las lámparas hasta que todo el espacio brilló como una hoguera. Luego se quedó quieto, echó la cabeza hacia atrás y miró hacia el techo.

—Diablos —murmuró.

Entonces entró en su estudio, cerró la puerta y se dejó caer en la butaca de cuero.

En la oscuridad.

La verdad, y a él le gustaba ser sincero, era que él era el único culpable de aquel lío.

Caroline estaba en su vida porque él la había contratado para que interpretara un papel. Estaba en su casa porque él había insistido. ¿Qué clase de hombre dejaría a una mujer, a cualquier mujer, en un lugar con puertas que no se cerraban y con un intruso que podría decidir volver de nuevo de visita?

Sí, había ido a su apartamento a enfrentarse a ella, pero, ¿cómo podría haberlo hecho cuando se lanzó a sus brazos temblando y susurrando su nombre?

Lucas se puso de pie, metió las manos en los bolsillos y comenzó a recorrer la estancia. Había hecho lo correcto. Lo único correcto. Pero tenía los pies en el suelo. No iba a hundirse más. Sabía exactamente cómo manejar las cosas cuando la vida amenazaba con darte la vuelta. Examinar las cosas con lógica. Determinar cuál era el problema y encontrar la solución.

Eso se le daba bien.

Mejor que bien.

Era la razón por la que había llegado tan lejos.

Aquellos instantes de pensamiento racional habían bastado para aclarar la situación.

Conocía a los mejores agentes inmobiliarios. Una llamada de teléfono y el problema quedaría resuelto. Caroline seguramente diría que no podía permitirse lo que le encontrara el agente y él no discutiría. No iba a preguntarle a una mujer que se ganaba la vida vendiendo su cuerpo en qué se gastaba todo su dinero…

Recordó que le había dicho que quinientos dólares era mucho dinero y que los necesitaba. Y que nunca había hecho nada parecido con anterioridad. Tal vez fuera cierto. Tal vez la noche que había pasado con él había sido la primera vez que le puso precio al sexo…

Lucas torció el gesto. ¿Qué más daba eso? Sus finanzas eran asunto suyo. No quería saber nada de ellas, ni tampoco de Caroline. Le pagaría un par de meses de alquiler por adelantado. Qué diablos, le pagaría un año entero, y ahí terminaría todo.

Lucas sacó la agenda del escritorio, la abrió y buscó un agente inmobiliario con el que había tenido trato en el pasado. Era tarde, pero, ¿qué más daba? Poder llamar a alguien a cualquier hora era uno de los privilegios de tener poder y dinero.

La llamada fue breve. Quería un apartamento para una amiga. En Madison Square o en Central Park, o por ahí cerca. De una habitación. Un edificio con portero, por supuesto. Y con sistema de seguridad. El precio no suponía ningún problema.

Colgó y se sintió aliviado.

Decidió no mencionárselo a Caroline hasta que el trato estuviera cerrado. Se levantó y volvió a recorrer la habitación.

El tiempo fue pasando. Escuchó por si oía algún sonido arriba. Nada. Había una mujer en su casa, pero parecía que estuviera solo. Mejor así.

Pero Caroline estaba allí. ¿No pensaba bajar y decir algo? ¿O comer algo? Él estaba hambriento. No había tomado nada excepto un café, y eso fue hacía horas. Ella debía tener hambre también.

¿Estaría esperando una invitación? Tal vez sí. Tal vez esperaba que llamara a su puerta y la invitara a cenar.

O podría llevarla a cenar fuera. Había un restaurante pequeño y tranquilo situado un par de manzanas más abajo. Era muy íntimo. Velas en las mesas. Sólo había estado una vez allí, con Elin, pero a ella no le había gustado.

—Nunca había oído hablar de este sitio —había dicho con disimulado desdén—. Y no veo a nadie conocido.

Lucas sospechaba que Caroline no diría algo ni remotamente parecido. Si su amante la llevaba a un restaurante débilmente iluminado, lo único que le interesaría sería la cara de su amante.

Lucas gruñó. ¿Qué importaba lo que ella diría o dejara de decir? Además, pensó con frialdad, la palabra «amante» no tenía excesivo significado en su vida. Haría y diría todo lo que los hombres querían que hiciese. Eso era lo que había hecho la otra noche, ¿verdad? Empezando por el vestíbulo del hotel, siguiendo por la cena… y terminando en su cama.

¡Diablos! ¿Cuántas veces iba a volver a pensar en aquella tontería? Ya era suficiente, pensó dirigiéndose a la cocina. Que comiera o dejara de comer era asunto suyo. Pero él tenía hambre.

Era el día libre de su asistenta. Daba igual. Siempre había envases marcados con comida para calentar en el congelador, huevos y beicon, y mejor todavía, los menús de los restaurantes con comida para llevar en el cajón de la mesa de la cocina.

Lucas abrió la puerta de la nevera, sacó un botellín de cerveza… y el gato salió de la oscuridad enredándose entre sus piernas. No se supo cuál de los dos se llevó un susto mayor, pero Lucas era el que estaba sujetando la cerveza. Se le cayó y se estrelló contra el suelo.

Dio un paso atrás, pero ya era demasiado tarde. La cerveza fría le había mojado los zapatos y el bajo de los pantalones, había salpicado la puerta de acero de la nevera y las inmaculadas paredes blancas. Lucas observó el desastre y luego alzó los brazos, apretando los puños hacia el cielo.

–Hasta aquí hemos llegado –gritó–. Ya he tenido suficiente. ¡Más que suficiente!

–¿Qué ha pasado?

Se encendieron las luces de la cocina. Lucas se dio la vuelta y vio a Caroline en el umbral. Seguía vestida con el chándal, tenía el pelo aplastado a un lado y los ojos somnolientos. Con sólo mirarla supo que hasta entonces estaba dormida.

Dormida mientras la vida de Lucas estaba del revés. Mientras él caminaba de puntillas por su propia casa como un extraño, mientras se enfrentaba a un gato psicópata, mientras perdía el tiempo tratando de imaginar cómo un hombre normal y corriente podía haberse visto envuelto en una situación así.

Caroline ya no estaba guapa, le hacía falta cepillarse el pelo, ponerse algo de maquillaje y ropa decente.

Entonces, ¿por qué deseaba estrecharla entre sus brazos y besarla hasta dejarla sin aliento?

Ella miró hacia los cristales rotos y luego hacia su rostro.

–Oh, ¿ha sido Oliver? –tragó saliva–. Lucas, no es culpa suya. Está asustado por…

–¿Es la única criatura viva que te importa?

Caroline estaba pálida. Aterrorizada. Podía verlo en sus ojos, pero no le importaba. Él también estaba asustado. Le daba miedo volverse loco, porque sin duda eso era lo que le estaba ocurriendo.

–Por favor, dime qué ha pasado.

–Te diré lo que pasado –le espetó él.

La ira era una emoción que comprendía bien, y sin duda ya no entendía muchas más cosas. Se dirigió hacia ella pisando los cristales con los zapatos y se detuvo a un centímetro.

–Te contraté para que hicieras de traductora para mí, y tú… tú…

–¿Yo qué? –preguntó ella asombrada.

–Tú… tú –Lucas le agarró los hombros–. Maldita sea, Caroline –gruñó estrechándola entre sus brazos y besándola.

La besó con pasión. Con fuerza. La besó una y otra vez sujetándole el rostro entre sus grandes manos, hundiéndole la lengua entre los labios, forzando los besos…

Hasta que se dio cuenta de que no era así. Caroline le estaba devolviendo los besos.

Tenía los labios entreabiertos. Las manos agarradas a su camisa. Estaba de puntillas, y de su garganta surgían unos pequeños gemidos excitados.

–Lucas –susurró contra su boca–. Lucas…

Él gimió, le agarró el trasero y la apretó con ansia

contra su cuerpo. Caroline contuvo el aliento y se frotó contra él.

—No podemos hacer esto –susurró.

—Sí podemos. Tenemos que hacerlo.

—No. No está bien…

—Entonces dime que pare. Dilo y te dejaré ir.

—Para –dijo Caroline.

Pero su cuerpo estaba apretado contra el suyo, su cálida boca abierta a la de él. Lucas le agarró las muñecas.

—Te deseo. Te deseo más de lo que he deseado nunca a ninguna mujer. Y tiene que ser lo mismo para ti, ¿lo has entendido? Tienes que desearme. A mí. A Lucas Vieira. Sin juegos ni farsas. Porque si para ti no es así…

—Es exactamente así –dijo ella.

Lucas la tomó en brazos y subió con ella escaleras arriba hasta su dormitorio. Hasta su cama.

Le temblaban las manos y el cuerpo.

Deseaba tomarla como debió haber hecho la primera vez que estuvieron juntos.

Pero no podía esperar. El deseo que sentía resultaba casi insoportable. Pero utilizó el poco control que le quedaba para tratar de hacerle entender lo que iba a suceder.

—Escúchame –dijo con voz ronca–. Quiero hacerte el amor muy despacio. Quiero acariciarte hasta oírte suplicar –le deslizó la mano bajo el chándal, le cubrió un seno y le acarició el pezón hasta que ella gritó y se arqueó contra él–. Pero no puedo. Ahora no. ¿Lo entiendes? Te deseo muchísimo.

—Maldición –dijo Caroline–. Maldición, Lucas... –le apartó la mano. Se sentó. Se sacó la parte de arriba del chándal por la cabeza. Se quitó los pantalones.

Llevaba un sujetador de algodón blanco. Braguitas de algodón blancas. Nada exótico, nada de seda ni encaje. Sólo ella, justo lo que Lucas deseaba.

Le dijo en portugués lo hermosa que era, lo mucho que la deseaba, y mientras lo hacía se quitó la ropa y le quitó a ella lo que quedaba.

Caroline se tumbó boca arriba. Se entregó a él. A su boca. A sus manos. A su cuerpo. Se le oscurecieron los ojos, se le aceleró la respiración, su nombre se le escapó de entre los labios, su piel sudada se encontró con la suya y el extremo de su henchido pene se frotó contra ella.

–Caroline –dijo con urgencia entrando en ella.

Caroline gritó. No con dolor, aunque estaba tan profundamente dentro de ella que durante un instante se preguntó si podría albergarlo entero.

Fue un grito de éxtasis. De plenitud. De conciencia al saber que había sido creada para aquello. Los músculos le temblaron, su cuerpo aceptó la exquisita intrusión.

–Lucas –sollozó–. Oh, Lucas…

Las lágrimas le resbalaron por las mejillas. Él se las secó a besos. Le besó la boca. Y luego empezó a poseerla, a llevarla hacia aquel lugar al que él y sólo él la había llevado con anterioridad.

Sus embates se hicieron más fuertes. Más exigentes. Posesivos. A Caroline le encantaba, le encantaba sentirse suya, saber que le pertenecía, que la estaba reclamando.

Y entonces dejó de pensar. La visión se le nubló. Caroline gritó, Lucas echó la cabeza hacia atrás y gimió, y ambos cruzaron juntos los límites del universo.

Capítulo 8

ESTABAN tumbados sobre la enorme cama, respirando agitadamente, piel con piel, el poderoso cuerpo de Lucas sobre el de Caroline.

El mundo fue recuperando lentamente la forma.

Caroline suspiró, giró la cabeza y lo besó en el hombro. Él murmuró algo que no comprendió, pero daba lo mismo, porque le bastaba con entender que estaba con él, sintiendo el latido de su corazón contra el suyo.

Lucas le besó la sien y se apartó un poco de ella.

—Esto ha sido —murmuró—. Ha sido…

—Sí —contestó Caroline—. Lo ha sido.

Él se rió y le besó el alborotado cabello.

—Siento que haya sido tan rápido, pero…

—Ha sido perfecto.

—Somos perfectos los dos —la corrigió—. Perfectos juntos.

A Caroline le bailó el corazón de alegría. Inclinó la cabeza y observó su rostro. Tenía un rostro hermoso y sexy. Sonrió, y Lucas le devolvió la sonrisa y la besó con tal ternura que se le formó un nudo en la garganta.

—¿De verdad estás bien? —le susurró él—. Porque sé que ha sido demasiado rápido…

—Lucas, ha sido maravilloso. Ha sido todo lo que yo… yo…

Él apoyó el peso del cuerpo sobre un codo.

—¿Todo lo que tú qué?

Caroline sintió cómo se sonrojaba.

—Todo lo que he soñado desde… desde…

—Desde aquella noche.

Ella asintió.

—Sí.

Lucas no dijo nada durante un largo instante. Luego le trazó la línea de los labios con la yema del dedo índice.

—Entonces, ¿por qué huiste de mí?

—No huí. Me marché.

—Huiste, Caroline. En mitad de la noche. Sin dejarme tu número de teléfono, sin dejarme nada más que unos recuerdos que no podía borrar.

Ella le puso la mano en la mejilla, sintió la aspereza de su barba incipiente. Lucas giró la cara y le besó la palma de la mano.

—Yo me llevé mis recuerdos conmigo —susurró ella.

Aquello le hizo sonreír.

—¿Sí?

A Caroline le encantó aquel «sí» cargado de arrogancia. No le gustaban los hombres arrogantes, eran el tipo de su madre, no el suyo. Pero Lucas era diferente. Su arrogancia formaba parte de él. No era una actuación encaminada a impresionar a los demás, era pura seguridad en sí mismo.

Y resultaba increíblemente sexy.

—Esta vez no vas a salir huyendo.

Ella lo miró a los ojos. Estaban más oscuros que nunca y le hicieron contener el aliento.

—¿No? —susurró.

—No —repitió Lucas.

Tenía razón. No iba a ir a ninguna parte. Aquella noche no. Enseguida llegaría el día siguiente, y con él la razón, pero ahora sólo existía aquello. La boca de

Lucas en la suya. El sabor de su lengua. Su mano sobre su seno, su pierna entre los muslos…

Caroline sonrió.

–¿Y cómo vas a detenerme? –murmuró.

Lucas se rió. Le levantó una pierna, se la subió a la cadera. Jugueteó con la plenitud de su erección contra su repentina humedad hasta que ella gimió.

Entonces la penetró con más fuerza. Más profundamente. Caroline se arqueó de placer.

–¿Te gusta? –preguntó él con voz ronca.

–Sí –Caroline le agarró el rostro entre las manos–. Sí, oh, sí.

–Bien. Porque a mí también me gusta. Me encanta sentirte dentro de mí. Abriéndote a mí.

–Por favor –susurró ella–. Lucas, por favor…

Él gruñó, se hundió más profundamente hasta que formaron un solo cuerpo sin principio ni fin. Y se la llevó con él al paraíso.

La despertó el gato.

–Miau –maulló Oliver, y Caroline suspiró.

Le había llamado así por el niño hambriento y maltratado de la novela de Dickens. Seguramente tenía hambre.

–De acuerdo –susurró acariciándole la oreja–. Voy.

Lucas estaba dormido a su lado con un brazo sobre sus hombros. Caroline se apartó lenta y cuidadosamente de él. Lucas se estiró dormido, murmuró algo en portugués y ella se quedó paralizada. No quería despertarlo.

Eso era lo que había sucedido aquella primera noche. Se había despertado de pronto en la oscuridad y con miedo de despertarlo, pero esto era diferente. Ahora no le daba miedo despertarlo, sólo quería que durmiera un poco más. Ni tampoco se había asombrado al encontrarse en su cama.

Bueno, un poco sí. Volver a acostarse con él era lo último que imaginaba que haría. Y eso que no había parado de pensar en Lucas, en cómo le hacía sentirse.

Pero venían de mundos muy distintos. El hecho de que esos mundos se hubieran encontrado había sido cosa del destino. Y luego, cuando el destino volvió a unirles en casa de Dani, Lucas estaba muy enfadado, muy frío con ella, como si hubiera hecho algo terrible. Sí, se había escapado de su cama aquella primera noche, pero sin duda eso no era suficiente para…

–Miau, miau, miau –maulló el gato con obvia impaciencia.

Caroline se puso de pie, improvisó un pareo con el cubrecama de seda y salió descalza de la habitación.

El gato se le enredó en los tobillos mientras bajaba las escaleras. Había suficiente luz para ver por dónde pisaba y recordó los cristales rotos de la cocina justo a tiempo de evitarlos.

Oliver también los evitó antes de saltar a la encimera de piedra blanca, desde donde observó a Caroline con sus ojos almendrados.

Lo primero era lo primero, pensó buscando la escoba y el recogedor en el armario y barriendo los cristales antes de tirarlos a la basura.

–Ahora ya no te cortarás –le dijo al gato, que respondió lamiéndose una pata.

Caroline vio que el cuenco del agua de Oliver estaba todavía lleno, pero lo vació, lo enjuagó y volvió a llenarlo. Como imaginaba, el cuenco de la comida estaba vacío.

–Lo siento, cariño –dijo sintiéndose culpable y llenándolo de galletitas.

–Miau –maulló el gato educadamente y bostezando.

Caroline sonrió y lo tomó en brazos.

–¿Te sentías solo, cariño? ¿Por eso me has desperta-do?

El gato ronroneó y cerró los ojos. Caroline le besó la cabeza, salió de la cocina y se dejó caer en la esquina de uno de los sofás blancos del salón.

–No pasa nada –dijo con dulzura–. Ahora ya estoy contigo. No volverás a sentirte solo.

Sintió como si Oliver se hiciera más pesado. Su ronroneo disminuyó. Se estaba durmiendo en sus brazos.

Caroline echó la cabeza hacia atrás. Así era como ella se había dormido en brazos de Lucas aquella primera noche. Se había sentido a salvo por primera vez en su vida.

Caroline dejó caer las pestañas. Lucas tenía razón, había huido. La realidad de lo que había hecho le resultaba demasiado vergonzosa. Y ahora había vuelto a hacerlo, se había ido a la cama con él aunque seguía siendo un desconocido, un desconocido que la confundía hasta lo inexplicable porque primero le hablaba con una furia tremenda en casa de Dani y luego acudía a su rescate, tranquilizando su miedo…

El frío le atravesó los huesos. ¿Sería después de todo como su madre?

Hacía años que no excavaba en aquellos recuerdos enterrados, pero ahora le cruzaron por la mente. Su madre en su pequeña casita de las afueras de la ciudad con un nuevo hombre. Su madre feliz y emocionada, convencida de que aquél era el definitivo.

Y unas semanas, o en ocasiones meses más tarde, las inevitables señales de que la aventura estaba tocando a su fin. Para el hombre, nunca para su madre. El príncipe azul de su madre se dejaba caer con menos frecuencia. Llamaba menos. Ponía excusas cuando su madre le invitaba a cenar.

Lo único bueno de aquellos momentos era que, durante un breve espacio de tiempo, Caroline tenía a su madre para ella. No tenía que fingir que quería ver la televisión cuando ella y su amante de turno salían, o todavía peor, desaparecían en el dormitorio de su madre.

Ocurría una y otra vez. Y sin embargo, cuando cada aventura llegaba a su predecible final, su madre siempre se quedaba destrozada. Sorprendida de haber sido rechazada. Caroline no. Aprendió a leer las señales cuando tenía ocho o nueve años. Al menos había aprendido algo de valor.

No había que tener una relación con un hombre que se creía el rey del mundo. No había que considerar el sexo como algo sin importancia. Y desde luego no había que entregarse completamente a un hombre. Nunca. Ya era bastante malo entregarle a un hombre tu cuerpo, pero nunca había que entregarle el corazón y el alma.

Caroline aspiró con fuerza el aire.

De acuerdo. Uno de tres no estaba tan mal. Tenía una relación con un hombre arrogante. Alguien podría pensar que no le daba importancia al sexo. Pero desde luego no le había entregado a Lucas nada más que su cuerpo. Su alma y su corazón estaban completamente a salvo.

−¿Caroline?

Se encendió una luz. Ella abrió los ojos. El gato bufó, saltó de su regazo y se marchó corriendo.

−¿Qué estás haciendo aquí sola en la oscuridad?

Lucas estaba en el centro del salón, desnudo de cintura para arriba y con un pantalón de chándal. Tenía el oscuro cabello revuelto, el rostro ensombrecido por aquella barba incipiente tan sexy.

El corazón le dio un vuelco.

Era muy guapo. Mucho más que guapo. El mero hecho de verle le borraba todas las dudas, le hacía pensar únicamente en cómo se sentía entre sus brazos.

—Creí que habías vuelto a dejarme —dijo acercándose a ella.

Se inclinó para besarla. Sus labios tomaron los suyos con afán de posesión.

—Esta vez hubiera ido detrás de ti —aseguró con voz ronca.

Caroline alzó la vista para mirarlo. Quería decir algo inteligente y sofisticado. Pero al final dijo lo que tenía en mente.

—Entonces… ¿por qué no lo hiciste la última vez?

Él asintió, como si le hubiera pedido que le explicara alguna compleja fórmula matemática.

—Lucas, ¿por qué no me fuiste a buscar?

Él volvió a asentir y se pasó la mano por el pelo. Era una excelente pregunta. ¿Por qué no había ido tras ella la mañana que salió de su cama?

En primer lugar, por ego. Las mujeres no le abandonaban a él. Ir tras ella habría ido en contra de su orgullo. Estúpido, pero así era.

Después, cuando Jack Gordon le habló más a fondo de Dani Sinclair, después de que hubiera sumado dos y dos y llegara a la conclusión de que Caroline era…

Si es que lo era. Pero… ¿cómo iba a decírselo? No podía explicarle: «No fui detrás de ti porque me mata pensar que estés con otros hombres. Porque soy demasiado orgulloso como para imaginarse siquiera en esa situación. Porque incluso ahora, una parte de mí se pregunta si estás actuando, si el sexo es una actuación para ti, si dijiste la verdad cuando aseguraste que la noche que estuviste conmigo fue la primera vez que te vendiste…».

Tenía que serlo, se dijo con firmeza. Una mujer que vivía del sexo no gritaría de asombro cuando le abrieran las piernas, buscaran el delicado punto que había entre ellas y lo sedujeran con la lengua. No se sonrojaría bajo la intensidad de su mirada cuando él se echara para atrás y le dijera que quería ver su rostro mientras le hacía el amor.

–Lucas, no fuiste detrás de mí y sin embargo hoy has insistido en que viniera a tu casa contigo –Caroline tragó saliva–. No tiene sentido.

No. No lo tenía. Lo único que Lucas sabía era que Caroline era suya. Que quería estar con ella. Se había dicho a sí mismo que iba a ir a su apartamento para poner fin a la situación, pero en realidad había ido a buscarla.

–Tal vez estemos buscando una lógica donde no la hay –aseguró él con dulzura tomándole de las manos para ayudarla a ponerse de pie–. Lo que importa es que he ido detrás de ti esta vez. Y ahora estamos juntos –sonrió al atraerla hacia sí con la esperanza de borrar la oscuridad de sus ojos–. Tú, yo y el gato que está sentado en una esquina planeando cómo librarse de mí.

Caroline se rió, como confiaba que haría.

–Entrará en razón, ya lo verás. No tardará más de un par de días. Para cuando me vaya de aquí…

–No te vas a ir.

–No, esta noche no. Quiero decir, cuando encuentre un apartamento…

Lucas se sentó en el sofá y la acomodó sobre su regazo.

–No hablemos de eso ahora –le pidió suavemente.

No. Ella tampoco quería hablar de ello.

–De acuerdo –sonrió–. Hablemos de ti.

Lucas pareció sobresaltarse.

–¿De mí?

–No sé nada de ti –Caroline volvió a sonreír–. Bueno, sé que sabes leer un menú escrito con hipérboles.

Lucas se rió.

–Es más difícil que leer ruso, ¿verdad?

–Desde luego –ella batió las pestañas–. *Mais monsieur, je peux lire un menu en français très bien.*

–Muy bien –Lucas sonrió y le deslizó los labios por los suyos–. Estoy impresionado.

Caroline suspiró.

–Yo también. No porque pueda hablar y leer francés y ruso, sino por haber tenido la oportunidad de aprender ambos idiomas.

–¿Qué quieres decir?

Ella se encogió ligeramente de hombros.

–Bueno, crecí en una ciudad pequeña. El típico sitio en el que tu vida está en cierto modo ya planeada –apoyó la cabeza sobre su hombro–. El hijo del banquero iba a ir a la universidad, volvería a casa y sería banquero. La hija del panadero estudiaría dos años repostería y…

–Volvería a casa para ser panadera.

Caroline dejó escapar una suave risa.

–Exactamente –le acarició la barba incipiente con un dedo–. En la ciudad había una fábrica de tractores de jardín. Mi madre trabajaba allí, en la cadena de ensamblaje. Cuando estaba en el instituto opté por la asignatura de francés. Y mi tutor me llamó a su despacho y me dijo que mejor escogiera cosmética porque el francés no me serviría de nada cuando me graduara y mi madre me consiguiera un empleo para trabajar con ella.

Lucas asintió en silencio mientras pensaba en ir a la ciudad natal de Caroline, encontrar a ese tutor y darle una buena paliza.

–Pero tú no tenías intención de trabajar en esa fábrica –dijo.

–Ni por un segundo. Yo quería algo… algo…

–¿Mejor?

–Algo más.

Lucas asintió.

–Así que le dijiste al tutor lo que podía hacer con su consejo y te apuntaste a francés.

Ella sonrió. Era una sonrisa que recordaba a la niña que debió ser: guapa, desafiante y decidida.

–Supongo que le diría algo parecido –su rostro adquirió una expresión más seria–. Algo que aprendí de niña fue que en este mundo tienes que aprender a cuidar de ti misma.

Aquello era algo que tenían en común, pensó Lucas lamentándolo por ella.

–Y entonces resultó que eras un genio para el francés –comentó manteniendo un tono ligero.

–Resultó que era una buena estudiante. Conseguí una beca, vine a Nueva York…

–Pero resultó que Nueva York no era lo que esperabas.

–Era más de lo que esperaba. Grande. Maravillosa. Emocionante.

–Y cara.

¿A qué se debería aquel sutil cambio en su tono de voz?

–Sí, muy cara. Pero entonces, volviendo a lo que decíamos…

–El dinero de la beca parecía mucho, pero cuando llegaste a la ciudad tuviste que buscarte un suplemento.

–Por supuesto.

–Y eso hiciste –afirmó Lucas. Ahora no quedaba duda del cambio de su tono de voz.

¿Sabía que trabajaba de camarera? ¿La tendría en peor consideración por ello?

–La gente hace lo que tiene que hacer –afirmó con voz pausada–. Puede que un hombre como tú no lo entienda, pero…

Lucas maldijo entre dientes, le colocó una de sus grandes manos en la nuca y le atrajo la boca hacia la suya. Al principio lo único que hizo fue recibir sus besos. Luego sus labios se suavizaron y se abrieron; Luca saboreó su dulzura y cuando hubo terminado de besarla la estrechó contra su corazón.

Él no era quién para sentarse a juzgar. En su infancia había hecho todo lo que pudo para sobrevivir. Pequeños robos. Comida de los puestos de los mercados. Carteras de los bolsillos de los turistas gordos. ¿Quién sabía hasta dónde habría llegado con el paso de los años?

Caroline tenía razón. La gente hacía lo posible por sobrevivir.

Además, todo aquello quedaría en el pasado. Nunca le permitiría volver a su antigua vida, ni siquiera cuando su tiempo juntos tocara a su fin. No sabía cuándo llegaría ese día, pero siempre llegaba. Y cuando eso sucediera, se encargaría de que estuviera a salvo. Un apartamento. Un trabajo. Conocía gente por todas partes que sin duda podrían ofrecerle un buen empleo a una joven tan brillante.

Tenía la impresión de que no sería fácil convencerla para que aceptara su ayuda, pero él encontraría la manera de hacerlo. Por el momento estaban juntos, y eso era lo único importante.

–¿Ves? –dijo alegremente–. Yo he aprendido algo nuevo de ti, y tú algo de mí.

–No –contestó Caroline mirándolo fijamente–. Yo no.

–Claro que sí. Has aprendido que soy un oso antes de tomarme el primer café.

Su tono era despreocupado, pero Caroline sabía que era una fachada. No quería hablar de sí mismo. Ella quería saber más, conocerlo mejor, pero por el momento se conformaba con estar con él. Así que sonrió y le dio un beso fugaz.

–En ese caso, preparemos café.

Caroline se puso de pie. El pareo de seda que había improvisado se le deslizó, dejándole al descubierto los senos. Trató de agarrarlo, pero Lucas le agarró las muñecas y se las sujetó a los costados.

Al instante cambió el humor del momento.

–Café. Me parece bien. Pero primero voy a saborearte a ti –se llevó uno de los rosados pezones de Caroline a la boca y ella contuvo el aliento.

Lucas le deshizo el nudo del cubrecama de seda. Le cayó a los pies y se quedó desnuda.

–Caroline, *meu amor*. Eres preciosa. Preciosa… –se puso de pie y la atrajo hacia sí.

Ella sintió cómo se endurecía su piel. El hecho de ser capaz de provocarle algo así la emocionaba.

Y saber que dentro de poco estaría moviéndose dentro de ella la emocionaba todavía más.

Colocó una mano entre ellos. Lucas emitió un sonido seco y gutural. Los dedos de Caroline recorrieron la longitud de su pene. Podía sentir su carne latir bajo los suaves pantalones de algodón del chándal.

–Caroline –su tono encerraba una amenaza–. Si sigues haciendo eso…

Ella le bajó despacio los pantalones. Observó su rostro, disfrutando del modo en que se le oscurecían los ojos.

–Caroline –murmuró él con voz ronca–. ¿Tienes idea de lo que…?

Ella cerró la mano sobe su erección. Lucas gimió. Estaba hecho de seda y acero. Nunca antes había tocado a un hombre de aquel modo, nunca había imaginado que llegaría a apetecerle. Pero quería saberlo todo sobre su amante. Si no hablaba de sí mismo, encontraría otras maneras de explorarle. Como aquélla.

Caroline se puso de rodillas. Le sostuvo con las manos. Lamió su virilidad. Llevó la punta de la lengua a su sexo henchido.

Lucas se estremeció. Le pasó las manos por el cabello. Se incorporó gimiendo, la tumbó sobre el sofá blanco de seda y se hundió en ella.

Caroline alcanzó el clímax al instante, y él también.

Mientras la abrazaba, Lucas pensó que lo que acababa de hacerle Caroline había sido maravilloso. Entonces se preguntó cuántas veces lo abría hecho con anterioridad.

Sintió un nudo en el estómago. Se puso de pie, agarró el cubrecama de seda de la alfombra y la cubrió con él.

–¿Lucas? –preguntó Caroline incorporándose.

Él sonrió, y fue una de las cosas más difíciles que le había tocado hacer jamás.

–Deja que te traiga un albornoz –sugirió alegremente–. Luego desayunaremos.

Creyó que había sonado alegre, pero cuando regresó con el albornoz vio que Caroline se había vuelto a envolver en el cubrecama. Eso y la expresión de su rostro le hicieron ver que no había logrado engañarla.

–Caroline, cariño….

–¿Qué ha pasado? ¿He… he hecho algo que…?

Tenía los ojos brillantes por las lágrimas y le temblaban los labios. ¿Cómo pudo haber pensado ni por un instante que le había hecho algo parecido a otro hombre? Maldiciéndose a sí mismo, la estrechó entre sus brazos y la besó.

–¿Qué te había dicho? Soy un oso antes de tomarme el primer café –volvió a besarla y siguió haciéndolo hasta que su cuerpo se suavizó contra el suyo y la duda desapareció de sus ojos–. Voy a hacerte el mejor desayuno que hayas probado en tu vida. Es el plato nacional de Brasil. Tortitas con beicon y sirope de arce.

La broma funcionó. Una sonrisa curvó los labios de Caroline.

–Las tortitas son el plato nacional de todas partes.

–Yo hago las mejores del mundo.

Ella alzó las cejas.

–¿De verdad?

–De verdad. Y el mejor café.

–Si tú vas a hacer el café y las tortitas, ¿qué me queda a mí?

–Tienes una tarea muy importante. Adornar mi cocina.

Ella se rió.

–Eso no me parce una tarea importante.

–Lo es, y mucho –aseguró Lucas con solemnidad–. Y estoy seguro de que vas a hacerlo muy bien.

Igual que él iba a hacer muy bien olvidar lo que sabía de su pasado. O preguntarse al respecto. ¿Acaso no había aprendido eso siendo niño? Lo que una persona era al principio de su vida no importaba. Lo realmente importante era en quién se había convertido al final.

Capítulo 9

S E ducharon. Se pusieron los albornoces. Y desayunaron. El desayuno les llevó mucho tiempo.
No podía ser de otra manera, porque cada bocado
iba acompañado de suaves besos que sabían a sirope.

Lucas hizo las tortitas y el café. Caroline encontró
algo que hacer después de todo. Frió el beicon. Dijo
que las tortitas sabían a gloria. Lucas aseguró que nunca había probado un beicon tan delicioso.

–Gracias, señor –bromeó ella–. Ese piropo casi jus-
tifica el tiempo que he pasado en cocinas de cucharas
grasientas.

–¿Cocinas de cucharas grasientas? –Lucas le dio un
sorbo a su café–. ¿Qué clase de cocinas son ésas?

Caroline se rió.

–No de la clase que tú conoces, estoy segura.

–¿Quieres decir que no sería así la cocina del restaurante en el que cenamos la noche que nos conocimos?

Era la primera referencia que alguno de los dos hacía para referirse al principio de aquella noche, y la
hizo con tanta gracia que sonó como si se hubiera tratado de una cita de verdad.

–Exacto –Caroline sonrió y comió un trozo de tortita.

Una gota de sirope le deslizó por el centro del labio
inferior. Lucas se acercó y se lo lamió antes de cubrir la
boca con la suya para darle un beso de verdad.

–Buenos días, señor Vieira.

Caroline dio un respingo, sobresaltada. Lucas maldijo entre dientes. Se le había olvidado que la asistenta iba a ir aquella mañana.

Se giró hacia ella y pensó divertido que la señora Kennelly sería una excelente jugadora de póquer. Su rostro plácido no reflejó nada, aunque nunca antes le había visto desayunando con una mujer.

Y entonces Lucas pensó: *Deus*, estaba desayunando. Con una mujer. En su propia cocina. Era la primera vez.

Las mujeres a veces se quedaban a pasar la noche. Y se marchaban a primera hora de la mañana. Algún domingo podía llevarse a desayunar fuera a la mujer con la que había pasado la noche, pero esto de estar sentado en su propia cocina, compartiendo el desayuno que habían preparado juntos…

Caroline estaba preparada para salir corriendo. Podía sentirlo. Con calma, como si no ocurriera nada fuera de lo normal, Lucas le agarró la mano.

–Buenos días, señora Kennelly. Caroline, ésta es la señora Kennelly. Mi asistenta.

Miró a Caroline. Estaba sonrojada por la vergüenza. Eso provocó que le dieran ganas de besarla, lo que no tenía ningún sentido. Además, eso sólo serviría para avergonzarla más, así que le agarró con más fuerza la mano y entrelazó los dedos con los suyos.

La señora Kennelly sonrió educadamente.

–¿Qué tal está, señorita?

Lucas escuchó cómo Caroline aspiraba con fuerza el aire y alzaba la barbilla.

–Encantada de conocerla, señora Kennelly.

–La señorita Hamilton va a quedarse una temporada con nosotros.

Caroline le lanzó una mirada fulminante.

–No –dijo en voz baja–. De verdad, yo…

Lucas se puso de pie sin soltarle la mano y la ayudó a incorporarse.

–Nos quitaremos de en medio para que pueda trabajar, señora Kennelly –dijo con tono alegre–. ¿Verdad, querida?

Sólo si quitarse de en medio significaba que la tierra se abriera y se la tragara, pensó Caroline angustiada.

¿Cómo se enfrentaba una mujer a una escena así?

Lucas estaba tranquilo. Y la asistenta también. Ella era la única que se quería morir. ¿No era ridículo? Se había pasado la noche en la cama con él, haciendo cosas. Cosas maravillosas y excitantes.

¿Y ahora lo que le preocupaba era que su asistenta se la encontrara en albornoz en su cocina?

Pero, ¿por qué iban a estar Lucas o la señora Kennelly horrorizados? Le escena debía ser habitual para un hombre como él. El problema era que para ella no lo era. Nunca antes había pasado la noche con ningún hombre, y menos había tenido que enfrentarse a su asistenta a la mañana siguiente.

–¿Caroline?

Ella parpadeó y Lucas le sonrió.

–Dejemos que la señora Kennelly trabaje, ¿sim?

Aquel «sim» no era casual. Lucas apenas utilizaba el portugués. Sólo cuando estaba enfadado. O cuando le hacía el amor. Y aquel «sim», que significaba «sí», sólo se le escapaba cuando quería dejar algún punto claro. Y ahora quería dejar claro que quería que se comportara como una adulta. Así que eso hizo. Dejó que se la llevara de allí mientras ella forzaba una sonrisa.

–Por supuesto. Pero déjeme limpiar antes de…

–Tonterías, señorita –dijo la asistenta con brusquedad–. Váyase, yo me ocuparé de esto.

Por supuesto. Si no sabía cómo comportarse al ser descubierta desnuda en la cocina de un hombre, sin duda tampoco sabía cómo actuar con una asistenta.

Lo mejor que podía hacer era seguir sonriendo, seguir manteniendo la mano en la de Lucas y seguirle por el soleado ático hasta las escaleras, subirlas, continuar por el pasillo, entrar en su dormitorio…

Y recordar al instante que aquél no era su lugar, que en lo que Lucas Vieira se refería estaba cometiendo un error tras otro.

Lucas cerró la puerta. Le soltó la mano. Se cruzó de brazos y la miró. Caroline no podía imaginar qué iba a decirle. Y no le importaba. Ella iba a hablar primero.

–Lucas.

Él alzó una ceja. Odiaba que hiciera aquello. Aunque en realidad le encantaba. Le hacía parecer peligrosamente sexy.

–Lucas –volvió a decir–. Yo…

–Mi asistenta es mejor jugadora de póquer que tú.

–¿Perdona?

–Te vio y no expresó ninguna reacción. Tú la viste y parecía como si quisieras que te tragara la tierra.

¿Sabía leer la mente? Caroline imitó su gesto, se cruzó de brazos y lo miró fijamente.

–Estaba… sorprendida.

Lucas torció los labios.

–Quién lo hubiera dicho.

Ella entornó los ojos.

–Tal vez a ti esto te parezca divertido, pero a mí no.

–Me parece… interesante.

–Y una porra –respondió Caroline con brusquedad–. Lo supe desde el principio, te parece divertido.

–Te equivocas. Un hombre que nunca ha compartido el desayuno con ninguna mujer en la cocina de su
propia casa y se da cuenta de ello cuando su asistenta
le descubre haciéndolo no puede encontrar divertida
esta situación.

Caroline parpadeó.

–¿Nunca habías desayunado aquí con ninguna mujer?

Lucas se encogió de hombros.

–No.

–Pero no lo entiendo…

–No –la voz de Lucas sonaba de pronto áspera–. Yo
tampoco –dejó caer los brazos a los costados y se acercó lentamente a ella con los ojos brillantes–. No entiendo nada de todo esto.

A Caroline empezó a latirle con fuerza el corazón.

–¿Qué es lo que no entiendes? –susurró.

Lucas la estrechó entre sus brazos. Ella suspiró, y a
Lucas le pareció el sonido más hermoso que había escuchado de boca de una mujer.

–Tú –respondió–. Yo. Esto.

Reclamó su boca con la suya. Lo que le había ofrecido no era una respuesta, y sin embargo era la única
que tenía, la única que tenía sentido.

–Lucas –murmuró ella–. Lucas…

Él le soltó muy despacio el cinturón del albornoz.
De su albornoz, pensó. Suyo. Se lo deslizó por los
hombros y observó su hermoso rostro y su bello cuerpo
sin artificios.

Le dijo que era preciosa. Que era perfecta. Se lo
dijo en portugués, y también le dijo lo mucho que la
deseaba.

Distinguió el latido de su pulso en la base del cuello.

–¿Y qué hay… qué hay de la señora Kennelly?

A pesar de todo, de la pasión, el deseo y la dureza casi dolorosa de su erección, Lucas se rió.

–No se lo diremos –dijo suavemente.

Caroline se le quedó mirando y luego se rió.

–Buena idea.

Y entonces su sonrisa cambió. Sus ojos color avellana se oscurecieron y le puso la mano sobre la erección.

–Hazme el amor –le susurró.

Lucas la tomó en brazos. La llevó a la cama. La tumbó sobre ella de modo que su cabello formaba un halo alrededor de la almohada. Luego se quitó los pantalones del chándal, se colocó encima de ella y le hizo el amor con tanta ternura y delicadeza que cuando terminó, Caroline lloró.

Y Lucas…

La estrechó contra sí, sintió su corazón latiendo contra el suyo, su respiración en el cuello, y luego la acarició y la besó y se preguntó qué diablos le estaba pasando.

Tenía que ir a trabajar.

Gente, reuniones, correos, llamadas telefónicas y papeleo le esperaban.

Se lo dijo a sí mismo. Y se lo dijo a Caroline.

–Por supuesto –dijo ella.

–Por supuesto –repitió Lucas con solemnidad.

Entonces estiró el brazo para agarrar el teléfono y llamar a su secretaria. Le dijo que no iba a ir y que podía localizarle en el móvil si ocurría algo importante.

–Algo vital –puntualizó para dejar las cosas claras. Hizo una pausa y añadió–. Pensándolo bien, no me llames para nada.

Colgó y se rió al imaginar la cara de su secretaria.

–¿Qué te hace tanta gracia? –preguntó Caroline.

Y Lucas la besó, y volvió a besarla otra vez, y ella se rió y lo miró y de pronto él supo que nunca en toda su vida había sido tan feliz.

Aquel pensamiento le cortó la risa.

–¿Qué ocurre? –preguntó Caroline.

Pero no había nada que él pudiera decir que no resultara peligroso, así que la tomó en brazos.

–¿Dónde me llevas? Lucas, ¿dónde….?

Caroline gritó cuando entró en la ducha con ella en brazos y abrió todos los grifos hasta que estuvieron envueltos en una deliciosa y cálida lluvia. Las protestas de Caroline desaparecieron cuando la besó, la dejó en el suelo, le besó los senos y le deslizó la mano entre los muslos.

–Lucas –susurró.

–¿Qué, cariño? –dijo contra su boca, pero Caroline no tenía respuesta, no tenía ninguna respuesta que pudiera darle, porque se sentía feliz, muy feliz, y sabía que una felicidad así no podía durar…

–Rodéame con tus brazos –le pidió Lucas. Dio un paso atrás, se apoyó en la pared y la levantó.

Entonces no hubo preguntas ni respuestas. No hacían falta porque estaban perdidos el uno en brazos del otro.

Caroline le dio de comer a Oliver. Le cambió el agua del cuenco. Le limpió el cajón de arena. El gato ronroneó alrededor de sus tobillos.

–Te veré pronto, cariño –murmuró ella recogiéndolo del suelo y dándole un beso en la cabeza.

El chófer de Lucas les llevó al apartamento de Caroline.

A él no le hacía gracia la idea.

–No me gusta la idea de que estés aquí –dijo–, aunque sea por poco tiempo.

Caroline no respondió. ¿Qué podía decir? El día anterior estaba convencida de que no podía vivir en aquel lugar. Ese día estaba más tranquila. Sabía que no tenía elección. Había tardado mucho en encontrar su apartamento; resultaba difícil encontrar alquileres que pudiera permitirse en Manhattan con su sueldo de profesora auxiliar y sus ahorros como camarera. Las miserables habitaciones que había alquilado eran mejor que la mayoría de lo que había visto.

Había pensado en el problema y había llegado a una solución sencilla: aceptaría la hospitalidad de Lucas durante un par de días. Tres como máximo. Y luego buscaría un apartamento. Si no encontraba ninguno, y estaba casi segura de que no lo encontraría, volvería allí.

Pero sabía que eso no debería decírselo a Lucas. Se limitó a entregarle las llaves y a permanecer detrás de él cuando le abrió la puerta del apartamento.

La puerta se abrió. Lucas entró en el salón y le hizo una señal para que entrara.

La habitación estaba como la había dejado. No, no del todo. Habían instalado una nueva ventana y también un nuevo cierre. Eso, al menos, le hacía sentirse mejor.

A Lucas no le importó nada. Cerró la puerta, se dirigió a la ventana, agarró el marco de hierro y lo agitó.

–Es demasiado pequeño –gruñó.

–Parece suficientemente fuerte.

–Tal vez. Pero los cerrojos de la puerta no disuadirían ni a un aficionado.

De acuerdo. Aquélla no iba a ser una discusión fructífera. Además, no tenía sentido hablar de ello. Lucas vivía en otro planeta. Nunca entendería su vida, ni ella esperaba que lo hiciera.

En lugar de responder, se dirigió al minúsculo dormitorio y abrió el armario, empezó a sacar cosas de las perchas, la poca ropa que necesitaba para los siguientes días de búsqueda de apartamento.

Lucas se aclaró la garganta.

—Podrías dejar todo eso aquí y empezar de cero.

Caroline lo miró.

—No —respondió—. No podría.

Él abrió la boca y luego la cerró. Mejor. ¿De verdad pensaba que podía permitirse tirar aquella ropa y comprar una nueva? No sólo era de otro planeta, sino también de otra galaxia.

Se giró de nuevo hacia el armario, añadió dos pares de zapatos y un pequeño bolso al conjunto de cosas que había sobre la cama.

¿Qué más?

Algunos libros de texto. El ordenador portátil. Unos apuntes. Lo puso todo en una mochila, metió la ropa y los zapatos en un bolsa de tela, echó un último vistazo a su alrededor y se giró hacia Lucas.

—Ya está —dijo—. Ya tengo todo lo que…

La expresión de su mirada la silenció. Lucas estaba mirando a su alrededor como si nunca hubiera visto un sitio tan pequeño y tan lamentable en su vida. Y sí, era las dos cosas, pero era suyo, pagaba por él de forma honrada y no le debía nada a nadie.

—¿Hay algún problema?

Su intención era sonar fría y divertida, pero sólo sonó fría.

Lucas la miró.

—No tendrías por qué vivir así —gruñó.

Caroline se cruzó de brazos.

–No todo el mundo puede vivir en el cielo.

–¿Te refieres a mi ático?

–Sí. Tal vez te sorprenda, pero en el mundo real…

–¡No utilices ese tono conmigo!

–¡Utilizo el tono que quiero! Como te decía, en el mundo real…

–¡Yo lo sé todo sobre el mundo real, maldita sea! –se acercó a ella de dos zancadas y la agarró de los hombros–. ¿Crees que he nacido en el cielo, como tú dices?

–Suéltame.

–Responde a mi pregunta. ¿Crees que he sido siempre rico? –apretó los labios–. ¿Sabes lo que es una *favela*?

Caroline se le quedó mirando fijamente.

–He oído la palabra. Es una barriada brasileña.

Lucas soltó una carcajada amarga.

–Una barriada está mucho más arriba en la escala socioeconómica, querida.

Estaba enfadado. Muy enfadado. A Caroline se le pasó la rabia.

–No era mi intención entrometerme, Lucas.

–Nací en una chabola con un tejado muy fino. Un par de años después, las cosas empeoraron y nos cambiamos a lo que era básicamente una caja de cartón en un callejón.

Caroline alzó las cejas. ¿Se debería al impacto de lo que estaba diciendo o a su tono cortante? ¿Y por qué le estaba contando aquello? Nadie sabía su historia. No porque se avergonzara de ella.

O no exactamente.

Pero es que no era bonita. La pobreza. El abandono de su madre. Las casas de acogida.

Los robos. Las carteras que había birlado. Feo, y sí,

estaba avergonzado. Además, su vida personal era suya; no veía razón para compartirla con nadie más.

Y sin embargo… sin embargo…

Por primera vez en su vida sentía la tentación de contarle a alguien quién era. Quién era de verdad. La gente lo conocía como él se presentaba, como un hombre inmensamente rico que controlaba su vida.

Pero a veces, en la oscuridad de la noche, se preguntaba cómo le vería la gente si supiera de dónde venía.

¿Qué pensaría Caroline si conociera todos los detalles? ¿El Lucas Vieira al que apreciaba era un hombre rico y poderoso, o simplemente un hombre?

¿Y qué diablos estaba haciendo pensando en todo aquello? ¿Por qué suponía que Caroline le apreciaba? Se sentía atraída hacia él, sí. Le estaba agradecida por lo que había hecho por ella el día anterior. Y le gustaba el sexo con él, o al menos eso parecía. A menos que fuera una farsa, otra parte del juego que habían empezado a jugar aquella primera noche.

–¿Lucas?

Él parpadeó y la miró.

–Tú no me conoces, Caroline. No sabes absolutamente nada de mí.

–No –respondió ella en voz baja alzando la mano para acariciarle la mandíbula–. La verdad es que no sabemos nada el uno del otro.

La tensión de Lucas se había relajado durante un instante. Ahora volvió a sentirla.

–Tienes razón –dijo–. Por ejemplo, no entiendo por qué vives en un lugar como éste.

Caroline retiró la mano.

–Porque es lo único que puedo permitirme con mi sueldo de profesora auxiliar. Y con las propinas que gano como camarera. Para ser un hombre que asegura haber crecido en la pobreza, no entiendes mucho.

Lucas le apretó con más fuerza los hombros.

—¿Es eso lo único que haces? ¿Dar clases? ¿Servir mesas?

—¿Qué quieres decir?

—Te di mil dólares.

Caroline se sonrojó.

—¿Quieres decir que me pagaste mil dólares por una noche de trabajo?

Lucas apretó las mandíbulas.

—Ciertamente.

—¿Y qué? ¿Eso te da derecho a preguntarme qué hice con ese dinero?

No se lo daba. Lucas lo sabía. Y sabía que estaba a punto de decir algo de lo que se arrepentiría, pero tenía preguntas, muchas preguntas. El día anterior estaba tan centrado en el peligro de dónde vivía Caroline, en lo que había estado a punto de sucederle, que no había pensado en nada más.

Ahora veía lo pobres que eran sus muebles. Lo desgastada que estaba su ropa. ¿Qué hacía con el dinero que ganaba vendiendo su cuerpo?

Si es que vendía su cuerpo. Tenía que recordar aquel «si» condicional.

—Lucas.

La tarifa de Dani Sinclair por una noche era mucho más de lo que él le había pagado a Caroline. Caroline debería haber cobrado veinte veces más. Era todo lo que un hombre podía desear, en la cama y fuera de ella. Era cálida, dulce y divertida. Generosa, cariñosa y excitante. Se reía de sus chistes, alababa su modo de cocinar, suspiraba entre sus brazos y se entregaba completamente a él cuando hacían el amor. Y luego estaba su devoción hacia aquel gato infernal y hacia el patético helecho…

¿Cómo podía ser una mujer que se vendía? ¿Cómo iba a entregarse a alguien que no fuera él? Porque de eso se trataba todo. Quería que se entregara sólo a él.

—¡Lucas, me estás haciendo daño!

Lucas vio que le estaba apretando los hombros con tanta fuerza que podía sentir cada dedo clavado en su piel.

Deus, estaba perdiendo la cabeza.

La soltó con cuidado. Caroline dio un paso atrás y él sacudió la cabeza, le tomó las muñecas con suavidad y la atrajo hacia sí.

—Caroline —susurró en voz baja—. Cariño, perdóname.

Distinguió el brillo de las lágrimas en sus ojos.

—No lo entiendo —dijo ella con voz trémula—. ¿Qué quieres de mí?

Lucas le sostuvo la mirada durante un largo instante mientras buscaba una respuesta, no sólo para ella sino también para sí mismo. Luego le deslizó muy despacio el pulgar por la curva de su labio inferior, inclinó la cabeza y la besó.

—Te quiero a ti —dijo suavemente—. Sólo a ti.

Le dio otro beso. Caroline no respondió. Volvió a besarla, susurró su nombre. Y finalmente ella le besó también.

Aquello era lo único que quería. Los besos de Lucas. Sus brazos alrededor del cuerpo. Aquellas cosas sencillas, y la certeza de que a su corazón le estaba sucediendo algo tan maravilloso como aterrador.

Capítulo 10

EL miércoles por la mañana, Lucas volvió a llamar a su oficina y le dijo a su secretaria que no iba a ir.

–Cancela todas mis citas, por favor.

–Sí, señor Vieira.

A Lucas le pareció que había habido una décima de segundo de vacilación en su voz. Pero no podía ser. Tenían una relación cordial, pero ella era su empleada y nunca cuestionaba nada de lo que él hiciera o dijera.

Aunque nunca había faltado a la oficina dos días seguidos a menos que estuviera de viaje de negocios.

Su comportamiento era poco habitual, pensó. Pero necesario.

Tenía cosas que hacer. Caroline había mencionado que el semestre había terminado, tenía un despacho en la universidad.

–En realidad se trata de medio armario –le dijo con una sonrisa.

Tenía que recoger sus libros y sus cosas. No se lo había pedido, por supuesto, pero tenía que ayudarla. También tenía que convencerla de que no podía llevarlo a su apartamento. Eso estaba fuera de toda duda. No quería que estuviera allí ni un segundo, ni que hiciera interminables trayectos en metro con los brazos cargados de cajas, ni que subiera las oscuras escaleras hacia aquellas miserables habitaciones que llamaba hogar.

Y tenía que encontrar la manera de evitar que buscara un lugar donde vivir.

Caroline había hablado de ello también. Y cada vez que lo hacía, Lucas cambiaba de tema.

Sabía que tendría que irse tarde o temprano. Él también quería que lo hiciera. O al menos no quería la alternativa: una mujer viviendo con él, compartiendo con él las comidas, las mañanas, las noches.

La vida.

Pero le resultaba sorprendentemente placentero. Por ahora. Placentero sin duda porque se trataba de una experiencia nueva tener su ropa en el armario de invitados, su maquillaje, su cepillo, sus cosas en el baño de invitados. Era una tontería, porque Caroline pasaba las noches con él.

En su cama. Entre sus brazos.

Pero no era una solución a largo plazo. Por supuesto que no. Tenía a un agente inmobiliario buscando un apartamento. Algún lugar agradable y seguro. Cerca. Y había llamado a una tienda muy conocida de la Quinta Avenida y había pedido hablar con una estilista personal. Le habían pasado con alguien que parecía muy eficiente.

—Necesito ropa para una mujer joven —dijo con brusquedad, porque de pronto se sentía un estúpido.

—Por supuesto, señor —respondió la estilista personal, como si aquello fuera algo a lo que estuviera acostumbrada—. ¿Qué talla tiene la dama?

—Una treinta y seis —dijo, porque se había anticipado a la pregunta y había echado un vistazo a las etiquetas de la ropa de Caroline.

—¿Y qué estilo tiene, señor? ¿Sigue la moda? ¿Tiene algún diseñador favorito?

El estilo de Caroline era absolutamente particular.

Sencillo. En cuanto a los diseñadores, le daba la impresión de que los escogía por el precio de la etiqueta.

–Le gusta vestir con naturalidad.

Entonces recordó el espectacular vestido que se había puesto la noche que se conocieron, y pensó también que en toda la ropa que había visto en el armario de la habitación de invitados cuando fue a mirar la talla no había nada ni remotamente parecido a aquel vestido corto y aquellos tacones tan altos.

–Pero también le quedan muy bien otras cosas –añadió–. Vestidos de seda. Tacones finos. Cosas suaves y femeninas…

«*Deus*», pensó a punto de gritar de la vergüenza.

La estilista acudió a su rescate.

–Me ha facilitado un excelente retrato con el que trabajar, señor –dijo con amabilidad.

Lucas esperaba que fuera así. Volver a pasar por aquello sería un martirio. Le pidió que cargara todo en su tarjeta de crédito y que esperara a hacer el envío cuando le facilitara una dirección. Lucas pensó en lo contenta que estaría Caroline con aquella sorpresa, así como con la del apartamento.

Pero no podía sorprenderla en lo que se refería a recoger las cosas de su despacho. Sólo ella sabía lo que iba a llevarse y lo que iba a dejar.

Pensó en que su chófer la llevara al campus. Pero luego decidió que sería mucho más sencillo si lo hacía él mismo. Tenía un Ferrari rojo guardado en un garaje a varias manzanas de allí. Le encantaban las elegantes líneas de aquel coche y su increíble fuerza, pero no tenía muchas oportunidades de conducirlo. El trabajo consumía cada vez más su tiempo.

Aquélla sería una buena oportunidad para hacerle algunos kilómetros al Ferrari.

Uniendo todo, tenía sentido que se hubiera tomado el día libre.

Desayunaron juntos otra vez. Lucas había decidido darle a la señora Kennelly la semana libre pagándole el sueldo de un mes. Se lo merecía, y si eso significaba que Caroline y él tenían todo el ático para ellos, podían hacer el amor cuando quisieran y donde quisieran.

Era una de aquellas mañanas soleadas de junio en Nueva York, y tomaron el café en la terraza. Lucas le contó a Caroline los planes que había hecho para el día. Ella sonrió.

—Es una oferta muy amable. Pero no quiero que cambies tus planes por mí.

—No lo hago —afirmó él—. Me estás haciendo un favor. El coche necesita hacer kilómetros.

Caroline le puso la mano sobre la suya.

—Gracias —dijo suavemente.

Lucas se puso de pie, la tomó en sus brazos, la llevó a una hamaca y la hizo suya bajo el suave cielo de junio con una ferocidad que se transformó en ternura a tal velocidad que cuando alcanzó el clímax tenía lágrimas en los ojos. Y él…

Él sintió que algo sucedía en lo más profundo de su corazón. Era un hombre adulto, y el sexo había formado parte de su vida durante muchos años, pero nunca había experimentado nada parecido a aquello.

Se ducharon y ambos se vistieron con pantalones vaqueros y camisetas. Lucas le dijo que estaba preciosa, y aunque sabía que nada podría mejorar su belleza porque ya era perfecta, la seda y la cachemira que le llevaría la estilista darían el toque perfecto a su hermoso rostro y a sus femeninas curvas.

Llamó a su garaje. El coche estaba preparado cuando llegaron. Era largo, brillante y rojo, y tenía el carácter de un caballo de carreras.

–Oh –dijo Caroline–. ¡Es precioso!

–Y rápido –sonrió Lucas.

Cuando se metieron entre el tráfico de Manhattan, él le contó cómo era el primer coche que había tenido.

–Era un cacharro más viejo que yo.

Caroline se rió.

–Me cuesta trabajo imaginarte conduciendo algo así.

–Eh, me encantaba ese coche. Me llevaba a todas partes… siempre y cuando me parara cada ochenta kilómetros a echar gasolina.

Los dos se rieron, y Lucas pensó lo increíble que era que hubiera recordado aquel viejo coche, y más todavía que le hubiera contado a ella la historia. Nunca compartía nada de su pasado con nadie. Cuando llegó a Estados Unidos, endurecido por la vida en la calle y sin permitir que nadie traspasara las barreras que había construido, un asistente social bienintencionado le dijo que tenía que aceptar su pasado antes de construir su futuro, que fingir que no le habían pasado cosas malas era como vivir en una mentira…

–Pero me has mentido, Lucas.

Miró a Caroline sorprendido.

–No –dijo al instante–. Nunca.

Entonces vio la expresión de su rostro. Estaba bromeando. Dejó escapar el aire de los pulmones.

–Dijiste que me ayudarías a recoger mis cosas.

–Y eso voy a hacer.

–Pero no en esta preciosa máquina. Es demasiado bonita para llenarla de cajas. Además, aunque quisiéramos hacerlo, no hay espacio. Y por otro lado, ¿dónde vas a aparcar? No puedes dejar un coche así en al calle.

Caroline estaba siendo práctica, y eso era más de lo que podía decirse de él. Por supuesto que no podía dejar un Ferrari en la calle.

O sí. Le encantaba aquel coche. Su línea, su elegancia, su velocidad. Había trabajado mucho y muy duro para comprárselo. Pero amar un objeto inanimado no era lo mismo que amar a una mujer.

Aunque él no sabía lo que era amar a una mujer, se dijo al instante. Ni nunca había querido saberlo. El amor era una falacia, sólo se trataba de un concepto, nada más. Eso lo sabía. Lo había sabido desde que su madre se lo enseñó el día que lo dejó en una calle de Copacabana.

—Lucas —Caroline se rió y le dio un pequeño codazo—. Te acabas de pasar el campus.

Así era. ¿En qué estaba pensando? No en su trabajo, ni en las citas que había cancelado, ni en nada útil.

Frunció el ceño.

¿Qué diablos estaba haciendo comportándose como un adolescente enamorado cuando era un hombre con un imperio multimillonario que dirigir?

Apretó las manos en el volante.

Todavía era temprano. Había tiempo de sobra para regresar al centro, guardar el coche, quedar con James para que fuera a recoger a Caroline y a sus cosas mientras él se ponía un traje, regresaba a la oficina y trabajaba un poco.

—Tienes razón —dijo—. Este coche es demasiado pequeño y aquí no tengo dónde aparcarlo.

—Así es —asintió Caroline—. Ha sido una idea preciosa, pero…

—Pero poco práctica.

El semáforo se puso verde. Lucas giraría a la izquierda para dirigirse a la Quinta Avenida.

Llegó a la intersección. Murmuró algo entre dientes mientras viraba a la derecha en lugar de a la izquierda y se dirigía a la carretera que llevaba a Long Island.

Tomó la mano de Caroline y entrelazó los dedos con los suyos.

—Olvídate de recoger tus cosas —gruñó—. Hace un día demasiado bonito para eso.

—Entonces, ¿dónde vamos?

—Tengo una casa en…

Guardó silencio. Había comprado su casa de los Hamptons un par de años atrás. Los pueblos del sureste de Long Island eran encantadores, las playas magníficas, y estaban a un par de horas de la ciudad. Los ricos y famosos tenían casas de verano allí.

Eso le había influido, no porque quisiera formar parte de aquel mundo, sino porque había oído que la gente de los Hamptons comprendía el valor de la privacidad.

Para él aquel lugar era un refugio. Arena. Mar. La inmensidad del cielo azul.

Y también la soledad.

La casa era muy grande. El océano, infinito. Sin trabajo que le mantuviera ocupado, se sentía inquieto. Tal vez aquélla fuera la razón por la que había pasado un par de fines de semanas allí con mujeres con las que salía entonces.

Dos mujeres. Dos fines de semana. Y con eso había bastado. Fue tan estúpido como para pensar que la arena y el cielo serían suficiente entretenimiento para ellas.

¿Iba a cometer el mismo error de nuevo? Le había resultado molesto las anteriores ocasiones, pero si Caroline no estaba contenta en su casa de la playa…

—¿Una casa? —preguntó ella—. ¿Dónde?

Lucas la miró. Las ventanillas estaban abiertas; el

sol le iluminaba el rostro y el cabello. El momento era tan perfecto que deseaba parar el coche y estrecharla entre sus brazos. Pero no era posible hacer algo así en medio del tráfico de Nueva York.

–Tengo una casa en la playa. En los Hamptons. El guardés la mantiene abierta todo el año.

–¿Y cómo es tu casa?

Lucas se encogió de hombros. Lo cierto era que le encantaba, igual que el Ferrari.

–Está bien –respondió–. Ya sabes, una casa de playa. Mucho cristal. Un porche. Una piscina. Y el mar.

Caroline suspiró.

–¿Eso es todo?

Lucas sintió una punzada de desilusión.

–Eso es todo –se aclaró la garganta–. Tal vez no sea una buena idea. Ir, me refiero. Todavía hace un poco de fresco. Además, estamos a mitad de semana. Muchas discotecas estarán cerradas, y…

–No vas allí por las discotecas, ¿verdad?

–Bueno, no. Pero no habrá mucho que hacer.

–¿Se pueden ver las estrellas? En la ciudad no se ven.

Lucas pensó en el gigantesco telescopio que tenía en el salón. Lo había comprado antes incluso de encargar los muebles.

–Sí. Se puede.

–¿Y se oyen los grillos por la noche?

El tono de Caroline era animado. Lucas la miró y volvió a aclararse la garganta.

–Al atardecer es una auténtica sinfonía de grillos.

Ella se giró para mirarlo.

–Yo crecí en el campo.

Lucas se sintió algo culpable, porque eso él ya lo sabía.

–Me encanta la ciudad. La energía, los sitios maravillosos por descubrir… pero siempre habrá cosas del
campo que echaré de menos. El silencio –sonrió–. Las
estrellas. El ruido de los grillos –se rió–. Supongo que
suena ridículo, pero…

Al diablo con el tráfico.

Lucas miró por el espejo retrovisor, se abrió camino
entre el tráfico en medio de un estruendo de cláxones y
se detuvo en el bordillo. Se quitó el cinturón de seguridad, desabrochó el de Caroline, la estrechó entre sus
brazos y la besó.

Casi habían llegado a la casa de la playa cuando Caroline contuvo el aliento y dijo:

–¡Oh, Dios mío, Oliver!

Lucas asintió. Por supuesto, Oliver. El gato tenía
comida, agua y la actitud de un león. Tenía la impresión de que podría cuidar de sí mismo durante un día,
pero no lo dijo. Lo que hizo fue llamar a la señora Kennelly por el móvil, disculparse por la intrusión y preguntarle si podía pasarse por su casa para atender al
gato.

–Sé que le dije que podía tomarse la semana libre y
que esto es mucho pedir…

–Haré algo mejor, señor –dijo la asistenta–. Me
quedaré con él.

–Oh, no tiene por qué…

–Estaré encantada de hacerlo. Oliver es un gato tan
dulce…

¿Dulce? Lucas creyó haber oído mal.

–De acuerdo –dijo cuando hubo colgado–. La señora Kennelly se quedará con Oliver.

–Gracias.

Lucas tomó la mano de Caroline. Y sintió una punzada en el pecho. La casa estaba justo ahí. ¿Le gustaría?

–Ya hemos llegado –dijo.

Caroline se incorporó. Delante había un impresionante muro de piedra con grandes puertas de hierro. Lucas apretó un botón, las puertas se abrieron y ella contuvo el aliento.

No era una ingenua. Había vivido en Nueva York lo suficiente como para saber que las casas de los Hamptons eran caras, pero la visión de la de Lucas la dejó sin aliento.

Había dicho cristal. Y un porche, y una piscina. Lo que no había mencionado era que parecían acres de cristal. Y que el porche parecía estar suspendido sobre una playa que se extendía por las dunas hacia el mar, ni que sobre la piscina caía una cascada, y que la piscina no tenía bordes alrededor.

–Las llaman piscinas infinitas –dijo Lucas cuando le mostró el lugar.

–Es una maravilla. Todo –aseguró ella sonriendo.

Lucas asintió.

–Sí –dijo como si no le importara, aunque le importaba mucho–. Está bien.

–¿Está bien? –Caroline se rió, le soltó la mano y se puso a bailar delante de él–. ¡Es increíble!

Lo que era increíble, pensó Lucas, era el color de las mejillas de Caroline, el brillo de sus ojos. Verla le devolvía la emoción que había experimentado al diseñar la casa, al explicarles a los arquitectos y diseñadores lo que quería.

Cuando cruzaron por la puerta de entrada, Caroline soltó una exclamación maravillada.

Techos altos. Paredes blancas. Suelos de cerámica italiana en algunas habitaciones, bambú en otras.

—Es como un sueño –dijo en voz baja–. ¡Es perfecta!

—Perfecta –repitió Lucas estrechándola entre sus brazos.

—¿Cómo es el resto de la casa?

Él sonrió.

—Te la enseñaré. Te lo enseñaré todo. Pero ahora –la tomó en brazos–, déjame mostrarte el dormitorio principal.

Caroline le echó los brazos al cuello y apoyó el rostro.

—Eso es una idea excelente –dijo.

Y pensó: «si esto es un sueño, que por favor no se acabe nunca».

Hicieron todas las cosas que Lucas había imaginado hacer allí, pero que por alguna razón no había hecho nunca.

Hicieron el amor. Se metieron desnudos en la piscina climatizada después de que le asegurara a Caroline que no había vecinos; su propiedad tenía más de veinte mil metros cuadrados alrededor y detrás de la casa. Encontró una camisa vieja que le prestó a ella; Lucas se puso unos pantalones cortos y miraron en los armarios de la cocina y en la nevera buscando algo de comer.

Al atardecer pasearon por la orilla de la playa y el frío Atlántico les mojó los dedos de los pies. Bajaron a cenar a un tranquilo café del pueblo iluminado con velas. Cuando volvieron a casa, el cielo estaba negro como el carbón y las estrellas brillaban con fuerza por encima de sus cabezas.

—Las estrellas –dijo Caroline en un susurro.

Observaron el firmamento desde el porche. Lucas le

pasó el brazo por el hombro y la atrajo hacia sí. Podía sentir el latido de su corazón.

Algo dentro de él creció y echó el vuelo.

Era feliz.

—Caroline –susurró.

La giró entre sus brazos. Ella alzó la vista hacia él con su rostro pálido bajo la luz de la luna.

—Caroline –repitió.

Y como sabía que había algo más que decir y le daba miedo hacerlo, inclinó la cabeza y la besó.

Y luego la desvistió.

La despojó de la ropa con la luna y las estrellas como testigos. La desnudó y se estremeció cuando ella se acercó y empezó a desnudarle también.

Cuando ambos estuvieron desnudos la guió dentro, a su dormitorio, hacia una enorme cama situada bajo un tragaluz que dejaba pasar la brillante luz del cielo.

Lucas la besó en la boca. En los senos. En los rosados pezones. Le besó el vientre, los muslos, le acarició la suave piel entre ellos con las yemas de los dedos.

—Mírame mientras te hago el amor –le pidió.

Y Caroline quiso decirle que le gustaría mirarlo para siempre, que lo adoraba, que lo amaba, que lo amaba…

Entonces Lucas entró en ella y el mundo desapareció.

Al día siguiente bajaron al pueblo, a una pequeña tienda en Jobs Lane tan sencilla por fuera que Caroline supo instintivamente que nunca podría permitirse comprarse algo allí, pero necesitaba una muda.

Lucas quería comprarle todo lo que veía. Ella dijo que no con énfasis, escogió un sujetador, braguitas, una sudadera de algodón y unos pantalones de talle bajo.

–Te lo devolveré –susurró cuando la dependienta fue a envolver la ropa.

Él se rió, se inclinó, le dio un beso exagerado y le dijo que sí, que claro.

Caroline también se rió. Sabía que estaba de broma, que nunca le permitiría darle los cientos de dólares que habían costado aquellas prendas, y fue una repentina dosis de realidad, un recordatorio de que le quedaba poco dinero en la cuenta del banco, que tenía que encontrar un trabajo y rápido.

Y tenía que encontrar un sitio donde vivir.

Aquella certeza le hizo estar inusualmente callada en el camino de vuelta a la casa de la playa. ¿Cómo había llegado a ser tan dependiente de aquel hombre? Pensó en su madre y se estremeció.

–¿Quieres que ponga la calefacción, cariño?

–No –contestó Caroline al instante forzando una sonrisa–. No, estoy bien. Tal vez me haya dado demasiado sol esta tarde, ¿tú qué opinas?

–Yo opino –dijo con solemnidad tomándole la mano y llevándosela a los labios–, que sólo hay una manera de combatir los escalofríos.

¿Cómo no iba a reírse? Lo hizo, y Lucas la miró y sonrió. Le encantaba su risa. Era sexy y al mismo tiempo ingenua.

–¿Ah, sí?

–*Sim* –afirmó él, y se lo demostró en cuanto llegaron a la casa.

Se quedaron en la playa dos días.

Lucas se hubiera quedado el resto de la semana, pero su secretaria lo llamó al móvil para decirle que el dueño de un banco francés al que llevaba meses tratando de contactar había llamado para solicitar una reunión.

—Siento haberle molestado, señor Vieira, pero…

Lucas le aseguró que había hecho bien en llamar. Y sin embargo, cuando le dijo a Caroline que había llegado el momento de volver a la ciudad, no pudo evitar sentir que algo irremplazable estaba tocando a su fin.

Ella parecía presentir lo mismo. Se refugió en sus brazos mientras Lucas le acariciaba el pelo.

—Ya lo dice el refrán —susurró Caroline con una sonrisa triste—. Todo lo bueno se acaba.

Lo dijo con tono jovial, pero Lucas sintió un escalofrío.

—Volveremos el fin de semana —dijo—. Te lo prometo.

Pero no volvieron el fin de semana. Lucas tendría que haber sabido que no lo harían.

Tendría que haber sabido que Caroline estaba en lo cierto.

Todo lo bueno se acaba.

Capítulo 11

A VECES, llegaba un momento en que las personas no podían seguir evadiendo la realidad.

Le había sucedido a Lucas siendo un niño, el día que su madre lo abandonó.

Ahora le volvía a pasar. Regresar a la ciudad era como lanzarse en picado al helado mundo real. No más noches estrelladas, no más grillos, no más atardeceres en el porche contemplando el mar.

Regresaron a Nueva York a primera hora de la mañana siguiente. A mediodía, la vida había vuelto a ser lo que Lucas había considerado normal durante muchos años.

Estaba en la oficina, vestido con un traje gris de Armani y reunido con su equipo para planear la estrategia de los siguientes tres días, que era el tiempo que el banquero francés estaría en la ciudad.

Alguien había preparado una rápida presentación de PowerPoint. Alguien más había hecho páginas y páginas de números. Su equipo era rápido, inteligente y hábil.

Pero a él le costaba trabajo concentrarse.

Su mente se dirigía una y otra vez hacia los días y las noches en los Hamptons y hacia el pequeño mundo perfecto que Caroline y él habían creado.

Dejarla aquella mañana había sido una de las cosas más duras que había tenido que hacer en su vida.

–Te llamaré en cuanto pueda –le había dicho estrechándola entre sus brazos.

Ella le atusó la corbata, le pasó la mano por el oscuro cabello y sonrió.

–Te voy a echar de menos –había replicado con suavidad.

–No –afirmó Lucas con una rápida sonrisa–. No lo harás. Tienes que lidiar con todas esas cajas de tu despacho.

–Te voy a echar de menos –repitió Caroline, y a Lucas se le borró la sonrisa.

Él también la iba a echar de menos. Mucho. ¿Cómo podía haber conseguido una mujer su… su interés total en tan pocos días?

–Me libraré del francés enseguida.

–No puedes hacer eso, Lucas. No quiero que lo hagas. No voy a mantenerte alejado de tus responsabilidades.

«Tú eres mi responsabilidad», pensó. Y la certeza de que quería que así fuera le sobresaltó.

–¿Qué? –preguntó Caroline, que notó algo en sus ojos.

–Nada.

Todo. Pero no estaba preparado para pensar en lo que aquello significaba. Todavía no. Así que alzó el rostro de Caroline y la besó.

–Iremos a cenar a algún sitio especial. ¿Qué te parece?

–Cualquier lugar será especial si voy contigo –replicó ella.

Y Lucas había sentido como si su corazón tuviera alas.

Ahora, con el paso de las horas, supo que no podría librarse tan fácilmente del banquero francés. Seguramente no llegaría siquiera a casa a cenar, y mucho menos para llevar a Caroline a algún lugar especial.

El francés estaba deseando poner fin a un acuerdo que llevaba meses buscando, y Lucas también. Cuanto antes mejor.

Así podría volver a centrarse en las cosas importantes.

En Caroline.

La llamó por teléfono varias veces a lo largo del día. El teléfono sonó y sonó, y como la señora Kennelly no estaba, le enviaba directamente al buzón de voz.

–*Hola* –decía cada vez que saltaba el contestador–. *Soy yo.*

Le dijo que la echaba de menos. Que lo sentía, pero que no llegaría a casa para cenar. Le dijo que acababa de darse cuenta de que no tenía el número de su móvil y que por favor ella lo llamara cuando tuviera la oportunidad.

No llamó.

Y Lucas empezó a preocuparse.

Era una tontería y lo sabía. Caroline era perfectamente capaz de cuidar de sí misma y no era nueva en la ciudad, pero se preocupó de todas maneras. ¿Habría vuelto a su apartamento? No se le ocurría ni una sola razón para que lo hubiera hecho, pero sabía lo obstinada e independiente que era.

Así que estaba preocupado, y eso suponía una nueva experiencia. Preocuparse por algo. Por una mujer. Pensar en ella todo el tiempo.

Le daba miedo.

Sentía como si estuviera en un punto sin retorno. Caroline dominaba sus pensamientos. Albergaba hacia ella sentimientos que incluso trascendían lo que sentía por ella en la cama.

A media tarde, tras una interminable comida con el francés, Lucas regresó a su despacho, comprobó de camino si tenía mensajes en el móvil y el teléfono del despacho cuando llegó. Se pasó la mano por el pelo y se dijo que tenía que dejar de actuar como un idiota…

Y salió del despacho para dirigirse al escritorio de su secretaria.

–¿Ha llamado la señorita Hamilton?

–No, señor –contestó ella con educación.

Pero Lucas distinguió la curiosidad en sus ojos. El teléfono de la secretaria sonó mientras él estaba ahí.

–Oficina de Lucas Vieira –dijo antes de tapar el auricular y dirigirse a Lucas–. Es un agente inmobiliario, señor.

Lucas asintió, entró otra vez en su despacho y atendió la llamada. Casi se le olvidaba que le había pedido a aquel tipo que le buscara un apartamento a Caroline.

El agente inmobiliario tenía buenas noticias. Había encontrado el sitio perfecto. En Park Avenue. Un edificio con portero, por supuesto. Servicio de conserjería. A un paseo del ático de Lucas en la Quinta Avenida. Tres habitaciones grandes. Chimenea. Terraza. El portero tenía las llaves, por si Lucas quería echarle un vistazo.

Lucas giró la silla y se masajeó la frente con la yema de los dedos.

–Sí –dijo–. Suena bien. Pero…

¿Pero qué?

Pero no quería pensar en que Caroline viviera lejos de él. No quería imaginarse despertando por la mañana sin ella en brazos, ni irse a dormir por las noches sin sentir su cabeza apoyada en el hombro.

Le dijo al agente inmobiliario que él lo llamaría.

Se dijo a sí mismo que necesitaba pensar.

Caroline no se quedaría con él indefinidamente. Por supuesto, no podía ser. Nunca antes había vivido con ninguna mujer. Sus amantes siempre tenían su propia casa; había pagado el alquiler de más de una. Y nunca se la había ocurrido hacer las cosas de otra manera. Pero ahora la posibilidad de vivir con Caroline no sólo le parecía posible, sino también interesante.

Emocionante incluso.

Agarró el teléfono y volvió a llamar a su casa.

–¿Diga? –contestó Caroline sin aliento.

–Cariño –Lucas exhaló un suspiro de alivio–. Estaba preocupado por ti.

Caroline sonrió. Era maravilloso escuchar aquellas palabras de boca de su amante. Le hacían sentirse querida.

–¿Por qué ibas a preocuparte? Estoy muy bien.

–Lo sé. Estaba siendo… demasiado cauteloso, supongo.

Quería preguntarle si había ido a su apartamento, pero decidió que sería mejor no hacerlo. No tenía derecho a controlarla.

–¿Has tenido un buen día?

Caroline miró el paquete que tenía en la mano. Dentro había un libro sobre estrellas y planetas. Habían utilizado el telescopio de Lucas una noche en la casa de la playa y habían discutido sobre qué grupo de estrellas formaba parte de la constelación de Casiopea y cuáles no.

La discusión había terminado como deberían terminar todas las discusiones, pensó ahora al recordar con cariño cómo Lucas la había estrechado entre sus brazos.

–Sólo hay una manera de resolver esto –había asegurado él con fingida indignación llevándosela a la cama.

El libro iba a ser una sorpresa.

Tenía muchas ganas de regalarle algo, un regalo de su parte que fuera bonito y tuviera algún significado. El libro no era un regalo caro, y menos para un hombre como él, pero Caroline había aprendido que a Lucas no le importaría cuánto había pagado por él. Le encantaría porque le encantaba mirar a las estrellas.

Y tal vez le gustara todavía más porque se lo había regalado ella.

No era tan tonta como para pensar que se había enamorado de ella, pero sí sentía algo, de eso estaba segura. Incluso había dejado de mirarla como hacía al principio, con una expresión que no podía descifrar, pero que la asustaba. Era como si la desaprobara, como si la estuviera juzgando, y cuando eso sucedía sentía la tentación de preguntarle en qué estaba pensando. Pero aquella mirada había desaparecido, y no quería hacer ninguna pregunta que pudiera provocar que regresara.

—Cariño, ¿sigues ahí?

—Sí —contestó Caroline—. Aquí estoy.

—Sé que te dije que llegaría a casa a la hora de cenar, pero…

—No pasa nada —dijo ella, aunque no era cierto. Le echaba muchísimo de menos—. Lo comprendo.

—Bien —pero no estaba bien. Hubiera querido que le dijera que estaba tristísima por la noticia—. Seguramente llegue muy tarde, así que si estás cansada no me esperes despierta, ¿*sim*?

—*Sim* —respondió Caroline con dulzura.

Pero cuando llegó a casa justo después de medianoche, ella le estaba esperando en el salón con Oliver en el regazo. Pero en cuanto le vio salir del ascensor dejó el gato a un lado y corrió directamente a sus brazos.

—Te he echado de menos —dijo.

Y mientras Lucas la estrechaba contra su corazón, supo que no iba a firmar el alquiler de aquel apartamento para ella.

No estaba preparado para dejarla marchar.

Y en el fondo de su mente se preguntó si alguna vez lo estaría.

Se despertó a las seis de la mañana del día siguiente, se duchó, se vistió, depositó un beso suave en el pelo de Caroline mientras ella seguía dormida y se dirigió a la cocina por una taza de café.

Le había dicho a su equipo que estuviera preparado para trabajar el fin de semana. Lo habían entendido. El acuerdo era importante. Lo que no podían imaginar era que Lucas quería terminar con aquello para poder tomarse dos semanas de vacaciones. No había estado en su isla del Caribe desde que la compró. Quería ir allí con Caroline. A ella le encantaría. La intimidad, el mar…

–Buenos días.

Se giró y la vio en el umbral de la puerta, bostezando, con el cabello en los ojos, descalza y con una de sus camisetas. Y Lucas pensó: «De ninguna manera voy a ir a trabajar hoy».

Se lo dijo a ella mientras servía el café para los dos y se sentaba a su lado en la blanca encimera de piedra. Caroline sacudió la cabeza.

–Por supuesto que vas a ir –aseguró.

–Eh –protestó Lucas con una falsa sonrisa de indignación–. Yo soy el jefe, ¿recuerdas?

–Exacto. Tú eres el jefe. La gente depende de ti –Caroline batió las pestañas y se inclinó hacia él–. Debí haber imaginado que mi imagen a estas horas de la mañana sería demasiado para ti.

Caroline se rió, pero él no. Realmente la encontraba deliciosa con el pelo revuelto, sin maquillaje y con una pequeña arruga en la mejilla por haber dormido con la cara apoyada en su hombro.

«Te amo», pensó. Y aquella certeza le atravesó con la fuerza desatada de una marea.

–Caroline –dijo–. Caroline…

No. Aquél no era el momento. Esperaría hasta la noche, cuando no tuviera que salir corriendo por la puerta. La llevaría a algún lugar tranquilo y romántico. Velas, música, toda la parafernalia romántica que siempre le había parecido ridícula, y pondría su corazón en sus manos.

Era una perspectiva aterradora, pero Caroline sentía algo por él. Estaba seguro. Lo amaba. Diablos, tenía que amarlo…

–¿Lucas? –ella le puso la mano sobre la suya–. ¿Qué ocurre?

–Nada. Yo… es que… nunca me diste tu número de móvil, ¿sabes? –dijo sacando su teléfono del bolsillo y pasándoselo.

Caroline marcó los números y luego se lo devolvió.

–No te preocupes si no me localizas –aseguró–. Voy a buscar trabajo. Y apartamento. Bueno, no pretendo conseguir las dos cosas hoy, pero…

–No necesitas hacer ninguna de las dos.

A Caroline le dio un vuelco al corazón. ¿Qué quería decir? ¿En qué estaba pensado? Todo era posible, pensó.

Incluso un milagro.

–Tienes un lugar donde vivir –dijo Lucas con un gruñido–. Y si necesitas dinero… –sacó la cartera y agarró un puñado de billetes.

Adiós a los milagros.

–No lo hagas –le pidió ella con repentina frialdad–. No hagas eso.

–Pero si necesitas dinero…

–Sé cómo ganarlo.

Lucas la miró. La barbilla alzada. La desafiante línea de la boca. El brillo decidido de sus ojos avellana.

Y por un espantoso instante, se preguntó, «¿cómo?» Y se odió a sí mismo por ello.

Se había equivocado respecto a ella desde el primer momento. Caroline nunca había aceptado dinero a cambio de sexo. Era increíble en la cama, pero sólo porque había algo especial entre ellos. Poseía una pasión innata; él sólo había sido el hombre afortunado que supo encontrar esa pasión en ella y liberarla.

¿Por qué se le cruzaba ahora por la mente un pensamiento tan feo?

–Casi se me olvida –dijo tratando de frivolizar el momento–. La reina de la cuchara grasienta.

Caroline no se movió. No cambió la expresión de su rostro. Hasta que finalmente asintió.

–Ésa soy yo –dijo.

Pero Lucas percibió la tensión en su voz. Quería decirle que no necesitaba ni trabajo ni un lugar donar vivir. Aquella noche le diría que quería que se quedara con él. Que estuviera con él. Que fuera…

La cabeza le daba vueltas. Tenía muchas cosas en las que pensar. El acuerdo con el francés. Y ahora esto.

Aquella noche habría tiempo para hablar. Para aclarar las cosas. Por el momento murmuró su nombre y la estrechó entre sus brazos. Tras unos instantes Caroline dejó de estar tensa y se apoyó contra él con un suspiro.

–Cariño, yo sólo quiero que seas feliz.

–Soy feliz –aseguró ella en voz baja.

Le acompañó al ascensor. Le levantó la cara y la

besó. Pero cuando el ascensor lo apartó de ella, Caroline se abrazó a sí misma para contener un repentino escalofrío.

«Yo no soy mi madre», pensó con firmeza. Y Lucas no era como los hombres que habían utilizado a su madre. Pero seguía reteniendo aquella imagen horrible de Lucas sacando el dinero de la cartera. Y sin saber por qué, volvió a pensar en el modo en que la miraba de vez en cuando al principio de su relación.

Estuvo a punto de apretar el botón del ascensor e ir tras él, pero no estaba vestida. Además, sería una tontería.

Algo suave se le apretó contra el tobillo. Era Oliver.

–Una tontería –dijo Caroline tomando al gato en brazos.

Era el típico día de junio en Nueva York. Fresco por la mañana, cálido por la tarde y caluroso para cuando Caroline había recorrido varios restaurantes y cafeterías.

Sin ningún éxito.

Nadie necesitaba una camarera.

A aquellas alturas del año, la posibilidad de conseguir un trabajo como traductora era casi nula. Pero se pasó por el campus de todas maneras por si había suerte. No la hubo, al menos con las traducciones, aunque sí con cierto trabajo de investigación sobre Pushkin. Pero el profesor encargado no vendría hasta el día siguiente.

Su teléfono móvil sonó un par de veces. Era Lucas, que dijo que sólo quería escuchar su voz. Y eso la ayudó a sentirse mucho mejor.

Pero regresó a casa de Lucas sudorosa y cansada. El portero la saludó por su nombre, y el conserje también. Le gustaba saber que la conocían.

Pero no podía ni debía acostumbrarse a ello.

Oliver la saludó con su maullido habitual. Caroline se dirigió a la cocina, agarró un vaso, lo llenó de agua… y sonó su teléfono móvil.

No era Lucas. Era Dani Sinclair. Sorprendida, Caroline respondió a la llamada.

Dani fue directamente al grano.

—Tengo un trabajo de traducción que no puedo hacer —dijo con brusquedad—. Mañana, a las cuatro de la tarde en el hotel Roosvelt. No te llevará más de un par de horas. ¿Te interesa?

Caroline se sentó en la encimera.

—No haré nada como lo de la última vez, Dani. No fingiré ser alguien que no soy.

Dani se rió.

—Relájate, querida. Éste es un trabajo muy claro. Un pez gordo ruso tiene una suite allí y se va a reunir con un tipo del Ayuntamiento. El representante del alcalde llevará su propio traductor. El ruso quiere tener también el suyo. Me ha llamado porque he trabajado para él con anterioridad, pero tengo otro compromiso. ¿Qué me dices?

A pesar de las garantías de Dani, Caroline vaciló. La noche que había pasado fingiendo ser otra mujer le había provocado sentimientos encontrados. La había llevado a conocer a Lucas y eso era maravilloso, pero había sido una velada extraña.

—Escucha, no me digas que no necesitas el trabajo. No hay muchas opciones en el mercado. Ya sabes cómo son las cosas en la universidad durante el verano.

—Tienes razón —reconoció Caroline. Oliver maulló y se le subió al regazo—. Pero puede que mañana me salga algo con Ethan Brustein.

—Qué horror.

Caroline se rió. El profesor Brustein no era muy querido. Tenía muy mal genio.

—Lo sé, Brustein no es mi idea de la diversión, pero sólo me necesitaría una hora o dos.

—El trabajo del hotel es de tres horas mínimos, podrían ser cuatro.

—¿Cuatro horas? —repitió Caroline—. ¿Y sólo tendré que tratar con ese hombre?

—¿No te lo acabo de decir? —dijo Dani impaciente.

—Bueno… de acuerdo. Dame su nombre y el número de la suite. Ah, y dime cuánto va a pagarme y…

—¡Miau!

Oliver saltó al suelo y se puso a bufar con el lomo arqueado y el pelo erizado. Caroline se dio la vuelta y vio a Lucas en el umbral.

Todo su cansancio desapareció. Se puso de pie y sus labios se curvaron en una sonrisa.

—Lucas, qué agradable sorpre…

Se detuvo a media frase. Lucas tenía el rostro sombrío. Con expresión seria. Sus ojos verdes eran del color del mar en invierno.

A Caroline le dio un vuelco al corazón.

—Dani, tengo que irme —dijo por el teléfono.

—No, espera. No te he dado el nombre del tipo, y…

—Te llamaré más tarde —la atajó Caroline colgando el teléfono—. ¿Qué ocurre, Lucas?

Los labios de Lucas se curvaron en una aterradora sonrisa falsa.

—¿Por qué tendría que ocurrir algo?

—No lo sé, por eso te lo pregunto —murmuró mirándolo.

Allí estaba otra vez aquella expresión fría y acusadora. No. Ésta era peor todavía. Tenía la postura rígida y los puños apretados.

–Cariño, por favor, ¿qué ha pasado?

Lucas sintió que se ahogaba en rabia.

Era la primera vez que Caroline utilizaba un apelativo cariñoso para dirigirse a él en lugar de su nombre. Debería haberle llenado de felicidad. Pero sólo sirvió para aumentar su furia. ¿Cómo podía llamarlo «cariño» después de lo que acababa de oír? Aquella charla de negocios con Dani Sinclair. La vuelta al trabajo de Caroline…

Sintió la bilis en la garganta.

Ahora estaba delante de él mirándolo con los ojos muy abiertos. Llevaba puestas unas sandalias, una camiseta de algodón rosa y una falda blanca de algodón. Todavía llevaba el bolso colgando del hombro.

Estaba claro que acababa de volver a casa. Así se lo había dicho el portero, y Lucas había subido al ascensor con una combinación de felicidad y de terror respecto a lo que estaba a punto de decir. Entró, escuchó su voz, fue a buscarla y la encontró allí, tan guapa, dulce e inocente…

Tal vez aquél fuera su fuerte. Su aspecto de niña inocente. Aquella supuesta ingenuidad. Con él había funcionado.

Pero no volvería a funcionar jamás.

–¿Lucas?

Caroline le puso la mano en el brazo. Él se la sacudió.

–Ya te he dicho que no pasa nada. Todo está bien. He regresado un poco antes, eso es todo.

Caroline se le quedó mirando. Por supuesto que algo iba mal. Muy mal, y fuera lo que fuera, tenía que ver con ella. Tragó saliva y se humedeció los labios con la punta de la lengua.

–Me… me alegro que lo hicieras.

Más palabras para atormentarlo. Lucas pensó en cómo había perdido de pronto todo el interés en el contrato que el francés y él habían estado discutiendo, cómo se había puesto de pronto de pie mientras tomaban una copa.

El banquero se había mostrado tan sorprendido como el propio Lucas. Y entonces, tal vez porque era francés y se suponía que los franceses eran expertos en asuntos del corazón, o tal vez porque Lucas no podía dejar de hacer lo que sabía que tenía que hacer, le dijo que había una mujer, que lo sentía pero que tenía que irse.

El banquero había sonreído, se había levantado de la silla y le había tendido la mano.

–¿Cómo dicen ustedes los americanos? ¡A por ella, muchacho!

Lucas se había reído, había corrido hacia la puerta, había parado un taxi y le había dicho al conductor que le daría una propina extra de cincuenta dólares si le llevaba a su casa en un tiempo récord.

–Lucas, por favor. Habla conmigo. ¿En qué estás pensando? ¿Por qué me miras así?

Él apretó las mandíbulas.

«Tranquilo», se dijo. «Tranquilízate y piensa».

Pero no podía.

Sentía como si estuviera muriendo y la única manera de evitarlo fuera seguir adelante y hacer lo que tenía que haber hecho desde el principio.

Sacar a Caroline Hamilton de su vida.

O meterla en ella, pero de la única manera que ambos entendían.

Le pidió que lo siguiera.

Caroline obedeció, y siguió su paso firme hacia el ascensor. Al vestíbulo. A la calle.

Tuvo que trotar para ir tras él.

–¿Dónde vamos? –preguntó.

Pero Lucas no respondió, y finalmente ella se rindió y se concentró en no perderle de vista mientras cruzaban Madison Avenue y se dirigían por Park Avenue a un edificio alto de apartamentos. Cruzó unas palabras con el portero y luego una llave cambió de manos.

–¿Quiere que alguien suba con usted, señor? –preguntó el portero.

Lucas no se molestó en responder. Puso la mano en la espalda baja de Caroline y casi la empujó al vestíbulo y luego al ascensor.

Caroline sentía como si el corazón se le fuera a salir del pecho.

–Lucas –dijo con voz trémula–. Lucas, ¿de qué va todo esto?

No obtuvo respuesta.

El ascensor se detuvo. Las puertas se abrieron. Lucas salió. Caroline se dijo que debería plantarse. ¿Por qué tenía que seguirlo si no le decía dónde iban? ¿Y por qué no le hablaba? Pero la curiosidad y la ira se apoderaron de ella y le siguió por el pasillo. Pasaron por delante de dos puertas. De tres. Entonces Lucas se detuvo. Vio cómo aspiraba con fuerza el aire y luego metía la llave en la cerradura. La puerta se abrió a un recibidor que daba a un bonito salón. Caroline vio una terraza. Una chimenea. Una vista de Park Avenue.

Los ojos de Lucas se mostraban fríos e inexpresivos mientras la urgía a entrar y cerraba tras de ella. Caroline se giró y lo miró. Sentía el pulso latiéndole en los oídos.

–¿Qué es este lugar?

–Es tu nuevo hogar, cariño. Tres habitaciones y una vista preciosa.

–No... no comprendo...

–Puedes escoger tú misma los muebles. O llamar a algún decorador.

–No lo entiendo –repitió ella, pero con una voz tan baja y tan patética que ni ella misma reconoció, porque por supuesto, de pronto lo entendía todo.

–Ya te he encargado algo de ropa. Te la traerán cuando...

–No quiero nada de esto. ¿Qué te hizo pensar que sí?

–El apartamento está a mi nombre. Puedes también cargar los muebles a mi cuenta.

–¡Lucas! –Caroline se puso delante de él y observó su rostro de piedra. Temblaba y sentía las piernas débiles–. No hagas esto. Te lo suplico. No...

–Además, te ingresaré cuarenta mil dólares mensuales en el banco que me digas...

Caroline se llevó la mano a la boca. La cabeza le daba vueltas. Se iba a desmayar. O iba a vomitar.

–¿No es suficiente? Cincuenta mil, entonces –Lucas le puso la llave sobre su mano inerte–. Sólo hay una condición.

Caroline contuvo el aliento cuando le agarró las muñecas y posó la boca sobre las suyas con dureza.

–Me perteneces –gruñó–. Hasta que yo quiera. A nadie más. A ningún otro hombre. No habrá acuerdos con Dani Sinclair ni con ningún otro intermediario –apretó los labios–. No quiero que huelas a nadie más ni que tengas el sabor de otra persona. Sólo yo, ¿entendido? Sólo yo hasta que me canse de...

Caroline se apartó. Las lágrimas le resbalaban por las mejillas.

–Te odio –dijo–. Te odio. Te odio, te odio, te…

Un grito de dolor le atravesó la garganta. Se dirigió hacia la puerta. La abrió. Lucas extendió la mano hacia ella y luego la dejó caer.

El ascensor se la tragó. Lucas se quedó solo.

Nada nuevo. Siempre había estado solo.

Pero nunca tanto como en aquel terrible momento.

Capítulo 12

EL atardecer había dado paso por fin a una noche oscura y triste.

Una noche impenetrable y negra.

Sin luna. Sin estrellas. Sin nada que no fuera el lamento del viento que atravesaba el asfalto de Manhattan anunciando tormenta.

Lucas estaba sentado en su salón con un vaso de whisky en la mano. La habitación estaba oscura. Ni siquiera el brillo de las farolas de Central Park podía atravesar las nubes.

En cualquier momento encendería las luces, se dirigiría a la cocina y se calentaría algo para cenar. Pero todavía no tenía hambre. Ni tampoco estaba de humor para luces. El aullido del viento, la tormenta que se avecinaba, la oscuridad, eso sí casaba con su estado de ánimo.

Era duro aceptar que le hubieran engañado una cara bonita y una voz dulce. Y maldita fuera, le había sucedido dos veces en dos semanas. Primero Elin y ahora Caroline.

Lucas se llevó el vaso a los labios y dio un largo trago.

No.

Aquélla era una noche para la sinceridad. Lo que había sucedido con Elin no fue más que una pequeña molestia. Lo que había pasado con Caroline era…

Era distinto.

Durante un momento había pensado que ella era... que podría haber sido... que entre ellos había algo más que sexo.

Soltó una carcajada amarga.

Y sí lo había habido. Caroline le había pescado como a una trucha.

–Estúpido –gruñó–. Maldito estúpido.

¿Cómo había dejado que sucediera? A él, que había crecido sabiendo cómo era el mundo. Nada de ositos de peluche ni de cuentos de hadas. El mundo quitaba, nunca daba.

En cuanto a las mujeres... otra lección que había aprendido en la infancia. En las rodillas de su madre, se podía decir. Las mujeres mentían. Engañaban. Decían que te querían y luego...

–Diablos –dijo dando otro sorbo a su whisky.

No tenía sentido ir por ahí. Caroline nunca le había dicho que lo amaba. Y él, gracias a Dios, tampoco se lo había dicho a ella.

Y menos mal. Había jugueteado con la idea, eso era todo.

Resultaba increíble lo que unos cuantos días y noches de buen sexo podían hacer con la mente de un hombre. Y las mujeres como Caroline convertían el sexo en arte.

No podía ni siquiera culparla. Después de todo, él sabía desde el principio quién era. Había querido convencerse de que estaba equivocado. Los suspiros. Los susurros. El modo tan increíblemente inocente y excitante con el que lo tocaba, cómo exploraba su cuerpo como si el sexo y los hombres, como si todo lo que había hecho entre sus brazos fuera nuevo...

Pero la inocente no era Caroline, sino él. Más que eso, había sido un estúpido.

Lucas apuró el whisky, se puso de pie y se dirigió al mueble bar. Se sirvió otra generosa dosis y se la bebió.

Ahora estaba agravando su estupidez sintiendo lástima de sí mismo. Bien, pues no pensaba seguir por ahí. No servía para nada. Tenía que dejar atrás la ira y mirar con perspectiva lo que había sucedido. Y si eso significaba apartar de su mente el recuerdo de Caroline y el sabor de sus labios, que así fuera. Cuando un hombre vivía con una mujer, los recuerdos de ella permanecían. Aunque él no había vivido con Caroline. Una semana no contaba.

Pero había estado a punto de pedirle exactamente eso, que viviera con él. Que se quedara a su lado. Que fuera… su amante. Sólo su amante, nunca había querido que fuera nada más…

Bebió otro trago largo de whisky. Tal vez así conseguiría derretir el nudo de hielo que se le había alojado en el corazón.

Si hubiera llegado a casa cinco minutos antes. O cinco minutos después. O si no hubiera salido del ascensor tan en silencio, nunca habría escuchado aquella conversación.

Pero había querido sorprenderla con una declaración de… ¿de qué? No, de amor no. Lo más que hubiera hecho sería pedirle que se quedara a vivir con él porque… porque…

Lucas se estremeció.

¿Por qué diablos había concertado aquella cita a través de Dani Sinclair? ¿Por dinero? Él había tratado de darle un poco por la mañana y no se lo había aceptado. Y aquella vez en Southampton, cuando se la llevó de compras… Le habría comprado la tienda entera, pero ella se negó a aceptar nada que no fuera absolutamente necesario.

Aquello no tenía sentido.

A menos que estuviera buscando el premio gordo. Esperando a que le pidiera en matrimonio.

No. Tendría que haber imaginado que él nunca haría algo así.

Que fuera su amante entonces. El problema estaba en que se lo había pedido en el apartamento de Park Avenue. No lo había hecho de manera romántica, pero le había ofrecido sin duda todo lo que una mujer como ella podía desear. Un apartamento caro. Tarjetas de crédito. Un sueldo mensual. ¿No bastaba para sustituir los corazones y las flores?

Al parecer no. Lo que sólo dejaba otra posibilidad. Lo que buscaba en el trato que estaba cerrando con Dani Sinclair era sexo.

Sexo con otra persona. Con otro hombre que no era él.

Una cara nueva. Un cuerpo nuevo. Otras manos sobre su cuerpo. La boca de otro. Tal vez sexo más duro. Pero maldición, si quería sexo duro…

El líquido ámbar oscureció la superficie marfil y trozos de cristal cayeron al suelo.

¿A quién le importaba?

Al gato. Podía cortarse. A él le daba igual el animal, pero ahora era responsabilidad suya. Al menos por el momento. Al día siguiente llamaría a la Protectora de Animales.

Apretó los labios mientras se dirigía al armario escobero. Caroline había abandonado al gato del mismo modo que le había abandonado a él.

Tras recoger los pedazos y limpiar la pared, Lucas consultó su reloj. Al día siguiente era domingo, pero tenía previstas reuniones durante todo el día. Con su equipo a las ocho. Con sus abogados a las nueve, y con los contables a las diez. Y finalmente, con el banquero francés al mediodía. Necesitaba estar ojo avizor. Alerta. Olvidar toda aquella tontería. Y así sería. Por supuesto que sí.

Un último vaso de whisky antes de irse a la cama...

Los relámpagos atravesaron el cielo, los truenos retumbaron. La tormenta estaba finalmente allí. «Bien», pensó sentándose en la esquina del sofá del salón. Las tormentas, sobre todo las de verano, siempre dejaban la ciudad fresca y limpia.

Así se sentiría él por la mañana. Como si estuviera empezando de nuevo. Los relámpagos volvieron a iluminar la estancia. El trueno se escuchó con la suficiente fuerza como para hacer temblar el whisky de su vaso.

Algo le rozó el tobillo y Lucas levantó la cabeza.

—Miau.

Era el gato. Aquel gato feo y grande que Caroline había asegurado querer.

Lucas miró a la criatura y se dio cuenta de que estaba temblando.

—No me digas que a un tipo duro como tú le asustan las tormentas —murmuró subiéndoselo al regazo.

Oliver se apoyó contra su pecho y soltó un maullido dulce que no casaba con aquel gato infernal.

Lucas apretó las mandíbulas.

—*Sim* —dijo con un gruñido—. Ya lo sé. Se ha ido. Y la echas de menos. Y yo también —reconoció.

Oliver volvió a maullar, alzó la cabeza y la frotó contra la mandíbula de Lucas.

Él cerró los ojos, sintió la humedad en las mejillas y saboreó la sal en los labios.

¿Los gatos lloraban?

Debía ser así, porque esas lágrimas no podían ser suyas.

Caroline había pasado las últimas horas llena de rabia. Sabía que tenía la furia escrita en la cara.

Seguramente parecía una vagabunda trastornada. La gente se apartaba de ella en el metro y en el camino a su apartamento. Cuando llegó, abrió la puerta, dejó las llaves, dejó el bolso en el destartalado sofá y comenzó a recorrer arriba y abajo el minúsculo salón.

Aquella rata, aquel malvado de sangre fría, arrogante, egoísta…

–¿Cómo has podido? –dijo–. Maldito seas, Lucas Vieira, ¿cómo has podido?

Aquello tan horrible que le había dicho. Sobre ella. Sobre no querer oler a otros hombres en ella, la brutal implicación de que ella… de que ella… que era una mujer que…

–Malnacido –le espetó dándole una patada al sofá al pasar a su lado.

Y aquella expresión en su rostro. Aquella expresión que había visto con anterioridad. La que no había entendido nunca. Y ahora sí. Siempre la había considerado como… como una prostituta. Porque cuando un hombre le decía cosas así a una mujer, era porque consideraba que…

Se le subió un sollozo a la garganta. Pero no lloraría. Lucas no merecía sus lágrimas.

Era un hombre frío. Malvado. Enfermo. ¿Cómo explicar si no que después de todo lo que le había dicho le dijera que quería convertirla en su amante? Quería que viviera en un lugar pagado por él, que llevara la ropa que le comprara, que se gastara el dinero que él ingresaría en una cuenta bancaria para poder tenerla cerca y utilizarla cuando le apeteciera.

Esta vez no pudo evitar que un sollozo le subiera a los labios.

–Ya basta –dijo con firmeza.

¿Por qué iba a llorar? Estaba furiosa, no triste. Estaba mejor sin él. Mil veces mejor. No podía comprender cómo un hombre que parecía tan tierno y cariñoso podía transformarse en un monstruo delante de sus ojos.

Caroline se dejó caer en el sofá y se abrazó a un cojín.

–Te odio, Lucas.

Le temblaba la voz, pero era de rabia. Eso era lo que sentía, se dijo. ¿Qué otra cosa podría llegar a sentir nunca por él?

Lo peor de todo era que en el fondo de su corazón sabía que ella también tenía parte de culpa.

Se había acostado con él la noche que se conocieron. ¿Qué clase de mujer hacía algo así? Ya sabía que muchas, pero no alguien como ella.

Y un par de días más tarde se mudó a su casa. A su cama. Le dejó pagar por el techo bajo el que se cobijaba, por la comida. Había dejado que se la llevara de viaje aquel fin de semana que probablemente tenía planeado.

Pensaba que la estaba comprando. Que era una mujer a la que un hombre podía comprar…

Los años que había pasado condenando el comportamiento de su madre, considerándola una estúpida por confiar en los hombres, por entregar su corazón. Los años que había pasado diciéndose a sí misma que nunca sería tan estúpida.

Caroline tragó saliva.

Y allí estaba ella, de tal palo tal astilla, una estúpida que seguía los pasos de su madre.

Caroline se puso de pie. Ya era suficiente. No pensaba sucumbir a la autocompasión.

Qué calor hacía en aquel apartamento. La única ventana del salón era la de la salida de incendios, y ahora tenía una verja de hierro. Todavía podía abrir la ventana, pero la idea de hacerlo le daba repelús.

Agua. Echarse agua en la cara y en las muñecas para refrescarse. Un truco antiguo, pero a veces funcionaba.

Entró en el minúsculo baño, encendió la luz y se miró en el espejo que había sobre el lavabo. Una criatura despeinada y con el rostro rojo le devolvió la mirada.

–Qué triste –dijo Caroline–. Qué triste que pensara que a ese hombre le importabas. O que él te importaba a ti. Porque no es así. No es así…

Se le quebró la voz.

Abrió el agua fría y se mojó las acaloradas mejillas.

Lucas no significaba nada para ella, pero Oliver sí.

Al día siguiente era domingo, pero Lucas iría a trabajar. Se lo había dicho. En cuanto supiera que había salido, iría a buscar al gato.

Caroline agarró una toalla y se secó la cara y las manos.

Luego se dejó caer en el suelo, se llevó las rodillas al pecho y hundió el rostro en las manos.

Y lloró.

El domingo por la mañana amaneció gris, lluvioso y feo.

La señora Kennelly, que libraba los sábados y los lunes, llegó a su hora habitual. Lucas estaba esperando con impaciencia a que llegara su chófer.

–Buenos días, señor –le dijo ella.

Lucas gruñó una respuesta. La asistenta lo miró y alzó una ceja.

–¿Quiere que le sirva un poco de café?

Otro gruñido.

–Tal vez la señorita Hamilton quiera…

–La señorita Hamilton ya no vive aquí –la atajó Lucas con frialdad–. ¿Y dónde diablos está mi chófer?

Sonó el telefonillo. Su coche había llegado.

–Ya era hora –gruñó Lucas bajando al vestíbulo.

Una vez en la oficina, aguantó las reuniones que tenía.

Y también la comida con el francés.

–¿Salió todo bien con su dama ayer? –le preguntó el banquero por encima de la copa de vino.

Lucas apretó las mandíbulas.

–Sí.

Fue lo único que dijo, pero los hombres intercambiaron una mirada.

–A veces la vida no es como esperamos –aseguró el francés con voz pausada.

Lucas asintió, terminaron de comer, se estrecharon la mano y eso fue todo.

Llegó a casa a las siete, cansado y con dolor de cabeza, y trató de concentrarse en el acuerdo que había conseguido. El contrato con Rostov había sido importante. Este otro llevaría a Vieira Financial a un nivel único, algo que llevaba años tratando de conseguir.

Y entonces pensó: ¿y qué?

Había una nota de la señora Kennelly sobre la encimera de la cocina. Se había tenido que ir un poco antes, y confiaba en que no le importara.

Y el teléfono no funcionaba, al parecer se trataba de un problema provocado por la tormenta. La compañía había prometido que la línea volvería a funcionar en cuestión de horas.

Lucas se duchó. Se puso los vaqueros, una camiseta y mocasines. Se dirigió a las escaleras, pero cambió de dirección y entró en la suite de invitados.

Las cosas de Caroline seguían allí. Su olor estaba en el aire.

El ridículo helecho estaba en una mesa al lado de la ventana, pero ya no le parecía patético. Tenía las hojas verdes y saludables. Se estaba recuperando.

Eso era lo que se conseguía con cariño y cuidados. Se lograban maravillas.

Lucas torció el gesto, bajó las escaleras para ir a la cocina y comprobó que Oliver tenía comida y agua. Luego puso al gato en su cojín y se dirigió a su escritorio. Tenía que mantenerse ocupado. Eso era lo que siempre hacía, lo que había hecho durante toda su vida.

Escribiría algunas notas sobre una inversión a la que le había echado el ojo, y…

¿Qué era aquello?

Había un pequeño paquete en la esquina del escritorio, medio tapado por su calendario. Estaba envuelto con papel brillante y atado con un lazo.

Desconcertado, abrió el papel de regalo. Dentro había un pequeño libro. Una guía de las estrellas. Lucas sintió un nudo en la garganta.

Abrió muy despacio la primera página y vio la dedicatoria escrita con caligrafía delicada y femenina.

Para Lucas, en recuerdo de una noche plagada de estrellas.
Tu Caroline.

Lucas no se movió. No pestañeó. Se quedó mirando la página, lo que había escrito, cómo había firmado. «Tu Caroline».

¿Cuántas veces había pensado en ella en esos términos?

Como si fuera suya. Su Caroline. Su inocente y entregada Caroline.

Porque ella era todas aquellas cosas. Lo era.

—Dios —susurró—. Oh, Dios.

¿Qué había hecho?

Al diablo con lo que había oído en aquella conversación telefónica. Todo de lo que le había acusado ser era mentira. Su Caroline nunca se había vendido, nunca se había entregado a nada a nadie sino con sinceridad y honor. Lo sabía con la misma certeza que sabía que la tierra era redonda.

Lo que había escuchado de la conversación telefónica sin duda tenía una explicación muy simple.

¿Por qué no había preguntado? ¿Por qué había llegado a tan fea conclusión?

Porque era un cobarde. Porque le había dado terror poner su corazón en manos de Caroline. Porque le había dado miedo que se lo rompiera.

Porque había sido más seguro echarla de su vida.

La amaba.

La había amado desde aquella primera noche en la que la conoció con Leo e Ilana Rostov.

La había amado en cuanto la estrechó entre sus brazos, la besó y ella respondió con toda la pasión y la sinceridad de su corazón, como si hubieran estado esperándose el uno al otro toda su vida.

Así había sido para él. Había estado esperando a su Caroline. A un amor que era profundo y auténtico.

Un amor que él había rechazado.

Tenía que recuperarla, pero necesitaba un plan. Él nunca actuaba sin un plan.

Lucas se puso de pie. Agarró una chaqueta. Cinco segundos más tarde salió por la puerta.

Caroline estaba en la Quinta Avenida con Central Park a su espalda.

El edificio de Lucas quedaba justo al otro lado de la calle. Llovía y hacía algo de frío, pero había salido de su apartamento tan deprisa que no se había llevado un paraguas ni un impermeable.

¿Y ahora qué? Seguía pensando, pero no se le ocurría ninguna respuesta.

Había ido a buscar a Oliver tras pasarse un día tratando de localizar a la señora Kennelly sin éxito. Había llamado a primera hora de la mañana, pero no obtuvo respuesta. Ni tampoco saltaba el contestador.

Lo había intentado una y otra vez. Pero o no había nadie en casa o no querían contestar el teléfono, y eso suponía un problema para ella.

Lo último que deseaba era ir a casa de Lucas, subirse al ascensor y tener la mala suerte de encontrarle en el ático.

Así que siguió llamando. Sólo hizo una pausa al recibir una llamada de Dani, que quería saber si iba a hacer el trabajo de traducción o no.

—No —había dicho Caroline.

Y luego aspiró con fuerza el aire porque a aquellas alturas todo había cobrado ya sentido. La furia de Lucas cuando supo que había aceptado dinero de Dani. Y cuando escuchó aquella conversación telefónica.

Caroline tenía derecho a conocer algunas respuestas.

—Dani —le había preguntado—, ¿cómo puedes permitirme esa casa y esa ropa? ¿Cómo te ganas la vida?

Dani había soltado una carcajada.

–Eres un ratón de campo, Caroline. Pensé que nunca lo averiguarías. Me gano la vida justo como te imaginas –aseguró poniéndose muy seria–. Y no te atrevas a juzgarme.

No, pensó Caroline, no lo haría. ¿Quién era ella para juzgar a nadie después de lo sucedido los últimos días?

Aunque juzgar a Lucas era otra cosa. Pensar que pudiera creer que ella era como Dani, o que estaba con él por su dinero…

Pero daba lo mismo.

En aquel momento, su única preocupación era Oliver. Seguro que estaba aterrorizado y solo. Tenía que llevárselo de allí a toda costa.

«Tú no eres una cobarde», se había dicho con firmeza un par de horas atrás.

Pero ahora pensaba que se había equivocado. El hecho de estar allí bajo el frío de la calle en lugar de entrar a por su gato, lo demostraba.

El semáforo se puso en verde. Caroline aspiró con fuerza el aire y cruzó la calle. La puerta del vestíbulo se abrió.

–Señorita Hamilton –dijo el portero de noche–, ¿qué está haciendo en la calle en una noche como ésta?

Una repentina ráfaga de viento cerró de golpe la pesada puerta que el portero estaba sujetando. Caroline se precipitó hacia dentro. Tenía el pelo por la cara, lo que le oscurecía la visión, y se tropezó contra algo fuerte e inflexible.

Pero no era «algo». Era Lucas.

Lo supo al instante al sentir su tacto, su aroma, y el corazón empezó a latirle con fuerza. Se dio la vuelta dispuesta a salir corriendo, pero él la sujetó, pronunció su nombre y Caroline sollozó, se volvió hacia él. Lucas la levantó del suelo y la besó. Durante un instante ella se dejó y luego se apartó de él.

—No te atrevas a tocarme, Lucas Vieira –le dijo.

—Caroline, cariño…

—¿Cómo has podido creer algo así? ¿Cómo has podido pensar que yo soy… que yo podría…?

—Porque soy un idiota, por eso.

—Eres peor que eso –a Caroline se le rompió la voz–. Eres… eres un hombre espantoso, y yo…

—Caroline, te amo con todo mi corazón. Con toda mi alma. Te he amado desde el momento en que te vi.

—Pues lo siento, porque yo no siento nada por ti.

Lucas la atrajo hacia sí.

—Bésame –le pidió–, y dime que no sientes nada por mí.

—No. ¿Por qué iba a besarte?

La besó él.

—Te odio –murmuró Caroline contra su boca–. Te odio, Lucas. Te…

Lucas volvió a besarla y saboreó sus lágrimas mezcladas con las suyas.

—Te desprecio –susurró.

Él la besó por tercera vez y dijo que entendía que le despreciara, que tenía derecho a hacerlo, pero que eso no significaba que no lo amara también.

Caroline se rió. Seguía llorando, pero se rió a la vez. ¿Había existido alguna vez un hombre tan arrogante como Lucas?

—Te amo –repitió él–. Te adoro.

—Pero dijiste… pensabas que…

—No. Lo que pensaba es que eres dulce y buena, eres lo que siempre soñé –le besó con ternura los ojos húmedos por las lágrimas–. Tenía miedo de lo que me hace sentir. Creí que amarte era una debilidad. Si te entregaba mi corazón y tú lo rompías…

Caroline se rió en la oscuridad.

–El apartamento…

Lucas asintió.

–Lo quería para ti.

Ella se puso tensa y Lucas sacudió la cabeza.

–Espera. Escúchame. No es lo que parece –se aclaró la garganta–. Quería que tuvieras un lugar seguro para vivir. Eso fue cuando nos conocimos.

–Hace una semana –dijo Caroline riéndose entre lágrimas.

Lucas inclinó la cabeza y apoyó la frente contra la suya.

–Hace una vida –aseguró–. Pero luego pensé que no porque… porque se me ocurrió una idea mejor.

–¿Qué idea?

–Decidí que el mejor modo de que estuvieras segura era pidiéndote que te quedaras conmigo. Que vivieras conmigo.

Lucas contuvo el aliento. *Deus*, no se había sentido tan vulnerable desde el día que entró en su primera casa de acogida.

–Quería que fueras mi esposa.

A Caroline le dio un vuelco al corazón, pero le mantuvo la mirada.

–Eso es mucho hacer para mantener a una mujer a salvo.

Lucas sonrió.

–Sí –aseguró con voz pausada–. Pero es lo que hace un hombre cuando ama a una mujer. Le pide que se case con él –le colocó un mechón de pelo tras la oreja–. Estaba deseando llegar a casa –se detuvo un instante, aquélla era la peor parte–. Salí del ascensor y estabas hablando con Dani Sinclair sobre un trabajo.

–Me ofreció un trabajo como traductora. Pero tú creíste… –le tembló la voz–. ¿Cómo has podido pensar eso de mí?

–Lo que creía era que todo lo que siempre había pensado era cierto. Que el amor es efímero. Que la felicidad es breve. Que los hombres siempre pierden lo que más quieren.

Caroline aspiró con fuerza el aire.

–Tú no me has perdido –susurró.

Y Lucas la besó. Fue un beso largo y dulce, pero cuando terminó, supo que tenía que decirle más cosas.

–Quiero que sepas que no he llevado lo que puede calificarse como una vida ejemplar.

–Claro que sí. Eres un buen hombre –aseguró ella con firmeza.

–No he sido un buen niño. Te conté que era pobre. Pero no te dije que era un ladrón. Un carterista. Robaba dinero, ropa, comida, todo lo que podía. Me peleé con otros como un salvaje por unas migajas de comida. Hice lo que pude por sobrevivir. Y aprendí a no confiar en nadie –se detuvo un instante–. Esos instintos aparecen en ocasiones dentro de mí.

A Caroline se le llenaron los ojos de lágrimas.

–Me rompe el corazón pensar que hayas vivido así –susurró.

–No quiero tu compasión, Caroline.

–No lo entiendes. Al igual que tú, sé que el pasado puede afectar al presente –le buscó con la mirada–. Me prometí a mí misma que nunca sería como mi madre. Que nunca confiaría en los hombres.

–En mí puedes confiar. Te lo juro.

Lucas estrechó a Caroline contra su pecho.

–Te amo. Siempre te amaré. Lo único que te pido es que tú me ames a mí. Y a Oliver. Quiere que vuelvas –afirmó con solemnidad–. Y yo también. Cásate conmigo, cariño. Ámame para siempre como yo te amaré a ti.

No era una pregunta, era una afirmación. Caroline sonrió a través de las lágrimas. Su arrogante y maravilloso amante brasileño había vuelto.

–Te amo, Lucas –dijo en voz baja–. Te adoro. Y seré tu esposa para siempre.

Lucas la besó y entonces escucharon unos aplausos.

–Felicidades –dijeron el portero y el conserje.

Caroline se sonrojó. Lucas sonrió, alzó en brazos a su novia y se la llevó a casa.

BIANCA™

ANNIE WEST

EL PRÍNCIPE
INDOMABLE

HARLEQUIN™

SU ALTEZA no tardará en llegar. Por favor, permanezca en esta habitación y no deambule por ahí. En esta parte del castillo las medidas de seguridad son muy estrictas.

El asesor del príncipe habló a Tamsin en tono cortante y la miró con severidad. Después de traspasar por fin las barreras del protocolo real, ya estaba allí.

Era como si, después de semanas trabajando en los archivos reales de Ruvingia y viviendo en su habitación, al otro lado de los jardines del castillo, la superase estar tan cerca del príncipe en persona. No lo había visto nunca, ya que jamás se había dignado a atravesar el jardín para acercarse a los archivos.

Tamsin contuvo un suspiro de impaciencia.

¿Parecería el tipo de mujer a la que le supera la pompa y la riqueza? ¿O que se deja impresionar por un hombre cuya reputación de mujeriego y aventurero era comparable a la de sus infames ancestros?

Tamsin tenía cosas más importantes en las que pensar. En el fondo estaba emocionada, y eso no tenía nada que ver con el hecho de ir a conocer al príncipe.

Era su oportunidad para hacerse una nueva reputación. Después de la brutal traición de Patrick, por fin podría demostrar lo que valía, tanto a sus colegas, como a sí misma. Había perdido mucha confianza después de que Patrick la hubiese utilizado. Le había hecho daño profesionalmente, pero, aún peor, le había hecho sufrir tanto, que Tamsin sólo había deseado esconderse y lamerse las heridas.

Jamás volvería a confiar.

Algunas de las heridas jamás se curarían, pero al menos iba a poder empezar de cero. Aquella oportunidad era única y estaba decidida a aceptar el reto.

Durante los diez últimos días, el príncipe Alaric había estado demasiado ocupado para recibirla. Era evidente que, como experta en libros antiguos, no era una de sus prioridades.

La idea la enfadó. Estaba cansada de que la utilizasen, la despreciasen y la mirasen por encima del hombro.

¿Querría el príncipe engatusarla y por eso había decidido recibirla tan tarde? Tamsin puso la espalda recta, se agarró las manos sobre el regazo y cruzó las piernas por los tobillos debajo del impresionante sillón.

–No saldré de aquí, por supuesto. Esperaré a que Su Alteza llegue.

El asesor la miró con reservas, como si fuese a aprovechar para echar un vistazo al salón de baile que estaba al lado, o para robar la plata.

Impaciente, Tamsin metió la mano en su maletín y sacó un montón de papeles. Sonrió al asesor de manera superficial y se puso a leer.

–Muy bien –la interrumpió éste, haciendo que levantase la mirada–. Es posible que el príncipe... se retrase. Si necesita algo, toque el timbre.

Le señaló un interruptor que había en la pared.

–Pueden traerle algún refresco si lo desea.

–Gracias –respondió Tamsin, viendo cómo se marchaba el hombre.

Luego se preguntó si era normal que el príncipe se retrasase. Y si estaría seduciendo a alguna belleza en el baile. Se rumoreaba que era un playboy por excelencia. Debía de preferir conquistar a mujeres que reunirse con una conservadora de libros.

Tamsin intentó hacer caso omiso de su indignación.

Clavó la mirada en las estanterías que llegaban hasta el techo y sintió interés. Libros antiguos. Aspiró el familiar olor a papel viejo y a cuero.

Si el príncipe iba a retrasarse...

Sin pensárselo dos veces, se acercó a la librería más cercana. No podía esperar encontrar nada tan emocionante como lo que tenía en los archivos, pero no iba a quedarse sentada leyendo unos documentos que ya se sabía de memoria.

Seguro que su anfitrión tardaba horas en presentarse.

–Tendrás que perdonarme, Katarina, pero tengo negocios que atender –dijo Alaric, soltándose de la condesa, que lo agarraba con fuerza.

–¿Tan tarde? Seguro que hay mejores maneras de pasar la noche –le respondió ésta con ojos brillantes, con deseo.

A Alaric siempre le había resultado sencillo encontrar amantes, pero estaba cansado de que lo per-
siguiesen mujeres como aquélla.

Las normas de Alaric eran sencillas. Para empezar,
no quería compromisos. Jamás. La intimidad emocional, o lo que otros llamaban amor, era un espejismo,
peligroso y falso. Para continuar, era él quien las per-
seguía.

Katarina, a pesar de desearlo sexualmente, era otra
de las que estaban decididas a casarse. Quería el prestigio real, la riqueza. Y él tenía en esos momentos
otras preocupaciones.

—Por desgracia, tengo una reunión a la que no puedo
faltar —añadió, mirando hacia el camarero que había en
la puerta—. Tu coche ya está en la puerta.

Se llevó la mano de Katarina a los labios, pero casi
ni la rozó, y luego la acompañó a la puerta.

—Te llamaré —susurró ella con voz melosa.

Alaric sonrió, seguro de que jamás le pasarían la
llamada.

Cinco minutos más tarde, después de que los últimos invitados se hubiesen marchado, dio las buenas
noches a los camareros y atravesó el pasillo, volviendo
a recordar la reciente conversación que había tenido con Raul.

Si cualquier otra persona le hubiese pedido que se
quedase allí en invierno, Alaric no le habría hecho
caso. La necesidad de salir y hacer algo, de mantenerse ocupado, era como una ola turbulenta que crecía en su interior. La idea de pasar seis meses más en
su principado de los Alpes le daba náuseas.

Tal vez fuese su casa, pero se sentía atrapado en ella. Coartado.

Sólo la acción constante y la diversión evitaban que sucumbiese. Lo mantenían cuerdo.

Se pasó la mano por el pelo y se apartó la capa de un hombro. Eso también tenía que agradecérselo a su primo y futuro monarca, el tener que pasarse la noche vestido con un anticuado uniforme diseñado dos siglos antes.

No obstante, le había dado su palabra e iba a ayudarlo.

Después de décadas de paz, la reciente muerte del viejo rey, el padre de Raul, había hecho que volviese a haber conflictos. El principado de Alaric, Ruvingia, era estable, pero en el resto del territorio se habían reanudado las tensiones que habían llevado casi a una guerra civil una generación antes. Con un poco de cuidado, podrían evitar el peligro, pero no debían arriesgarse.

Raul y él tenían que asegurar la estabilidad. En su nación de Maritz, de tradición monárquica, eso significaba que debían presentar un frente unido ante la coronación de su primo y la reapertura del parlamento.

Así que allí estaba él, cortando cintas y ofreciendo bailes.

Cambió de pasillo, deseoso de entrar en acción, pero aquello no era tan sencillo como dirigir un pelotón para desarmar a los combatientes. No había violencia. Todavía.

A Alaric se le hizo un nudo en el estómago al pensar en viejos fantasmas, al recordar que las tragedias ocurrían de repente.

Apartó aquello de su mente y se miró el reloj. Llegaba muy tarde a su última obligación del día. En cuanto terminase con ella, se escaparía un par de horas. Se iría en su Aston Martin hacia las montañas y lo pondría a prueba en las curvas cerradas.

Apretó el paso, capaz de sentir ya la libertad, aunque sólo fuese temporal.

Volvió a girar en el viejo pasadizo y llegó a la puerta de la biblioteca. Redujo el paso al notar un escalofrío.

Aquél jamás sería su despacho, por mucho que lo desease el personal del castillo. Había sido el de su padre y el de su hermano. Él prefería la movilidad que le daba un ordenador portátil. Prefería que no le recordasen que estaba ocupando el lugar de otros hombres muertos.

De demasiados hombres muertos.

Le vinieron a la mente varias imágenes fragmentadas. Vio a Felix, su capaz e inteligente hermano mayor, que debía haber estado allí en vez de él.

Que había muerto por él.

Se sintió culpable y notó un dolor agudo en el pecho y en la garganta con cada respiración.

Era inevitable. Era su castigo. La cruz que debería llevar durante el resto de sus días.

Se obligó a respirar más despacio y a seguir andando.

La habitación estaba vacía. En la chimenea ardían varios troncos y las lámparas estaban encendidas, pero no había ninguna experta esperándolo para hablarle del estado de los archivos. Si la cuestión hubiese sido tan urgente, lo habría esperado.

Tanto mejor. Podría estar en la carretera en diez minutos.

Estaba dándose la vuelta para marcharse cuando un montón de papeles llamó su atención. Vio un maletín usado en el suelo y se puso alerta.

Entonces oyó un ruido casi imperceptible encima de su cabeza. El instinto hizo que llevase la mano a la espada para enfrentarse al intruso.

Se quedó varios segundos mirándolo fijamente, y bajó la mano.

La habitación había sido invadida... por algo parecido a un hongo.

En lo alto de la escalera que había pegada a las estanterías había una mancha marrón oscura y gris. Un jersey largo y amplio y una voluminosa falda. Era una mujer, aunque su ropa le hubiese hecho pensar en un hongo.

Vio una melena brillante y morena, y unas gafas por encima de un libro enorme, que tapaba el rostro de la mujer que lo sujetaba con las manos enguantadas. Y por debajo... una pierna desnuda hasta la rodilla.

Una pierna muy sexy.

Alaric se acercó y dejó de pensar en cosas tristes.

Era una piel pálida como la luz de la luna, una pantorrilla bien torneada, un tobillo delgado y un bonito pie descalzo.

Era una vista demasiado tentadora para un hombre tan nervioso y necesitado de distracción.

Se acercó a la base de la escalera y tomó un zapato que había en el suelo. Plano, de color marrón, estrecho y limpio. Demasiado aburrido.

Arqueó las cejas. Aquellas piernas se merecían algo mejor, suponiendo que la pierna que estaba escondida debajo de la falda fuese como la que había a la vista. Exigían unos tacones de aguja.

Alaric sacudió la cabeza. Estaba seguro de que la dueña de aquel zapato se quedaría horrorizada si viese los extravagantes zapatos que se ponían algunas mujeres para seducir a un hombre.

Sintió deseo al ver que se movía la pierna y se arqueaba el pie. Y se sintió de buen humor por primera vez en varias semanas.

–¿Cenicienta, supongo?

La voz era profunda y melodiosa, y sacó a Tamsin de su ensoñación. Bajó el libro que tenía entre las manos para mirar por encima.

Se quedó inmóvil, con los ojos muy abiertos, al ver al hombre que había mirándola.

Él sí que parecía salido de un sueño.

No podía ser real. Ningún hombre de carne y hueso podía ser así, tan maravilloso.

Aturdida por la sorpresa, sacudió la cabeza con incredulidad. Era el Príncipe Azul de uniforme, con su zapato en una mano. Un príncipe más grande y duro de lo que jamás habría imaginado, con las cejas oscuras y el rostro bronceado, más sexy, magnético y carismático que guapo.

Como su hermano mayor, que había sido un hombre mucho más experimentado e infinitamente más peligroso.

Sus ojos brillantes y oscuros la traspasaron.

Y ella tuvo la sensación de que, por primera vez en su vida, un hombre la estaba mirando y la estaba viendo de verdad. No veía su reputación ni que no encajaba en aquel ambiente, sólo la veía a ella, a Tamsin Connors, la mujer impulsiva a la que tanto había intentado ella contener.

Se sintió vulnerable, y emocionada al mismo tiempo.

Lo vio sonreír y que le salía un surco en la mejilla.

Sorprendida, notó un cosquilleo en el estómago y le dio la sensación de que le ardía la sangre. Le costó respirar...

El libro que tenía en las manos se cerró de golpe y ella se sobresaltó. El resto de libros que tenía en el regazo se le resbalaron e intentó agarrarlos.

Horrorizada, vio cómo se le escapaba uno y se inclinó.

—¡No se mueva! —le ordenó Alaric, alargando la mano para tomar el libro.

Aliviada y aturdida, Tamsin cerró los ojos. Jamás se lo habría perdonado si el libro se hubiese estropeado.

Volvió a abrir los ojos y lo vio dejando el libro encima del escritorio. La túnica se le ceñía a los anchos hombros.

Aquella formidable figura no era el resultado de un traje hecho a medida.

Tamsin tragó saliva y bajó la vista a sus fuertes muslos, envueltos en unos pantalones oscuros. La raya roja que llevaban a los lados marcaba la fuerza de aquellas piernas.

No era un falso soldado. Sus hombros rectos y la

fuerza contenida de sus movimientos le indicaron que era de verdad.

Él se giró de repente, como si hubiese notado que lo estaba estudiando. La miró e hizo que se estremeciese.

Tamsin estaba acostumbrada a trabajar con hombres, pero nunca había conocido a uno tan masculino. Era como si irradiase testosterona. Se le aceleró el corazón.

—Ahora, baje con cuidado —le dijo.

Y ella se preguntó si no había una nota de humor en sus ojos.

—Estoy bien —le contestó, aferrándose a los libros—. Los dejaré en su sitio y...

—No —la contradijo Alaric—. Yo los sujetaré.

—Le prometo que no suelo ser tan torpe —le aseguró Tamsin, sentándose más recta y reprendiéndose por no haber bajado de la escalera para examinar los libros.

Solía ser metódica, lógica y cuidadosa.

—En cualquier caso, no merece la pena correr el riesgo —le dijo él—. Lo primero, la ayudaré con los libros.

Tamsin se mordió el labio. Era normal que el príncipe actuase así. Había estado a punto de estropear un libro único. ¿Qué clase de experto corría semejantes riesgos? Lo que había hecho era imperdonable.

—Lo siento...

Dejó de hablar al verlo subir la escalera. Un momento después notó su aliento caliente en el tobillo y se estremeció de placer.

Lo miró a los ojos y sintió deseo.

Era un hombre increíble incluso en la distancia. De cerca, desde donde podía ver mejor el brillo de sus ojos azules y la sensual curva de su boca, hizo que se le cortase la respiración. Las arrugas que había alrededor de sus labios y sus ojos hablaban de experiencia y acentuaban todavía más su atractivo.

—Permítame —le dijo él, tomando el libro que tenía en el regazo.

Y luego bajó las escaleras con soltura y agilidad.

Ella respiró hondo e intentó recuperar la compostura. Jamás se había dejado distraer por un hombre.

—Éste también —le dijo él, que había vuelto a subir, intentando quitarle el libro que tenía entre los brazos.

—No pasa nada, ya puedo yo —le respondió Tamsin, utilizándolo de barrera entre ambos.

—No queremos arriesgarnos a tener otro accidente, ¿verdad, Cenicienta?

—No soy... —empezó ella.

Vio que el príncipe la miraba divertido y eso la enfadó. Patrick también se había burlado de ella. Siempre había sido una inadaptada, siempre se habían reído de ella. Había aprendido a hacer como si no se diese cuenta, pero le dolía.

No obstante, era culpa suya. Ella se había puesto en aquella situación tan ridícula, por no haberlo esperado sentada en el sillón. Ya jamás la tomaría en serio.

¿Acababa de estropear su única oportunidad?

Intentó hacer acopio de dignidad y le dio el libro.

Unos dedos callosos rozaron los suyos a través de los finos guantes que se había puesto para proteger los libros. Una corriente eléctrica le recorrió el brazo, llegándole hasta el pecho. Tamsin quitó las manos y se mordió la mejilla por dentro mientras apartaba la mirada de la de él.

El príncipe se quedó inmóvil, pero ella notó su mirada y se le aceleró el pulso.

Se dijo a sí misma que estaba acostumbrada a provocar curiosidad, e hizo caso omiso de su corazón, que casi se le salía del pecho.

Un instante después él había bajado de la escalera y por fin pudo suspirar aliviada.

Era el momento de bajar y enfrentarse a la realidad. Sacó la pierna en la que había estado sentada y notó pinchazos, prueba de que había estado allí más tiempo del que había pensado. Se alisó la falda arrugada y se agarró con fuerza a la escalera.

Iba a darse la vuelta cuando él volvió a aparecer, haciendo imposible que se moviese.

—Necesito espacio para girarme —le dijo con voz temblorosa.

Pero en vez de bajar, el príncipe subió más y la rodeó con sus anchos hombros y sus poderosos brazos.

No la tocó, pero a Tamsin casi se le paró el corazón al sentirse abrazada por él. La fuerza de su presencia la envolvió. Se sintió pequeña, vulnerable y tensa.

Le costó respirar e intentó pegarse más a la estantería para alejarse de él.

—Ten cuidado —le advirtió el príncipe en voz baja, sujetándola.

—Puedo bajar sola —replicó ella.

—Por supuesto que sí.

Y Tamsin no pudo evitar clavar la vista en su boca perfecta, que en un rostro menos duro habría parecido casi femenina, pero en el suyo era sensual y peligrosamente tentadora.

Lo mismo que sus ojos que tenía posados en ella.

Tamsin tragó saliva y notó que se ruborizada. ¿Podría el príncipe leer sus pensamientos? Debía de estar acostumbrado a que las mujeres lo observasen. Y sólo de pensarlo, ella se sintió todavía más avergonzada.

—Pero hay accidentes y no me gustaría que se cayese.

—No me caeré —le aseguró Tamsin casi sin aliento.

Él se encogió de hombros.

—Eso esperamos, pero no vamos a arriesgarnos. Piense en lo que tendría que darle el seguro si se hiciese daño.

—No...

—Por supuesto que no nos denunciaría —la interrumpió él subiendo más—, pero tal vez lo hiciese su jefe si se hace daño por una negligencia nuestra.

—Usted no tendría la culpa. Me he subido aquí yo sola.

Él sacudió la cabeza.

—Cualquiera comprendería lo tentadora que es una escalera como ésta para una mujer a la que le encantan los libros. Es como buscarse un problema.

Tamsin vio brillar sus ojos al decir aquello y estuvo segura de que se estaba burlando de ella.

—Ha sido una irresponsabilidad dejarla ahí, para que se subiese.

—Eso es una tontería —respondió ella, que sabía

que la escalera estaba fija a unos raíles que había en
el suelo.

Él arqueó las cejas y la miró con algo parecido a
aprobación.

–Es muy probable –murmuró–. Debe de ser la tensión. Apiádese de mis nervios y permita que la ayude
a bajar.

Tamsin abrió la boca para acabar con aquel juego.
Se negaba a ser el blanco de sus bromas, pero antes
de que le diese tiempo a hablar, el príncipe la agarró
y la acercó a él, calentándola a través de las capas de
ropa que llevaba puesta e impidiendo que hablase.
Por un momento, Tamsin se echó hacia delante y sintió pánico, pero un segundo después estaba apoyándose en un sólido hombro. Él la sujetó con fuerza y
empezó a bajar la escalera sin soltarla.

–¡Déjeme bajar! ¡Déjeme, ahora mismo! –exclamó
ella.

–Por supuesto, será sólo un momento.

Horrorizada, Tamsin notó cómo vibraba su pecho
contra el de ella al hablar.

Cerró los ojos para no mirar al suelo o, lo que habría sido todavía más inquietante, mirar los músculos
que tenía tan cerca de la cara.

Pero, al hacerlo, se agudizó el resto de sus sentidos. Lo sintió contra su cuerpo y su fuerza la excitó,
haciendo que notase calor en la boca del estómago.

No tendría que haber disfrutado de aquello. Tenía
que haberse sentido ofendida o, al menos, indiferente. Tenía...

–Ya está –le dijo él, dejándola en una silla y retrocediendo–. Sana y salva.

Su mirada era seria, tenía los labios apretados y el ceño ligeramente fruncido, parecía más molesto que divertido.

Tamsin deseó hacer algún comentario ingenioso, pero se quedó callada, notando un montón de sensaciones que no le eran familiares. Tenía los pechos doloridos y los pezones erguidos, los muslos calientes. Le miró el pelo moreno, un poco despeinado. Y notó un calor por dentro comparable al de un volcán a punto de entrar en erupción.

No era el sexy uniforme de caballería lo que hacía que estuviese tan guapo y pareciese el príncipe de un cuento. Era el hombre de carne y hueso que había debajo de él lo que la turbaba, eran sus ojos, que brillaban como si la estuviesen invitando a pecar.

Intentó decirse a sí misma que era un acto de vanidad llevar puesto un uniforme que resaltase el color de sus ojos, pero la seriedad de su expresión cuando no sonreía le indicó que no le importaba lo más mínimo su aspecto.

A Tamsin se le cortó la respiración al ver que apoyaba una rodilla en el suelo y tomaba su pie descalzo.

Intentó apartarlo, pero él no lo soltó. En su lugar, se sacó algo del bolsillo y se lo puso. Era su zapato, suave, usado.

—Entonces, Cenicienta, ¿por qué quería verme?

Ella tragó saliva. Estaba ante el príncipe Alaric, el hombre del que dependían su carrera y su reputación.

Pensó que se echaría a reír si supiese que, en diez minutos, y sin intentarlo, había seducido a una de las últimas vírgenes de Gran Bretaña.

Tragó saliva compulsivamente. Se puso en pie de

un salto y se apartó, se quitó los guantes y se los metió en un bolsillo.

–Se trata de los archivos que estoy catalogando y
valorando para su conservación.

Un alijo de documentos descubierto recientemente
durante la remodelación de un sótano.

Se giró. Él seguía en pie al lado de la silla, con el
ceño fruncido. Tamsin levantó la barbilla y respiró
hondo.

–Entre ellos hay papeles únicos y muy valiosos.

–Seguro que sí –respondió él en tono educado.

No parecía sentir el menor interés por su trabajo.

–He traído una copia de uno de ellos –añadió Tamsin tomando el maletín, y agradeciendo la excusa para
apartar la mirada del príncipe.

–¿Por qué no me lo cuenta directamente?

En otras palabras, que fuese directa al grano.

Había tenido tiempo para entretenerse y divertirse
a su costa, pero ya no le quedaba nada para su trabajo.

Tamsin se sintió decepcionada, y molesta.

–Uno de los documentos me llamó la atención. Es
un archivo de su familia y de la del príncipe Raul
–hizo una pausa, estaba emocionada a pesar de la
decepción–. Todavía queda trabajo por hacer. He estado traduciéndolo del latín y, si se demuestra que
es correcto...

–¿Sí? ¿Si se demuestra que es correcto?

Tamsin dudó, no sabía cómo decirlo, aunque seguro que al príncipe le alegraba la noticia.

–Si está en lo cierto, Su Alteza no es sólo el príncipe de Ruvingia, sino el legítimo soberano de Maritz. De todo el país. Y no el príncipe Raul.

Hizo una pausa y vio cómo el príncipe se ponía tenso.

—Debería ser coronado rey.

Capítulo 2

ALARIC se puso tenso al oír aquello.

¡Él el rey de Maritz!

Era una noticia terrible.

Raul era el príncipe heredero. El que había sido educado desde su nacimiento para gobernar. El que había sido entrenado para dedicar toda su vida al país.

Maritz lo necesitaba.

A él, o a un hombre como su hermano Felix.

Alaric no estaba hecho con el mismo molde. Todavía podía oír la fría voz de su padre expresando su desagrado y decepción con él.

Hizo una mueca. Cuánta razón había tenido el viejo. Él no podía responsabilizarse de todo el país. Ya era bastante malo que hubiese tenido que ocupar el lugar de Felix al frente del principado. Confiarle el bienestar de toda la nación sería un desastre.

Se sintió horrorizado. Y empezó a ver en su cabeza los rostros de todas las personas a las que había fallado. La cara de su hermano, que con mirada febril lo acusaba de haberlo traicionado.

Él no podía ser rey. Eso era impensable.

–¿Es una broma? –inquirió.

–¡Por supuesto que no!

No. A juzgar por el ceño fruncido y la mirada sorprendida de Tamsin Connors, no estaba de broma.

Alaric jamás había visto a una mujer tan seria y retraída. Tenía los labios apretados, el pelo recogido, era la típica solterona.

Salvo por su cuerpo.

Era difícil de creer que tuviese tantas curvas y una piel tan caliente. O que, al acercarse a ella, hubiese sentido un curioso deseo de quitarle aquella ropa y explorar su aromática femineidad.

A pesar de la ropa ancha, era una mujer de unos veinticinco años. Cuando se le olvidaba apretar los labios, éstos eran sorprendentemente deliciosos. Alaric observó su rostro y supo que estaba evitando el tema en cuestión.

–¿Qué hay exactamente en esos papeles? –preguntó.

–Son unos viejos archivos de un clérigo llamado Tomas. Detalla la historia monárquica, los nacimientos, las muertes y los matrimonios.

Alaric se preguntó si se estaría imaginando su olor fresco en aquella habitación que le hacía recordar a tantos muertos.

Hizo un esfuerzo por concentrarse en la conversación.

–Siéntese, por favor, y explíquemelo –le pidió, señalando uno de los sillones que había cerca de la chimenea e instalándose él en otro.

–Según Tomas, humo un matrimonio endogámico entre su familia y la del príncipe Raul.

Alaric asintió.

–Era habitual en la época.

Se protegía el poder con alianzas con otras familias de la aristocracia.

—Hubo un momento en el que hubo un hueco en la línea sucesoria directa al trono de Maritz. La corona no pudo pasar de padre a hijo porque el hijo del rey había muerto.

A Alaric se le encogió el estómago al oír aquello. Sabía que había usurpado el lugar de un hombre mejor que él.

Que era responsable de la muerte de su hermano.

—Hubo dos aspirantes al trono. Uno de la familia del príncipe Raul y... —Tamsin dejó de hablar al ver su expresión. Y parte de su entusiasmo desapareció.

—¿Y otro de la mía?

Ella cambió de postura, como si estuviese incómoda, pero continuó.

Dos príncipes rivales de distintas ramas de dos familias que se habían mezclado. El viejo rey había designado a uno de ellos, al que era mayor sólo por un par de semanas, como su sucesor, pero un trágico accidente hizo que el heredero alternativo accediese al trono y la viuda del príncipe fallecido tomó la desesperada decisión de enviar a su hijo recién nacido a un lugar seguro. Después desapareció el testamento del viejo rey y se falsearon las fechas de nacimiento para apoyar la reclamación del trono del nuevo monarca.

Era un relato lleno de traiciones y de la despiadada lucha por alcanzar el poder, pero dada la turbulencia historia de su país, a Alaric le pareció factible.

¿Cómo era posible que aquella mujer hubiese encontrado semejante documento? No obstante, parecía muy segura de lo que le estaba contando.

Y era evidente que había encontrado algo. Alaric había leído su currículum y sabía que no era tonta. Estaba muy cualificada y tenía buenas referencias y mucha experiencia.

Era tentador pensar que aquello era un error, que había sacado conclusiones equivocadas, pero no parecía una mujer a la que le gustase correr riesgos.

–¿No está satisfecho? –se atrevió a preguntarle–. Sé que es increíble, pero...

–¿Pensó que me entusiasmaría con la idea de ser rey? –le preguntó él, sintiendo pánico, náuseas.

Negó con la cabeza.

–Soy leal a mi primo, doctora Connors. Es el tipo de rey que necesita nuestro país.

Que él ocupase su puesto sería una pesadilla hecha realidad.

Aquellas noticias no podían haber llegado en peor momento. El país necesitaba estabilidad. Si aquello era cierto...

–¿A quién más se lo ha contado? –le preguntó, poniéndose en pie y acercándose a ella, que se encogió al verlo tan cerca.

Y él pensó que, de repente, parecía muy vulnerable y joven, así que retrocedió para dejarle más espacio.

No había necesidad de intimidarla. Todavía.

–No se lo he contado a nadie –le respondió ésta con los ojos muy abiertos detrás de las feas gafas que llevaba puestas–. Antes tenía que hablar con usted.

Él se sintió menos tenso y respiró hondo.

–Bien. Ha hecho lo correcto.

Tamsin sonrió con timidez y Alaric se sintió casi culpable por haberla asustado. La había visto llevarse una mano al corazón, como si lo tuviese acelerado. Observó cómo su pecho subía y bajaba con rapidez y volvió a recordar su cuerpo pegado al de él.

—Cuando me den los resultados de la prueba sabremos si los documentos son lo que parecen ser.

—¿Los resultados? ¿De qué pruebas?

—De varias pruebas —respondió ella con cautela.

Alaric se pasó una mano por el pelo y contuvo el impulso de exigir una explicación.

En su lugar, retrocedió otro paso y vio cómo ella relajaba el rostro.

—¿Le importaría ilustrarme al respecto?

Ella parpadeó y se sonrojó un instante.

Pero poco después volvía a hablar en tono profesional.

—He mandado varias páginas para que les hagan pruebas. Tenemos que saber si son tan antiguas como parecen, que no son una falsificación.

Alaric se preguntó quién tendría los papeles en esos momentos. La cosa cada vez iba peor.

—El estilo del texto es poco corriente. He enviado una copia de varias páginas a un colega para que las examine.

—¿Quién le ha dado permiso para hacerlo? —preguntó él en tono tranquilo, pero inquisitivo.

Tamsin levantó la cabeza, se puso tensa.

—Cuando empecé me dijeron que, siempre y cuando tomase las precauciones habituales, podía hacer pruebas a los documentos que encontrase en los archivos.

—¡Pero si está en lo cierto, esos papeles son mucho más que unos documentos! —exclamó Alaric cerrando los puños.

–Por eso he sido especialmente cuidadosa –respondió Tamsin poniéndose en pie y mirándolo fijamente a los ojos–. Ninguna de las páginas que he enviado es importante. Soy consciente de que la información que le he dado debe ser confidencial hasta que se confirme. He seguido el protocolo establecido cuando acepté el trabajo.

Alaric expiró despacio.

–¿Y si alguien atase cabos?

–No –le dijo ella–. Eso no es posible.

Aunque no parecía tan segura.

–Habría sido mejor que esos papeles no saliesen de casa –comentó Alaric.

–En Ruvingia no hay medios para analizarlos –le respondió ella con la respiración acelerada–. Lo siento si he sobrepasado el límite. Le habría preguntado antes de hacerlo, pero es muy difícil conseguir hablar con usted.

Alaric tuvo que admitir que eso era cierto.

–¿Cuánto tardará en obtener los resultados?

Ella le contó cómo era el procedimiento y él pensó en los riesgos que implicaba aquel descubrimiento. Era necesario verificar el hallazgo y mantener la situación en secreto.

Pero se dio cuenta de que la estaba observando y de que había en ella un fuego que no había visto antes.

A pesar de la gravedad de la situación, algo masculino y primitivo se despertó en él.

Detrás de su aburrida apariencia se escondía una mujer ardiente y apasionada.

Y a él siempre le había atraído la pasión.

Intentó concentrarse en el problema que acababa de surgirle.

–En ese caso, no habrá que esperar mucho a tener los resultados. Mientras tanto, ¿quién tiene acceso a esos documentos?

–Sólo yo. La asistente del museo nacional está trabajando en otro material.

–Bien. Que siga así.

Él mismo se encargaría de que se guardasen los documentos en cuestión bajo llave.

–También estoy manteniendo los ojos bien abiertos por si doy con algún otro papel que confirme o desmienta lo que he averiguado. Todavía hay mucho que investigar.

¿Podía haber más? Aunque aquel documento desapareciese, ¿podría haber otros?

Alaric se maldijo. Se le había ocurrido una solución muy simple. Destruir las pruebas con un accidente y acabar así con el problema, pero entonces se empezarían a tomar más preocupaciones con los documentos restantes y los futuros accidentes resultarían más sospechosos.

Se sintió confundido. Por un lado sabía que el país estaría mejor en manos de su primo Raul, pero por otro se decía que tenía que asumir su responsabilidad, por desagradable que fuese.

Se pasó una mano por el pelo y anduvo de un lado a otro, con un nudo en el estómago. En treinta años, jamás había eludido sus compromisos, por dolorosos que fuesen.

Se lo advertiría a Raul. Crearían un plan de emergencia e irían ver al genealogista real, un historiador conocido por su experiencia y discreción. Alaric necesitaba saber si aquella historia podía ser verdad.

En cualquier caso, los documentos eran peligrosos. Si había más copias, y si Tamsin Connors era la profesional inocente y seria que parecía, necesitaba tenerla de su lado.

Eso, si era lo que parecía.

¿Podía haber dejado alguien unos documentos falsificados para que ella los encontrase y trastocase la coronación de Raul? Era poco probable. Aunque tampoco era normal que Tamsin hubiese encontrado esos papeles después de sólo un par de semanas trabajando allí.

Alaric frunció el ceño y se fijó en sus gafas y en su ropa. En la manera en que evitaba su mirada.

¿Podía estar ocultándole algo?

No tardaría en averiguarlo.

–Por supuesto, lo comprendo –murmuró Tamsin al teléfono.

Tenía que haberse sentido decepcionada con la noticia, de hecho, lo estaba, pero se había distraído con el hombre que estaba merodeando por su despacho. Parecía impaciente, incómodo con el hecho de sentirse interesado por todos los detalles.

Ella lo observó y se dio cuenta de que el príncipe Alaric no necesitaba un espléndido uniforme que realzase su físico. Con unos pantalones oscuros, una camiseta y una chaqueta estaba igual de imponente aquella tarde.

Hasta la noche anterior, Tamsin no había sabido que sentía debilidad por los hombres altos y de hombros anchos que parecían dispuestos a cargar en ellos el mundo entero. Por hombres con la mirada alegre un minuto y turbia al siguiente.

Había pensado que prefería a los hombres con carreras académicas, rubios y de rostro limpio, como Patrick.

Pero se había equivocado.

—Gracias por la llamada —dijo antes de colgar el auricular con cuidado.

—¿Ocurre algo? —le preguntó Alaric acercándose.

Tamsin respiró hondo y bajó la vista a sus manos, apoyadas en el escritorio. Había rezado porque su reacción ante él la noche anterior hubiese sido sólo un arrebato.

Observó su pelo moreno, sus ojos azules oscuros, los pómulos marcados y la nariz fuerte, y se dijo que tenía aspecto de aristócrata. No obstante, su boca era la de un seductor: cálida, provocativa y sensual.

Tamsin parpadeó. ¿De dónde se había sacado aquello?

—¿Doctora Connors?

—Lo siento. Estaba... pensando. Acaban de decirme que los resultados se van a retrasar.

Alaric frunció el ceño y ella se apresuró a continuar:

—Esperaba que nos pudiesen decir ya de cuándo son los documentos, pero va a haber que esperar.

Tamsin pensó que los motivos que le había dado la asistente de Patrick acerca del retraso eran plausibles, pero había visto tan nerviosa a la muchacha que eso le había hecho sospechar.

¿Acaso no se había contentado Patrick con robarle el ascenso? Había sido el primer hombre en interesarse por ella, y había utilizado su ingenuidad para aplastarla. Tamsin había pasado muchas horas extra trabajando, y él se había apropiado de su trabajo. Cuando había conseguido que lo ascendiesen, la había dejado sin más. Ella no había contado lo ocurrido por orgullo, había preferido encerrarse todavía más en sí misma y se había jurado que jamás volvería a exponer su corazón.

¿Era Patrick capaz de arrebatarle aquel proyecto también?

¿Podían ser verdad los rumores que había oído, de que Patrick la veía como una amenaza profesional?

–¿Van a devolvernos los documentos? –le preguntó el príncipe con los ojos brillantes.

–Todavía no –respondió ella, fascinada con su mirada–, pero espero que no tarden mucho.

Tamsin lo vio apretar los labios. Estaba impaciente. A pesar de lo que le había dicho la noche anterior, debía de estar nervioso con la posibilidad de convertirse en rey. ¿Quién no?

–¿Son éstos el resto de documentos hallados recientemente? –le preguntó él, señalando un montón de papeles que estaban apilados a un lado.

–Algunos de ellos. Los menos frágiles. Los he dejado ahí hasta que tenga tiempo de valorarlos.

–Podría haber documentos importantes entre ellos, ¿verdad?

–Es posible, pero pocas personas podrían leerlos. A pesar de mi experiencia, algunos textos son difíciles de descifrar y se tarda mucho tiempo.

–Eso no importa. Hay que ponerlos en un lugar seguro –le dijo él, acercándose al montón–. Quiero que calcule exactamente lo que va a necesitar y me lo diga hoy mismo. Los pondremos bajo llave y sólo se podrá acceder a ellos con mi aprobación.

–No es sólo una cuestión de espacio, sino de encontrar un ambiente adecuado y...

–Lo comprendo. Dígame lo que hace falta y lo tendrá.

–Será caro.

El príncipe le quitó importancia con un ademán. Era evidente que el dinero no era un problema para él.

Ella se puso en pie.

–Mientras tanto, ¿podría trabajar con el texto? Me gustaría traducir una parte esta noche.

La noche anterior, el príncipe había insistido en acompañarla a su despacho para ver el documento original. Luego, sin previo aviso, y a pesar de sus protestas, se lo había llevado. A Tamsin le preocupaba que no fuese consciente de lo delicado que era.

–Por supuesto.

Alaric se miró el reloj, como si tuviese prisa.

–Pero hoy no... es tarde.

–Pero...

Él se acercó, se acercó demasiado. Tamsin sintió su calor, aspiró su aroma a especias y a limpio y deseó haberse quedado sentada.

–Pero nada. Tengo entendido que no ha hecho otra cosa más que trabajar desde que ha llegado a palacio. No soy un esclavista y no quiero que se pase el día y la noche trabajando.

–¡Quiero hacerlo!

¿Qué iba a hacer si no por la noche?

–Esta noche, no –repitió él, yendo hacia la puerta

y deteniéndose en el umbral–. Hágame saber lo que va a necesitar para guardar todos esos papeles.

–Me ocuparé de ello inmediatamente.

El príncipe asintió y se marchó. Tamsin se quedó tambaleándose, mirando hacia la puerta.

Había esperado que su descubrimiento despertase interés, pero no que la apartasen de la investigación.

Intentó convencerse de que el príncipe no la había apartado del caso. Estaba permitiendo que la mala experiencia que había tenido con Patrick la ofuscase.

Era bueno que al príncipe Alaric le importase su bienestar. Era sensato que quisiese guardar bien los documentos.

Entonces, ¿por qué se sentía como si la estuviesen manejando?

Por la noche, Alaric fue hacia el gimnasio que había en la otra punta del castillo. Necesitaba quemar energía. La noche anterior, Tamsin Connors no lo había dejado dormir.

Esa mañana, el genealogista le había advertido que probar o desmentir su derecho al trono llevaría tiempo. Alaric quería que le diesen una respuesta cuanto antes, si era negativa, mejor. Esperar iba en contra de sus principios, lo mismo que depender de fuerzas que no estuviesen bajo su control.

Además, sus investigadores no habían conseguido averiguar casi nada de la inglesa.

No era posible que tuviese un pasado tan simple, sin novios, ni amigos. Sólo algún dato acerca de un posible romance con un compañero de trabajo.

En otras circunstancias, no le habría dado más vueltas y habría considerado que era una mujer callada, dedicada a su trabajo, pero no podía arriesgarse.

Redujo la velocidad al pasar por la pista de squash. Las luces estaban encendidas y se detuvo a ver quién estaba jugando.

Era una mujer, ágil como la pelota por la pista.

Alaric frunció el ceño, incapaz de situarla. Vestía camiseta y pantalones cortos y anchos, y él se fijo en sus piernas esbeltas y sintió calor por dentro, lo que le hizo sonreír.

Había un remedio muy antiguo contra el insomnio, uno que él utilizaba mucho. Una mujer bonita y...

La mujer se giró y a Alaric se le cortó la respiración.

Era Tamsin Connors. Aunque no parecía ella.

Tenía que haberlo adivinado al ver la ropa ancha, pero, al mismo tiempo, estaba distinta.

Se le secó la boca al ver la cantidad de piel rosada que quedaba al descubierto. Tenía unas piernas deliciosas y los pechos parecían más llenos de lo que él había pensado. Parte del pelo se le había soltado de la coleta y le rodeaba la cara. Respiraba con dificultad por la boca, cuyos labios ya no estaban apretados y le brillaban los ojos.

¡Los ojos! No llevaba gafas.

Alaric sospechó al verla sin las feas gafas. ¿Se habría puesto lentillas?

¿Habría intentado disfrazarse? Si así era, lo había hecho muy bien.

Pero ¿de qué quería esconderse?

Tal vez del mundo que la rodeaba. Porque parecía demasiado sincera y seria para querer engañar a nadie. No obstante, Alaric pensó que podía haber querido engañarlo a él.

Se dejó caer en un banco que había al lado de la puerta de la pista de squash, junto a un feo jersey y la funda de unas gafas.

Las sacó y se las acercó a los ojos. La corrección no era tanta. ¿Por qué se las ponía?

Aquello le hizo sospechar todavía más. Era una extraña, disfrazada. Qué coincidencia que hubiese descubierto unos documentos que podían terminar con la paz de la nación.

Tamsin Connors no era quien parecía. ¿Formaría parte de un complot? ¿O la habrían engañado?

Acababa de guardar las gafas cuando la vio salir de la pista.

Tamsin abrió mucho los ojos ambarinos al verlo y se acercó despacio.

Al cerebro de Alaric llegaron varios mensajes opuestos. De cautela. Desconfianza. Curiosidad. Deseo. Lo del deseo era evidente.

Apretó la mandíbula y se dijo que no era el momento de dejar que su libido mandase sobre su cerebro.

Sonrió despacio.

La doctora Connors y él estaban a punto de conocerse mucho mejor.

Capítulo 3

A TAMSIN le fallaron los pies.

Había pasado la noche anterior pensando en aquel hombre, incluso soñando con él, pero se le había olvidado lo irresistible que era en persona.

Tan grande. Tan radiante. Tan poderosamente masculino.

Lo vio estudiarla con la mirada y sintió calor en el estómago. Lo vio sonreírle y se le aceleró el corazón todavía más.

¿Le habría sonreído si supiese que había jugado hasta el agotamiento para intentar sacárselo de la cabeza? ¿Que se excitaba sólo con su presencia?

No. El príncipe le pagaba para que trabajase allí. Era su jefe, un aristócrata que vivía una vida privilegiada. Un hombre que no sentía ningún interés por ella ni por su trabajo, salvo si éste le daba acceso al trono.

Se quedaría horrorizado si supiese lo que sentía al verlo.

Apartó la vista, por miedo a que pudiese leerle los pensamientos. Patrick siempre había sabido leerla como a un libro abierto. Y no podía dejar que aquel hombre lo hiciese también.

–Doctora Connors –la saludó.

Ella tomó el jersey y las gafas y se lo apretó todo contra el pecho.

–Espero que no le importe que haya utilizado la pista –murmuró ella–. Me habían dicho que podía hacerlo, pero no pensé que tal vez...

–Por supuesto que no me importa. Me alegra que se utilice. Si hubiese sabido que jugaba, la habría invitado a un partido.

–No creo que esté a su nivel –respondió ella nerviosa.

–He visto cómo juega. Es rápida y ágil y sabe cómo utilizar su cuerpo –respondió Alaric, sonriendo de manera diferente, más íntima–. Estoy seguro de que haríamos buena pareja.

Tamsin se los imaginó haciendo buena pareja en otro lugar y sintió calor.

–Me alegra que lo piense –farfulló–, pero ambos sabríamos que habría sido un partido desequilibrado.

–Se infravalora, doctora Connors. ¿Por qué? Me pareció una mujer muy segura de sí misma cuando estuvimos hablando de su trabajo.

–Eso es diferente –respondió ella, mirándolo a los ojos muy a su pesar–. Mi trabajo es lo que hago bien. Lo que me gusta.

Llevaba años dedicada a trabajar, ya que siempre le había resultado más sencillo que socializar. Y su única experiencia con un hombre había sido un desastre.

–Llevo una vida muy sedentaria –añadió–. Y ésta es una manera de mantenerme en forma.

–Aun así, me ha parecido que jugaba muy bien. Sería un buen rival.

Ella volvió a tener la sensación de que el príncipe la veía de verdad, como mujer, que veía sus talentos y sus dudas, sus seguridades y sus miedos.

La idea le gustó, pero, al mismo tiempo, hizo que se sintiese vulnerable.

Metió un brazo en el jersey, luego el otro, y se lo puso. Abrió la funda de las gafas, ya que se sentía desnuda sin ellas, pero la intensidad de la mirada del príncipe hizo que la volviese a cerrar.

–No estoy de acuerdo, Su Alteza, pero gracias por el cumplido.

Iba a darse la vuelta para marcharse, pero se detuvo. Tal vez aquélla fuese su única oportunidad para hablar con él.

–¿Podría trabajar mañana en el texto? Estoy deseando avanzar.

–Seguro que sí –respondió él sin entusiasmo.

Si le ilusionaba la idea de convertirse en monarca, lo disimulaba bien.

¿O era que había dicho ella algo inadecuado?

–Se lo llevarán mañana para que pueda continuar con sus... investigaciones –añadió el príncipe por fin.

Tamsin estaba sentada sobre su pie descalzo, absorta.

Cuanto más ahondaba en aquel manuscrito, más le fascinaba.

Acercó la lámpara para ver mejor una palabra.

Frunció el ceño y perdió el hilo.

No oyó nada, no vio moverse nada con el rabillo del ojo, pero se había desconcentrado. Tenía el vello de los brazos erizado. ¿Se habría imaginado un cambio en la atmósfera?

Volvió a centrarse e intentó averiguar el significado de una frase entera, pero cuanto más intentaba concentrarse, más consciente era de... otra cosa.

Finalmente, exasperada, levantó la vista. Y lo vio.

Estaba inmóvil, con los pies separados y las manos en los bolsillos, con una postura muy masculina.

A Tamsin se le aceleró el corazón. ¿Cuánto tiempo llevaba allí, observándola en silencio? ¿Por qué estaba tan serio?

¿Y qué estaba haciendo allí?

–Lleva trabajando desde las siete y media de la mañana y casi no ha parado ni para comer –le dijo el príncipe, sacándose las manos de los bolsillos y acercándose–. Es hora de que pare.

Tamsin frunció el ceño.

–¿Me está vigilando? –preguntó, más sorprendida que indignada.

–Mis hombres han aumentado la seguridad, dada la importancia de su hallazgo. Les he pedido que me mantengan informado.

¿Informado acerca de cuándo paraba a comer? Tamsin abrió la boca para cuestionarlo.

–¿Está traduciendo? –se le adelantó él, inclinándose sobre el manuscrito.

Ella notó una ola de calor al tenerlo tan cerca.

–Sí –respondió, sentándose más erguida–. Es un documento fascinante, independientemente del tema de la sucesión.

–Pues ya ha terminado por hoy.

–Sí, he terminado –admitió, pensando que, de todas maneras, había perdido la concentración.

Echó la silla hacia atrás, se levantó y empezó a recoger. Tenía que haberse sentido menos afectada por él al estar de pie, pero inhaló su aroma fresco y fue consciente de cómo la rodeaba su cuerpo, y eso la irritó.

–Bien. Ya puede salir.

–¿Salir? –preguntó ella con el ceño fruncido.

–¿Cuánto tiempo hace que no sale del castillo?

Ella se hizo la misma pregunta. Había estado demasiado ocupada como para contar los días.

–He tenido mucho trabajo últimamente.

–Eso me parecía. Venga, recoja.

–Pero soy capaz de airearme sola.

–Seguro que sí. Es una mujer muy capaz, doctora Connors.

El príncipe sonrió y su rostro se iluminó.

–¿Qué está haciendo aquí? –le preguntó Tamsin, poniéndose de repente a la defensiva–. ¿Qué quiere?

No era tonta y sabía que los hombres como aquél no malgastaban su tiempo con mujeres como ella. Con mujeres que no eran ni glamurosas ni sexys.

–Veo que no se anda con miramientos. Me gusta su franqueza. He venido a hacerle una propuesta.

Ella alzó la vista, sorprendida, y él levantó una mano antes de que le diese tiempo a interrumpirlo.

–Pero no aquí. Es tarde. Necesita hacer un descanso y yo necesito cenar. Le demostraré lo hospitalarios que somos en Ruvingia y hablaremos de ello después de la cena.

A Tamsin su instinto le dijo que algo no cuadraba.

No había ningún motivo para que un príncipe invitase a una de sus empleadas a cenar.

No obstante, sintió curiosidad. ¿Qué propuesta querría hacerle? ¿Tendría algo que ver con los archivos?

–Si necesita que alguien responda por mí... –continuó Alaric.

Ella hizo una mueca.

–Gracias, pero no.

Tamsin se dio cuenta de que, a pesar de estar sonriendo, parecía tenso. Tal vez lo que tenía que decirle era importante.

–Me vendrá bien algo de aire fresco. Y cenar –añadió, dándose cuenta de repente del hambre que tenía.

–Excelente –dijo él, retrocediendo y dejándole más espacio–. Abríguese y lleve zapatos cómodos. Nos encontraremos delante de los garajes en veinte minutos.

–Yo me encargaré de esto –dijo Tamsin, pero cuando fue a tomar el documento, vio que el príncipe se sacaba unos guantes del bolsillo y se le adelantaba.

–Yo me ocuparé de él. Usted vaya a prepararse.

Era evidente que no confiaba en ella y eso la decepcionó.

Si no confiaba en que fuese capaz de cuidar del documento, ¿cómo iba a confiar en su trabajo? ¿Y por qué querría hacerle una proposición?

Tamsin se sintió fuera de lugar en el lujoso coche en el que salieron de los terrenos del castillo. Nunca antes había estado en un coche así.

Y jamás había estado con un hombre como el príncipe Alaric.

En los confines del vehículo, era imposible ignorarlo. Tan grande y vital. El ambiente estaba tan cargado de electricidad, que hasta era difícil respirar.

Tamsin se dijo que era la falta de comida lo que hacía que estuviese mareada.

Él condujo con una sonrisa en los labios, como si le encantase hacerlo. Agarraba el volante con una seguridad y una destreza que hizo que Tamsin pensase que disfrutaba con los placeres táctiles. Y se estremeció al pensarlo.

–¿Tiene frío? –le preguntó él.

No había apartado la vista de la carretera, ¿cómo se había dado cuenta de que acababa de sentir un escalofrío?

–No, tengo calor.

–En ese caso, es la carretera lo que la incomoda –le dijo él, frenando.

Ella estuvo a punto de protestar. El coche no había ido rápido y ella estaba disfrutando del paseo. Se sintió decepcionada al ver que el príncipe tomaba la siguiente curva demasiado despacio.

–¿Cuál es esa proposición que quiere hacerme?

Él negó con la cabeza sin separar la vista del asfalto.

–Todavía no. No hasta que no hayamos cenado.

Tamsin intentó contener su impaciencia, ya que supo que no conseguiría hacer que cambiase de opinión.

–Dígame por qué aceptó el trabajo. Pasarse el invierno encerrada en el castillo no me parece nada apetecible.

Tamsin se preguntó si estaría de broma y lo miró otra vez de reojo.

—El lugar es precioso.

—Si casi no ha salido del castillo.

Tamsin se puso tensa. ¿Acaso lo tenían informado de todos sus movimientos? ¿Por qué?

—Tenía pensado salir más, pero empecé a meterme en mi trabajo y encontré la crónica de Tomas, y después, ya no he tenido tiempo.

—¿Vino a Ruvingia por sus paisajes? —preguntó el príncipe con incredulidad.

—No, fue el trabajo lo que me fascinó.

—¿No le importa pasar un invierno alpino, alejada de su familia y sus amigos?

Tamsin apartó la mirada hacia el bosque.

—Mis padres fueron los primeros que me animaron a pedir el puesto. Saben lo importante que es el trabajo para mí.

Ni siquiera les importaba que no estuviese en casa por Navidad. Para su padre, las vacaciones eran una molestia, ya que cerraban las bibliotecas universitarias. Y para su madre, inmersa en su arte, era más fácil cocinar para dos que para tres. Ambos se dedicaban a su trabajo y Tamsin, que había llegado a su matrimonio sin que lo esperasen, después de muchos años casados, se había acoplado a su vida y pronto había sido autónoma.

—¿Y sus amigos? ¿No preferiría estar con ellos en esta época del año? —le preguntó él, sabiendo que metía el dedo en la llaga.

Tamsin tenía amigos, pero ninguno demasiado íntimo.

Salvo Patrick. Con el que había esperado poder estar en vacaciones. Antes de darse cuenta de que era una idiota.

Se giró hacia el príncipe Alaric y se dio cuenta de que la estaba observando. ¿Por qué se interesaba tanto por ella?

—No comprende lo emocionante que es este trabajo —le dijo, haciendo un esfuerzo por sonreír—. Es la oportunidad de hacer algo importante, de preservar unos documentos que, si no, se habrían perdido. Por no hablar de la emoción de descubrir. De la oportunidad de... —dudó, sin saber si debía revelar lo importante que era aquel trabajo también a nivel personal.

Había sido una manera de escapar, de alejarse de Patrick y de las miradas compasivas de sus demás compañeros.

También había sido una oportunidad de reforzar su autoestima. De demostrarse que, a pesar del lapsus que había tenido con Patrick, era buena en lo que hacía. Incluso de demostrar a aquellos que habían dudado de su capacidad, que se habían equivocado al ascender a Patrick en vez de a ella.

—¿La oportunidad de...?

Tamsin intentó centrarse de nuevo en la conversación.

—De formar parte de este emocionante descubrimiento. Estas cosas sólo pasan una vez en la vida.

—Pero eso no lo sabía cuando pidió el puesto —respondió él enseguida.

—No, pero...

No podía contarle lo desesperada que había estado por escapar.

–Quería cambiar. Y este trabajo parecía demasiado bueno como para perdérselo.

–Demasiado bueno para ser verdad –comentó él en tono curiosamente brusco.

Tamsin se preguntó si se estaría aburriendo con ella, debía de estar acostumbrado a conversaciones más interesantes. Y también agradeció poder cambiar de tema.

–¿Adónde vamos?

Estaban en el centro antiguo de la ciudad, donde las calles eran estrechas y adoquinadas.

Tamsin vio a los viandantes disfrutar de las iluminaciones y de los escaparates, y deseó poder ser uno de ellos.

–Está puesto el mercado de invierno –le contestó él–. Cenaremos y podrá ver la ciudad.

Y a ella le encantó la idea. El ambiente era muy romántico, pero era imposible relajarse del todo con un príncipe a su lado. No sabía qué querría proponerle y tenía la sensación de que no iba a gustarle. ¿Por qué se interesaba tanto por ella?

Vio a una pareja paseando de la mano y sintió envidia. Había tenido la esperanza de que Patrick y ella...

Tamsin nunca había tenido una relación así con nadie, nunca había sentido un amor que abarcase todos los aspectos de su vida, ni siquiera el de sus padres. Jamás había encajado, había terminado el colegio mucho antes que los demás chicos de su edad y había sido la más joven en la universidad.

Se giró y apretó los labios. Se negaba a sufrir por lo que nunca había tenido. Una sola experiencia amorosa le había demostrado lo que siempre había sospechado, que el amor no era para ella. No despertaba ese tipo de sentimiento.

Pero tenía su trabajo. Y eso servía de compensación.

Alaric observó a la mujer que tenía al lado con frustración. Llevaba dos horas con ella y seguía siendo un enigma. Su risa al ver las payasadas de los niños en la pista de patinaje. Su entusiasmo por los mercados llenos de artesanía y productos locales. Se contentaba con cosas sencillas y no paraba de hacer preguntas.

¡La mayoría de las mujeres a las que conocía se habrían quejado si las hubiese llevado allí!

Era tentador pensar que era inocente, que no lo quería engañar.

Pero en el coche le había respondido con evasivas y Alaric tenía la sensación de que estaba allí por algún motivo que no le había contado.

Había vuelto a disfrazarse, con las gafas de pasta, el pelo recogido en un moño, un abrigo de un color que no le favorecía y unos pantalones anchos.

¿Estaba intentando que se olvidase de que la había visto en pantalones cortos?

Hizo una mueca. Tenía la imagen grabada en la cabeza.

Tamsin estaba ensimismada viendo cómo en uno de los puestos preparaban tortitas y las rellenaban de cerezas, nueces y chocolate. Era una delicia observarla. Puso cara de placer al darle un bocado a su tortita, sin darse cuenta de que parte del chocolate le chorreaba por el labio inferior, lo que hizo reaccionar a la testosterona de Alaric.

Tamsin se relamió y él notó horrorizado que se estaba excitando como si la hubiese visto desnudarse y ofrecerle su suave cuerpo.

Allí mismo. En ese momento.

¿Qué le estaba pasando? No se parecía en nada a las mujeres con las que solía salir. Y ni siquiera estaba seguro de poder confiar en ella.

No obstante, la combinación de mente despierta, formalidad y curvas escondidas era absurda y enormemente provocadora.

Alguien pasó por su lado y la empujó hacia él, que tuvo que obligarse a soltarla después de haberla ayudado a guardar el equilibrio.

–Vamos a algún sitio más tranquilo –le dijo de repente.

Tamsin levantó la vista y dejó de disfrutar al ver su rostro serio. Era evidente que el príncipe se había cansado.

Y no le extrañaba. Se había salido de la rutina para enseñarle algo que, para él, debía de ser común y corriente. Además, en todo el tiempo que habían estado allí no había dejado de acercársele gente. No le habían dado respiro.

Sobre todo, lo habían abordado mujeres, que se echaban a reír tontamente sólo con que el príncipe las mirase.

Ella había observado fascinada cómo había contestado a todas las preguntas con buen humor y sentido práctico.

–Por supuesto –le respondió en un murmullo.

Se oyó un estallido y luego, un grito. Tamsin contuvo la respiración y vio correr a un niño delante de ella, que resbaló y cayó contra una cuba de vino especiado. Ella gritó y se agarró al príncipe.

La cuba se tambaleó y Alaric agarró al niño para apartarlo de allí. Hubo un estrépito, el líquido caliente se derramó y alguien gritó, y el príncipe le puso al niño entre los brazos.

En el alboroto que se formó, Tamsin dejó de ver al príncipe, que apareció un minuto después, guardándose la cartera en el bolsillo y despidiéndose del comerciante sonriente que había perdido el vino. Luego aceptó las palabras de agradecimiento de los padres del niño, pero no se entretuvo. Unos minutos más tarde habían cruzado la plaza y estaban en un antiguo hotel.

Tamsin no vio su rostro bien hasta que no hubieron entrado en un salón privado. Estaba blanco.

–¿Está bien?

Era evidente que no lo estaba. Ella lo estudió con la mirada, por si tenía alguna herida. Fue entonces cuando se dio cuenta de que llevaba la mano manchada y se le hizo un nudo en el estómago.

Hizo que se sentase en un banco que había junto a la pared, él se dejó caer y Tamsin se puso a su lado, humedeció un pañuelo en una garrafa de agua y le apretó la mano con él.

Alaric guardó silencio, no se movió.

Ella le limpió la mancha de vino y vio que tenía

una quemadura en el dorso de la mano, se la tapó con el pañuelo húmedo.

—¿Es sólo la mano? ¿Le duele algo más?

Él giró la cabeza despacio y la miró como si no la entendiese. Tenía las pupilas muy dilatadas.

—¿Su Alteza? ¿Se ha quemado en algún otro lugar?

Le agarró la mano y se tranquilizó al ver que estaba caliente, pero era la frialdad de su mirada lo que la preocupaba. Le tocó las piernas con la otra mano, buscando más heridas.

Y él bajó la vista.

Tamsin dejó de mover la mano, la dejó quieta sobre su muslo. De repente, se sintió tonta.

—Estoy bien —le dijo él—. No tengo más quemaduras.

Dejó el pañuelo mojado encima de la mesa, respiró hondo y su rostro empezó a recuperar el color. Con la mano que tenía libre, cubrió la de ella.

Tamsin sintió calor.

—Dadas las circunstancias, creo que puedes olvidarte de mi título —le sugirió en tono seductor—. Llámame Alaric.

Luego sonrió, haciendo que a ella se le encogiese el estómago y, de repente, se dio cuenta de que estaban demasiado cerca y se echó hacia atrás.

—¿Estás seguro de que estás bien? —le preguntó.

—Sí. Y la mano... también está bien, pero gracias por preocuparte.

Y Tamsin se preguntó si su rostro rígido, descolorido, de unos segundos antes, había sido sólo fruto de su imaginación.

—Ahora que estamos a solas, podemos hablar de mi proposición —anunció el príncipe.

Estaba tan cerca de ella, que su aliento le acarició el pelo y la mejilla y Tamsin tuvo que hacer un esfuerzo para no estremecerse.

—Sí, Su... Alaric. ¿Qué es lo que tenías pensado?

Él le apretó la mano. Su fuerza la rodeó y la sensación fue reconfortante, a pesar de lo nerviosa que estaba.

Alaric sonrió más.

—Quiero que seas mi compañera.

Capítulo 4

¿TU... COMPAÑERA? –repitió ella con incredulidad.

No podía ser lo que se estaba imaginando.

El término podía tener muchas acepciones, pero ella había pensado inmediatamente en la de amante.

No pudo evitar imaginarse con él delante de la chimenea de la biblioteca, desnudos. Con sus piernas entrelazadas. Y las manos fuertes de Alaric recorriéndole el cuerpo.

¿Era deseo lo que había en su mirada? La estaba mirando fijamente. ¿Le estaría leyendo el pensamiento?

Tamsin se obligó a respirar con normalidad y se sentó más erguida. Se recordó que una de sus cualidades era su capacidad analítica.

Pero Alaric seguía agarrándole la mano y ella era incapaz de retirarla de allí.

–Eso es –le confirmó.

La compañera del príncipe Alaric de Ruvingia. Cualquier mujer habría matado por estar con el soltero de oro de la aristocracia europea. Por tener la oportunidad de convencerlo de que se casase con ella o, simplemente, de tenerlo como amante.

Pero Tamsin se dijo que no era una de ellas.

–Me has confundido con otra –le respondió, levantando la barbilla, y preparándose para cuando él le dijese que era sólo una broma.

–No me he confundido, doctora Connors –le aseguró él–. Tal vez sea mejor que te llame Tamsin.

Y ella sintió un escalofrío al oír cómo decía su nombre.

Como si le gustase.

Como si estuviese deseando decirlo otra vez.

–Por supuesto. ¿Qué es lo que me estás proponiendo?

Él arqueó una ceja.

–Lo que estás pensando. Necesito una compañera y tú serías perfecta. Y también tendrías beneficios, por supuesto.

Tamsin resistió el impulso de sacudir la cabeza para aclararse las ideas. Era la primera vez que un hombre la calificaba de perfecta.

–Mi invitación de esta noche no ha sido completamente altruista –le confesó Alaric–. Quería ver si éramos compatibles.

–¿Compatibles?

Él sonrió de oreja a oreja, pero Tamsin se dijo que tenía que ser sensata, lógica, aunque le fuese muy difícil cuando él la tocaba y le sonreía así.

–Necesito una compañera con la que no me aburra después de media hora.

–Doy por hecho que he pasado el filtro –comentó ella, preguntándose si Alaric no se habría parado a pensar que tenía mejores cosas que hacer con su tiempo.

Se le ocurrirían en cualquier momento.

Intentó apartar la mano, pero él no se lo permitió.

Se puso más serio.

–También tengo que estar seguro de que serás capaz de aguantarlo. No siempre es divertido estar conmigo cuando tengo que hacer el papel de príncipe delante de todo el mundo.

Ella lo observó y sintió curiosidad por la amargura que había oído en su voz al hablar de su título. ¿Sería real o fingido?

–No me ha molestado –le respondió.

Le había parecido un privilegio poder estar a su lado.

–Pero sigo sin entenderlo –añadió, respirando hondo–. ¿Por qué necesitas una compañera? ¿Y por qué yo?

–Ah, sabía que irías directa al quid de la cuestión.

Alaric la vio preocupada y supo que iba a tener que hacerlo mejor. Sólo había conseguido levantar sus sospechas.

Lo que había ocurrido en el mercado le había traído viejos y terribles recuerdos. Habían sido sólo unos segundos, pero tiempo suficiente para hacerle recordar una pesadilla de culpabilidad y dolor. Por un momento, había retrocedido a otro tiempo y a otro lugar. A otra vida que no había sido capaz de mantener.

Sólo con que Tamsin lo hubiese tocado, con oír preocupación en su voz, había salido de un estado en el que prefería no pensar. Normalmente, era algo que jamás compartía con nadie.

Y así seguiría haciéndolo.

–Voy a tener que quedarme en Ruvingia una temporada –le contó.

Ella asintió con cautela.

—Y... mientras esté aquí, voy a necesitar una compañera.

—¿Por qué? Es imposible que te sientas sólo.

Alaric pensó que, por mucho que había viajado, por muchas amantes que había tenido, siempre se había sentido solo. Y cuando se sentía solo, recordaba. Por eso necesitaba estar siempre en acción, divirtiéndose.

Pero no hacía falta que le contase aquello a Tamsin.

—Precisamente solo, no —le respondió, dedicándole una sonrisa con la que había conquistado a muchas mujeres.

Pero ella ni se inmutó y lo miró con el ceño fruncido, como si no acabase de entenderlo. Aquello le molestó. ¿Por qué Tamsin no podía ser como las demás y desear complacerlo? ¿Por qué tenía que cuestionarlo todo?

No obstante, había algo en su seriedad, en su actitud distante, que lo atraía.

—Mi vida sería más sencilla si me viesen entrar y salir siempre con la misma mujer. Una mujer que no esperase sacar de ello una situación permanente.

Tamsin inclinó la cabeza hacia un lado y apretó los labios.

—¿Quieres que te sirva de señuelo? ¿Estás cansado de que las mujeres intenten cazarte?

—Podría decirse así —contestó él, encogiéndose de hombros y viendo cómo ella apartaba la vista—. Es lo que tienen los títulos nobiliarios, que atraen a las mujeres deseosas de casarse.

—Pensé que eras capaz de aguantarlo —replicó

ella–. Dicen que te gustan las relaciones a corto plazo.
Y no creo que tengas que esconderte detrás de ninguna mujer.

Alaric la vio tensa y supo que tenía que ofrecerle
algo más.

–Son momentos delicados, Tamsin –dijo, disfrutando del sonido de su nombre–. Hay bloques de poder que están buscando su hueco, entre ellos, algunas
familias aristocráticas a las que les encantaría consolidar su estatus emparentando con la realeza.

–Casándose contigo, ¿quieres decir?

Él asintió.

–Llevo meses viendo desfilar delante de mí a mujeres de la aristocracia, y cada vez me es más difícil
evitarlas.

–Eres un adulto. Sólo tienes que decirles que no
te interesan –le dijo ella, intentando retirar la mano de
nuevo.

Pero él no se lo permitió, aquello no estaba saliendo
como había planeado.

–No es tan sencillo. Incluso un rumor de que una
aspirante tiene más posibilidades que otra, puede cambiar la balanza de poder. Mi primo Raul está sufriendo
la misma presión.

Alaric se inclinó hacia delante y utilizó su tono más
meloso.

–Sólo te pido que me ayudes a mantenerlas alejadas. ¿Tan irrazonable te parece?

Ella volvió a apretar los labios y lo miró con frialdad.

Alaric empezó a sentirse impaciente. Se sintió tentado a hacer las cosas de la manera más fácil.

A quitarle las gafas y besarla hasta que se rindiese a sus deseos. Hasta que se ruborizase como le había ocurrido al salir de la pista de squash, pero, en esa ocasión, de placer y deseo.

Hasta que capitulase y le dijese que haría lo que él le pidiese.

Todo lo que él le pidiese.

Alaric notó calor al recordar sus labios separados y rosados, su lengua limpiándolos de chocolate un rato antes. La presión de sus pechos contra él al bajarla de la escalera de la biblioteca.

Se le aceleró el pulso y le agarró la mano con más fuerza.

—Entiendo que te sea útil tener a alguien que mantenga alejadas a las demás mujeres, pero ¿por qué yo?

—Porque ya estás viviendo en el castillo. Y no te impresiona mi situación. Y porque no soñarás con que este acuerdo se convierta en algo más.

Levantó la mano de Tamsin para llevársela a los labios y besarla, aspiró el fresco aroma de su piel suave, disfrutó al verla estremecerse. Era diferente de las demás. Alaric no podía recordar a otra mujer que lo hubiese intrigado tanto. La protección de su país jamás había coincidido tanto con sus deseos personales.

Ten cerca a tus amigos, pero a tus enemigos todavía más, rezaba el dicho. Él todavía no estaba seguro de si Tamsin era su enemiga o si era inocente, pero disfrutaría teniéndola cerca. Muy cerca.

A Tamsin estuvo a punto de parársele el corazón cuando Alaric le acarició la mano con los labios.

Él parecía divertido. Se estaba riendo de ella. ¿La tomaba por tonta?

Apartó la mano, enfadada y dolida.

—Nadie se lo creería.

—¿Por qué no? Creerían lo que viesen.

Ella negó con la cabeza y deseó que Alaric dejase de jugar.

—¿Tamsin?

Alaric frunció el ceño al verla con los ojos enrojecidos.

—No soy el tipo de mujer que acompaña a un príncipe —dijo ella.

—Sé que mi trayectoria con las mujeres es desastrosa, pero tal vez tú puedas ser una excepción.

—¡Ah! —exclamó Tamsin, poniéndose en pie—. ¡Para ya!

Anduvo hasta la ventana y luego se giró a mirarlo otra vez.

—Nadie se creería que estuvieses con alguien como... como yo.

Él se levantó también, la miró fijamente.

—Tonterías.

Tamsin sintió ganas de patalear. O de gritar.

O de hacerse un ovillo y ponerse a llorar.

Quería hacer las mismas cosas que había deseado hacer cuando Patrick le había confesado que sólo había estado con una mujer como ella para lograr sus ambiciones. Todas las cosas que no se había permitido hacer porque había estado demasiado ocupada fingiendo que no le importaba.

—Mírame. No...

Pero no pudo continuar. Sabía que no era atractiva, que no atraía a los hombres, pero se negaba a reconocerlo en voz alta. Tenía su orgullo.

—Veo a una mujer inteligente, apasionada y enigmática.

Ella lo miró con incredulidad, de repente, lo tenía muy cerca y se estaba cerniendo sobre ella.

—Me niego a ser el centro de tus burlas —le dijo, dándose la vuelta, pero él la agarró del codo y la hizo girar.

—No me estoy burlando de ti, Tamsin. Jamás había hablado más en serio.

Ella levantó la barbilla.

—No creo que mi ropa esté a la altura de tu posición.

—Tu ropa me da igual —replicó él, con el ceño fruncido—. Si no te gusta, cámbiala. O deja que yo lo haga, si tú no tienes el dinero necesario.

—¡No seas absurdo!

Como si sólo fuese la ropa. Tamsin sabía cómo la veían los hombres. Nadie se creería que había sido capaz de seducir a un príncipe.

—¿Absurdo?

Alaric desprendía fuego por la mirada y ella sintió miedo, pánico, y notó un escalofrío.

Retrocedió un paso. Él avanzó.

—¿No me crees?

Tamsin negó con la cabeza. Por supuesto que no lo creía. No se hacía ilusiones. No...

De un solo paso, Alaric acortó el espacio que había entre ellos. Enterró los dedos en su pelo, haciendo que saltasen las horquillas, haciéndole una especie de masaje sorprendentemente sensual.

Ella lo miró a los ojos y se dijo a sí misma que debía apartarse, pero no fue capaz, estaba hipnotizada con sus ojos azules, que lo miraban de un modo que la desconcertó.

–No...

No pudo continuar, dio un grito ahogado y aspiró el olor de su colonia y el especiado aroma de su piel.

Y Alaric se aprovechó de que tenía los labios separados para devorárselos. Lo hizo con convicción, con pericia. Invadió todos sus sentidos y se la llevó a un lugar de oscuro éxtasis completamente desconocido para Tamsin.

La sujetó con tanta fuerza que no puedo moverse. El cuerpo de Alaric estaba duro y despertó en ella sensaciones inéditas.

Tamsin se dio cuenta de que no quería moverse, de que, de hecho, había puesto los brazos alrededor del cuello de Alaric para no caerse.

Estaba en la gloria.

Aquello no tenía nada que ver con las atenciones que había recibido de Patrick, ni con la torpeza de sus abrazos.

Por primera vez, sintió pasión y lo único que pudo hacer fue rendirse. Y disfrutar.

Era un beso ferviente, casi furioso, pero Tamsin nunca había probado algo tan delicioso, estaba temblando, pero no tenía miedo. En su lugar, se sentía... poderosa.

Se preguntó vagamente cómo era posible, pero su mente se negó a pensar en las consecuencias. Sólo sabía que estaba segura con Alaric.

Le devolvió el beso y se recreó con la cálida sensualidad de sus labios fundiéndose. Él le chupó la lengua y Tamsin gimió y notó que se le doblaban las rodillas.

Y el beso cambió, se hizo más suave, pero siguió siendo igual de satisfactorio.

Ella respiró hondo mientras Alaric la besaba en la mandíbula. Cada caricia despertaba en ella nuevas sensaciones. Le ardía la piel y tenía los pechos más llenos. Se frotó contra él y respiró con dificultad. Quería más.

Alaric volvió a besarla en la boca y le torció las gafas.

Entonces, se quedó quieto. Como si aquello le hubiese recordado a quién estaba besando. No era una mujer sofisticada, sino Tamsin Connors.

Detuvo los labios en la comisura de su boca y ella contuvo la respiración, desesperada porque volviese a besarla.

Quiso protestar por la interrupción, pero se contuvo. No le rogaría que le diese más. No después de ver la expresión de horror en su rostro. A juzgar por su mirada, era evidente que se arrepentía.

–¿Estás bien? –le preguntó muy serio.

Debía de estar avergonzado.

La había besado por pena, pero había dejado de hacerlo al recordar quién era.

Su delicioso sabor se convirtió en cenizas en la boca de Tamsin. La excitación murió. Ya no había magia. Sólo había sido un acto de caridad de un hombre al que le daba lástima.

Se sintió enfadada y arrepentida. Aunque se dijo que, al menos, no había planeado engañarla desde el principio, como Patrick.

Ella se había engañado sola al pensar que aquel beso era real.

Y en esos momentos le tocaba fingir que no importaba que Alaric hubiese despertado el deseo en una mujer que no lo había conocido hasta entonces.

No gritó de desesperación porque todavía tenía dignidad. Tal vez Alaric sólo la necesitase como señuelo, no por sí misma, pero no hacía falta que supiese que había hecho trizas su amor propio.

Levantó una mano para colocarse las gafas. Era un gesto habitual en ella, pero jamás había tenido tanto significado.

—Estoy bien, gracias. ¿Cómo estás tú?

Alaric estudió a la mujer de mirada fría que tenía delante e hizo un esfuerzo para hablar. Sus cuerdas vocales se habían cerrado, lo mismo que su cerebro cuando había empezado a besarla.

De hecho, todavía no era capaz de controlarse del todo.

Había besado a muchas mujeres en su vida, pero ninguna le había hecho sentir. Al menos, así.

¿Quién demonios era aquélla? ¿Qué le había hecho? La pasión era un placer, una liberación, una válvula de escape. Jamás lo había abrumado así.

—¿Estás segura? —consiguió preguntar.

—Por supuesto —respondió ella en tono indiferente, como si estuviese acostumbrada a que la acosase cualquier extraño.

Alaric se pasó una mano por la cara y le molestó ver que le temblaban los dedos.

Tamsin Connors podía ir vestida como una solterona, pero besaba con todo el ardor que podía desear un hombre.

En esos momentos, era difícil de creer que su aparente inseguridad lo hubiese molestado al principio. Había provocado que hiciese lo que llevaba mucho tiempo queriendo hacer: besarla para que se callase. Al torcerle las gafas, había vuelto en sí, horrorizado con la idea de haberse aprovechado de ella. Era posible que hasta la hubiese asustado.

En cualquier caso, seguía sin entenderla. Era un cúmulo de contradicciones que él quería desenmarañar.

Pero lo que más quería era volver a tenerla entre sus brazos.

Respiró hondo. Una cosa era segura: era la mujer más peligrosa que conocía.

–Quiero disculparme –le dijo–. No tenía que haber hecho eso.

–No, no tenías que haberlo hecho –repitió ella, fulminándolo con la mirada.

–Como te decía, Tamsin –le dijo él–, la ropa no importa. Busco algo más que moda en una mujer.

–Yo no soy la mujer de nadie –replicó ella, levantando la barbilla.

–Tanto mejor –murmuró Alaric–. No queremos tener complicaciones con ningún novio celoso, ¿no?

–De eso no hay peligro.

Tamsin apartó la vista, pero luego añadió:

–¿No estarás hablando en serio?

–Por supuesto que sí.

Ella volvió a mirarlo y respiró despacio.

–Me has dicho que, si pasaba tiempo contigo, obtendría algún beneficio. ¿Cuál?

–¿Qué tal si pongo a tu disposición personal para el trabajo que estás haciendo?

Alaric vio brillar sus ojos y supo que por fin había conseguido llamar su atención.

Ella se mordisqueó el labio inferior.

–¿Y sólo lo harás si me convierto en tu compañera? –le preguntó, haciendo una mueca–. Eso suena a chantaje.

Alaric se encogió de hombros. Bajó la vista a sus labios y recordó su gemido de placer mientras la besaba. Supo que su indiferencia era fingida.

–Si aceptas, tendrás que pasar más tiempo apartada de tu trabajo, pero el personal extra lo compensará. Puedo contratar a dos personas cualificadas para el puesto a tiempo completo.

El rostro de Tamsin se volvió a iluminar.

–Y tal vez quieras acompañarme cuando inaugure la nueva ala del museo nacional. Hay una colección que podría interesarte.

Ella abrió mucho los ojos y Alaric pensó que otras mujeres sólo hacían aquello cuando les regalaba esmeraldas o rubíes.

Tamsin Connors era única. En demasiados aspectos.

–¿Este... acuerdo sólo interrumpiría mi trabajo de manera ocasional?

Alaric apretó los dientes. Estaba acostumbrado a que las mujeres compitiesen por ganarse su atención.

–Eso es.

Ella siguió dudando.

–¿Y sólo estamos hablando de pasar tiempo juntos? ¿Para que nos vean en público?

Él asintió.

–En ese caso...

Tamsin se humedeció los labios con la lengua y Alaric se volvió a excitar.

–En ese caso acepto. Con una condición.

–¿Sí?

–Que no haya más besos. Ni nada... íntimo.

Alaric asintió de nuevo.

–Tienes mi palabra de que no me aprovecharé de ti. No habrá nada íntimo, a no ser que tú me lo pidas.

No tardaría en ponerse de rodillas para rogarle que la besase.

Capítulo 5

LO SIENTO, señora, pero no puede ir por ahí.
Tamsin miró al hombre corpulento que le estaba bloqueando el paso y se cerró más la chaqueta.

—¿Por qué no? —le preguntó.

Iba en dirección al pueblo, ya que necesitaba dar un paseo para aclararse las ideas. Después de días enteros trabajando, ya no era capaz de encontrar la paz en su trabajo.

De hecho, le faltaba esa paz desde que Alaric la había besado cuatro días antes. Desde que le había propuesto que tuviesen una relación falsa, y luego había desaparecido.

Ella lo había esperado cada día, nerviosa, y aquél se había enterado de que se había marchado a la capital.

Y se sentía decepcionada.

Pero sólo porque no podía trabajar en la crónica mientras él estuviese fuera.

—Un derrumbamiento ha sepultado parte del camino.

El hombre no dejó de mirarla, ni tampoco sonrió.

—Tal vez pueda dar un rodeo —le sugirió ella.

—Lo siento, señora, pero el terreno es inestable. No puedo permitírselo.

—Ya veo.

–Pero puedo sugerirle que dé un paseo por un circuito que hay alrededor del castillo.

Tamsin contuvo un suspiro.

–Gracias. Lo pensaré –le respondió sonriendo.

El hombre asintió y ella se dio la vuelta.

Echó a andar y, antes de llegar a la curva del camino, miró hacia atrás. Él seguía allí, observándola mientras hablaba por su transmisor.

Tamsin se estremeció. Debía de estar informando a alguien de sus movimientos y eso le hizo sentir todavía más claustrofobia.

Se detuvo cuando estuvo delante del castillo y se quedó estudiándolo. De repente, vio moverse unas sombras debajo del rastrillo y su pulso se aceleró al reconocer al hombre que iba el primero: alto, proporcionado y de porte aristocrática, que andaba con paso seguro y rostro serio.

Él también la había visto, se giró hacia sus hombres y los despidió.

Y Tamsin sólo pudo pensar en cómo se había sentido entre sus brazos. En la intensidad de su beso.

Todas las noches había dado vueltas y vueltas en la cama, recordando. Imaginando cosas que la dejaban agitada. Intentó no ruborizarse y esperó que Alaric atribuyese el color de sus mejillas al viento helado.

–Tamsin –la saludó, deteniéndose a unos pasos de ella, sonriendo.

Le devolvió la sonrisa y tuvo la sensación de que se había alegrado al verla, aunque se dijo a sí misma que no debía importarle.

–Alaric –le respondió–. ¿Cómo estás? Pensé que estabas fuera.

–Los negocios me han mantenido alejado del castillo hasta hoy.

–Tenemos que hablar de mi trabajo. No he podido acceder a la crónica para seguir traduciendo. Tu personal dice no saber dónde está –comentó indignada.

–Mi prioridad es mantenerla en secreto hasta que confirmemos su autenticidad –le dijo él muy serio–. No obstante, me encargaré de que puedas acceder a ella.

–Gracias.

–¿Te gustaría salir conmigo esta noche?

–¿Adónde? –le preguntó ella en el mismo tono educado.

Él sonrió más y a Tamsin le costó respirar. Era un hombre realmente impresionante.

–A una estación de esquí. Tengo que participar en un evento y cenar allí.

–De acuerdo.

Tamsin echó a andar y él avanzó a su lado.

–Cuidado con el hielo –le advirtió, agarrándola del codo.

Ella se puso tensa y sintió calor, así que intentó sacar algún tema de conversación.

–¿Qué debo ponerme?

Alaric le lanzó una mirada penetrante y fue como si el aire echara chispas entre ambos. Él también estaba recordando.

–Tu ropa me da igual –le había dicho.

Y luego la había besado.

A Tamsin se le aceleró el pulso y luego se preguntó si tal vez aquel beso hubiese significado tan poco para él que ya lo había olvidado.

–Habrá gente con ropa de esquiar y, el resto, irán vestidos para salir de noche. Puedes elegir.

Sus miradas se encontraron y ella sintió calor, era como si se estuviese fundiendo chocolate en su interior.

Pasar tiempo con Alaric tenía que ser el mayor error de su vida, pero, a pesar de sus dudas, no pudo rechazar la invitación de su sonrisa ni el misterio de sus fríos ojos azules.

Aunque la incomodaba, hacía que se sintiese viva.

Tamsin estaba en la terraza de un exclusivo hotel, rodeada de lujos y envuelta por un abrigo de piel largo que le había hecho llegar Alaric justo antes de salir del castillo.

Había estado a punto de protestar cuando había visto la nota que lo acompañaba: *Para que no pases frío esta noche. Era de mi madre. Estoy seguro de que le parecería bien que te lo prestase.*

¿Le había prestado algo de su madre? Era ridículo sentirse tan satisfecha al ver que le había confiado una prenda tan increíble. No obstante, Tamsin también era consciente de que, con mucho disimulo, Alaric se había asegurado de que no desentonase esa noche.

Tamsin observó a las personas que la rodeaban, todas elegantes y algunas conocidas. Bebían champán como si fuese agua. Y las mujeres llevaban unas joyas casi cegadoras incluso a la luz de las lámparas.

Acarició su abrigo. Por el momento no importaba que debajo llevase un vestido comprado en unos grandes almacenes y unos zapatos corrientes, los mejores que tenía.

–¡Ahí vienen!

Todo el mundo parecía entusiasmado y ella se giró también hacia la montaña.

Notó un cosquilleo en el estómago. Era hambre, no nervios porque fuese a llegar Alaric.

–Ahí están.

Tamsin vio una chispa de color en la montaña, que fue creciendo hasta convertirse en un punto del tamaño de una joya que bajaba por la pendiente.

La luna salió de detrás de las nubes para iluminar la imponente forma de uno de los picos más famosos de Europa.

Ella no pudo apartar la vista del arcoíris de colores que iba descendiendo bajo la luz plateada de la noche. Jamás había visto algo igual. La gente murmuró emocionada en distintos idiomas y Tamsin no pudo evitar sonreír, embelesada con el espectáculo.

Un grupo de personas vestidas con ropa tradicional empezó a cantar en una zona llana que había junto al hotel.

Cuando terminaron, Tamsin oyó el soplido de los esquíes sobre la nieve. Había una docena de esquiadores, cada uno con una linterna de color en una mano y una cesta en la otra.

–¿Han bajado esa pendiente sin manos? –preguntó sorprendida.

–Es una tradición –le contestó una mujer vestida con un mono de esquí rojo y adornada con diamantes–. ¿No lo sabía?

Ella negó con la cabeza sin separar la vista del primer esquiador. Alaric. Notó que le temblaban las rodillas y vio cómo él le daba la cesta a una chica rubia que se ruborizaba porque la había mirado. Cada esquiador dio su cesta y, a cambió, aceptó una copa.

–Vino caliente con azúcar y especias –le explicó la mujer a Tamsin.

Se oyó ajetreo mientras Alaric se quitaba los esquíes y echaba a andar con decisión entre la multitud, sonriéndole y mirándola.

–Tamsin –le dijo al llegar a su lado, llevando la copa a sus labios.

Ella aspiró su olor y saboreó el líquido dulce.

Y el calor estalló en su interior y corrió por sus venas. Un instante después, volvió a estallar al ver a Alaric beber de la misma parte de la copa que había bebido ella, sin separar la mirada de la suya.

Tamsin supo que el príncipe estaba actuando, pero una parte de ella deseó que el mensaje que había leído en sus ojos fuese real. ¡Debía de estar volviéndose loca!

Sentada a una mesa que había junto a una ventana, Tamsin intentó relajarse, pero era imposible estando con Alaric, mirándola como un depredador desde el otro lado de la mesa.

–Háblame de la noche de esquí. ¿Es una tradición muy antigua?

–Data del siglo XVII. La gente del lugar lleva representándola desde entonces.

–¿Qué es lo que representan?

–Fue el peor invierno de todos los tiempos. Las avalanchas incomunicaron el valle y el fracaso de las cosechas hizo que hubiese mucha hambre. Un grupo de hombres, desesperados, decidieron salir a

por provisiones a pesar de las tormentas de nieve. Por
suerte, una de las avalanchas también había hecho
caer rocas y había abierto un nuevo camino para salir
del valle. Semanas más tarde, los hombres volvieron
con provisiones. Desde entonces, se ha conmemo-
rado su hazaña, la salvación del pueblo.

–¿Y el vino?

–Es sólo para hacer entrar en calor a los esquiadores –le respondió él con los ojos brillantes.

–¿Eso es todo?

–¿No pensarás que te he unido a mí con algún rito
antiguo? ¿O que estamos comprometidos?

A Tamsin le ardieron las mejillas.

–¡Por supuesto que no!

–No te preocupes –añadió Alaric en un susurro,
antes de tomar su mano–. He hecho lo que he hecho
con un fin, y creo haber logrado lo que pretendía. ¿Tú
qué opinas?

–Que todo el mundo ha entendido el mensaje –respondió ella, sacando la mano de debajo de la de él y
apoyándola en su regazo, consciente de que el resto
del restaurante los observaba.

Él levantó su copa de vino para brindar.

–Porque alcancemos más éxitos.

Tamsin levantó la suya a regañadientes.

–Y porque esto termine pronto.

Alaric sonrió al verla beber el vino. Tamsin Connors le gustaba, y no sólo porque su presencia fuese
refrescante después de tantas mujeres deseosas de ca-
zarlo.

Le agradaba estar en su compañía, incluso cuando se ponía quisquillosa. Y esa noche el brillo de sus mejillas le daba una suavidad que no pegaba nada con su estricto peinado y aquel vestido tan insulso.

Su silencio la ponía nerviosa, porque había cambiado de postura en la silla. No obstante, no intentó romperlo. Cuando estaba nerviosa era cuando más se mostraba como era en realidad. Y Alaric necesitaba entenderla, averiguar hasta dónde podía confiar en ella.

—Hay una manera de resolver nuestro problema —comentó Tamsin—. Sólo tienes que enamorarte de una princesa y casarte con ella. Después ya no volverán a molestarte.

A Alaric no le gustó oír aquello. Agarró su copa con fuerza.

—No tengo prisa para casarme. Además, el príncipe de Ruvingia jamás se ha casado por amor —replicó.

Por un instante, se permitió recordar a su hermano, la única persona con la que había tenido una relación cercana. Casi no había existido el amor en sus vidas y, cuando lo había hecho, había sido destructivo. Felix había creído encontrarlo, pero había terminado llevándose una decepción.

Alaric apartó bruscamente aquellos pensamientos de su mente.

—¿Y las princesas de Ruvingia, se casan por amor?

—No si saben lo que les conviene —le respondió él.

Tamsin, que había esbozado una sonrisa, se puso seria.

Y él se sintió como si acabase de darle una patada

a un gatito. Se pasó una mano por el pelo e intentó decir algo que cambiase aquella mirada de dolor.

–Los matrimonios reales suelen ser concertados. Siempre ha sido así.

Hasta que su hermano Felix había cometido el error de pensar que estaba enamorado.

–¿Incluso el de tus padres? ¿Tampoco había amor en el suyo?

Era evidente que Tamsin Connors era una romántica.

–Mis padres se casaron porque así lo decidieron sus familias. Yo casi no me acuerdo, pero dicen que mi madre estaba perdidamente enamorada de mi padre, a pesar de haber sido un matrimonio concertado.

–¿Murió cuando eras pequeño? Lo siento.

Él se encogió de hombros. Uno no echaba de menos lo que no había llegado a conocer. No sabía lo que era el amor materno.

–Debió de ser muy duro para tu padre, tener que sacar adelante a su familia solo.

Alaric se dio cuenta de que no quería que le contase los detalles, sólo le estaba expresando su comprensión.

–Mi padre tenía mucha ayuda. Criados. Tutores. Como quieras llamarlo.

Al pensar en su niñez se dijo que su padre sólo había aparecido de vez en cuando para recriminarle el no ser capaz de estar a la altura de su hermano de pelo dorado. Según se rumoreaba, sólo se había acostado con su mujer el tiempo necesario para concebir un par de herederos, y siempre le había prestado muy poca atención a su hijo pequeño.

–Aun así –añadió Tamsin–, seguro que echaba mucho de menos a tu madre. Aunque no se hubiese casado con ella por amor, seguro que había terminado por importarle.

Alaric negó con la cabeza.

–No perdió el tiempo a la hora de reemplazarla.

–¿Se volvió a casar?

–No, sólo se aseguró de tener siempre a alguna mujer calentándole la cama. Era un hombre guapo y no le era difícil atraer a las mujeres.

La gente decía que Alaric se parecía a él.

Tal vez la catástrofe ocurrida con Felix hubiese sido producto de ese éxito con las mujeres.

No había duda de que, él, como su padre, jamás había estado enamorado. Tal vez incluso fuese incapaz de amar. No como Felix. Y como su madre, que había muerto con el corazón roto.

–Ya entiendo.

Alaric dudó que lo entendiese.

Capítulo 6

GRACIAS por venir, Alaric. Quería hablar contigo antes de exponer los planes de expansión al resto de la junta.

Alaric se giró. No posó la vista en la cicatriz que desfiguraba el rostro de Peter. Había aprendido a no hacerlo, ya que sabía que su camarada no deseaba que se compadecieran de él. No obstante, no pudo evitar volver a sentirse culpable.

–Es un placer –le contestó, obligándose a sonreír–. Ya sabes que siempre tengo tiempo para el centro de jóvenes. Ojalá hubiese habido algo así cuando nosotros éramos niños.

Peter se encogió de hombros.

–El ejército nos salvó de convertirnos en dos adolescentes salvajes.

Alaric pensó en lo rebelde que había sido.

–Tal vez tengas razón. Además, la carrera militar se considera una profesión aceptable para los segundos hijos, que siempre están de más.

–Tú nunca has estado de más.

Alaric se encogió de hombros. Era cierto, pero prefería no seguir hablando de temas familiares.

–Por cierto, me gusta tu Tamsin. Es diferente de tus otras novias –añadió Peter.

Él estuvo a punto de responderle que todavía no era su novia.

—Sí, es diferente.

Por eso le fascinaba. Porque era un enigma. En cuanto lo resolviese, podría volver a dormir por las noches.

Entraron en el amplio gimnasio cubierto y vieron a una multitud reunida debajo de la pared de escalada. No había rastro de Tamsin. La última vez que la había visto, había estado probando un programa de ordenador nuevo con un par de jóvenes desgarbados.

Entonces se dio cuenta de que iba escalando por la mitad de la pared.

Se quedó observándola, divertido, pero luego se preguntó si la habrían retado a hacer aquello.

—¡Así se hace, Tamsin! —gritó uno de los jóvenes que sujetaba la cuerda de seguridad.

Alaric se acercó enfadado. Con los chicos, por haberla obligado a hacer aquello. Y consigo mismo, por haber permitido que ocurriese.

Pero se detuvo bruscamente al ver que Tamsin seguía subiendo poco a poco.

Se había puesto un casco, pero estaba descalza y con los pantalones remangados, dejando a la vista sus esbeltas pantorrillas. El arnés que la sujetaba enmarcaba su trasero, lo que hizo que se le acelerase el pulso todavía más.

Tamsin se movía con gracia. Sólo le faltaba un metro para llegar a lo más alto. Cuando lo hizo, todo el mundo aplaudió y ella rió feliz.

Alaric observó cómo bajaba.

–Ha sido increíble –gritó ella, mirando por encima de su hombro. Entonces lo vio y se le escurrió un pie.

–Estoy aquí –dijo Alaric acercándose más–. Bajadla.

Y un momento después la tenía entre sus brazos. Se le aceleró todavía más el pulso al sentir su cuerpo curvilíneo contra el de él.

–Gracias, ya puedes dejarme en el suelo –le sugirió ella casi sin aliento, con los ojos ambarinos brillantes como el sol.

Se la imaginó mirándolo así, pero tumbada debajo del dosel azul de su cama, desnuda entre sábanas de seda, esperando a que le diese placer.

Se excitó y el sonido de los aplausos hizo que le ardiese la sangre.

Tamsin se movió, apartó la mirada de la de él e intentó quitarse el casco. Cuando lo consiguió, su melena morena quedó libre y su olor a flores silvestres lo golpeó.

Y Alaric pensó que, mejor que en la cama, le habría hecho el amor sobre la hierba.

–Alaric –le dijo ella con voz ronca–. Por favor...

Y él pensó que quería oír cómo lo decía su nombre, pero cuando estuviese llegando al clímax.

Muy a su pesar, la dejó en el suelo, pero todavía más seguro de su objetivo. Estaba decidido a tener su cuerpo.

–Dame un momento de tu tiempo antes de entrar.

Tamsin se detuvo en la puerta que conducía a las

habitaciones de servicio del castillo. Se giró despacio y lo miró con interés. Estaban a solas.

Su mirada le recordó a la noche en que la había besado. Y a cómo se había sentido una hora antes, cuando había estado entre sus brazos.

Un escalofrío la recorrió de pies a cabeza.

—¿Sí?

Él se acercó más, calentándole la frente con su aliento.

—¿Por qué llevas esas gafas? No las necesitas.

Tamsin retrocedió, pero dio con la puerta. Se sentía incómoda y, al mismo tiempo, encantada de tenerlo tan cerca. Jamás se había sentido así con Patrick y no podía ser normal sentir aquel calor entre las piernas, ni tener semejante nudo en el estómago.

—¿Tamsin?

—¿Mis gafas? —repitió ella, volviendo bruscamente a la realidad.

—No las necesitas tanto. Te las quitaste para jugar al squash y para escalar. ¿Por qué no te las quitas también cuando no estás trabajando?

—Hace años que las llevo.

—Entonces, tal vez haya llegado el momento de que salgas de detrás de ellas —le sugirió Alaric.

Luego levantó la mano y Tamsin pensó que se las iba a quitar él, pero, en su lugar, le apartó un mechón de pelo de la cara.

—¿Qué más te da? —le preguntó ella, bajando la cabeza.

—Sólo me preguntaba por qué te escondías detrás de ellas.

Tamsin se puso tensa.

–¡No me escondo! –exclamó.

Pero pensó en ello y se preguntó si no sería verdad, que se había escondido detrás de las gafas desde los años de universidad.

–¿Tamsin?

–¿Querías algo más? –le preguntó ella, poniéndose más recta y mirándolo a los ojos.

–La verdad es que sí –le respondió Alaric sonriendo–. Voy a dar un baile de invierno.

–¿Otro baile? ¡Si acabas de celebrar uno!

–¿No te parece bien?

–Sólo me parece un poco...

–¿Excesivo? –sugirió él encogiéndose de hombros–. La semana pasada hubo sólo unos ochenta invitados. El baile de invierno es diferente. Se ha celebrado todos los años desde hace cuatro siglos, todos, menos uno.

–¿Durante la guerra?

Alaric se puso serio.

–No, salvo el año de la muerte de mi hermano.

Tamsin se quedó helada al oír aquello.

–Lo siento mucho, Alaric.

–Gracias –respondió él en tono frío–. El caso es que, en este baile, es donde más agradecería tu presencia.

–Por supuesto.

Tamsin no cuestionó su decisión. Si quería que lo acompañase, allí estaría.

–Bien. Gracias. Mañana irá a verte un estilista y podrás elegir qué ponerte.

–Pero si...

–Considéralo un gasto necesario para tu trabajo.

Yo te necesito y tú necesitas un vestido. A no ser que ya tengas uno.

Tamsin negó con la cabeza. Jamás había tenido un vestido de fiesta.

Alaric se inclinó hacia ella, que notó que se le aceleraba el corazón y se le doblaban las rodillas.

–Déjamelo a mí –le dijo él en un seductor susurro–. Tú sólo relájate y disfruta.

Capítulo 7

TAMSIN se llevó una mano al pelo, pero la bajó antes de tocárselo, no quería deshacerse el elegante moño que le habían hecho.

El estilista que había vuelto aquella noche a verla había hecho mucho más que ayudarla a ponerse el vestido. La había transformado en una mujer que le resultaba irreconocible. En una mujer atractiva, cosa que no había sido nunca.

Había escogido un vestido de seda rojo, con detalles en color ámbar y dorado, que no se parecía en nada al resto de la ropa que tenía. Nada más ponérselo, se había sentido... especial. Y sus últimos escrúpulos se habían desintegrado al mirarse al espejo.

El corpiño, que dejaba sus hombros desnudos, era femenino y elegante. Pensó que tal vez fuese superficial sentirse estupendamente al verse guapa, pero no le importó. Era una experiencia nueva y estaba emocionada. ¡Se sentía capaz de comerse el mundo!

Llevaba semanas apareciendo en la prensa al lado de Alaric y en todos los artículos surgía la pregunta de qué había visto Alaric en una mujer como ella.

Tamsin se había sentido tentada a poner fin a aquella farsa, pero no lo había hecho porque se sentía bien cuando estaba con él.

En esos momentos, por primera vez, supo que estaba a la altura de acompañar a un príncipe. Estaba... atractiva.

Según el estilista, lo que hacía que estuviese más guapa esa noche era el brillo de su piel y de sus ojos.

Tamsin pensó que se lo había dicho para darle seguridad en sí misma. Ya que, sin aquel vestido y sin maquillaje, seguía siendo la misma. Se giró delante del espejo y se dijo que el brillo de sus mejillas se debía sólo al color del vestido.

Porque sólo había otra explicación posible, que fuese porque estaba emocionada con la idea de pasar la noche con Alaric, e incluso de bailar con él.

Entonces se dijo que no podía seguir por ahí. No podía hacerse ilusiones.

En ese momento sonó el teléfono y ella agradeció la interrupción.

—Tamsin, ¿cómo estás, querida?

Ella se puso tensa al instante.

—¿Quién es?

—Cariño, soy Patrick. ¿Todavía sigues disgustada conmigo? ¿Acaso no me disculpé?

—Es un poco tarde para una llamada de trabajo —le dijo ella con naturalidad.

—¿Por qué piensas que llamo por trabajo?

—¿Qué quieres, Patrick?

Él suspiró y luego le contó los resultados de las pruebas realizadas en los textos que le había enviado. Y ella se emocionó al oír la noticia.

¡Había sabido que era especial! Y ya tenía la prueba.

No obstante, tenía que ser cauta y asegurarse de que Alaric debía ser el siguiente rey de Maritz, porque que el documento datase de la época adecuada no quería decir que su contenido fuese cierto.

Además, a Alaric no le había hecho mucha gracia la noticia. ¿De verdad no quería ser rey?

–¿Tamsin? ¿Sigues ahí?

–Por supuesto. Estoy deseando leer tu informe. Gracias por haberme llamado.

–Te estaba diciendo que parece que has dado con unos documentos muy interesantes.

–Sí –se limitó a contestar ella.

–Tal vez necesites ayuda de algún experto de aquí, con quien puedas trabajar bien. Yo tengo mucho trabajo, pero por ti podría...

–¡No! No será necesario.

–Tamsin –le dijo él en tono camelador–. Sé que te hice daño y me he arrepentido desde entonces. Podría ir allí y retomaríamos lo nuestro donde lo habíamos dejado. Estoy preocupado por ti. A veces, las personas despechadas actúan de manera impulsiva.

Tamsin se preguntó si se estaría refiriéndose a lo que decía la prensa de su relación con Alaric. ¡Qué cara tan dura! ¿Cómo había podido fijarse en él?

–No, Patrick. Te lo agradezco, pero está todo bajo control. El equipo es excelente. No obstante, si veo que vamos a necesitar más ayuda, te llamaré.

–Pero...

–Lo siento, tengo que marcharme.

Colgó el teléfono y se pasó las manos temblorosas por la suave tela del vestido. Intentó recuperar el buen humor de un rato antes, pero no pudo.

Estaba harta de que la utilizasen. Primero, Patrick, y en esos momentos, Alaric.

Estaba cansada de esconderse. De que nadie se fijase en ella como mujer.

Se quitó las gafas y las dejó encima de una mesa. Luego puso los hombros rectos y salió de la habitación con la cabeza bien alta.

Alaric veía aquellos bailes como un mal necesario. Hasta que se giró después de haber saludado a un embajador y a su esposa y la vio.

Estaba arrebatadora.

No necesitaba joyas, brillaba por sí misma. Tenía una piel perfecta, llevaba algo de brillo en los labios y el pelo moreno recogido de manera informal, como si acabase de salir de la cama. Como si fuese a caer en cualquier momento sobre sus hombros desnudos.

Y se había quitado las gafas y sus ojos brillaban más que nunca.

Alaric siempre había sabido que había estado escondiendo a la verdadera mujer que había en ella, pero no se había preparado para algo así.

Iba hacia él y el resto de los hombres también la estaban mirando, Alaric deseó advertirles que mantuviesen las distancias.

–Tamsin –consiguió decir–. Me alegro de verte.

–Hola, Alaric –respondió ella en voz baja, haciendo que su libido cobrase vida propia.

Él le apretó la mano y se preguntó qué pasaría si se la llevaba de allí en ese instante y no volvían.

–Siento llegar tarde –añadió ella.

–No llegas tarde. Entra en el salón, que enseguida iré yo.

Tamsin asintió y él se giró para seguir dando la bienvenida a sus invitados. Jamás le había sido tan difícil concentrarse en sus obligaciones.

Socializar en un baile real era más fácil de lo que Tamsin había imaginado. Sonrió, bebió champán y escuchó las conversaciones de la gente que la rodeaba.

–¿Te estás divirtiendo? –le preguntó Peter, el agradable coordinador del centro de jóvenes.

–¿Cómo no iba a divertirme? He conocido a personas increíbles y me encanta bailar.

Hasta esa noche no había sabido que le gustaba tanto bailar. Miró a Peter, que iba vestido de uniforme. Parecía un soldado de dos siglos antes, de aspecto imponente, salvo por la cicatriz que tenía en la cara y en el cuello.

Él rió.

–A todas las chicas les gusta el uniforme.

–Lo siento. ¿Te he mirado fijamente? –preguntó ella sonriendo–. Es que no es habitual ver un uniforme así.

–Es el uniforme de gala, sólo lo utilizamos en estas ocasiones. En especial, porque triunfa entre las señoras. Al campo de batalla vamos con trajes de camuflaje.

Tamsin vio un par de parejas en la pista de baile. Allí estaba Alaric, con una delicada rubia entre sus brazos.

Ella sintió algo. ¿Celos? La posibilidad la horrorizó.

Ya habían pasado varias horas desde el comienzo

del baile y Alaric sólo había bailado con ella en una ocasión, y la había tratado como si fuese una tía solterona. No la había agarrado tanto ni le había sonreído como a aquella rubia.

—¿El príncipe también? Seguro que en el campo de batalla no va de camuflaje.

—¿Alaric? ¿No sabes...? —empezó Peter sorprendido.

—¿El qué?

Él se encogió de hombros.

—¿Quieres decir que Alaric también es un soldado real? Pensé que llevaba el uniforme por su posición, porque formaba parte de la realeza.

—Alaric se ganó su grado a pulso. Era nuestro oficial al mando, y uno muy bueno, pero es una gran responsabilidad, sobre todo para un hombre tan comprometido como él, y aún más cuando las cosas salen mal.

Peter se llevó la mano a la cicatriz.

—Lo siento —le dijo ella—. No tenía que haber sacado esta conversación.

—¿Por esto? —le preguntó él sonriendo—. No te preocupes. Hay cosas peores, créeme.

Luego miró hacia donde estaba bailando Alaric.

—Algunas cicatrices van por dentro. Al menos la mía ya está curada.

De repente, Tamsin recordó el día en que el príncipe había salvado a un niño en el mercado. Su expresión había sido de dolor o de sorpresa. Se había quedado rígido, con la mirada perdida.

—¿Tamsin?

—Lo siento —le dijo ella, girándose y viendo que Peter le tendía la mano.

–¿Te gustaría bailar?

–Me encantaría.

Durante la siguiente hora, bailó con unos y otros e intentó no mirar hacia donde estaba Alaric, siempre en compañía de las mujeres más guapas del salón. Finalmente, Tamsin fue con su última pareja de baile a tomar una copa de champán y a charlar a un rincón.

Era director de un periódico nacional, guapo y divertido. Y la miraba con interés.

–¿Puedo interrumpir?

Al oír la pregunta, el hombre dejó de hablar.

–Por supuesto, Su Alteza –le dijo un segundo después.

Tamsin se giró a regañadientes. Alaric la miró a los ojos y ella notó calor por todo el cuerpo.

–Tamsin, éste es nuestro baile.

Ella intentó decirse que le daba igual que hubiese ido a buscarla después de tanto rato, pero lo cierto fue que le dio un vuelco el corazón.

–Ya hablaremos luego, Tamsin –le dijo el otro hombre, tomando su copa de champán.

Alaric la agarró con fuerza de la mano y a ella se le aceleró el corazón. ¡Qué tontería! Ya había bailado antes con él, pero entonces casi ni la había mirado, en esos momentos, casi la traspasaba con la mirada.

–Veo que has hecho un nuevo amigo –comentó él, poniendo la mano en su cintura.

Tamsin respiró hondo y apoyó la suya en su hombro. Aquello era sólo un baile. Para que los viesen juntos.

–Sí, varios en realidad. Todo el mundo ha sido muy agradable conmigo.

–Ya lo he visto. Has ido pasando de mano en mano toda la noche –espetó él.

–Tus instrucciones fueron sólo que asistiese al baile –replicó indignada–. No sabía que no podía socializar.

–¿Así lo llamas? –inquirió él, haciéndola girar.

–¿Tienes algún problema, Alaric? –preguntó ella, diciéndose a sí misma que estaba sin aliento por la rapidez del baile, no porque se sentía... llena de júbilo.

–Por supuesto que no, pero no me gustaría verte sufrir.

–¿Sufrir?

La música terminó y ellos se detuvieron, pero Alaric no la soltó. Se quedaron en medio de la pista de baile.

–No me gustaría que confundieses la hospitalidad de mis paisanos con otra cosa.

–¿Qué estás insinuando? ¿Que ningún hombre querría estar con una mujer como yo? ¿Que no soy lo suficientemente interesante? ¿O que soy demasiado sencilla?

De repente, toda la noche se estaba estropeando. Tamsin intentó zafarse de él, pero Alaric no se lo permitió.

–Por supuesto que no. Estás malinterpretando mis palabras.

La música empezó a sonar de nuevo y la pista volvió a llenarse de parejas elegantes, bellas.

Aquél no era su lugar.

–Déjeme marchar, Su Alteza. Ya hemos bailado.

Él no se movió, pero Tamsin lo vio respirar hondo.

–He dicho...

Alaric murmuró algo entre dientes, algo que Tamsin no entendió, y luego la apretó contra él y la hizo girar.

En esa ocasión sus cuerpos estaban pegados. Tamsin tenía las manos apoyadas en su pecho y el corazón acelerado. El de él también latía con fuerza debajo de su palma y, a pesar del enfado y el dolor, Tamsin se excitó.

–Ya hemos bailado suficiente –le dijo. Aquello era demasiado peligroso.

–Tonterías. Te encanta bailar. Te he visto sonreír toda la noche.

¿Toda la noche? Eso quería decir que había estado observándola.

–Supongo que le costará creerlo, pero no todas las mujeres se mueren por bailar con Su Alteza. Quiero parar.

–Te dije que me llamases Alaric –respondió él, bajando la mano que tenía en su cintura y apretándola con más fuerza.

–Alaric –dijo ella en un susurro.

–Eso está mejor –le contestó él, hablando contra su pelo–. Me gusta cuando dices mi nombre.

La hizo girar una vez más y la sacó de la pista de baile. Luego, la hizo salir por una puerta abierta que había a su izquierda. Antes de que Tamsin se diese cuenta, habían entrado en una habitación poco iluminada.

Oyó que cerraba la puerta y notó el cuerpo de Alaric detrás de ella.

–¿Qué crees que estás haciendo? –le preguntó.

Tenía que haberlo dicho con indignación, pero lo hizo con voz débil.

–Tenerte para mí solo –respondió él, tomando su rostro con ambas manos y haciendo que levantase la barbilla–. Te he estropeado la noche. No pretendía hacerlo.

Se inclinó hacia delante y apoyó la frente en la de ella, enterrando las manos en su pelo. Y Tamsin se estremeció.

–¿Por qué? –le preguntó con voz temblorosa, sin oponer resistencia.

–Porque estaba celoso. Desde que te he visto esta noche, te he querido sólo para mí.

Tamsin se quedó de piedra al oír aquello. No podía ser verdad.

–No lo entiendo. Me has evitado durante casi toda la noche.

–O hacía eso, o me pasaba la noche pegado a ti. No había término medio y, dadas las circunstancias, creo que he tenido un autocontrol digno de admiración.

Bajó las manos por su garganta y le acarició los hombros.

–Cada vez que te he visto sonreír a otro he deseado que fuese a mí a quien sonrieses. Y a nadie más. ¿Eres consciente de lo impresionante que estás esta noche?

¡No podía estar hablando en serio!

Y Tamsin no podía pensar con sensatez cuando la tocaba así. Necesitaba pensar, entender.

–Por favor, Alaric, yo...

–Quiero complacerte. ¿Qué tal así?

Bajó las manos por el corpiño y ella notó que se le endurecían los pezones y no podía respirar.

La sensatez ya no importaba, teniendo su boca tan cerca.

—Te prometí que no te besaría, así que pídeme tú que lo haga —le susurró Alaric.

Capítulo 8

A ALARIC se le iba a salir el corazón del pecho mientras esperaba su respuesta.

En parte estaba furioso porque Tamsin había logrado traspasar el muro que había levantado a su alrededor. El muro que había empezado a construir el día que había aprendido que sus aventuras debían ser breves y sin emoción.

¡Sabía lo peligrosas que eran las aventuras imprudentes!

Pero aquello era diferente.

Era más que un coqueteo para tener controlada a aquella mujer. Mucho más que una manera de vigilar a quien podría formar parte de un plan para debilitar al gobierno, aunque no lo creyese posible.

Era un deseo salvaje.

Jamás había sentido algo tan intenso por una mujer.

No quería emociones. No quería sentir, pero estaba funcionando a un nivel primitivo. Se estaba dejando llevar por sus instintos.

Respiró hondo y se embriagó con su aroma. Sin pensarlo, inclinó la cabeza hacia la curva de su cuello y le mordisqueó la piel.

–¡Alaric! –le dijo ella con voz temblorosa.

–¿Umm? No te estoy besando –le respondió él justo antes de tomar con la boca el lóbulo de su oreja.

–Alaric. No –repitió Tamsin en un susurro, incitándolo todavía más.

Él empezó a descender por su cuello y no pudo resistirse a tomar sus pechos con ambas manos. Entonces notó que Tamsin lo agarraba por la mandíbula y hacía que levantase el rostro. Un segundo después se estaban besando desesperadamente.

Sus lenguas se unieron y ella notó que se derretía, gimió de placer mientras Alaric le acariciaba los pechos y ponía la rodilla entre sus piernas para que las separase. Tamsin arqueó la espalda y se apretó contra él, como si nada de aquello fuese suficiente.

Y él la necesitaba. En ese instante.

Alaric buscó la cremallera del corpiño y se lo aflojó. Tamsin respiró hondo, pero no protestó ni siquiera cuando sus pechos quedaron libres.

Él se empapó de su piel blanca, de sus pechos perfectos y erguidos, como demandando su atención.

Notó que su erección crecía y estuvo a punto de gemir al notar que Tamsin apretaba las caderas contra él. Necesitaba que sus pieles entrasen en contacto.

Sonrió y le besó los pechos, haciéndola gemir.

–Deja de jugar –le pidió Tamsin con voz ronca y temblorosa–. Hazlo.

Él tomó un pezón con su boca y sintió calor por todo el cuerpo. Notó cómo arqueaba el cuerpo, pero se dijo que todavía no iba a hacerlo. Era un placer disfrutar de Tamsin.

Pasó al otro pecho e hizo lo mismo.

Y luego empezó a levantarle la falda con torpeza.

No podía esperar más.

La besó en los labios mientras buscaba con las manos y descubría que llevaba medias.

Deseaba tumbarla en una cama y devorarla con los ojos antes de continuar, pero no tenían tiempo. Era tal su erección que no sabía si iba a poder quitarse los pantalones sin hacerse daño.

Llegó a las braguitas de algodón que había debajo de las medias, unas braguitas húmedas de deseo y notó que Tamsin buscaba con la mano la cremallera de sus pantalones.

–No –le dijo, apartándole la mano.

Quería que llegase ella al clímax, verla derretirse de placer con sus caricias y sólo entonces hacerlo él.

Metió las manos por debajo del algodón, atraído por su calor.

Una explosión surcó el cielo de la noche y Alaric se puso tenso, sonaba a fuego de artillería. El miedo y la adrenalina corrieron por su sangre.

Cuando se oyó la segunda explosión abrió los ojos y vio luces de colores. Se sintió tan aliviado que perdió las fuerzas.

Bajó la cabeza e intentó calmarse. Era un alivio no seguir viviendo la pesadilla de los conflictos armados, pero aun así se sentía fuera de control por el deseo.

–¿Qué es eso? –le preguntó Tamsin, tan asustada como él.

Un par de minutos más y sería suya, pero el esfuerzo por aguantar le hizo temblar. Le arrugaría y le mancharía el vestido, y los invitados al baile los mirarían cuando saliesen de allí, pero a él le daba igual.

Los comentarios serían mucho más duros para Tamsin. Y no podía hacerle algo así.

Le había fallado a Felix. Había fallado a sus hombres, pero al menos en esos momentos podía hacer lo correcto.

–Fuegos artificiales –murmuró–. Al final del baile hay fuegos artificiales y un brindis.

Tenía que salir de allí. No podía tomar a Tamsin, por mucho que la desease. Sacó la mano de entre sus piernas y dejó que su falda cayese. Se apartó y le dijo:

–Gírate.

Ella obedeció.

Alaric observó su espalda desnuda, la vulnerable curva de su cuello y estuvo a punto de ceder a la tentación otra vez, pero una nueva explosión que tiñó el cielo de verde hizo que volviese a la realidad. A su obligación.

Tardó un minuto en colocarle el vestido con manos temblorosas. Luego, se acercó a la ventana.

–Tengo que irme. Si no estoy para el brindis, todo el mundo se pondrá a especular.

Se pasó la mano por el pelo y se dio cuenta de que olía a ella. La bajó y volvió a hacer un esfuerzo por no acercarse de nuevo.

–Por supuesto. Lo comprendo –respondió Tamsin.

–¿Estarás bien? –le preguntó Alaric, todavía dándole la espalda.

Tamsin se preguntó por qué no la miraba.

Era ella la que se sentía avergonzada. Él ya tenía la fama de playboy.

—Estoy bien —mintió en un murmullo, temblando y apoyándose en la pared.

Se sentía como si alguien hubiese poseído su cuerpo y le hubiese hecho actuar por instinto.

¿O era posible que aquélla fuese la verdadera Tamsin, libre de las limitaciones que se había impuesto durante toda la vida?

Tal vez aquello fuese el resultado de una vida sin amor ni demostraciones de afecto.

Respiró hondo. Había decidido que, a partir de esa noche, sería una mujer nueva, ¡pero no había pretendido llegar tan lejos!

Miró hacia donde estaba Alaric y pensó que no había imaginado que éste admitiría haber sentido celos, ni que la deseaba.

Aun así, no se sentía bien, quería que la abrazase y que siguiese dándole placer. Quería que le sonriese y le hiciese sentir mejor.

¡Qué la escuchase! Era una mujer adulta, no una niña.

Llamaron a la puerta y ella se sobresaltó, pero Alaric se giró tranquilamente, como si lo hubiese esperado.

La traspasó con la mirada, haciendo que le ardiesen las mejillas.

Tamsin se llevó las manos al pelo, para asegurarse de que las horquillas seguían en su sitio, y pasó las manos por el vestido para alisárselo, pero no pudo moverse de donde estaba porque le temblaban demasiado las rodillas.

—Adelante —ordenó Alaric.

Un camarero abrió la puerta.

–Su Alteza. Señora –dijo inclinándose–. Siento molestarlos, pero los invitados ya están reunidos en la terraza. Los fuegos artificiales terminarán dentro de cinco minutos.

Alaric asintió.

–Bien, estaré allí para el brindis –respondió–. Por favor, acompañe a la doctora Connors a su habitación. Está agotada después de tanto bailar y no conoce bien el camino desde esta parte del castillo.

El hombre asintió, impávido. Y eso hizo que Tamsin se sintiese todavía peor. ¿Tendría Alaric la costumbre de seducir a mujeres en aquella habitación? Dada su fama, sus criados debían de estar acostumbrados a aquel tipo de situaciones.

–Doctora Connors –dijo Alaric, inclinándose hacia ella.

–Su Alteza –le respondió ella, incapaz de hacerle una reverencia.

Alaric salió por la puerta como un soldado que estuviese desfilando y ella dijo que allí se terminaba su sueño.

Era la hora de que Cenicienta volviese a casa.

Se estaba quitando la chaqueta en su habitación cuando oyó que llamaban a la puerta. ¿Podría ser ella? ¿Habría ido a terminar lo que habían empezado? Se le aceleró el pulso y todo su cuerpo se puso en tensión.

Había ido a cambiarse el uniforme, para ir a verla después, así que acababa de ahorrarle el paseo.

–Adelante.

Ver entrar a su jefe de seguridad lo sorprendió y lo decepcionó al mismo tiempo.

–Siento interrumpirlo, señor, pero nos pidió que controlásemos las llamadas de la doctora Connors. Tiene que oír esto.

Alaric supo que no quería oírlo.

–¿De cuándo es la grabación? –preguntó.

–De antes del baile, señor.

–Muy bien. Déjelo ahí –le pidió Alaric, señalando hacia la mesa–. Y márchese.

–Sí, señor.

La puerta se cerró y Alaric volvió a quedarse solo. Suspiró despacio y se recordó a sí mismo cuáles eran sus responsabilidades.

Después de oír la grabación, se levantó y fue a mirar por la ventana.

Tamsin y Patrick. Le habían informado de que habían sido compañeros de trabajo, pero no había quedado claro hasta dónde había llegado su relación. Ya lo sabía.

Habían sido amantes.

Se le hizo un nudo en el estómago al imaginar a Tamsin en brazos de otro hombre. En su cama. Apretó la mandíbula y deseó hacer algo violento. Por suerte, aquel hombre estaba lejos de allí, en Inglaterra.

Luego pensó en el resto de la conversación. Al parecer, el documento era auténtico.

Él era el heredero de la corona de Maritz.

No era posible, la nación merecía a alguien mejor.

Sintió náuseas e inclinó la cabeza. Aquél era su castigo por haber fracasado.

Se imaginó dándole la noticia a Raul. Era su primo quien debía ser el monarca, no él.

Él ya le había usurpado su sitio a su hermano. ¿Cómo iba a hacerle lo mismo a Raul?

Pero no tenían elección. Los dos habían sido educados para asumir sus responsabilidades y hacer frente a sus obligaciones.

Pero no lo haría esa noche. Antes habría que hacerle más pruebas al documento, tendría que hablar con su primo.

Sacudió la cabeza. Esa noche no podría ir a perderse entre los brazos de Tamsin, por mucho que lo desease. Tenía cosas más importantes que hacer.

Observó cómo empezaba a nevar fuera y se dijo que la aislaría hasta que todo estuviese solucionado. Al fin y al cabo, el secuestro era una experiencia heredada en su familia.

Capítulo 9

BUENOS días, Tamsin.

Su ayudante abrió mucho los ojos al ver allí al príncipe y ella se puso tensa y notó calor en las mejillas al oír su voz.

Luego se giró. Había pasado toda la noche despierta, intentando encontrar sentido a lo que había ocurrido en el baile. Durante varias horas, había tenido la esperanza de que Alaric fuese a verla.

Al amanecer, se había dado cuenta de que no lo haría y se había sentido desolada.

–Hola... –dijo, sin saber si llamarlo por su nombre o no.

Vio algo en sus ojos, pero no supo interpretarlo.

–¿Qué tal está hoy? –le preguntó él en tono educado.

–Bien, gracias –le respondió–. ¿Ha venido a ver cómo progresa la investigación?

Luego le hizo un gesto para que entrase con ella a su pequeño despacho. Prefería que nadie escuchase su conversación.

–En parte, sí. ¿Por qué? ¿Quieres contarme algo?

Tamsin abrió la boca, pero luego volvió a cerrarla y frunció el ceño.

La noche anterior no había tenido oportunidad de hablarle de la llamada de Patrick y, en esos momentos, dudó. Sabía que Alaric no quería la corona. Fuese cual fuese el motivo, era una pena.

–Estoy avanzando mucho con el nuevo equipo –comentó mientras ordenaba su mesa.

–Excelente –dijo él–. ¿Y la crónica? ¿Habéis encontrado algo interesante en las traducciones?

–No –respondió ella, diciéndose que no le estaba mintiendo.

El silencio de Alaric hizo que levantase la mirada en su dirección.

–Pronto podré darte más información.

–Bien –respondió él, pasando un dedo por uno de los catálogos.

Tamsin lo observó y recordó cómo la había acariciado a ella la noche anterior. Se estremeció y, de repente, se perdió en la intensidad de su mirada, en la que Alaric no podía ocultar el deseo.

Ella se dio cuenta entonces de que era real. No había sido todo fruto de su imaginación. Él también lo sentía.

Intentó respirar hondo, emocionada, con el corazón acelerado. Se pasó las manos sudorosas por la falda y vio cómo él la recorría con la mirada. Los pezones se le endurecieron y separó los labios como si Alaric se los estuviese acariciando.

–Necesito verte, en privado.

–Pero anoche...

–Anoche no debí empezar algo que no iba a poder terminar –le dijo él, haciendo una mueca antes de sonreír con rigidez–. ¿Acaso crees que un par de minutos allí, contra una pared, habrían bastado?

Las palabras de Alaric la aturdieron, o tal vez fue su mirada.

–Y después... –hizo una pausa– no pude ir a verte, pero ahora estoy aquí.

Oyeron murmullos procedentes de la sala de al lado.

–Te deseo, Tamsin. Ahora. No quiero que nadie nos interrumpa –le dijo él en voz baja.

Y ella tragó saliva y asintió.

Ella también lo deseaba. Estaba harta de tener que contener sus emociones y sus ansias. Siempre le había encantado su trabajo, pero ya no era suficiente. Sería una cobarde si le daba la espalda a lo que sentía por Alaric.

No se hacía ilusiones. Si sólo esperaba de él que le fuese sincero, no sufriría.

Eran las mentiras las que hacían daño. La sensación de ser utilizada, como había hecho Patrick.

El ardor con el que la miraba Alaric era sincero. Tamsin volvió a tragar saliva. Después de toda una vida de celibato, estaba preparada para pasar al lado salvaje.

Alaric le había dejado claro que no creía en el amor. Cuando se lo había dicho, Tamsin había sentido lástima por él, pero en esos momentos se daba cuenta de que era algo que los unía.

Lo que tuviesen juntos sería sencillo, claro y satisfactorio.

–Nos veremos dentro de quince minutos en el jardín –le dijo él en un susurro–. Abrígate.

Luego se dio la media vuelta y se marchó, dejando a Tamsin con el corazón acelerado.

Quince minutos. Parecían como toda una vida.

Alaric golpeó los pies contra el frío suelo y contuvo las ganas de mirarse el reloj. Tamsin iría, estaba seguro.

Su remilgada doctora Connors deseaba aquello tanto como él.

Había empezado a quitarse los guantes, pero paró. ¿Desde cuándo pensaba en Tamsin como suya?

Intentó no darle más vueltas al tema. Tamsin lo deseaba como él a ella. Era así de simple.

Se volvería loco si esperaba sin hacer nada mientras se confirmaba su sucesión y Tamsin al menos satisfaría las ansias que tenía dentro. Aquélla sería su última oportunidad de disfrutar de la libertad antes de que lo coronasen. Y disfrutaría al máximo de cada momento.

Si se convertía en rey, no podía seguir teniendo aventuras, ni practicando deportes de riesgo. No tendría escapatoria. Intentó no pensar tampoco en aquello.

Tamsin no sufriría. Él se aseguraría de ello.

A pesar de su compleja y fascinante personalidad, era una mujer fácil de entender. Alaric quería creer en ella. Su instinto le decía que era sincera, pero no le había contado que su examante le había confirmado que la crónica era verdadera. Sólo de pensar en el otro hombre se puso tenso.

Tamsin Connors era un enigma y él estaba decidido a descifrarlo.

Miró hacia el horizonte. Cuanto antes se marchasen de allí, mejor. No quería que los pillase la tormenta que estaba formándose. No quería poner a Tamsin en peligro.

–¿Su Alteza?

Alaric se giró y vio a uno de sus hombres de seguridad.

–¿Sí?

–Le traigo el informe que nos pidió hace un par de horas. Es muy superficial. Tardaremos un día o dos en tener algo más.

¡Por fin! La información acerca de Patrick y del periodista con el que Tamsin había estado hablando la noche anterior.

Con el rabillo del ojo, Tamsin vio moverse algo y se giró. Tamsin avanzaba hacia él vestida con un anorak y pantalones abrigados. No tenía nada que ver con la glamurosa mujer de la noche anterior, pero su belleza seguía compensando su falta de estilo al vestir.

A Alaric le ardió la sangre sólo de ver cómo andaba, con una gracia natural. Además, durante el baile se había dado cuenta de que prefería que reservase su cuerpo sólo para él.

En realidad, le gustaba que fuese vestida con ropa ancha. Le divertía imaginarse su cuerpo debajo de ella. Y, además, tenía la intención de quitársela muy pronto.

Alaric pensó que nunca le había afectado tanto una mujer. ¡Y eso que todavía no se había acostado con ella!

Se giró hacia el hombre que seguía esperando.

–Gracias –le dijo–. Eso será todo por ahora. Si surge algo urgente, llevo mi teléfono móvil.

El otro hombre se inclinó ante él y se marchó.

Tamsin llegó a su lado y, al mirarla a los ojos, Alaric se dio cuenta de que se sentía bien.

Él sonrió. Por primera vez desde hacía mucho tiempo, tenía ganas de sonreír de verdad. Casi se le había olvidado lo bien que le hacía sentir.

–¿Adónde vamos? –preguntó Tamsin después de veinte minutos en silencio.

Jamás se había imaginado en un trineo tirado por caballos. Era todo un sueño.

–Vamos a ir a una cabaña que tengo en las montañas. La carretera está impracticable y sólo se puede acceder a ella en trineo.

Alaric se giró y la miró, haciendo que Tamsin sintiese calor de inmediato a pesar del aire helado.

–Allí no nos interrumpirán.

–Ya veo –respondió ella en voz baja y ronca.

Él sonrió y Tamsin se sintió viva y fuerte al ver su sonrisa. Era como si fuese capaz de cualquier cosa. Como si se atreviese a todo.

¿Por qué ponerse nerviosa? Eran dos adultos. Ambos deseaban aquello. No obstante, se estremeció.

Daba igual que fuese una novata, Alaric tenía suficiente experiencia para los dos.

Pasase lo que pasase en las siguientes horas, no se arrepentiría. Estar con Alaric hacía que se sintiese bien.

Él volvió a concentrarse en guiar a los caballos y Tamsin supo que, al final de aquel viaje, terminarían lo que habían empezado la noche anterior.

Estaban los dos solos y aquello era real.

La admiración con que la miraba Alaric la hacía sentirse como una princesa. Y pretendía disfrutarlo mientras durase.

Levantó la vista y vio que el cielo estaba muy oscuro.

—Parece que vamos a tener mal tiempo.

—No te preocupes.

Por fin llegaron a un claro desde el que se veían los Alpes y varios valles.

—¿Ésta es tu cabaña?

Había esperado algo pequeño. Hasta se había permitido olvidar que Alaric era un príncipe.

—Fue construida por mi tatarabuelo Rudi, para cuando quería escaparse de la corte.

Era un edificio imponente, de construcción tradicional y con muchas ventanas, chimeneas y hasta un torreón.

—Deja que lo adivine, no podía pasar sin comodidades.

Alaric se echó a reír.

—Le gustaba disfrutar —dijo después con los ojos brillantes—. Tienes frío. Vamos a entrar.

Y guió los caballos hasta un enorme establo.

—Ve tú delante, yo me ocuparé de los animales.

—¿No puedo ayudarte? —le preguntó ella, observando cómo liberaba a los caballos.

—No. Prefiero que entres en calor. Siéntete como en casa. No tardaré, te lo prometo.

La puerta estaba abierta y Tamsin entró en el recibidor. La casa estaba caliente, así que se quitó el gorro y los guantes y se deshizo lentamente del anorak mientras observaba un mural que había en la pared.

En él aparecían varios hombres disfrutando del bosque y acompañados de mujeres de generoso pecho.

Sonrió. Tal vez los ancestros de Alaric hubiesen sido igual de mujeriegos que él.

Colgó el abrigo y se negó a pensar en eso. Bajó la cremallera de sus botas y las dejó al lado de la chimenea que calentaba la entrada. Alguien había preparado la casa para ellos.

–¿Hola? –dijo Tamsin, entrando en un salón, en la biblioteca y en un amplio comedor, en la cocina y en la despensa, pero no encontró a nadie.

No obstante, había comida suficiente para un regimiento.

La curiosidad la llevó a subir las escaleras.

Alaric no tardaría en llegar.

Con el corazón acelerado, llegó a una puerta doble y dudó. No le parecía del todo bien entrar en las habitaciones, pero Alaric le había dicho que hiciese como si estuviese en su casa.

Abrió la puerta y entró. Y se le cortó la respiración al ver la habitación del torreón.

Era redonda, con las paredes pintadas en color crema y con ventanas. Las cortinas eran de terciopelo azul, había bancos para sentarse delante de las ventanas y una maravillosa alfombra turca de colores. La chimenea estaba preparada para ser encendida y enfrente de ella había una enorme cama con dosel. La colcha también era de terciopelo azul y en el cabecero estaba labrado el escudo de armas de la casa real de Ruvingia.

Eso le recordó el puesto que ocupaba Alaric en ella e hizo que dejase de soñar.

–Esperaba encontrarte aquí.

Tamsin se giró y vio a Alaric en la puerta. La estaba cerrando.

–No he podido encontrar a nadie –le dijo ella en voz demasiado alta.

Él guardó silencio durante unos segundos.

–Estamos solos –dijo por fin, sonriendo.

–Ya veo.

Tamsin se dijo que deseaba aquello, ¿por qué entonces tenía la boca tan seca? ¿Por qué estaba de repente tan nerviosa?

–¿Quieres que hablemos? –le preguntó.

–¿Hablar? ¿De qué?

–Cuando viniste a los archivos me dijiste que querías hablar...

Él negó lentamente con la cabeza y se acercó.

–No dije nada de hablar.

Se detuvo delante de ella, que respiró hondo y se apoyó en uno de los postes de la cama.

Estaba temblando, pero no era de miedo.

–Lo sabías, ¿verdad, Tamsin? –añadió, mirándola a los ojos.

Ella asintió. No merecía la pena poner excusas. Sabía a lo que había ido. Sabía por qué la había invitado Alaric a ir allí.

–¿Te gustaría hablar? –le preguntó él, señalando un par de sillas que había a un lado de la habitación.

–No.

–Entonces, ¿qué quieres?

Ella lo miró fijamente a los ojos. Y lo que vio en ellos la alentó a ser sincera.

–Quiero hacer el amor contigo. Ahora.

Capítulo 10

AQUELLAS palabras acabaron con las sospechas de Alaric de que estaba nerviosa. No eran nervios, sino excitación. A pesar de haber dudado cuando la había besado, Tamsin no era virgen. La llamada de teléfono de su exnovio había dejado eso bien claro.

Alaric respiró hondo y se dijo que aquello era exactamente lo que necesitaba en esos momentos. Un intercambio mutuamente satisfactorio con una mujer que sabía dar y recibir placer de manera generosa. La pasión que había demostrado Tamsin la noche anterior le hacía estar seguro de que el encuentro sería pleno.

Intentó no pensar en que se estaba aprovechando de ella. En que, si la había llevado allí, era por motivos complejos y en que le estaba ocultando cosas.

Pero no pudo sentirse culpable. Sobre todo, al mirarla y saber que sólo había una cosa que lo motivaba en esos instantes: su necesidad de hacerla suya.

–Será un placer hacerte el amor –murmuró, clavando la mirada en sus labios entreabiertos.

Había esperado mucho tiempo para hacerlo. Demasiado.

Le acarició la mejilla y ella levantó la cabeza buscando su boca.

Pero Alaric había aprendido la lección. Si la besaba, perdería el control enseguida y quería saborear cada detalle de su cuerpo. No quería que su primera vez se terminase casi antes de empezar.

No obstante, habría una segunda y una tercera. Y todavía más. Tamsin estaría allí, sería suya, mientras él la necesitase.

—Suéltate el pelo.

Ella obedeció y Alaric se dejó embriagar por su olor a limpio, a verano. Y lo acarició con los labios.

Estaba deseando probarla a ella.

—Ahora, quítate el jersey —añadió.

No quería quitárselo él para no perder el control. Ya lo haría la siguiente vez.

La acarició mientras lo hacía y Tamsin se quedó inmóvil un segundo, se estremeció.

Alaric metió la mano por la cinturilla de sus pantalones para explorar la curva de sus caderas.

Luego, las subió por debajo de la camisa y la ayudó a quitársela, dejando al descubierto su sonrosada piel.

A Alaric se le cortó la respiración mientras recorría con los labios su mejilla, la base del cuello y la curva de sus pechos.

Tenía los pezones erguidos debajo del sujetador color marfil, cómodo, con muy poco encaje y un pequeño lazo entre los pechos, aunque en ella, parecía el sujetador más sexy del mundo.

Alaric le acarició los pechos calientes, perfectos, y ella cerró los ojos.

Y estuvo a punto de besarla en los labios, cuando recordó que no podía hacerlo. Todavía no.

Le bajó la cremallera de los pantalones y se los

quitó, hizo lo mismo con los calcetines altos, de color gris y negro, agachándose y quedando muy cerca de su sexo, que irradiaba calor. La suavidad de sus muslos lo tentó, lo mismo que el seductor arco de sus pies.

Pero se limitó a acariciarle las piernas mientras se incorporaba, entreteniéndose un momento en las braguitas, en el vientre y en los pechos antes de volver a la mandíbula.

Ella lo miraba con los ojos brillantes, aturdiéndolo.

—Tú llevas demasiada ropa —le dijo con voz ronca.

Y a él le gustó ver que también estaba desesperada.

—Eso es fácil de solucionar —contestó, quitándose el jersey y la camisa y tirándolos al suelo.

Tamsin apoyó las manos en su pecho y se lo acarició, luego bajó las manos hasta su vientre, le desabrochó los pantalones y se los bajó. Alaric se los quitó, lo mismo que la ropa interior.

Luego se acordó de que llevaba un preservativo en el bolsillo trasero de los pantalones y se agachó a buscarlo. Había una caja entera en la mesita de noche, pero no quería dejar de ver el rostro de Tamsin mientras ésta observaba su cuerpo desnudo.

Lo abrió con los dientes y se lo puso. Luego, se acercó a ella.

Tamsin retrocedió.

No lo hizo intencionadamente, sino por instinto, para escapar de un hombre peligroso, primitivo.

Era tan grande, estaba tan excitado, que se puso nerviosa.

–¿Tamsin? –le dijo él, quieto donde estaba.

Ella intentó tragarse el pánico que sentía y mirarlo a los ojos. Y supo que, a pesar de estar loco de deseo por ella, era el mismo hombre que las últimas semanas. Un hombre que había sido sincero y directo. Y que la deseaba.

Un hombre en el que podía confiar.

Tal vez fuese normal sentir miedo la primera vez. Esbozó una sonrisa temblorosa al pensar que eran pocas las mujeres que tenían la suerte de estrenarse con un amante como aquél. Se le encogía el corazón sólo de mirarlo.

Aquello era lo que había querido. No podía negarse a aceptar algo que le hacía sentirse bien.

Sólo necesitaba valor.

Mirándolo a los ojos, se desabrochó el sujetador y lo dejó caer al suelo.

Alaric respiró hondo y recorrió su cuerpo con la mirada.

Tamsin se quitó las braguitas para ofrecerse a él. Se sentía deseada. Femenina. Poderosa. Ansiosa.

–No sabes cuánto te deseo –le dijo Alaric justo antes de tumbarla en la cama.

La agarró por la cintura con sus enormes manos, pero ella ya no sintió miedo, sino sólo deseo.

Lo abrazó y lo besó en el cuello y pensó que era tan... masculino. Tan fascinante.

Tan sexy.

Alaric se movió y el roce de su pecho contra los de ella hizo que Tamsin diese un grito ahogado de placer.

Le apretó la erección contra el vientre y su cuerpo reaccionó instintivamente, frotándose contra él.

Cuando Alaric tomó uno de sus pezones con la boca, Tamsin dejó de pensar y se dejó llevar por el calor.

Necesitaba... necesitaba...

–Me encanta que estés tan caliente y húmeda –le dijo él con voz ronca, separándole las piernas.

Ella no opuso resistencia, sino todo lo contrario.

–Sí, me gusta mucho –continuó Alaric, levantando el rostro y mirándola con aprobación.

Luego bajó la mano hasta su sexo y se lo acarició, y ella se sintió incapaz de respirar. Alaric dijo algo que no pudo entender mientras seguía acariciándola.

Tamsin se mordió el labio inferior y se aferró a sus hombros. Cuando volvió a mirarla a los ojos, parecía un maleante, un bárbaro. ¡Y a ella le encantó!

Enterró las manos en su pelo e hizo que levantase la cabeza para besarlo.

Fue un beso apasionado, impaciente, y la caricia entre sus piernas cambió. Ya no tenía allí la mano de Alaric, sino algo más largo y poderoso, como con vida propia. Alaric la agarró por el trasero y le hizo levantar las caderas.

–Lo siento. No puedo esperar más.

Tamsin casi ni procesó sus palabras.

Él la besó en los labios, mientras la agarraba con más fuerza y golpeaba las caderas contra las suyas para penetrarla. Tamsin estaba tensa por dentro y había abierto los ojos de repente.

Alaric la miró sorprendido. Dejó de besarla y respiró hondo.

Y ella se relajó entonces y colocó las rodillas en sus caderas. ¡No quería que Alaric se apartase! Pero tampoco quería que su erección fuese demasiado grande para ella; no quería que, a pesar del deseo, aquello no funcionase.

–¿Alaric? Por favor.

No sabía lo que quería que hiciese, sólo quería que aquello no terminase así.

Él hundió la cabeza entre sus pechos, retrocedió un poco y luego volvió a avanzar en su interior. Y Tamsin ya no tuvo tanto miedo. O tal vez se dejó distraer al notar su aliento caliente contra el pezón.

La siguiente vez que Alaric avanzó, ella levantó las caderas para ayudarlo. Y así otra vez más.

Luego Alaric se quedó inmóvil. ¿Por qué? ¿Había decidido que aquello no iba a funcionar? Se aferró a sus hombros y se mordió el labio para no protestar.

Entonces le vio una vena hinchada en el cuello, a punto de estallar, y supo que la estaba esperando. Estaba intentando que se acostumbrase a él. Y Tamsin se sintió avergonzada por ser tan egoísta.

Acarició su cuerpo y terminó poniendo las manos en su trasero. Quería explorarlo entero.

Lo vio sacudirse y lo apretó contra ella. Alaric se resistió un instante y luego, la penetró un poco más. En esa ocasión, en vez de pánico, Tamsin notó una sensación extraña y nueva. Algo que le hacía desear más. Empezó a mover las caderas al mismo ritmo que él, apartándose y acercándose, hasta que el movimiento se hizo rítmico y fluido. Y a Tamsin le pareció fantástico.

Entonces él empezó a sacudirse, y ella también, y

perdieron el control del ritmo y todo su mundo se tambaleó.

Tamsin gritó al verse invadida por una ola de placer. Sólo podía ver los ojos azules de Alaric clavados en los suyos. Entonces, él gritó también y se puso a temblar.

Capítulo 11

VIRGEN.

Alaric sacudió la cabeza. ¿Cómo había podido convencerse a sí mismo de que Tamsin tenía experiencia?

Metió la cabeza debajo del chorro de agua fría, pero eso no acalló a la voz de su conciencia. Había seducido a una virgen.

Hizo una mueca. No había tenido ninguna consideración.

Se preguntó si habría sido capaz de contenerse si hubiese sabido la verdad.

Nada lo habría detenido. Era tan malo como el viejo de Rudi, que había diseñado aquel lugar para disfrutar en él de sus escandalosas relaciones. Alaric se puso tenso. No, era todavía peor que él. Rudi sólo se había acostado con mujeres experimentadas. Hasta su padre había cumplido esa norma.

¡Vaya! Una nueva manera de ver lo de que nobleza obliga.

Alaric se miró al espejo esperando, como siempre, ver todos sus pecados marcados en su rostro, pero seguía igual. Sin tacha. Entero.

¿Qué derecho había tenido a tomar su inocencia?

Tamsin se merecía a un hombre que pudiese darle más.

Notó un dolor que le era familiar en el pecho, una manifestación física de su culpabilidad. Sus fantasmas empezaron a revolverse y esperó sentir el mismo frío de siempre.

Pero sólo pudo recordar el calor del dulce cuerpo de Tamsin. El calor de su mirada, observándolo como si hubiese hecho algo heroico, en vez de haber tomado su virginidad.

Alaric sacudió de nuevo la cabeza. Tomó una toalla y se secó el pelo con ella. Se miró por última vez al espejo y salió.

—Has tardado mucho.

Alaric se detuvo al oírla. Había pensado que estaría dormida. O tal vez hubiese tenido la esperanza de que estuviese demasiado cansada para hacerle frente.

Levantó la vista y la vio apoyada en las almohadas, con el pelo sobre los pálidos hombros. Tenía las mejillas sonrojadas y los labios hinchados después de tantos besos.

Alaric notó que volvía a excitarse y deseó poder tomar su ropa y meterse con ella de vuelta en el cuarto de baño.

Tamsin bajó la vista y se puso todavía más colorada. Y la erección de Alaric creció, como si se alegrase de recibir atención.

—¿Ya estás... preparado otra vez? —preguntó Tamsin con voz temblorosa.

—No te preocupes —le dijo él, acercándose a los pies de la cama—. No voy a saltar encima de ti.

—¿No?

Alaric se preguntó si había oído decepción en su voz y apretó los dientes. Cualquier excusa era buena para volver a hacerla suya.

–Por supuesto que no. Eres virgen y...

–Era –lo interrumpió Tamsin, y el rubor empezó a bajar por su cuello y escote–. ¿Qué tiene que ver eso?

–¿Perdona? –preguntó Alaric, que había perdido el hilo de la conversación.

–El hecho de ser virgen. ¿Qué tiene que ver con volver a tener sexo?

A él le gustó cómo decía lo de «tener sexo», como dudando un poco. Le recordó a sus inocentes y apasionados besos y a la manera en que la había penetrado por primera vez.

Recogió una prenda de ropa del suelo y se maldijo al ver que era la camisa de Tamsin. ¿Dónde estaba la suya?

–¿No te ha gustado? –le preguntó ella en tono frío.

Él recogió otra cosa del suelo, los pantalones de Tamsin, todavía calientes de su cuerpo, lo que le recordó lo rápidos que habían sido. Debía sentirse avergonzado. Había sido una suerte que Tamsin llegase al clímax, porque él no había aguantado mucho.

–¿Alaric? ¿No te ha gustado?

Él apretó los dientes. No quería volver a perder el control.

–Los hombres no actuamos cuando no nos gusta.

–Entonces, ¿por qué no quieres volver a hacerlo?

Él no la miró a los ojos. Se puso a buscar sus pantalones por la habitación como un cobarde.

–¿No te ha parecido suficiente una vez? –preguntó–. Estarás dolorida. No estás acostumbrada.

–No me duele nada.

–Te dolerá.

–¿Tanta experiencia tienes con chicas vírgenes?

–¡Por supuesto que no! ¿De verdad piensas que te habría traído aquí si hubiese sabido la verdad?

Ella se puso seria y sus ojos dejaron de brillar. Alaric se dio cuenta demasiado tarde de que Tamsin había estado de broma.

Se pasó una mano por el pelo y respiró hondo. Su cerebro no funcionaba y no estaba escogiendo bien sus palabras. No podía pensar con claridad. No podía pensar, con ella allí sentada, tan tentadora.

Había planeado matar dos pájaros de un tiro llevando allí a Tamsin. Y, de repente, todo había cambiado.

La vio bajar de la cama y taparse con la colcha. Su expresión era indescifrable. Con la mirada baja, se acercó a los pies de la cama.

Él retrocedió para no agarrarla y empezar a besarla de nuevo.

Y Tamsin se detuvo de repente y apretó mucho los labios.

Alaric deseó calmar su dolor, decir algo gracioso para que sonriese, pero en esos momentos no se sentía capaz de hacerlo.

Cerró los puños mientras ella recuperaba su ropa. No se dio cuenta de que tenía los ojos húmedos hasta que se incorporó.

–¿Tamsin?

Se acercó y ella se puso tensa. A Alaric le dolió el corazón.

—No llores, por favor.

—No seas absurdo. No estoy llorando —respondió ella, dándose la vuelta—. Ya me has dejado claro que esta tarde ha sido una decepción monumental. Si no te importa, me gustaría vestirme. Sola. Y quiero volver al castillo lo antes posible.

Y dicho aquello, se alejó de él.

—¡No has entendido nada! —exclamó él siguiéndola.

—¡No! —dijo Tamsin—. Por favor, no. Lo entiendo. Tal vez sea ingenua, pero no soy tonta. Querías que pareciese que teníamos una aventura. Para engañar a esas otras mujeres. Por eso me trajiste aquí y...

Bajó la cabeza.

—Me equivoqué —admitió él en un susurro—. Pensé... ya sabes lo que pensé. Y cuando me dijiste que no querías hablar...

Tamsin levantó la cabeza y lo fulminó con la mirada.

—¡No! Es culpa tanto tuya como mía. Sabes lo que insinuaste. Me hiciste pensar...

Se mordió el labio y tragó saliva.

—¡No me dijiste que sólo querías estar con mujeres experimentadas!

—Porque no es cierto.

—Así que se trata de mí —dijo Tamsin, parpadeando y dándose la vuelta—. Ya veo. Bueno, siento no estar a la altura de tus reales expectativas.

—No quería decir eso —insistió, poniéndole una mano en el hombro, pero ella se apartó—. ¡Tamsin! No lo entiendes.

—Déjame en paz. He sido una tonta al pensar que

podías sentirte atraído por una mujer como yo. Me dejé llevar por el cuento de hadas, eso es todo. Supongo que a ti te ocurre con frecuencia.

Dejó caer la ropa sobre la cama, delante de ella, y se inclinó para ponerse las braguitas, pero la colcha se le escurrió. Ella le dio una patada.

Alaric se sintió frustrado. Y se dio cuenta de que la deseaba todavía más que antes. Con una vez no había sido suficiente.

La agarró por las caderas.

—¿De verdad piensas que no me siento atraído por ti? —le preguntó, acercando su erección al trasero de Tamsin.

Ella dio un grito ahogado y se giró lentamente.

—Te deseo, Tamsin. Te he traído aquí con la intención de tenerte en mi cama. O donde fuese. En el trineo, en el granero, en la cocina. Me da igual. Si he intentado mantener las distancias demasiado tarde ha sido porque me he dado cuenta de que me estaba aprovechando de ti. Soy responsable...

—No eres responsable de mí —lo desafió ella, inclinándose ligeramente hacia su cuerpo.

—Soy responsable de haberte robado la inocencia.

—Eso son tonterías. Soy yo la que ha decidido cuándo quería perder la virginidad.

—Pero eso no mengua mi culpabilidad.

—¡Ah! —exclamó Tamsin, zafándose de él y girándose del todo para mirarlo, luego se agachó con rapidez y volvió a taparse con la colcha—. ¡Eres exasperante! ¿Siempre tienes que cargar con el peso de todo?

—Yo sabía lo que estaba haciendo. Tú, no.

Tamsin puso los ojos en blanco.

–No sé si sabes que las mujeres ya tenemos derecho a voto. Somos capaces de tomar decisiones acerca de con quién queremos hacer el amor.

Hacer el amor. Alaric se sorprendió a sí mismo al pensar que, por una vez, aquel eufemismo le parecía más adecuado que hablar de tener sexo.

Era ridículo. Lo que habían hecho no tenía nada que ver con el amor.

–Está bien. ¿Con quién quieres hacer el amor? –le preguntó, acercándose más a ella.

Tamsin intentó retroceder, pero se había chocado ya contra la cama.

–Quiero volver al castillo.

–Eso no es verdad. Quieres volver a subir a la cama y que te enseñe todo lo que no he podido enseñarte antes. Y yo también lo quiero.

–Pues hace un minuto no lo parecía. ¿Estás seguro? –le preguntó Tamsin con la barbilla bien alta.

–Completamente seguro.

–¿Por qué?

–Porque hace mucho tiempo que te deseo –le confesó Alaric–. Desde que entré en la biblioteca y vi tu sensual pierna colgando por encima de mi cabeza. Porque he descubierto a una mujer que me reta, me fascina y me suscita curiosidad. Una mujer a la que le apasiona algo tan complejo como traducir libros antiguos y algo tan simple como bailar. Una mujer que no se siente atraída por mi título ni por mi riqueza. Y a la que no le da miedo decirme lo que piensa.

–Entonces, ¿no se trata sólo de engañar a esas otras mujeres? –le preguntó Tamsin, mordisqueándose el labio.

–Sólo se trata de ti y de mí –admitió él.

Luego levantó una mano y le apartó el pelo de la cara.

–Eres la mujer más sexy y natural que he conocido, pero escondes esa sensualidad y sólo me la enseñas a mí. ¿Sabes cuánto me excita eso?

–Yo...

Alaric le pasó el dedo índice por la frente.

–Me excitas hasta cuando frunces el ceño así. Cada vez que voy a verte a los archivos y te veo concentrada, deseo cerrar la puerta y hacerte el amor allí. No sabes la de veces que me lo he imaginado.

Tamsin se ruborizó y dejó de apretar los labios.

–Tú también lo has imaginado –comentó Alaric–. Lo veo en tu rostro.

Por primera vez, Tamsin se quedó sin habla. No se movió, sólo lo miró.

Y Alaric notó algo extraño, una sensación que le era desconocida, en su interior.

–Todo va a ir bien –le aseguró–. Yo haré que todo vaya bien, pero sólo si tú quieres.

Se hizo el silencio y a Alaric se le encogió el pecho mientras esperaba una respuesta. Sintió algo más que deseo. Algo mucho más fuerte.

–Yo también te deseo –dijo por fin Tamsin.

Y él se sintió aliviado. Era suya. Al menos, por el momento.

Eso era lo único que quería. Prefirió no pensar en que había algo más que sexo entre ambos.

No. Los vínculos emocionales eran demasiado peligrosos.

Pero con el sexo... no había ningún problema.

Ambos disfrutarían. Sería su última aventura antes de enfrentarse a las obligaciones de la corona. Tiró de la colcha que la tapaba y vio sus pezones rosados esperándolo.

Se acercó a la mesita de noche, abrió el cajón y sacó un paquete de preservativos.

—Esta vez —le prometió sonriendo—, vamos a tomárnoslo con calma.

Varias horas más tarde Tamsin estaba tan cansada que se sentía como si estuviese flotando sobre una nube.

Apretó los muslos, consciente del vacío que sentía allí. No estaba dolorida. Estaba más sensible.

Sonrió. No sólo por lo que habían hecho juntos. Sintió que se derretía por dentro al recordar las palabras de Alaric.

Le había encantado oírle confesar que la deseaba, aunque no pudiese competir en glamur y sofisticación con otras mujeres.

Alaric disfrutaba de su cuerpo tanto como ella del de él.

Por fin se sentía apreciada. Liberada.

El fuego de la mirada de Alaric había hecho cenizas sus dudas e inseguridades. Podía confiar en sí misma y en él.

Entonces se obligó a recordar que aquello no duraría.

Alaric pertenecía a la realeza. Tal vez incluso llegase a ser rey.

Tamsin se tapó con las sábanas y se preguntó si

sería eso lo que le hacía tener dudas acerca de la autenticidad de las crónicas de Tomas. ¿Eran dudas o esperanza? ¿Tenía la egoísta esperanza de que no fuesen auténticas? ¿De que Alaric no fuese a convertirse en rey?

Porque si lo hacía, todavía sería más difícil que se interesase por ella.

Se sintió culpable. ¿Era por eso por lo que no le había hablado de la llamada de Patrick? Aquello iba en contra de sus principios profesionales, pero ¿sería tan grave que tardase un poco más en contárselo?

–Ah, veo que la Bella Durmiente se ha despertado –comentó él.

Tamsin se giró hacia él muy despacio y lo vio sonriendo, vestido sólo con unos pantalones negros.

–¿Qué tienes ahí? –le preguntó con voz ronca, sonriendo también.

–Toma –le dijo él, subiéndose a la cama y dándole una bata roja.

Tamsin la tomó, pero él no la soltó y siguió sonriendo. Ella bajó la vista a su pecho desnudo.

–Quiero enseñarte algo.

Ella bajó de la cama sujetando las sábanas, aunque fuese una tontería sentir vergüenza después de lo que habían hecho. Se levantó y se puso la bata.

–Excelente –comentó él.

Y a Tamsin le gustó oírlo.

–Ven aquí –le dijo después, acercándola a la ventana y abrazándola por la cintura.

El cielo estaba oscuro y estaba nevando.

–¿Una tormenta de nieve?

Alaric asintió.

–No vamos a poder ir a ninguna parte.

Tamsin sonrió. Su idilio todavía no se había terminado. No obstante, intentó ser sensata.

–¿No se preocuparán tus hombres? ¿No tienes cosas que hacer?

–Nada que no pueda posponerse. Y mis hombres saben que estamos bien. Sólo podemos esperar.

La abrazó y cruzó con ella la habitación.

–Ahora vamos a tenerlo más difícil –murmuró.

–¿Más difícil?

Tamsin oyó entonces el ruido de un grifo abierto y vio una bañera llena de espuma, la más grande que había visto en toda su vida, rodeada de velas.

Junto a ésta había una mesa con dos copas, una cubitera y una botella, y una bandeja con fresas y melocotones.

–Sólo hay una bañera –le dijo Alaric con los ojos brillantes–. Me temo que tendremos que compartirla.

Tamsin se sintió embriagada de emoción. Alaric había hecho aquello por ella.

Se sintió culpable. Tenía que contarle lo de las crónicas, pero lo haría en cuanto aquello terminase. No quería estropear el momento. Se lo diría cuando estuviesen en el castillo. Cuando aquel sueño se terminase.

Jamás se había sentido tan mimada.

–Gracias, Alaric –le dijo con voz ronca, mirando al hombre que tanto le había dado.

Placer físico, pero mucho más. Algo que le hacía sentirse fuerte y especial.

Se puso de puntillas y lo besó en los labios. Él la abrazó con fuerza.

Alaric no creía en el amor ni en el compromiso, pero Tamsin se dijo que sería fácil enamorase de él. Fácil, pero una locura.

Capítulo 12

NO, ASÍ no, pon la mano recta.

Alaric le sujetó la mano mientras la yegua tomaba de ella un trozo de zanahoria.

La risa de Tamsin retumbó en el establo y a él se le hizo un nudo en el estómago. Era lo mismo que le ocurría cuando estaban desnudos y descubría otra zona erógena en su maravilloso cuerpo.

Se dio cuenta de que le encantaba oír a Tamsin. Ya fuese gimiendo o hablando de temas serios.

Notó que se excitaba y se acercó más a ella. ¡Le excitaba una mujer a la que le brillaban los ojos cuando veía una biblioteca llena de libros!

Aquello era nuevo para él.

Durante los últimos días, había aprendido a disfrutar con ella. No sólo en la cama, sino viendo cómo descubría el mundo que la rodeaba.

Se había sentido feliz, ajeno a las sombras del pasado. Hasta dormía profundamente y no tenía pesadillas.

No era de sorprender que no quisiese separarse de ella. Era egoísta, pero merecía la pena ignorar sus responsabilidades por la alegría que le proporcionaba a su alma.

Aunque fuese sólo durante unos días más...

Se acordó de su hermano Felix hablándole emocionado acerca de encontrar a la mujer adecuada. Su hermano se había equivocado al creer en el amor y él jamás cometería ese error.

–¿Por qué estás sacudiendo la cabeza? ¿No lo estoy haciendo bien?

Alaric frotó la barbilla contra su pelo.

–Tú siempre lo haces bien –le dijo, imaginando que pudiese llegar a convertirse en una seductora.

Sólo de pensarlo se puso tenso.

No podía permitirlo.

Todavía no. No hasta que su aventura se hubiese terminado.

Puso la mano izquierda entre sus piernas y ella lo agarró por la muñeca, haciendo que se sintiese avergonzado. Hacía sólo una hora que habían salido de la cama y tenía que dejar que se recuperase.

Se sintió satisfecho. No pudo evitarlo. Intentó sentirse culpable por haberle robado la virginidad, pero no pudo.

Debía de ser por la novedad, por lo que no quería dejarla marchar.

–No lo hagas delante de los caballos –murmuró ella.

–¿Crees que se ofenderían? –le preguntó Alaric, mordisqueándole el cuello.

–Creo... –empezó, pero luego suspiró.

–¿Nunca has estado desnuda delante de un caballo? –bromeó él.

–Nunca había estado cerca de un caballo.

–Desde luego, tienes mucho que aprender. No sabes nada de caballos, ni de trineos, ni de caviar, ni de desayunar en la cama. ¿En qué estaban pensando tus padres para privarte de tantas cosas?

Alaric tuvo la sensación de que se ponía tensa.

–Fui una niña muy afortunada –respondió.

–Así que fuiste una niña mimada que lo tuvo todo. Seguro que te compraban siempre los juguetes de moda.

Ella negó con la cabeza.

–Mis padres no compraban juguetes. Me divertía sola. Y tenía acceso a muchos libros y tranquilidad para leer. Un hogar estable y tiempo para soñar.

Alaric pensó que estable no era lo mismo que feliz. Y que su tranquilidad le sonaba a soledad. Una soledad que también les había impuesto su padre, pero él al menos había tenido a su hermano.

–¿Cuáles eran tus sueños, Tamsin? –le preguntó, acariciándole los pechos–. ¿Soñabas con un príncipe y un castillo?

–A veces.

–¿Tenía el pelo moreno, los ojos azules y un trineo?

Ella se giró y lo abrazó por el cuello.

–¡Por supuesto! –le respondió sonriendo.

–¿Y con qué más soñabas?

Tamsin se encogió de hombros y bajó la vista.

–No lo sé. Con aventuras. Con salir con amigos. Lo habitual.

Alaric pensó en el informe que tenía de ella. Describía a una niña sin hermanos ni amigos cercanos, con unos padres mayores que trabajaban mucho. A una niña solitaria.

¿Se daba cuenta de lo mucho que revelaban sus palabras acerca de su soledad? A Alaric se le encogió el pecho y sintió algo parecido a dolor.

–Alguna aventura sí podríamos organizar –le dijo, mirándola a los ojos–. Podríamos trepar por la base del precipicio que hay detrás de la cabaña si no hay demasiado hielo.

A Tamsin le brillaron los ojos y sonrió todavía más.

–¡Me encantaría! ¿Cuándo podemos ir?

Alaric sonrió. ¡Qué fácil era hacerla feliz! Y le sorprendió lo mucho que deseaba conseguirlo.

–Esperaremos otra hora más para que el sol funda el hielo.

–Entonces, tenemos tiempo –comentó Tamsin metiendo las manos por debajo de su camisa.

–¿Tiempo para qué? –le preguntó él sonriendo con picardía.

–Para otra primera vez –contestó ella–. Nunca he hecho el amor en un establo.

Con el corazón acelerado, Alaric la abrazó y la llevó hasta donde estaba el heno limpio.

–Permite que remedie eso ahora mismo.

Tamsin se despertó al oír ruido. Era un grito angustioso que le detuvo el corazón.

Se acercó a Alaric y se dio cuenta de que estaba ardiendo y bañado en sudor.

Le tocó el hombro, lo tenía rígido. Se acercó más y escuchó su respiración, aguda y profunda.

–¿Alaric?

No contestó.

–¡Alaric! –le gritó, sacudiéndolo con fuerza–. Alaric. ¡Despierta!

Él balbució algo, pero Tamsin no logró despertarlo.

Sintió miedo. No tenían teléfono y no podría conseguir ayuda si se ponía peor.

Primero tendría que hacer que le bajase la fiebre.

Apartó las sábanas para levantarse cuando oyó otro grito de horror y vio que Alaric sufría una convulsión.

–¡No! –gritó, agarrándola por los hombros–. ¡No puedes!

Tamsin tardó un momento en darse cuenta de que no estaba mojado de sudor, de que eran lágrimas.

–Shh, Alaric –intentó tranquilizarlo–. Todo va bien, cariño, ¿me oyes?

Pero él había enterrado la cabeza en su pecho y estaba sollozando.

Tamsin siguió susurrándole palabras de cariño y él empezó a relajarse y a respirar con más normalidad.

–¿Tamsin?

–Todo va bien. Era sólo un sueño.

Él se quedó inerte en sus brazos y luego, sin avisarla, se giró y la dejó sola.

–¿Alaric? ¿Estás bien?

Él apretó los labios y Tamsin se acercó y se acurrucó contra su pecho y lo abrazó. Siempre le había parecido tan fuerte y seguro de sí mismo, que le dolió verlo así.

–Lo siento –le dijo él–. No tenías que haber presenciado esto. No quería asustarte.

–No te preocupes –le contestó ella–. Ya ha pasado.

–¿Que ya ha pasado? Jamás pasará –espetó Alaric, dando un puñetazo al colchón–. ¿No me vas a hacer preguntas? Seguro que esa cabecita tuya quiere respuestas.

Ella levantó la cabeza y le dio un suave beso en los labios, que sabían a sal y a sufrimiento. Luego otro, y otro más.

Jamás se habían besado así, compartiendo sus almas y no sólo sus cuerpos. Tamsin se aferró a él y deseó explicarle lo que sentía, pero no encontró las palabras. Dejó que su cuerpo se lo expresase.

Sin saber por qué, se puso a llorar.

–¿Tamsin? –le dijo él, acariciándole la mejilla–. No llores.

Pero ya era demasiado tarde. Volvió a besarlo apasionadamente, hasta que se fue calmando. Y luego Alaric se apartó.

Tamsin sintió su mirada en la oscuridad. Suspirando, Alaric la apoyó de nuevo en su pecho y la abrazó. Su corazón latía muy deprisa.

–Te debo una explicación –le dijo.

–No me debes nada. Sólo has tenido una pesadilla.

–Fue egoísta, acostarme contigo. Podía haberte hecho daño.

–Yo estoy preocupada por ti –admitió Tamsin. Luego dudó–. ¿Tienes esos sueños con mucha frecuencia?

Su silencio lo dijo todo.

—¿Te da miedo atacarme mientras duermes?

—No lo entiendes —comentó él, desolado—. Todo lo que toco se convierte en cenizas. Todo el mundo al que toco.

—Cuéntamelo —le pidió ella.

—¿Crees que hablar de ello me ayudará? —inquirió Alaric en tono sarcástico.

—Guardártelo no es la solución. Sea cual sea el problema, crecerá si no te enfrentas a él.

—Ahora me estás llamando cobarde —dijo él en tono casi divertido.

Y Tamsin sonrió con tristeza.

—¿A qué le tienes miedo? ¿No creerás que voy a darte un beso de Judas?

—No se me ocurre nada menos probable —admitió él, acariciándole el pelo.

Ella se tranquilizó un poco, al menos, tenía su confianza. Y eso era un comienzo.

—No se trata de mí —empezó Alaric por fin—, sino de la gente a la que le he fallado. Con eso es con lo que sueño.

—No te imagino fallándole a nadie.

Él rió con amargura.

—No lo creerías. Fui un niño rebelde, siempre me metía en problemas y decepcionaba constantemente a mi padre. Oí muchas veces decir que era una suerte que hubiese sido el segundo. No tenía lo que hacía falta para gobernar.

—A tu padre le sorprendería ver cómo es Ruvingia hoy en día.

Alaric no respondió.

–¿Alaric? Háblame de tus sueños.

–Todos mueren, y no puedo salvarlos –susurró él.

–Háblame de ellos.

–¿Para que puedas absolverme? –preguntó con escepticismo, pero como ella no respondió, empezó a contarle su historia.

Como oficial de carrera, había aprovechado la oportunidad que se le había presentado unos años antes para formar parte de una misión de paz en el extranjero.

Junto con su unidad, se había instalado cerca de un pueblo aislado para proteger a una zona más amplia de los insurgentes. Allí habían tenido breves episodios de actividad peligrosa, intercaladas con largas épocas de tranquilidad, en las que había aprovechado para conocer a la gente del pueblo. Uno de los niños se había sentido fascinado por ellos, en especial, por Alaric. Y, a juzgar por cómo hablaba de él, el aprecio había sido mutuo.

Alaric había recibido un informe que hablaba de que había problemas en una zona cercana, y se había ido con algunos de sus hombres a investigar.

Había resultado ser una treta y, al volver a la base, habían descubierto que el pueblo había sido atacado.

Había soldados y civiles heridos y también muertos.

–El niño murió en mis brazos –relató Alaric con voz ronca–. No pude salvarlo. Hubo muchos a los que no pude salvar.

–No podías hacer nada –intentó consolarlo Tamsin, con el corazón roto al verlo tan dolido.

–¿No? Yo era el oficial al mando. Si no hubiese dividido a mis hombres, el pueblo habría estado a salvo. Si no hubiese respondido tan pronto a un informe que estaba sin confirmar...

–No sabes lo que habría ocurrido.

–No lo entiendes. Estaba allí para protegerlos y les fallé. Y también fallé a mis hombres. Algunos no sobrevivieron y otros todavía llevan las cicatrices –hizo una pausa y tragó saliva–. Menos yo. Que volví a casa sin un solo arañazo. Ojalá me hubiese muerto también.

–¡No digas eso!

Por un momento, Alaric disfrutó viendo cómo Tamsin confiaba en él. Era una experiencia nueva, tener a alguien de su parte con tanto ímpetu.

Cuando se enterase de toda la verdad, se quitaría la venda de los ojos. Una parte de él no quería contársela, pero tampoco se merecía su compasión.

–Volví a Ruvingia y me dediqué a divertirme: coches, fiestas, mujeres. Muchas mujeres. Y mi hermano mayor, Felix, me dio la bienvenida. Él tenía muchos planes, quería casarse, pero a mí no me interesaban. Estaba demasiado sumido en mis propios problemas como para escucharlo.

Algunos días, casi le había costado ver a Felix, con tanto éxito, tan capaz y centrado. Todo lo contrario que él.

–¿Alaric?

–Había un chica –continuó, deseoso de terminar cuanto antes–. Una chica muy guapa. Me fijé en ella por primera vez en el teatro, porque vi a Felix observándola. Y dos días más tarde estaba en mi cama.

Tamsin se puso tensa y él supo que, cuando terminase su relato, no querría volver a verlo.

–No la quería. Jamás fingí hacerlo. Y ella... sólo quería estar con alguien conocido. Así que los dos estábamos contentos. Hasta que Felix se enteró de lo nuestro y yo me enteré de que era la mujer de la que estaba enamorado y con la que quería casarse.

Tamsin dio un grito ahogado.

–¿No lo sabías?

–No me había dicho su nombre, aunque yo sabía que se sentía atraído por Diana. Como casi todos.

Alaric volvió a preguntarse si no había deseado conquistarla en realidad porque sabía que le interesaba a su hermano. Para demostrar que, al menos con las mujeres, era superior a él.

–Felix se puso furioso cuando se enteró. Jamás lo había visto así. Nos acusó de haberlo traicionado.

–¿Y Diana?

–Se enfadó por haber cometido semejante error, ya que le hubiese gustado convertirse en princesa.

–¿Y qué pasó después?

–Que Felix cambió. Siempre estaba de mal genio, y no sólo conmigo. Se volvió imprevisible y empezó a beber mucho. Un día lo sorprendí subiéndose a mi coche y no pude bajarlo, pero me subí a su lado.

Alaric respiró hondo.

–Discutimos. Felix perdió el control en una curva cerrada y yo agarré el volante. Nos fuimos por un terraplén. Yo me había abrochado el cinturón y el airbag me salvó, pero Feliz no llevaba el cinturón y falleció al instante.

Alaric pensó que, después de aquello, Tamsin no tardaría en alejarse de él.

Tamsin contuvo la respiración, impresionada por la historia. Sorprendida al saber todo lo que había sufrido Alaric.

Era evidente que había querido mucho a su hermano. Tal vez éste hubiese sido el único que lo había querido también a él.

—Lo siento mucho —le dijo, no fue capaz de más.

—Yo también. Lo siento todos los días, pero eso no cambia el hecho de que yo tenga la culpa.

—¡No digas eso!

—Si no hubiese seducido a Diana, nada de eso habría ocurrido. Si lo hubiese detenido...

—Si Diana lo hubiese querido, tú no habrías podido interponerte entre ambos.

Alaric sacudió la cabeza.

—Yo debí tener más cuidado.

Ahí Tamsin no pudo contradecirlo.

—Tu hermano te echó la culpa a ti porque estaba decepcionado, pero no fue culpa tuya que sus sentimientos no fuesen correspondidos.

—Tenía que haberle sido leal. Tenía que haber estado ahí para ayudarlo, para protegerlo de la bebida. Ni siquiera fui capaz de eso. Le fallé cuando más me necesitaba.

Alaric rió con amargura.

–Y aquí estoy ahora, a punto de hacerme con la corona. ¿Cómo sé que no voy a fracasar otra vez?

A Tamsin se le rompió el corazón al verlo tan dolido, tan inseguro. Alaric no sabía lo capaz y competente que era. Todavía estaba escapando de sus traumas.

Por eso no le entusiasmaba la idea de convertirse en rey. Por eso no quería acercarse demasiado a nadie.

Suspiró aliviada al pensar que no le había contado que la fecha de la crónica era verídica.

–Cariño –le dijo, abrazándolo en la barbilla, en el cuello y en la cara–. Tienes que perdonarte. Tú también eres una víctima, créeme.

Él negó con la cabeza.

–Dile eso a los hombres que volvieron heridos. O a la madre del niño inocente que murió.

–¡Tú no fuiste el causante de todo eso! A tu hermano le horrorizaría saber que te sientes culpable. ¿Crees que es eso lo que querría? Eres un buen hombre, Alaric. Yo te confiaría mi vida.

–Mi dulce Tamsin –le dijo él, limpiándole una lágrima de la mejilla–. No malgastes tus lágrimas conmigo.

–Si quiero llorar, lloraré –lo contradijo ella.

Era un hombre muy testarudo, pero su lealtad y su honradez hacían que fuese el hombre al que amaba.

Se dio cuenta de ello y se quedó sin habla de repente. Sin darse cuenta, se había enamorado de él.

Le había entregado su corazón.

Alaric no quería compromisos, ya que desconfiaba del amor, pero ella se sintió igual de feliz.

–Ya seguiremos hablando luego. Ahora, tienes que descansar –le dijo.

–Me iré a otra habitación.

–¡Ni se te ocurra! Si te marchas, te seguiré –le advirtió Tamsin, tumbándose–. Cierra los ojos y descansa. Yo me quedaré despierta. No me harás daño.

–Podría llegar a acostumbrarme a que intentases dominarme –murmuró Alaric, casi bromeando–. Estoy demasiado cansado para discutir.

La abrazó por la cintura y Tamsin tuvo la esperanza de que pudiese sentir el amor que irradiaba su cuerpo y le llenaba el corazón.

Sabía que era un amor que la destrozaría, pero en esos momentos se sentía más llena y en paz que nunca.

Capítulo 13

L A LUZ rosada del amanecer entraba por las ventanas. Alaric había dormido muchas horas, pero Tamsin no lo quería despertar.

Se preguntó cómo podía ayudarlo.

O ayudarse a sí misma. Su situación era imposible.

Estaba enamorada. Del príncipe Alaric de Ruvingia.

Abrió la puerta de la biblioteca, encendió la luz y fue hacia el escritorio. Siempre trabajaba mejor con papel y lápiz. Tal vez si ponía por escrito lo que le preocupaba, le resultaría más fácil aclararse las ideas.

Abrió el cajón y encontró un cuaderno. Lo sacó y entonces vio un sobre también.

Tamsin Connors. ¿Era para ella?

Frunció el ceño. No tenía sello. Ni dirección. Sólo su nombre. ¿Qué significaba? Sintió un escalofrío.

–¡Tamsin!

Sobresaltada, se giró y vio a Alaric en la puerta, pálido y serio.

–¿Qué haces? –le preguntó con voz cortante.

–He venido a por papel y lápiz. Tenía una idea acerca de la crónica. Quería...

–Vuelve a la cama –le ordenó él.

–¿Qué ocurre? –le preguntó ella, se palpaba la tensión en la habitación.

–Nada. Sólo quiero que estés conmigo. Eso puede esperar –contestó él sonriendo ligeramente.

–No tardaré. Sólo quiero anotar unas cosas. Además, he encontrado esto –añadió, refiriéndose al sobre con su nombre que tenía en la mano.

Antes de que se diese cuenta, Alaric se había acercado y le estaba tendiendo la mano para que se lo entregase.

–Dámelo. No es importante.

Ella no pudo soltarlo.

–¿Por qué no quieres que lo abra?

Alaric guardó silencio. Se acercó más, pero no la tocó.

–Porque no es para ti. Es sobre ti.

Tamsin se quedó inmóvil, callada, intentando comprender.

–¿Has hecho que me investiguen? –preguntó.

Él la miró con frialdad y a Tamsin se le rompió el corazón. Se había acostumbrado al otro Alaric. Al hombre cariñoso, generoso, divertido.

–Sí –le respondió él por fin–. He hecho que te investiguen.

–¿Y qué pone?

–No lo sé. No lo he leído.

–¿Haces que investiguen a todos tus empleados?

–Así no.

A Tamsin se le aceleró el corazón. Metió un dedo dentro del sobre y sacó su contenido.

Alaric no movió ni un músculo y eso la asustó todavía más.

La primera página la confundió. Era acerca del periodista con el que había hablado en el baile. Entonces leyó una nota que decía que no había pruebas de que se conociesen de antes y lo entendió.

Dejó caer el papel al suelo.

Después hablaban de Patrick y ella.

—¿Por qué no me preguntaste, si querías saber qué hombres había habido en mi vida? —inquirió en tono amargo. ¿O es que sueles vetar a tus posibles amantes?

—No es así —respondió Alaric.

—¿Cómo supisteis lo de Patrick? No se lo he contado a nadie aquí.

Pasó a la última página y se quedó de piedra.

—¡Me han pinchado el teléfono!

—Es una cuestión de seguridad del Estado.

—¡Si soy conservadora de libros, no espía!

—Apareciste de repente...

—Tú me hiciste venir, ¿recuerdas?

—En un momento inestable. No hay rey. El parlamento está en receso hasta después de la coronación. Es una época complicada. De repente, apareces tú, diciendo que tienes pruebas de que yo, y no el príncipe Raul, soy el heredero legítimo de la corona. ¿Te imaginas lo catastrófico que podría ser que la noticia llegase a los oídos equivocados antes de que nos diese tiempo a prepararnos?

Tamsin se puso detrás del escritorio porque necesitaba espacio para aclararse la mente. La expresión de Alaric era de severidad.

—¿Creías que te había mentido acerca de las crónicas? —le preguntó ella con incredulidad.

–Miré por mi país –respondió él en tono tenso, como si no estuviese acostumbrado a que lo retasen.

–¿Pensabas eso y, aun así, te acostaste conmigo?

«No, es por eso por lo que me acosté contigo. Lo hice para distraerte. Para evitar que hicieses más daño».

Tamsin se agarró al escritorio, aturdida. Aquello le dolía tanto que se le nubló la vista y empezó a costarle mucho trabajo respirar.

Una mano intentó agarrarla y ella se apartó.

–¡No me toques!

–Tamsin. ¿Has oído lo que te he dicho?

–¡No quiero oír nada! –exclamó, acercándose a trompicones hasta la ventana, abrazándose por la cintura–. Tenías planeado traerme aquí, ¿verdad? Por eso está tan bien aprovisionada la despensa. Sabías que habría una tormenta de nieve y querías que me quedase aquí incomunicada.

–Es cierto, lo sabía –respondió él por fin.

No se disculpó ni mostró ningún signo de arrepentimiento.

Tamsin cerró los ojos con fuerza. Lo que habían compartido no significaba nada. ¿Habría pensado en otra mientras hacían el amor, no, mientras tenían sexo?

¿Cómo había podido ella creer que había llamado la atención del príncipe de Ruvingia?

–Eres un actor excelente –le dijo con voz temblorosa–. Me habías convencido. Enhorabuena.

–Tamsin, no todo fue así. Al principio, sí, tenía dudas. Pero después he querido estar contigo por cómo me hacías sentir. Y por lo que tú sentías.

–¿Lo que yo sentía? –inquirió furiosa–. ¿Me estás diciendo que yo te pedí que me embaucaras?

Había confiado en él, se había enamorado de él y, en esos momentos, lo odiaba.

–Tamsin, tienes que escucharme. Ése no es el motivo por el que te traje aquí.

–¿Sabes lo que más me duele? Que viste cómo me había engañado Patrick y utilizaste la misma táctica. Y yo me dejé engañar.

–No te entiendo.

–¿No lo ponía todo en tu maravilloso informe? ¿No te contaba cómo me utilizó para conseguir un ascenso? No sé cómo he podido creer que te sentías atraído por mí.

Tamsin no pudo continuar, sintió náuseas, pero no quiso humillarse todavía más delante de Alaric.

Fue como pudo hasta la puerta, sin detenerse cuando él la llamó, presa de las náuseas y de la desesperación.

A Alaric el frío le caló hasta los huesos al quedarse en la biblioteca, mirando hacia la chimenea, que estaba vacía. No era el aire frío lo que había congelado su cuerpo, sino el dolor de Tamsin. El dolor que él le había causado.

La culpa terminó con la paz que había empezado a sentir durante los últimos días con ella.

Tenía que darle algo de tiempo para que se calmase y lo escuchase. Se sentía traicionada.

Y fue una sorpresa darse cuenta de lo mucho que le importaba. Sintió miedo. Había vuelto a hacerlo. Le había fallado a Tamsin.

Veinte minutos después de que hubiese salido de la biblioteca, fue a buscarla. La habitación estaba vacía. Buscó en el resto de la casa. Vacía.

Miró por la ventana y vio sus huellas en la nieve. Había ido hacia el precipicio que él le había enseñado a escalar.

Recordó que le había dicho que era el camino más corto hasta el castillo. Y era fácil de escalar para alguien experimentado, pero no para una novata.

Si le ocurría algo...

Tamsin tenía las manos entumecidas del frío, pero no iba a volver a por los guantes. Antes de volver tendría que tener la fuerza suficiente para enfrentarse a Alaric sin derrumbarse.

Las náuseas se habían calmado un poco, pero seguía doliéndole tanto el pecho que casi no podía respirar.

Se sentía engañada, utilizada, y se sentía tonta por haber cometido el mismo error otra vez. Aunque, en esa ocasión, se había enamorado de Alaric.

Una sensación extraña la hizo girarse. Una hora antes, le habría encantado ver a Alaric corriendo por la nieve, en esos momentos, le causaba todavía más desesperación.

–¡Corre! –exclamó él cuando estuvo más cerca.

Y vio miedo en sus ojos. Entonces, Alaric la agarró de la mano y la hizo correr, la ayudó a que siguiese avanzando.

De repente, se oyó un enorme trueno, de toneladas de nieve y roca que caían desde la montaña.

–¡Una avalancha! –exclamó Alaric, pero Tamsin no pudo oírlo, sólo le leyó los labios, y luego siguió corriendo. Si conseguían darle la vuelta a la montaña, estarían a salvo. De repente, Alaric la empujó con fuerza y la hizo caer hacia delante.

Tamsin se tapó la cabeza con los brazos y notó que caía nieve y piedras a su alrededor. Y luego todo terminó.

Ella se incorporó y respiró hondo, aliviada. Sin la ayuda de Alaric, se habría visto sepultada bajo la nieve. Se giró a darle las gracias.

Y sólo vio una montaña de hielo y rocas.

Capítulo 14

LE VAN a dar el alta al príncipe y pronto volverá al castillo –le dijo a Tamsin su compañera, mirándola de reojo.

–¡Qué buena noticia! –respondió ella, sonriendo con profesionalidad.

Alaric se había fracturado la clavícula, una pierna y un brazo, y tenía además importantes contusiones.

–Parece ser que los médicos quieren que se quede unos días más, pero él se ha negado.

Tamsin asintió, recordando la determinación y la fuerza de Alaric. Se preocupó por él.

Todavía se estremecía cuando recordaba los largos minutos que había estado enterrado bajo la nieve antes de que lo encontrase.

En esos momentos, no le había importado que la hubiese utilizado, sólo había sabido que lo amaba y que tal vez muriese.

Entonces había encontrado su teléfono móvil, que todavía funcionaba. Veinte minutos más tarde había llegado un helicóptero a buscarlo.

Tamsin había oído que la coronación del príncipe Raul se estaba retrasando, y que éste pasaba mucho tiempo encerrado con su primo. Sin duda, estaban organizando la coronación de Alaric para cuando se recuperase.

Sería un monarca excelente.

Tamsin se miró el reloj.

–Es hora de recoger –le dijo a su compañera.

Llevaba varias semanas soportando el escrutinio de sus compañeros y trabajando. Se preguntó si tendría fuerzas para volver a ver a Alaric.

Encontrarían a alguien para reemplazarla cuando no renovase el contrato. Tal vez Patrick.

Y ella no volvería a Gran Bretaña. Le habían ofrecido trabajo en Berlín, o tal vez saliese algo en Roma. Cuanto antes se marchase, mejor.

Se negaba a creer que no sería capaz de recuperarse, que el amor que sentía por Alaric, no se curaría jamás.

–Mi respuesta sigue siendo no –dijo Alaric, paseando por la habitación del hospital–. No.

–¿Crees que a mí me gustaba la idea de un matrimonio de compromiso? –le preguntó Raul–. Es tu obligación, Alaric. Si aceptas la corona, tienes que aceptar las responsabilidades que van con ella.

–¡No me hables de obligaciones! No quiero la corona, sólo la acepto porque me educaron para cumplir con ellas.

Era extraño cómo había cambiado todo desde el accidente. Ya no tenía tanto miedo al fracaso.

En el hospital, había tenido mucho tiempo para pensar. La paz y la conexión que había sentido con Tamsin le habían dado esperanzas por primera vez en muchos años.

Había luchado por vivir porque quería verla y hacer las cosas bien.

—Alaric —le dijo su primo—, sé que esto es muy difícil para ti.

—Es difícil para los dos.

Raul había sido educado para convertirse en rey, y le había demostrado su integridad tomándose tan bien la noticia de que Alaric debía ser el siguiente monarca.

Raul se encogió de hombros.

—No hay marcha atrás, Alaric, el príncipe de Maritz está obligado a casarse con la princesa de Ardissia. No hay negociación posible.

—¿Aunque ni siquiera sepamos quién es?

—Pronto lo sabremos. Y entonces...

—Una boda real.

Sin amor. Posiblemente lo que se merecía. No obstante, se le heló la sangre de pensarlo.

Recordó la sonrisa de Tamsin, recordó sus jadeos de placer, su olor a limpio.

No la había visto desde el accidente. Ella lo odiaba por lo que le había hecho.

Era poco probable que lo perdonase, pero de ahí a casarse con otra mujer...

Alaric se dio cuenta de que sólo podía hacer una cosa. Tal vez fuese la más difícil de toda su vida, pero no tenía elección.

—No puede sacar ninguno de los documentos que hay en la caja fuerte sin el permiso de Su Alteza.

–¡Pero si se trata de mi pasaporte! –exclamó Tamsin–. Tiene que haber un malentendido.

–¿Tiene pensado viajar? –le preguntó el secretario de Alaric.

Tamsin frunció el ceño.

–Voy a ir a Roma este fin de semana. ¿Cuándo pueden darme el pasaporte?

–Tengo que informarme. El príncipe ha dado instrucciones muy precisas...

Tamsin salió de su despacho y se dirigió hacia la antecámara real. Al entrar, un hombre que había sentado frente a un escritorio levantó la vista.

–El príncipe no recibe visitas.

–Esto no puede esperar –replicó ella, sin dejar de andar.

Abrió la puerta y entró sin más. Y se quedó inmóvil al ver a Alaric reunido con un grupo de hombres, todos muy bien vestidos y muy serios.

Alaric, que estaba sentado en el centro, dejó el bolígrafo que tenía en la mano y levantó la vista.

La miró a los ojos y ella se estremeció.

De repente, alguien la agarró del codo.

–Siento la intrusión, Su Alteza.

–No pasa nada –respondió Alaric–. La doctora Connors es mi invitada.

–Por supuesto, Su Alteza –dijo su secretario soltándola y marchándose.

Alaric le hizo un gesto a Tamsin para que se sentase, pero ella no lo hizo. Sabía que había interrumpido algo importante. Alaric pasó un documento que los otros hombres fueron firmando lentamente.

Entonces Alaric se puso de pie. Estaba muy pálido

y Tamsin deseó acariciarle el rostro. Le temblaron las manos sólo de pensarlo.

Él se giró hacia el hombre que tenía al lado. Un hombre alto y guapo cuyos rasgos le eran familiares. Alaric le dijo algo e inclinó la cabeza, pero el otro hombre lo detuvo y le puso una mano en el hombro.

Luego ambos se miraron con complicidad, Alaric dijo algo e hizo reír al otro. Se dieron la mano y los demás hombres aplaudieron y los vitorearon.

Tamsin observó a Alaric, tal vez fuese la última vez que lo veía.

Él volvió a decir algo en su idioma natal y todo el mundo empezó a marcharse. El último en salir fue el hombre que había estado a su lado, que también debía de estar en la treintena e iba vestido con un traje que le sentaba muy bien.

–Doctora Connors –le dijo éste, llevándose su mano a los labios–. Es un placer conocerla, soy el primo de Alaric, Raul.

–Su Alteza –respondió ella.

Raul le soltó la mano y se marchó. Y ella se quedó a solas con Alaric.

Capítulo 15

HOLA, Tamsin. Me alegro de verte –la saludó en voz baja.

–Hola, Alaric –respondió ella casi sin aliento.

Se miraron a los ojos y Alaric se acercó, haciendo que Tamsin sintiese un cosquilleo en el estómago. No obstante, después de verlo reunido, todavía tenía más claro que pertenecían a dos mundos distintos.

–¿Qué era eso? –preguntó–. ¿Algún tipo de ceremonia?

–Negocios reales –respondió él sin apartar la vista de sus ojos.

Tamsin se ruborizó, se sintió mal por haber interrumpido la reunión.

Alaric avanzó un paso más y ella retrocedió.

–¿Cómo estás, Alaric? –le preguntó.

–Ya lo ves. He sobrevivido.

–¿Y vas a ponerte bien del todo? –le preguntó, mirándole la pierna que se le había roto.

–Eso me han dicho.

–Fue culpa mía... –empezó ella.

–Soy yo quien debe disculparse. Lo intenté antes de la avalancha, pero no quisiste escucharme.

Tamsin frunció el ceño. No se acordaba de aquello, sólo recordaba haberse sentido triste, dolida.

–Disculpas aceptadas –le dijo Tamsin, girándose hacia la chimenea encendida para evitar seguir mirándolo a él–. Pensabas que estabas protegiendo a tu país.

–Eres muy comprensiva.

–He tenido tiempo para pensar.

–No, obstante, no hay excusa para...

–No, pero no quiero hablar de ello.

No quería recordar los detalles. No quería pensar que se había acostado con ella porque formaba parte de su plan. Ni que había conseguido que se enamorase de él.

–Me has ahorrado las molestias de ir a verte.

Tamsin se giró al oír aquello. Por un momento, se sintió esperanzada. Aunque lo más probable era que Alaric hubiese ido a disculparse y a despedirla.

–He venido a por mi pasaporte –le informó en tono desafiante.

–¿Quieres marcharte? –le preguntó él con el ceño fruncido.

–¡Sí! Pero necesito mi pasaporte y me han dicho que necesito tu permiso para recuperarlo.

–¿Y si yo te pidiese que te quedases?

–¡No! –exclamó Tamsin de nuevo, no quería sufrir más.

Lo miró y vio que estaba sonriendo. ¿Se estaría riendo de ella? Se dio la media vuelta y fue hacia la puerta, decidida a marcharse, pero Alaric la detuvo.

–No, no te vas a marchar. No así.

Alaric se obligó a respirar hondo y le dolió el pecho. Tenía el corazón acelerado.

–Me niego a quedarme para que te rías de mí –espetó ella.

–Tamsin, te equivocas. Me estaba riendo de mí mismo.

–No lo entiendo –admitió ella.

–Le he dicho a Raul que iba a pedirte que te quedaras. Y estaba recordando su respuesta. Me ha dicho que seguro que lo conseguía fácilmente, pero lo primero que has hecho tú ha sido negarte.

–Sigo sin entenderlo –repitió Tamsin.

Alaric no pudo controlarse más y levantó la mano para acariciarle la mejilla.

–No quiero que te marches. No lo permitiré –le dijo, levantándole el rostro para que lo mirase.

–No tienes derecho a hacerlo –replicó ella en tono beligerante.

–Es cierto, pero voy a hacer que te quedes, tenga que convencerte, seducirte o encerrarte en la torre más alta del castillo.

–Estás loco –le dijo Tamsin sorprendida, retrocediendo hasta chocar con la puerta.

–Tamsin, yo... –empezó él, sin saber cómo expresar unos sentimientos a los que no estaba acostumbrado.

–Déjame marchar –le pidió ella–. No sé a qué estás jugando, pero ya he tenido suficiente.

–No estoy jugando. Es cierto que mentí desde el principio, pero no sólo a ti, sino también a mí. Porque te necesitaba como no he necesitado nunca a nadie. No podía dejar de pensar en ti.

Le metió la mano en el pelo y, por primera vez desde el accidente, se sintió lleno.

–No sabes cómo te he echado de menos –con-

fesó–. Me enamoré de ti, Tamsin. Y por eso te se-
cuestré. Todo lo demás son excusas. Jamás había conocido a nadie como tú. Y todavía te quiero. Y te necesito.

Tamsin sacudió la cabeza con tanta fuerza que se
le soltó el pelo. Y Alaric deseó enterrar su rostro en
él, inhalar su dulce olor y perderse. Pero vio que
Tamsin estaba sufriendo y se controló.

–Soy la novedad. Un cambio, después de tantas
mujeres sofisticadas –le dijo ella en tono amargo–.
No me necesitas.

–Eres diferente –admitió Alaric, tomándole una
mano y apoyándola en su pecho–. Hacía mucho tiempo
que no sentía, Tamsin. Y me daba mucho miedo.
Por eso intenté convencerme de que no era real. Te
quiero. Me di cuenta cuando estaba en el hospital.
Te quiero.

Ella se quedó como una estatua, con el ceño fruncido y los labios apretados.

Era la primera vez que Alaric se sentía así, que le
decía a una mujer que la amaba.

¡Y había esperado de ella otra respuesta!

Se inclinó a besarla para convencerla.

–¿No me crees?

–No lo sé. Me parece tan poco probable.

–Pues quiero que sepas que lo que acabas de ver
es mi renuncia al trono de Maritz. Raul será el rey
después de todo.

–¿Que has hecho el qué? ¡Oh, Alaric! Habrías sido
un rey maravilloso.

–No pasa nada. Lo he hecho porque el rey va a estar obligado a casarse con la princesa de Ardissia, y

yo no puedo hacerlo. No puedo casarme con otra queriéndote a ti.

–¿Lo has hecho por mí? ¡Pero si casi no me conoces!

–Te conozco, Tamsin –la contradijo, mirándola fijamente. De repente, se dio cuenta de que iba vestida con un traje de color rojo ajustado–. Te has comprado ropa nueva.

–¿De verdad has abdicado? –le preguntó ella–. Eso es...

Por fin sonrió y Alaric empezó a respirar de nuevo.

–No puedo creer que hayas rechazado la corona por mí.

–En realidad, no quería rechazar la corona, sino a la esposa. Prefiero elegir yo a mi futura esposa.

Tamsin lo abrazó con fuerza y lo miró con los ojos brillantes.

–Tamsin, ¿podrías olvidar el pasado y empezar de cero? –le preguntó Alaric.

Ella guardó silencio durante lo que a Alaric le pareció una eternidad.

–No quiero olvidar –murmuró Tamsin por fin–. Me has dado demasiado.

–¿Y podrías vivir con un hombre que ha cometido errores y que todavía tiene mucho que aprender?

–Podría, si estás seguro.

–Jamás he estado más seguro de algo, mi amor.

Tamsin se puso de puntillas y le dio un suave beso.

–Te quiero, Alaric. Me enamoré de ti la noche en que nos conocimos. Y todavía no puedo creer...

Él la interrumpió con un beso, se sentía aliviado, triunfante, lleno de amor.

¡Era suya! E iba a dedicar su vida a hacerla feliz.

Mucho después, cuando la llamada de la pasión estuvo a punto de escapárseles de las manos, Alaric retrocedió.

Haciendo caso omiso del dolor que sentía en la pierna, se arrodilló y tomó la mano de Tamsin.

–¿Qué haces? –le preguntó ella–. ¡Alaric! ¡Tu pierna!

–Voy a pedirte que te cases conmigo. Quiero hacerlo bien.

–Ah. Sí.

–Todavía no te lo he pedido –le dijo él sonriendo.

–Estoy ahorrando tiempo, para que te levantes cuanto antes del suelo.

–En ese caso...

Alaric hizo que Tamsin perdiese el equilibrio y cayese sobre la gruesa alfombra. Luego se tumbó encima de ella.

–¡Alaric! No podemos hacerlo. ¡Acabas de salir del hospital!

–Claro que podemos. Si quieres, puedes pasarte la vida reformándome.

–Eso nunca, me gusta como eres.

Tamsin lo besó y él dio gracias en silencio. Había encontrado a la mujer perfecta. Había encontrado el amor.

BIANCA.

HELEN BIANCHIN

EL SABOR
DE LA PASIÓN

Capítulo 1

A LESSANDRO de Marco aparcó el deportivo en la plaza reservada para los huéspedes junto a la magnífica villa construida a orillas del lago Como. Propiedad del difunto Giuseppe dalla Silvestri, en ese momento la villa la ocupaba su viuda, la elegante Sophia, cuyos esfuerzos en las galas benéficas a favor de los niños eran legendarios.

Había sido Giuseppe quien lo había acogido siendo un adolescente rebelde, abandonado a las calles de Milán por unos padres ineficaces e inapropiados, y que por astucia había logrado evadir el sistema y defenderse entre otros de su clase.

Giuseppe se había ganado la confianza renuente de aquel adolescente, canalizando su agudo conocimiento de la electrónica de asuntos turbios a tratos legales, al tiempo que garantizaba que completara su educación para luego contratarlo y refinar sus habilidades en los negocios. Después, una vez que había estado preparado, lo había respaldado económicamente para montar su propia empresa electrónica.

Un consorcio conocido como Industrias de Marco. Un imperio exitoso que le permitía a Alessandro tener una villa lujosa en las colinas que daban al lago Como, un piso en Milán, casas en varias capitales importantes del mundo, un jet privado y una pequeña flota de coches caros.

Luego estaban las mujeres hermosas y cautivadoras que buscaban su compañía, su cama... a cambio del rango social asociado con el hombre en el que se había convertido.

Ninguna tenía éxito en extender lo que era una relación temporal que duraba simples semanas o meses, como mucho, a pesar de los esfuerzos y ardides empleados para captar su atención.

¿Se había hastiado? Quizá. Nunca aburrido, pero sí un poco cansado del género femenino que tanto se esforzaba en complacerlo, desempeñando un papel que imaginaban que él buscaba.

Su juventud lo había endurecido, creando una cautela nacida de la necesidad de la fealdad de tener que sobrevivir en las calles.

De luchar y ganar a toda costa y por cualquier medio.

Había sido Giuseppe quien le había regalado con paciencia su perspicacia y tiempo en los negocios, mientras Sophia le enseñaba las artes sociales, guiándolo y reprendiéndolo con sincero afecto.

Esas personas que habían elegido protegerlo habían desterrado las dudas que pudiera tener de poder formar parte de una sociedad elevada.

«Eres un joven entre hombres, igual a ellos en todos los aspectos relevantes», le había indicado Giuseppe. «Nunca olvides de dónde vienes... luego evalúa el éxito que has alcanzado gracias a tus esfuerzos».

A pesar de que siempre lo negaran, estaba en deuda con ellos. Giuseppe se había convertido en el padre que jamás había conocido. Y Sophia... bueno, por ella haría cualquier cosa que le pidiera.

Como la cena de esa noche con unos pocos huéspedes para darle la bienvenida a su sobrina y ahijada, Lily Parisi, procedente de Sídney, Australia.

Una mujer joven a la que había conocido siendo adolescente en una visita que le hizo a Sophia y a Giuseppe en compañía de sus padres.

Una chica de expresión solemne con ojos castaños chocolate y cabello oscuro confinado en una única trenza. Quien incluso a tan joven edad era deliciosamente inconsciente de la cualidad cautivadora de su sonrisa o de su entusiasmo por la vida.

Había cambiado, por supuesto. Había visto pruebas fotográficas de dichos cambios, tenía la esencia de parte de su correspondencia a lo largo de los años siguientes. Se había enterado de la muerte accidental de sus padres, del éxito obtenido al tomar las riendas del restaurante familiar de los Parisi, de su compromiso sentimental... sólo para llegar a ser el receptor de la confidencia de su angustia al enterarse de la noticia de que el inminente matrimonio había sido cancelado apenas unas semanas antes de la fecha en que debería haberse celebrado.

Sophia, una mujer llena de empatía y simpatía, le había hecho llegar a Lily una invitación para que fuera a visitarla por tiempo indefinido... ofrecimiento que Lily había aceptado con gratitud.

Sophia insistía en que la familia tenía prioridad en la vida, quizá de forma más que comprensible cuando Giuseppe y ella no habían podido tener hijos propios.

Bajó del coche, cerró el vehículo y se tomó tiempo para aspirar el aire vivificante de finales de febrero. Una época del año que oscilaba de forma impredecible entre el invierno y la suave y elusiva insinuación de la primavera.

El cielo nocturno pendía con la amenaza de lluvia. Se subió el cuello del abrigo al dirigirse a la hermosamente iluminada entrada frontal con sus puertas dobles de madera tallada.

Puertas que se abrieron a los segundos de haber llamado al timbre, revelando a Carlo, factótum de Sophia, y cuyos rasgos mostraron una alegría sincera.

—Alessandro. Es un placer verte.

—*Grazie*, Carlo.

Los dos hombres altos rondaban los treinta y muchos y, hasta cierto punto, compartían una historia y un pasado en común. Lo suficiente como para justificar un apretón de manos breve pero sincero.

—¿Sophia?

—Feliz de tener aquí a su ahijada.

Esas palabras transmitían mucho, ya que ambos hombres compartían un vínculo silencioso para proteger a la única mujer que había estado allí para ellos. En su código, nadie podía tocarle siquiera un pelo de la cabeza sin sufrir las consecuencias.

Giuseppe había sido un hombre de negocios triunfador, cuya villa era testigo discreto de su riqueza. Unos hermosos suelos de mármol decoraban un recibidor amplio amueblado con exquisitez, de cuyo techo colgaba una araña de cristal, cuyos prismas de luz centelleante proporcionaban un entorno espectacular para la escalera doble que se curvaba hacia la primera planta.

Un lugar que Alessandro había tenido el privilegio de llamar hogar durante los pocos años que había necesitado para concluir sus estudios y, luego, durante los descansos en la universidad. El refugio que, gracias a Giuseppe y Sophia, le había brindado la oportunidad de hacer algo con su vida.

—Alessandro.

Se volvió al oír la voz de Sophia y fue a saludarla, apoyando las manos en sus hombros mientras le daba unos besos fugaces en ambas mejillas antes de soltarla.

—¿Estás bien? —preguntó con gentileza.

–Por supuesto, *caro*. Es agradable que te unas a nosotros.

–¿Imaginabas que no lo haría? –enarcó una ceja divertido.

Ambos sonrieron.

–No –enlazó el brazo por el de él–. Ven a reunirte con los invitados.

Caras familiares y selectas, seis personas en total a las que saludó al tiempo que Sophia lo conducía hacia una mujer joven, esbelta y pequeña, con cabello negro recogido en un moño de estilo clásico, ojos castaños profundos y una piel dorada como la miel.

Atractiva, más que clásicamente hermosa, con una cualidad que la separaba de las demás mujeres. Proyectaba una fortaleza serena, una sensación de autoconservación que reconocía y admiraba.

–Lily –la observó pensativo unos segundos antes de tomarle la mano y captar la percepción en su rostro al inclinarse y darle un beso en las mejillas; también percibió una tensión momentánea antes de que se recobrara con celeridad.

–Alessandro –sonrió con cortesía mientras él le soltaba la mano.

A pesar de ser la ahijada de Sophia y *familia*, algo en ella resonó en su interior e hizo que sintiera la inclinación de descubrir la causa. Lo intrigaba el hormigueo de la química sexual con la tentación de probar esa boca generosa.

–¿Disfrutas de tu estancia con Sophia? –más que una pregunta educada, lo sorprendió descubrir que realmente estaba interesado en la respuesta.

–Mi tía es muy amable.

–Es bien conocida la generosidad de Sophia. Tu visita le proporcionará un gran júbilo.

Ella esbozó una sonrisa leve y a él lo fascinó descubrir ese hoyuelo en una mejilla.

–Por favor, no te sientas obligado a darme conversación cortés –comentó con suavidad.

–¿Es lo que crees que hago? –la miró fijamente.

–¿No lo es? –alzó un poco el mentón.

–No.

–Me pregunto por qué me resulta difícil creerte.

La observó con una ceja enarcada.

–¿Por falta de seguridad en tu encanto personal?

Ésa sería la excusa perfecta, salvo que Lily, como era conocida afectuosamente, se negaba a permitirse semejante salida.

Hacía tres días que había llegado a Milán, ciudad donde sus difuntos padres se habían criado, habían estudiado y se habían casado antes de emigrar a Australia con una hija de seis meses para empezar una vida nueva en Sídney.

Con una infancia idílica y una buena educación, había sobresalido en cada área de su vida, hasta alcanzar la cualificación como chef y convertirse en socia en el restaurante de sus padres. Pero al fallecer éstos tres años atrás en un accidente de tráfico, de repente había quedado a cargo del restaurante y de una herencia envidiable, lo que había podido afrontar con éxito gracias a la ayuda de unos pocos amigos incondicionales.

Un año antes se había enamorado, aceptado el anillo de James y comenzado a planificar el gran día. Sólo para regresar a casa temprano justo dos semanas antes de la boda y sorprender a James en la cama con una rubia con la que, después de presionarlo un poco, había reconocido haber estado manteniendo una aventura de meses.

De inmediato lo echó de casa y le envió la ropa en maletas y el anillo por mensajero; luego llamó a Sophia, la hermana de su difunta madre, para comunicarle que la boda se cancelaba. Entonces había recibido la invitación de ir a visitarla y sólo había necesitado un par de semanas para dejar a un empleado de confianza a cargo del restaurante, alquilar la casa familiar, guardar su coche en un garaje y tomar un vuelo rumbo a Milán, desde donde fue conducida a la hermosa villa que Sophia tenía en el lago Como.

Un refugio maravilloso que ofrecía tranquilidad y la maravillosa atención de una tía profundamente cariñosa.

Después de llevar tres días allí, Sophia había organizado una cena para unos pocos amigos íntimos, a algunos de los cuales recordaba de una visita anterior con sus padres.

Incluido Alessandro de Marco.

Habían pasado años desde la última vez que lo viera en persona... años que los habían modelado a ambos. Porque ella ya no era una adolescente vulnerable, deslumbrada por el alto joven de pelo oscuro y cuyos ojos, casi negros, exhibían una mezcla de manifiesta sensualidad e implacabilidad primaria nacida de sobrevivir en las calles durante gran parte de su juventud.

Bajo ese manto de sofisticación, había algo inquebrantable, casi primitivo, sólo perceptible para unos pocos.

Siendo un joven en la veintena, la había fascinado, avivando su imaginación al fantasear cómo sería que esa boca le enseñara a besar. Y más.

Esperó que Alessandro jamás se hubiera dado cuenta.

Desde entonces, mucha agua había corrido bajo el puente.

–¿Tienes algún plan inmediato?

Con rapidez recondujo sus pensamientos al tiempo que miraba los ojos oscuros de él.

—¿Aparte de disfrutar de la hospitalidad de Sophia?

—Sí —esbozó una sonrisa llena de humor.

—Me gustaría alquilar un apartamento pequeño y quedarme una temporada —repuso tras reflexionarlo unos momentos—. Hasta pensar en trabajar en un restaurante.

La estudió pensativo.

—¿Hablas en serio sobre eso?

—Sí —había traído su portafolios justo con ese pensamiento en la cabeza. Unos meses, incluso un año, le aportarían una perspectiva nueva.

Cambio.

Se había cerciorado de que sus bienes y activos estuvieran bien protegidos en Australia. ¿Quién sabía lo que podía deparar la vida?

No un matrimonio.

Había desterrado volver a confiar en un hombre.

Alessandro señaló su copa vacía.

—¿Qué estás bebiendo?

Lily movió la cabeza.

—Esperaré y tomaré vino blanco en la cena.

—¿Respeto por el alcohol o el deseo de mantener el control?

Ella le ofreció una sonrisa practicada y vio que los ojos de Alessandro se oscurecían más.

—Ambas cosas.

Él se preguntó qué haría falta para que relajara la guardia y riera un poco con sincera diversión. Y analizó por qué parecía tan importante que lo hiciera.

Sophia quería ayudar a curar el corazón roto de Lily. Sólo por ese motivo, haría lo que aquélla considerara necesario para garantizar que la estancia de Lily en Milán fuera lo más placentera posible.

La cena consistió de unos platos impecablemente presentados y acompañados de un vino adecuado. La distribución de la mesa ayudó a sentarla frente a él, garantizando de esa manera que cada vez que alzaba la vista lo tuviera en línea recta con su visión.

Era una distracción que no necesitaba y durante el primer plato le pareció que él se estaba divirtiendo... como si supiera que su proximidad la alteraba.

Lo cual así era, ya que había algo en Alessandro que tenía el efecto de potenciar sus sentidos y despertar una percepción que no deseaba.

–La próxima semana acompañarás a Sophia.

Lily dedicó su atención a la mujer sentada al lado de Alessandro.

–Gracias –logró responder con sonrisa cortés–. Será un placer –aunque para sus adentros se preguntó qué acababa de aceptar.

–La semana de la moda –reveló Alessandro como si pudiera ver por dónde iban los pensamientos de Lily–. Sophia ha conseguido unos asientos excelentes.

No le costó nada mostrar un placer auténtico, ya que adoraba la moda.

–Qué amable.

Era un acontecimiento de gran prestigio al que asistían los mejores diseñadores del mundo.

–Tengo entendido que tienes tu propio restaurante.

Se preguntó si era una pregunta amable para mantener la conversación o simple cortesía. Posiblemente ambas cosas.

–En un principio fue de mis padres y de niña pasé tiempo en la cocina, ayudando y aprendiendo, y así fue como supe desde temprana edad que quería ser chef.

Años maravillosos, cuando el conocimiento de la comida, las hierbas y las especias danzaba en su lengua y

podía recitar los ingredientes de casi todas las especia-
lidades de la casa. Cuánto le había gustado experimentar y leer recetarios se había convertido en un placer.

—¿Estudiaste en el extranjero?

—En un principio en París, luego en Roma.

Un momento en que la vida había ayudado a confor-
mar a la mujer joven en que se había convertido. Una
conocedora de la comida con la destreza de prepararla
a la perfección. Y que además hablaba con fluidez tanto
el francés como el italiano, ya que durante sus estudios
se había alojado con familias de ambos países.

—Sin embargo, regresaste a Australia —apuntó un invitado.

Lily centró su atención en el presente.

—Mi familia estaba allí —repuso con sencillez—. Los
amigos. Era donde quería estar.

Y Parisi, el exquisito restaurante de estilo italiano
que sus padres, con tanto esfuerzo, habían logrado que
disfrutara del éxito que tanto merecía.

Le causaba orgullo mantener el estándar elevado de
calidad y el servicio excelente al tiempo que garantizaba una atmósfera relajada y alegre, donde los clientes
habituales eran recibidos por su nombre y siempre que
era posible se les ofrecía su mesa preferida.

Había imaginado que su vida estaba trazada... un negocio brillante en un campo por el que sentía auténtica
devoción; un hombre que había creído que la amaba;
una boda que planificar.

Sólo que James había demostrado ser infiel, no merecedor de confianza y en absoluto el hombre que había
considerado que era.

A veces aún temblaba al pensar que había estado a
punto de comprometerse con un matrimonio cuyo único
futuro habría sido un corazón roto y el desastre.

Era afortunada de haberse librado de eso, pero todavía le dolía pensar que su confianza había sido traicionada. Y casi toda su ira iba dirigida contra sí misma por haber sido incapaz de reconocer al verdadero James detrás de la fachada falsa.

–Y ahora estás aquí –concluyó una ligera voz femenina–. A Sophia le encantará que te unas a ella en sus excursiones de compras y te aseguro que disfrutarás de la historia que es Milán.

–Estoy impaciente por empezar a disfrutarlo –ofreció una sonrisa a todos los invitados que tenía enfrente y experimentó un leve sobresalto al encontrar la mirada firme de Alessandro.

Ser tan consciente de él era perturbador, ya que hacía que se sintiera incómoda, casi vulnerable, por lo que se obligó a desterrarlo de su mente mientras charlaba con los demás.

Después de la debacle con James, anhelaba paz en su vida, y un hombre del calibre de Alessandro de Marco era la antítesis de la calma.

Pero lo más probable era que cualquier invitación que le extendiera a Sophia, la incluyera a ella, y así pudo descubrirlo al final de la velada.

Alessandro fue el último invitado en marcharse.

–*Grazie*, Sophia –musitó mientras se inclinaba y le besaba con ligereza las mejillas antes de volverse y dedicarle a Lily un saludo similar.

Salvo que en un afán de buscar más formalidad, ella se movió una fracción y para su absoluto bochorno los labios se tocaron... fugazmente, pero lo suficiente como para desbocarle el pulso.

Peor aún, experimentó el deseo de no separarse, de sentir más...

Dio un rápido paso atrás, calculó mal el ángulo de

los tacones enormes que llevaba y se agarró al brazo de él en un esfuerzo por retener el equilibrio.

–Lo siento –se preguntó si había dicho esas palabras en voz alta y esperó que no.

–Querida –dijo Sophia con preocupación en la voz–. ¿Te encuentras bien?

–Estoy bien –mintió.

No quería las sensaciones que palpitaban en su interior ni reaccionar emocionalmente con ningún hombre.

Y menos con Alessandro de Marco.

Si ni siquiera le caía bien.

«Te equivocas», le dijo una voz interior con tono divertido. «Te da miedo cómo te puede hacer sentir».

Sólo una tonta se adentraría en ese camino.

«No va a suceder», se aseguró con convicción.

EL DÍA EN que Sophia tenía entradas para la Semana de la Moda amaneció frío, con una lluvia ligera, y Lily eligió ponerse unas mallas negras, unas botas altas de piel suave y del mismo color, un elegante vestido negro hasta medio muslo, con una bufanda de un rojo profundo en busca de contraste y de calor adicional.

–Llévate una maleta pequeña con ropa de noche –le había aconsejado Sophia–, ya que asistiremos a una de las fiestas que se celebran después. Alessandro nos ha insistido en que nos quedáramos a pasar la noche en su piso con el fin de ir de compras mañana.

Durante un instante, Lily osciló entre el placer y una leve aprensión.

La expedición de compras sería deliciosa, pero albergaba reservas acerca de alojarse en el piso de Alessandro.

Reservas que desterró, ya que Sophia estaría con ella y el único momento en que se encontrarían con su anfitrión sería durante el desayuno, si es que lo hacían, ya que inevitablemente él se marcharía temprano al trabajo.

La maleta pequeña la llenó con un elegante vestido de noche negro, zapatos negros de marca de tacón alto y un bolso negro de fiesta. Junto con un pijama y artículos de belleza.

Bajo las manos diestras de Carlo, el Mercedes grande

se dirigió hacia el sur y pasado un tiempo entró en la antigua ciudad de Milán, donde, como siempre, imperaba un tráfico intenso en el que daba la impresión de que cada conductor peleaba por encontrar un sitio.

–Ah, ya casi hemos llegado –comentó Sophia a medida que el coche aminoraba antes de girar hacia una entrada adornada con una alfombra que llevaba hacia la ubicación elegida.

Lily no sabía qué esperar, pero la visión de los paparazis arracimados en torno a cada coche que llegaba con el fin de determinar la identidad de sus ocupantes, sumado al destello incesante de los flashes de las cámaras, hizo que fuera algo increíble y desmesurado.

–Sus maletas las estarán esperando en el apartamento de Alessandro –comunicó Carlo mientras Sophia y Lily bajaban del coche.

–*Grazie*, Carlo –dijo la mujer mayor–. Te llamaré para comunicarte cuándo volveremos.

El glamour, los diseñadores mundialmente famosos, las modelos... decir que el día sería una experiencia para recordar siempre no le haría justicia.

Y ese enorme despliegue y exhibición realizados con una precisión milimétricas.

Fue un privilegio estar allí y en un impulso se lo agradeció a su tía con un fugaz beso en la mejilla.

–¿Disfrutas del día, *cara*?

–Mucho.

Entonces la música cambió y su atención volvió a la pasarela, donde un afamado diseñador realizó un desfile asombroso que provocó murmullos de admiración.

En el último pase, cuando las modelos desaparecieron entre bambalinas, notó un hormigueo de percepción en la nuca, y miró a Sophia a tiempo de ver a Alessandro ocupar una silla junto a su tía.

Hubo un instante en que captó su sonrisa, logró asentir en gesto de reconocimiento y trató de desterrar su poderosa imagen sin mucho éxito.

Despertaba pensamientos en ella que no quería tener con ningún hombre... y menos con él.

«Sigue con el programa, por el amor del cielo», se ordenó mentalmente y volvió a centrarse en la pasarela.

Tacones altos como rascacielos, suelas de plataforma, botas... hasta el tobillo, media pantorrilla y la mitad del muslo. Fascinante, cautivador... fuera de ese mundo. Y prácticamente imposible de llevar en la vida cotidiana.

–Sugiero que nos marchemos pronto –indicó Alessandro–. Cenaremos y luego regresaremos a mi apartamento a tiempo para asistir a la fiesta que se dará en el hotel.

–Una idea excelente –convino Sophia.

Lily tuvo que ocultar su sorpresa y sus nervios, pero la velada que le esperaba en compañía de él no la ayudaría a lograrlo.

Sin embargo, ¿qué otra elección tenía?

Alessandro eligió un restaurante elegante a rebosar de encanto estilo *belle époque* cuyo menú ofrecía unos platos de excelente calidad.

Eligió un único plato de exquisita pasta y para el postre se decantó por una ligera ensalada de frutas.

El rincón íntimo que les habían ofrecido garantizó que fuera consciente de los aromas sutiles de la colonia exclusiva que se había puesto él, de la masculinidad que destilaba sin esfuerzo alguno, de la electricidad sensual manifiesta y de una sexualidad potenciada que era intensamente varonil.

Se preguntó cómo podía sentir eso... cuando apenas unas semanas atrás había estado planificando su boda con otro hombre.

No tenía sentido. Ni parecía concebible que el enamoramiento que había tenido por Alessandro siendo adolescente perdurara en su subconsciente durante años con el fin de reaparecer con perturbadora claridad al encontrarse otra vez con él.

«Supéralo», se ordenó para sus adentros.

–¿Un día ajetreado, *caro*? –inquirió Sophia.

Lily vio que una sonrisa cálida aparecía en la boca generosa de Alessandro.

–Tuviste éxito en adquirir la villa –afirmó Sophia antes de beber un poco de vino y volver a dejar la copa sobre la mesa–. Es preciosa, pero se encuentra en un estado lamentable de abandono.

–Pero su estructura es sólida –expuso Alessandro–. Tengo un equipo de experimentados artesanos a la espera de empezar a trabajar en ella en cuanto se aprueben los planos.

–Una inversión valiosa –concluyó Sophia.

–Un interés y un desafío –aportó Lily.

–Muy parecido a una mujer –sus ojos oscuros capturaron los de ella.

–Realiza el trabajo necesario para alcanzar tu objetivo –hizo una pausa breve–. Luego continúa hacia el desafío siguiente.

–Es algo inevitable con los ladrillos y el cemento –confirmó él–. Pero no siempre con una mujer.

–Sin embargo, no te has casado –de pronto tuvo la impresión de estar metiéndose en aguas peligrosas.

–¿Te preocupa mi bienestar sentimental?

Momentáneamente, su mente se llenó de imágenes eróticas antes de lograr desterrarlas.

–De tu descendencia –repuso con ecuanimidad–. Y de la generación futura de Industrias de Marco –le pareció captar un destello malicioso en esos ojos negros.

Sophia asintió.

–Es algo que le recuerdo algunas veces.

No supo por qué la idea de que Alessandro se casara la atribuló ni tampoco por qué imaginarlo con otra mujer e hijos... le dolió.

Carecía de sentido.

–¿Pedimos café? –inquirió él, recibiendo una sonrisa irónica de Sophia.

–Siempre esquivas el tema.

–Y siempre te prometo que tú serás la primera que sabrá cuando encuentre a la mujer adecuada –indicó con gentileza.

El cielo era de un índigo oscuro cuando un rato más tarde salieron del restaurante. Hacía fresco.

Su piso se hallaba situado en la Plaza San Ambrogio. En realidad se trataba de un dúplex de un gran lujo, con suelos de mármol, elegantes alfombras orientales y hermoso mobiliario de palo de rosa en las diversas salas y el salón. Arriba había cuatro dormitorios para invitados con todas las comodidades y el dormitorio principal.

No era la imagen que Lily tenía de un piso de soltero. Había esperado algo menos... refinado. Pero imperaba una elegancia serena, a juego con el mismo edificio con su exterior de estuco y los ornamentados marcos de las ventanas iluminados por las farolas de la calle.

No cabía duda de que se trataba de una restauración muy equilibrada de un edificio antiguo con un interior que abarcara todas las amenidades modernas.

Era maravilloso. Y Lily lo alabó con sinceridad.

–*Grazie* –aceptó Alessandro–. Me agrada que te guste. ¿Será suficiente una hora para ducharos y cambiaros de ropa?

–De sobra –aseguró Sophia–. ¿Lily?

–Desde luego.

Sólo tardó diez minutos en sacar las prendas de la maleta pequeña, desnudarse y entrar en el decadente cuarto de baño de mármol que había en el mismo dormitorio. Después de echar un vistazo al equipamiento de lujo, se metió en la ducha.

No había necesidad de apresurarse, por lo que se tomó su tiempo hasta secarse y envolverse el cabello con una toalla antes de ponerse ropa interior limpia y maquillarse suavemente, sólo resaltando un poco los ojos y aplicándose un ligero colorete broncíneo en las mejillas, seguido de un lápiz de labios brillante y delicado.

El clásico vestido negro con zapatos negros de tacón de aguja era una elección segura.

Decidió recogerse el cabello en un moño elegante antes de añadir pequeños toques de perfume a todas las partes donde se podía tomar el pulso. Luego se puso unos pendientes de diamantes y rubíes y una pulsera a juego.

Se pasó por los hombros un abrigo rojo, recogió el bolso de noche y se unió a Sophia en lo alto de las escaleras.

–Estás preciosa, *cara* –alabó la mujer mayor.

Lily sonrió al pasar el brazo por el de su tía.

–Tú también –Sophia exhibía una elegancia atemporal en lo que eligiera ponerse.

Bajaron los escalones.

Alessandro estaba concluyendo una llamada cuando llegaron al recibidor; se guardó el teléfono móvil en el bolsillo y fue a su encuentro.

Atractivo, intensamente masculino con un impecable traje a medida, una camisa blanca de fino algodón y una corbata de seda. Lily percibió que era alguien diferente a los demás.

Poseía una profundidad que se hallaba bien oculta debajo de la fachada exterior que podía proporcionar la riqueza.

No resultaba difícil imaginar la clase de mujer que buscaría un hombre como él. Alta, esbelta, hermosa, de la alta sociedad, la anfitriona perfecta, que lo complaciera en la cama, le diera el obligado heredero e hiciera la vista gorda cuando tuviera una amante.

–Maravillosas –acordó Alessandro con una sonrisa dirigida a ambas mujeres, aunque en la mirada dedicada a Lily había cierta dosis de humor–. ¿Nos vamos?

El hotel estaba junto al Jardín Botánico y la entrada a la exclusiva recepción reveló unos accesorios hermosos.

En un caballete se indicaba cómo llegar al salón privado donde el diseñador celebraba la fiesta y gente de seguridad comprobaba las invitaciones en la puerta.

Una vez dentro, Lily se vio rodeada de gente espectacular, actrices conocidas, algunas modelos y abundancia de resplandor y glamour.

Los paparazis sacaban fotos de los ricos y famosos y los periodistas no muy discretos rápidamente grababan nombres al encajar *quién* estaba con *quién*.

Las voces en diferentes idiomas llenaban el salón en su afán por hacerse oír por encima de la música.

–Cariño, se te ve absolutamente deslumbrante –ofreció una ligera voz femenina con tono efusivo–. ¿Quién ha creado ese vestido?

–Una diseñadora británica que empieza a labrarse un buen nombre.

–Vaya. ¿Quién?

El nombre se perdió cuando otra voz, en esa ocasión masculina, irrumpió en la conversación.

–Alessandro. Sophia –unos ojos oscuros se posaron en Lily–. ¿Y esta joven es?

–Francesco –reconoció Sophia con encanto cortés–. Permite que te presente a mi sobrina, Lily. Francesco Alverro.

Un hombre alto, cuya sonrisa ensayada parecía justamente eso... ensayada, tomó la mano que extendió Lily, quien soslayó la invitación silenciosa de la presión íntima del dedo pulgar contra su palma.

–Debemos vernos.

«Ni en tus sueños», declinó para sus adentros al liberar la mano.

–En las próximas semanas tenemos planificados varios acontecimientos sociales –indicó Sophia con aparente pesar.

–En algunos seguro que volvemos a vernos.

Lily sintió el contacto leve de la mano de Alessandro en su muñeca y se quedó paralizada. «¿Qué estaba haciendo?»

–Tal vez –concedió él con ecuanimidad–. Si nos disculpas.

Francesco inclinó la cabeza.

–Soy muy capaz de juzgar a los hombres por mi propia cuenta –susurró Lily unos momentos más tarde, cuando un invitado se puso a conversar con Sophia.

–Desde luego que lo eres –concedió con un leve toque de cinismo.

Ella quiso golpearlo por aludir a su relación desastrosa con James.

–Eso ha estado fuera de lugar.

–Harías bien en mantenerte alejada de él. Francesco disfruta con la caza y captura y luego se marcha.

–¿No es lo que les gusta a casi todos los hombres? –lo miró.

–No siempre.

–Tú, desde luego, eres la excepción –comentó con

tonó desdeñoso–. ¿Lo que explicaría por qué has evitado entablar cualquier compromiso? –consiguió que emitiera una risita ronca.

–¿No es posible que aún tenga que conocer a la mujer con la que quiera compartir el resto de mi vida?

–¿Una nueva conquista, *signor* De Marco? –inquirió una voz femenina al tiempo que le plantaba ante la boca una pequeña grabadora.

–Una amiga –respondió con cortesía forzada y la periodista esbozó una sonrisa cómplice.

–¿Va a revelarnos el nombre de la dama? –el silencio que recibió hizo que riera suavemente–. Tengo mis fuentes. Disfruten de la fiesta.

–Interesante –declaró Lily con un toque de humor cuando la mujer se alejó–. ¿Es tu celebridad o notoriedad lo que atrae la atención?

La estudió.

–Tienes una lengua viperina.

–Creo que es un mecanismo de defensa contra hombres como tú.

–No tienes idea de la clase de hombre que soy.

«Créeme, tampoco quiero saberlo», se dijo para sus adentros.

Lo que contradecía esa inclinación a discutir con él cuando el instinto le advertía de todo lo contrario.

–¿Puedo atreverme a ofrecer una evaluación psicológica casera?

El humor que captó en los ojos de él fue muy breve.

–Podrías intentarlo

Lily fingió analizar el desafío.

–Intentaré un equilibrio comparativo. A tu favor, está Sophia, por quien harías cualquier cosa. Hasta regalarle tiempo y apoyo a su sobrina, lo que te gana algunos puntos positivos –alzó un dedo–. Doy por hecho que eres amable con los niños y los animales –apenas se detuvo al levantar otro dedo–. Sí, seguro que lo eres. Tienes buena presencia, te vistes bien y posees una ética de trabajo creíble –era más que creíble, pero adrede decidió no recalcarlo–. Sin embargo, posees una cierta... –calló deliberadamente– reputación. Que quizá en parte sea inventada –fingió reflexionar en el asunto–. Concedamos que el jurado aún no ha decidido su veredicto sobre ese tema.

–Eres generosa.

Le dedicó una sonrisa deslumbrante.

–Me alegra que lo pienses.

Le gustaba ostentar el control, aunque fuera momentáneo.

Sophia se reunió con ellos.

A medida que pasaba la velada, fue estimulante formar parte de ese mundo, observar a los invitados cuya misión era que los vieran e impresionar; aquéllos que asistían a las diversas semanas de la moda en otras capitales europeas y para los que las fiestas de los diseñadores eran *de rigüe Ur*.

Vio a Sophia en profunda conversación con un hombre muy atractivo.

Su tía llevaba una vida muy plena, involucrada en unos pocos y selectos acontecimientos benéficos junto con una vida social activa.

En una ocasión le había confiado que había decidido no volver a casarse porque su difunto marido había sido su alma gemela, y el amor verdadero raramente se presentaba dos veces.

Durante un momento reflexionó en el significado de *alma gemela*... dos personas tan sintonizadas entre sí en todos los aspectos, que no podría existir otra para ninguna durante sus vidas.

¿Había sentido eso con James?

Sinceramente, había creído amarlo. Sin embargo, con el beneficio del tiempo, debía reconocer que había amado al hombre que quería que fuera.

Desde su perspectiva, en su momento la relación había parecido idónea. Aunque en ese momento podía recordar algunas cosas que la habían molestado, insignificancias que la habían irritado, pero que había descartado aduciendo que también ella tenía algunos defectos.

No obstante, había disfrutado de la sensación de que eran pareja, en principio con los mismos intereses, y el sexo y la intimidad habían sido... satisfactorios.

James había querido un noviazgo corto, mientras ella no había tenido prisa por legalizar su relación. Había sido él quien sugiriera que celebraran una gran boda, esforzándose en vetar la ceremonia privada e íntima por la que se decantaba ella.

También había exhibido preferencia por la ropa cara, por los símbolos de estatus de riqueza, pero sin los ingresos para sustentarlos, dado que de forma habitual ayudaba económicamente a una hermana que vivía en otro estado. O eso había explicado.

Salvo que la supuesta *hermana* había resultado ser la amante a la que había visto compartir *su* cama en *su* propia casa.

Almas gemelas... saber de antemano que eran dos mitades de un todo unidas de por vida... ¿era posible?

Para algunos, quizá.

—Se te ve muy pensativa.

La voz sedosa de Alessandro le provocó una súbita espiral de sensaciones interiores.

«Respira», se ordenó mentalmente mientras la tensión entre ambos se tornaba eléctrica. «Y no permitas que se te desboque la imaginación».

Alessandro observó el juego de emociones fugaces en sus ojos expresivos y se preguntó si sabría lo fácil que le resultaba leerlos.

En un sentido, lo fascinaba, ya que poseía una mezcla de fortaleza y vulnerabilidad que le provocaba querer ser... protector con ella.

Incluso con unos tacones tan altos apenas le llegaba al hombro; sintió el impulso de soltarle el cabello, echarle la cabeza atrás y probar el sabor dulce de esa garganta.

Experimentaba la desconcertante inclinación a preguntarse cómo sería tenerla en la cama... con el pelo revuelto y la voz ronca por la pasión mientras la volvía loca.

Eso desapareció en cuanto vio que Sophia estaba a punto de reunirse con ellos.

–Lo siento –se disculpó la mujer mayor–. Me encontré con uno de los patrocinadores responsable de la contribución a la gala benéfica de la semana próxima.

–Quien sin duda aceptó aumentar su donativo original –adivinó Alessandro antes de recibir la chispeante confirmación de Sophia.

–Será un acontecimiento magnífico. Mañana –le dedicó una sonrisa cálida a Lily–, iremos a comprarnos algo espectacular que ponernos para la ocasión.

–Me parece un buen plan –coincidió la joven.

Era tarde cuando Sophia les sugirió que deberían marcharse.

Mientras iban en el coche, pensó que la fiesta había sido una experiencia fascinante que había completado un día excepcional... lo que manifestó en voz alta al entrar en el piso de Alessandro.

–Gracias –añadió con auténtico agradecimiento y abrazó cálidamente a Sophia. Luego se volvió hacia él y le dedicó una sonrisa–. *Grazie*.

–Ha sido un placer. ¿Tomamos café? –se dirigió a ambas.

–Yo no, gracias –declinó Lily–. Me iré a la cama.

–Que duermas bien, *cara* –le deseó Sophia y la observó subir las escaleras, consciente del interés similar de Alessandro. Con sonrisa serena, enlazó el brazo con el de él–. Tomemos ese café.

En la cocina, después de prepararlo en la máquina de expreso, sirvió dos tazas medianas con la bebida aromática, las depositó en la mesa y miró con curiosidad a la mujer que tenía enfrente.

–Esto no tiene nada que ver con el café.

Sophia lo miró con solemnidad.

–No.

Él bebió un sorbo y le dedicó una sonrisa irónica.

–Lily.

–Odiaría que resultara herida –comentó pasados unos segundos.

–¿Te aliviaría si te garantizo que no es ésa mi intención?

–Sí –afirmó escueta y rotundamente–. *Buona fortuna*, Alessandro.

Los ojos de él brillaron con humor.

–Puede que la necesite.

Capítulo 3

TARDÓ SIGLOS en quedarse dormida, ya que cada vez que estaba a punto de hacerlo, en su mente aparecía la poderosa presencia de Alessandro.

Daba la impresión de que lo tenía grabado en el cerebro, avivándole los sentidos...

«¡Para ya!»

Esos pensamientos carecían de sentido.

Al final el agotamiento pudo con ella y se despertó sintiéndose preparada para encarar el día.

Duchada y vestida, bajó y descubrió a su tía sentada en el comedor tomando café.

—Buenos días, *cara* —la saludó Sophia con una sonrisa—. ¿Has dormido bien?

—Sí, gracias... ¿y tú?

Con un gesto de la cabeza, Sophia indicó la silla opuesta.

—Desayuna conmigo. Alessandro se ha ido temprano al despacho.

El leve nudo que tenía en el estómago se relajó un poco, ya que la idea de compartir mesa con él durante el desayuno la había puesto un poco nerviosa.

En la mesa había café, cuyo deliciosa fragancia impregnaba la atmósfera, una jarra de zumo de naranja recién exprimido y unas bandejas cubiertas.

Era un modo perfecto de iniciar el día.

—Carlo nos recogerá en media hora y estará a nuestra

disposición antes de que regresemos al lago Como –informó Sophia, recibiendo una sonrisa traviesa de su sobrina.

–Suena divertido.

Su tía rió.

–Lo será. En la agenda figura un recorrido minucioso para ir de compras.

Y cuando se encontró en el corazón de Milán, comprendió que no había sido una promesa al viento.

–Comenzaremos por la Via Montenapoleone –indicó Sophia, dedicándole a Carlo una sonrisa alegre–. Territorio familiar, ¿verdad?

–Conozco un poco de cada tienda.

–Carlo es muy paciente –le confió a Lily con una risa ligera–. Es mi chófer, me acompaña de compras y también desempeña el papel de guardaespaldas.

–¿Guardaespaldas?

–Sólo es una medida de protección –informó Carlo.

La pregunta tenía que ser *por qué* se había considerado necesaria.

–Que no te preocupe –dijo la mujer mayor con gentileza–. Desde la muerte de Giuseppe, Alessandro y Carlo se han encargado de escoltarme adonde yo desee.

Era un acto loable y merecedor de toda la admiración de Lily.

–Empecemos, ¿te parece?

No la sorprendió que saludaran a Sophia por su nombre y le dedicaran un trato de deferencia en las muchas tiendas que visitaron.

–¿Para la Gala Benéfica, *signora*? ¿Para usted?

–Y mi sobrina, Lily.

–Ah, tengo el vestido perfecto. Tan elegante –la mujer estudió las curvas esbeltas y la estatura de la joven–. Para Lily quizá algo de la colección de primavera. Un

vestido de chifón de seda con motivos florales y delicados tonos de azul y lavanda, con una insinuación de
rosa. El estilo es sencillo y con el cabello recogido en
alto... –ladeó la cabeza–. O el rojo... sí, el rojo resultará
deslumbrante con el color de su cabello. Veremos los
dos.

De los dos, le encantó el de chifón rojo, con la falda
de corte sesgado y el corpiño ceñido y de escote palabra de honor. Elegante, el diseño resaltaba sus hombros
delicados y la cintura estrecha; Sophia juntó las manos
y le concedió un *perfectto*.

–Nos llevaremos los dos –los ojos le brillaron de
placer al alzar una mano para acallar las protestas de
Lily–. Es mi regalo –tomó la mano de su sobrina y la
alzó a los labios–. Soy tu madrina y en todos estos años
apenas hemos contado con oportunidades de pasar
tiempo juntas.

–Tenemos unos zapatos exquisitos que hacen juego
con el vestido –como por arte de magia, el delicado cal-
zado les fue presentado para su aprobación.

Y, según lo prometido, eran perfectos.

–Lily, si quieres, tú puedes pagar los zapatos –concedió Sophia con gentileza–. Pero es lo único que permitiré.

–Ahora me impondré yo –dijo al salir a la calle–. Yo
invito a comer en el restaurante de tu elección –la miró
con expresión pícara–. No discutiremos, ¿verdad?

Sophia rió con delicadeza.

–Me recuerdas tanto a tu madre cuando siendo jóvenes y estando solteras íbamos juntas de compras.

Carlo recogió las bolsas y juntos pasearon por la Via
Mazzoni, deteniéndose con frecuencia para mirar los
escaparates, entrando en algunas tiendas y comprando

artículos que encandilaban la vista, mientras Sophia y Carlo le señalaban los lugares de interés histórico.

Reinaba una sensación de atemporalidad, el imperecedero conocimiento de siglos pasados y cómo debía haber sido aquella vida en comparación con la que ellos llevaban.

El almuerzo les brindó un confortable descanso. Probaron unos platos exquisitos, compartieron un suave vino blanco y concluyeron con café antes de ir a visitar un famoso museo.

Luego, fue Sophia quien recomendó que cenaran antes de regresar al lago Como, y Carlo las llevó hasta una preciosa y pequeña *osteria* propiedad de una pareja que hacía una salsa para pasta exclusiva. Tanto, que Lily se afanó en determinar un ingrediente que le resultaba desconocido.

–He intentado convencer al chef de que me revelara su secreto –le confesó Sophia–. Y lo único que consigo siempre es una sonrisa y «un poco de esto, un poco de aquello». Es increíble, ¿no crees?

–Tiene un toque de chile, a menos que esté equivocada –reflexionó unos segundos–. Quizá un poco endulzada con azúcar moreno. Y chalote, me parece, por ese sabor suave y vivo.

–¿Te gustaría experimentar en mi cocina?

Lily le ofreció una sonrisa entusiasmada.

–Quizá podamos experimentar juntas. ¿Mañana?

–Nada me gustaría más.

–Es todo un honor –comentó Carlo–. Sólo Alessandro ha recibido permiso para hacer algo en la cocina de Sophia.

–¿Alessandro? –Lily enarcó una ceja.

–Trabajó en cocinas en lugares que ninguna persona respetable sabía que existían –reveló Sophia seriamente–. Mantuvo tratos con indeseables que era más factible que lo traicionaran antes que respetar el acuerdo. Y durmió en cualquier parte donde pudiera apoyar la cabeza.

–Siempre alerta, y con algún arma para protegerse –añadió Carlo con ecuanimidad.

Lily lo miró detenidamente.

–Habla por experiencia –declaró.

–Sí.

–Como uno de los... socios de Alessandro –se abstuvo de añadir «en el delito».

–Una descripción interesante –concedió el otro.

El mayor eufemismo que había oído jamás. Era consciente de que la realidad había sido mucho peor que lo que cualquiera de los dos llegaría a reconocer.

Era tarde cuando Carlo detuvo el coche en la entrada principal de la villa y les llevó las compras al interior, rechazó el café que se le ofreció y les deseó a ambas *buona notte*.

Cuando se quedaron solas, Lily le agradeció de todo corazón el día tan maravilloso que había pasado.

–De nada, *cara* –Sophia la abrazó–. Miraremos las compras por la mañana. Buenas noches, Lily –le deseó–. Duerme bien.

–Tú también, *zia*.

Juntas subieron las escaleras y se separaron cuando Lily se dirigió a su suite de invitados.

La cama grande resultaba tentadora. Se quitó la ropa, se dio una ducha y luego se metió entre las sábanas y se quedó dormida nada más posar la cabeza en la almohada.

Despertó casi a las siete, se estiró, retiró el cobertor y fue hacia las ventanas, abrió las persianas y contempló admirada cómo el amanecer teñía los jardines con un hermoso calidoscopio de colores.

Completó su rutina mañanera antes de ponerse unos vaqueros y un top informal, luego se enfundó unos zapatos planos y estaba a punto de dejar la habitación cuando recordó comprobar su ordenador portátil.

Tenía varios correos; ojeó algunos antes de llegar a uno del director de Parisi que le informaba de que todo iba bien en el restaurante.

El remitente del siguiente correo era James y su reacción inicial fue borrarlo sin leerlo. Pero minutos más tarde la curiosidad la impulsó a abrir la carpeta de elementos borrados y leer la misiva de disculpa, en la que se mencionaban remordimiento, un corazón roto y una súplica de reconciliación, seguidos de la promesa de ser fiel y cariñoso... si tan sólo le brindara otra oportunidad.

Ni siquiera merecía una respuesta.

Sin pensárselo, cerró la tapa y bajó. Encontró a Sophia en el comedor bebiendo café mientras hojeaba el periódico de la mañana.

–Buenos días, *cara* –la saludó con una sonrisa cálida y le indicó el contenido de la mesa–. ¿Café? ¿Zumo?

Lily se sentó y se sirvió un zumo que bebió despacio.

–Hay varios artículos sobre el desfile –Sophia indicó la página en cuestión–. Junto con fotos de la fiesta. Las revistas de esta semana tratarán ambos acontecimientos con más detalle –empujó el periódico para que Lily pudiera verlo.

Ésta miró las fotografías y se detuvo al reconocer una de ella de pie junto a Alessandro en la fiesta.

Salvo que no fue la foto lo que llamó tanto su atención, sino el pie provocador que especulaba con su identidad y se cuestionaba si era la última conquista de Alessandro. Concluyendo con un «*Estaremos atentos*».

La enfadó la insinuación mezclada con un ángulo astuto de la fotografía que prestaba credibilidad a que hubiera un ápice de verdad en ese chisme infundado.

–¿De dónde sacan estas cosas? –preguntó ante su segunda taza de café.

–*Cara*, no dejes que te angustie –intentó tranquilizarla Sophia–. Los medios se ganan la vida así y Alessandro tiene propensión a llamar la atención.

–Algo que yo elijo no compartir.

Sophia calló, bien consciente de que Lily había capturado el interés de Alessandro. Lo conocía muy bien, mejor que muchos... lo bastante como para reconocer cuando sólo seguía los juegos sociales. Y dudaba mucho de que ése fuera uno de ellos.

–Come algo y luego intentaremos copiar la salsa de tomate de ayer, ¿te parece?

Como distracción funcionó, ya que combinaron experiencia, instinto y sutileza para crear lo que prometía ser ambrosía.

–¿Qué te parece? –le preguntó su tía al acercar una cuchara de madera a Lily para que probara el contenido.

–Se parece mucho, pero aún faltaba algo. Tomó una decisión repentina–. Otra pizca de azúcar moreno, y pienso añadir una hoja de laurel. Quizá así lo consigamos.

–Esto es tan divertido. Recuerdo cuando *mamma* preparaba su propia pasta y nos enseñaba a tu madre y a mí a hacer *panini*.

Mientras la salsa continuaba cociéndose a fuego lento, sacaron harina y huevos e hicieron pasta, que comieron durante el almuerzo con pan fresco y crujiente.

–Hmmm, esto está delicioso –alabó Sophia.

Lily alzó una mano y la movió un poco a derecha e izquierda.

—Pero no del todo —frunció el ceño—. La próxima vez, dejaré la hoja de laurel y le añadiré una pizca de pimentón.

—Lily, este plato causaría sensación en el mejor restaurante —la miró con un resplandor travieso en los ojos—. Veo que te has impuesto una misión.

—Mmm.

—Pero hoy no —afirmó su tía—. Esta tarde Alessandro te va a llevar de excursión a los lagos. Hay mucho que ver.

—¿Alessandro? Estoy segura de que se encuentra muy ocupado —protestó, pero vio que Sophia movía la cabeza.

—Si fuera así, no se habría ofrecido.

El hecho era que la había inquietado más de lo que estaba dispuesta a reconocer. Y carecía de respuesta para la posible razón.

Estuvo lista para la hora establecida; se había puesto unos pantalones negros y un fino jersey de cachemira de color rojo debajo de la chaqueta negra a juego con el pantalón. Todo eso rematado con unos cómodos zapatos planos.

El deportivo de Alessandro se detuvo en la entrada adyacente y dio la impresión de que él había elegido la comodidad por la formalidad, dada la ausencia de corbata, la camisa abierta al cuello y la chaqueta de piel de color crema.

Al verlo saludar a Sophia antes de volverse hacia ella, notó que le daba un aire casual que llevaba con notable estilo.

—¿Nos vamos?

Decidió que Sophia tenía razón cuando Alessandro

subió hasta un punto privilegiado en las colinas, desde donde se disfrutaba de una vista espléndida de los lagos que se extendía hasta el norte, a las cumbres nevadas de las montañas en la distancia.

Abajo había poblados dispersos próximos a los lagos; villas con tejados de terracota que aportaban la dosis de color entre las colinas arboladas; en las aguas gris azuladas unas pocas lanchas motoras remolcaban a esquiadores al tiempo que dos motos acuáticas dejaban una estela de espuma blanca.

—Aquí, si alguien la desea, reina una relativa serenidad —comentó Lily—. Y tiene la ventaja de estar cerca de Milán.

Italia era el país donde había nacido y sentía la poderosa inclinación de quedarse una temporada. Existía el deseo instintivo de redescubrir sus raíces, de disfrutar de la tierra y sus gentes. De lo que la vida eligiera ofrecerle...

Contuvo un suspiro. Podría vivir allí, disfrutar del ambiente... del estilo de vida, de la comida, de Sophia... Resultaba tentador y no tenía nada que perder.

Había tantos sitios de interés, con las maravillosas villas y su historia.

—¿Tú naciste en Milán? —la pregunta salió de sus labios sin pensar. Él la miró un instante antes de devolver la atención a la carretera.

—Según mi partida de nacimiento.

—¿Tus padres viajaban mucho?

—Depende de tu interpretación de la palabra.

Ella guardó silencio unos instantes.

—¿Tan malo fue?

Y más. Los recuerdos y las imágenes permanecerían con él el resto de su vida.

—Logré sobrevivir.

–Pero no fácilmente –lo estudió.

No en el lado correcto de la ley... hasta que Giuseppe dalla Silvestri le había proporcionado la oportunidad para una nueva vida.

–Yo fui afortunada de nacer en el seno de una familia cariñosa –ofreció ella cuando no obtuvo respuesta–. Con unos padres adorables que me regalaron una maravillosa infancia, insistiendo en que recibiera una buena educación y la ventaja de perfeccionar mis estudios en el extranjero. Mi vida –añadió–. Resumida en dos frases.

–Has dejado fuera a tu exnovio.

–Adrede.

–¿Es un tema tabú?

–Por ahora –le dedicó una mirada perceptiva–. Como imagino que te sucede a ti con detalles de tu juventud.

La boca generosa de él se curvó en una sonrisa irónica.

No podía culparlo por ser reservado, ya que tampoco ella se sentía cómoda ofreciendo cada pequeño detalle de su compromiso roto.

Requería tiempo y un amplio grado de confianza desnudar el alma.

Tal vez algún día... «¿De dónde ha salido eso?» Alessandro no iba a formar parte de su vida, ni a la inversa.

Sólo se mostraba amable con la sobrina de Sophia... pero sin desearlo pensó que, en ese caso, Carlo bien podría haber desempeñado el papel de guía y acompañante.

–Espero que sacar tiempo de tu trabajo no altere tu agenda.

Alessandro detuvo el potente coche en un punto elevado y privilegiado y apagó el motor.

La vista, a pesar de lo magnífica que era, apenas captó la atención de Lily cuando él se giró en el asiento para mirarla, hasta el punto de que el espacio en el coche de repente le resultó demasiado pequeño.

–¿Te preocupan mis intereses empresariales, Lily? Había un tono levemente burlón en su voz.

Y la desconcertó la súbita aparición de la tentación de explorar esa boca generosa. De trazar su curva con los dedos... más, de adelantarse y que las bocas se unieran. Como si hubiera entrado en acción una fuerza interior.

Le costó luchar contra esa fuerza casi magnética.

–Estoy convencida de que tienes un personal altamente cualificado y capaz de atender cualquier necesidad que pudiera surgir –logró responder con ligereza–. Al igual que lo último en tecnología de comunicación como para establecer un contacto instantáneo si la situación lo requiriera.

No pudo determinar la expresión de él y abrió mucho los ojos cuando los dedos de Alessandro siguieron el contorno de su mandíbula hasta coronarle el mentón y presionar el dedo pulgar sobre su labio inferior.

Aunque era imposible, sintió como si el corazón se le detuviera. Desde luego, dejó de respirar de forma consciente durante unos segundos interminables, atrapada en una hipnotizada fascinación a medida que él se inclinaba y le rozaba la sien con los labios.

Su fragancia le provocó los sentidos y los despertó a la vida y con un suspiro silencioso entreabrió los labios.

Sería tan fácil enmarcarle la cara y buscar su boca... probarla y saborearla, descubrir la magia de ese contacto.

Pero algo la contuvo. ¿La incertidumbre? ¿La necesidad de mantener las defensas emocionales que se había impuesto desde el comportamiento traicionero de James?

Entonces, ¿por qué se sintió levemente desolada cuando la soltó y se desabrochó el cinturón de seguridad?

–El crepúsculo es espectacular desde aquí –bajó del coche y rodeó el vehículo para abrir la puerta de ella–. Contemplémoslo juntos. Luego buscaremos un lugar donde cenar.

–Creo que Sophia me espera para cenar –fue una protesta simbólica que provocó una sonrisa en él.

–No cuando yo le aseguré que te llevaría a la villa a las once.

–Yo no... –comenzó sorprendida.

–Es una cena, Lily, con una conversación agradable.

Sonaba inocuo. Después de todo, ¿qué tenía que temer?

Bajó del coche y se dirigió al guardarraíl con él a su lado.

Gradualmente, los colores cambiaron y se acentuaron a medida que el sol se hundía detrás del horizonte, haciendo que el cielo se oscureciera después de un último fogonazo de luz.

–Si esperamos, verás salir las estrellas –informó Alessandro con voz queda al situarse detrás de ella.

Esa proximidad agitó sus sentidos ya despiertos y se quedó quieta cuando le pasó un brazo alrededor de la cintura y se pegaba a ella.

Estuvo a punto de establecer una distancia entre ellos. Pero su brazo, su presencia, la hacían sentir... protegida. A salvo. Declinó analizar la causa exacta para ello.

–Observa con atención –dijo él, dirigiendo su atención hacia el punto preciso.

Y ahí estaban, diminutos puntos de luz en el cielo, apareciendo de forma gradual a medida que la oscuridad de la noche cobraba una tonalidad índigo intensa. Un fondo hermoso para la iluminación proporcionada por las villas y las farolas de los pueblos que se diseminaban abajo.

Él sintió la tentación de buscar el hueco suave en el borde de su nuca. Alzar las manos a su estómago y permitir que subieran más hasta coronarle los pechos, pegarla contra el cuerpo y dejar que sintiera el poderío de la erección que le provocaba.

Pero sabía que si hacía cualquiera de esas cosas el placer que obtendría sería extremadamente temporal. Y no quería nada *temporal*.

–Creo que es hora de ir a cenar –sugirió al retroceder–. Hay una *trattoria* a unos pocos kilómetros de aquí. La comida es casera y buena.

Lily le dio la razón después de pedir lasaña, una ensalada de acompañamiento y pan fresco con unos aliños de aceite de oliva y hierbas.

Ésa era la Italia que amaba. Buena comida, un poco de vino y una compañía agradable.

De hecho, un hombre muy atractivo, con facciones duras, ojos penetrantes y oscuros y cuya atención era incapaz de definir.

–Lo estás pasando bien.

Le brillaron los ojos al tiempo que le dedicaba a Alessandro una sonrisa cálida.

Se había tomado toda la lasaña, terminado la ensalada, declinado el postre y elegido té en vez de café.

Mientras bebía su café, Alessandro pensó que, para

variar, resultaba un cambio placentero estar con una mujer que comía con auténtico apetito.

–Ha sido un día maravilloso –comentó ella con sinceridad–. Gracias.

Él le tomó la mano y se la llevó a los labios.

–El placer ha sido mío.

Durante unos segundos atemporales Lily no fue capaz de apartar la vista de esos ojos.

«No sé adónde vas con esto». Peor aún, ya que tenía la clara impresión de que Alessandro iba unos pasos por delante de ella. Y no sabía adónde lo llevaban. Sin duda, a ninguna otra parte que no fuera una amistad.

En ese caso, ¿por qué experimentaba esa sensación de desilusión? Seguía sin tener sentido.

«Porque tú no quieres que tenga sentido».

Esa contradicción no presagiaba nada bueno para su paz mental. Se recompuso.

–¿Nos vamos?

Alessandro llamó al camarero, pagó la cuenta y luego escoltó a Lily al exterior.

Eran casi las once cuando se detuvieron ante la entrada de la villa de Sophia. Con una mano ella se soltó el cinturón de seguridad y alargó la otra para abrir la puerta.

–Tengo llave –expuso ella–. No hace falta que me...

Pero él ya había bajado del coche y cruzado a su lado; le quitó las llaves de las manos y abrió la puerta delantera.

–Buenas noches, Lily –entonó con gentileza–. Te veré mañana por la noche –recibió una mirada desconcertada–. En una fiesta que da una de las mejores amigas de Sophia para celebrar el compromiso de su hija Annabella –le explicó.

–Claro –¿cómo podía haberlo olvidado?–. Sophia lo

mencionó esta mañana. Buenas noches –entró, echó el cerrojo y volvió a activar la alarma como le había mostrado su tía.

Al echarse un último vistazo en el espejo, pensó que una cena íntima con amigos para celebrar el compromiso de la hija de la anfitriona sería una velada agradable. Se había puesto unos pantalones negros de noche, una deslumbrante blusa roja de seda, una chaqueta negra a juego, que se quitaría nada más llegar, un bolso de fiesta y zapatos negros de tacones finos y altos. Se recogió el pelo con elegancia y se puso pendientes, colgante y pulsera de diamantes.

Salió de la suite que ocupaba y bajó las escaleras para reunirse con Sophia en el recibidor.

–¿Te he hecho esperar?

–En absoluto –la tranquilizó su tía–. Alessandro acaba de llegar. Estaba a punto de abrir la puerta.

Lo que hizo.

Él se erguía en la entrada ancha, una figura alta con un traje impecable a medida, irradiando esa abrumadora sensación de poder masculino.

–Sophia, Lily.

–*Caro* –lo saludó con una sonrisa mientras aceptaba el beso leve en la mejilla.

Luego se acercó a ella para hacer lo mismo. Tan cerca, le agitó los sentidos y le hizo hervir la sangre.

Mientras avanzaban entre las colinas, Lily pensó que todo era distinto por la noche, con las luces centelleando en la distancia.

Y también que *íntima* era un eufemismo. Parecía que una hilera interminable de coches alineaba la entrada circular de vehículos que conducía a una magnífica villa de dos plantas que se alzaba en un terreno hermosamente iluminado.

Los recibió la anfitriona, y luego un miembro del personal los escoltó a lo que sólo podía calificarse como un gran salón de baile, donde una impresionante cantidad de invitados se mezclaba en grupos mientras los camareros se movían entre ellos ofreciendo canapés, champán y vino.

Lily reconoció unas pocas caras familiares, invitados a los que había conocido durante la última semana, y en la siguiente media hora le presentaron a todos los que faltaban.

Incluida la hija de la anfitriona, Annabella, y su novio, Enrico.

A la pareja se la veía muy feliz, con ojos sólo para el otro, convencida de que el amor podría superar cualquier obstáculo que les arrojara la vida.

Se preguntó si ella había estado tan feliz la noche de su compromiso con James. Y la única palabra que acudió a su mente fue *satisfecha*.

En su momento había pensado que se trataba de amor. No podría haber estado más equivocada.

Y aunque sabía que no todos los hombres eran como James, su facultad para juzgarlos se había visto sacudida. Era más sencillo evitarlos.

Un leve contacto en su cintura la devolvió con brusquedad al presente en el momento en que Alessandro apoyó una mano en su espalda, provocándole un ligero hormigueo.

Supo que era algo más que nervios.

Percepción. Reconocimiento sensual. Química sexual.

Y nada de lo que hacía conseguía mitigar el calor que él generaba en su cuerpo.

Jamás había experimentado una reacción semejante ni se había sentido más confusa.

La mantuvo la esperanza de que él no tardaría en ir a saludar a amigos y ella pudiera volver a respirar con normalidad.

Salvo que no se movió, casi como si supiera que su presencia la afectaba profundamente y decidido a aprovechar dicha ventaja.

—Sophia, si tienes un momento, me gustaría hablar contigo.

—Por supuesto —ésta se excusó y se alejó unos pasos para hablar con la persona que había requerido su presencia.

—¿No tienes nada que decir, Lily? —planteó Alessandro.

—¿De qué te gustaría hablar? —descubrió que no le resultaba nada difícil dedicarle una sonrisa deslumbrante—. ¿De asuntos fiscales, del último vertido de petróleo? Eso debería llenar el vacío.

Él alzó una mano y con delicadeza le acarició la mejilla.

—No hay necesidad de que te sientas nerviosa —indicó con suavidad.

No quería que se mostrara suave ni gentil. Tampoco quería jugar al intercambio de palabras inocuas y carentes de sustancia que no significaban nada.

—¿Por qué iba a estar nerviosa? —durante un momento sostuvo su mirada y se vio obligada a reconocer que no era la sensación más cómoda que había vivido. Alzó una mano y comenzó a enumerar con los dedos—: Hoy he desayunado con Sophia, he ido a Como, hemos estado de compras y hemos comido juntas, y luego continuado con las compras.

—¿Eso es todo?

No lo era. Salvo que no tenía intención de contarle que había recibido otro correo electrónico de James en el que repetía el remordimiento que lo embargaba, citaba más promesas vacías y le suplicaba otra oportunidad. Otro correo que había elegido ignorar.

Ladeó la cabeza y lo observó con deliberada solemnidad.

—¿Por qué no me cuentas tú el día que has tenido?

Los ojos de Alessandro proyectaron humor.

—Reuniones corporativas, una multiconferencia de vídeo, comida con un asociado.

—Y ahora estás aquí, cumpliendo con tu deber con la sobrina de Sophia.

—¿Es así como percibes mi presencia?

—¿No lo es?

—No.

Durante unos segundos se quedó sin palabras, incapaz de pensar en una que tuviera lógica.

En ese momento la anfitriona anunció la cena y pidió que los invitados fueran a sentarse.

Unas tarjetas asignaban la distribución y Lily sintió que el estómago le daba un vuelco al ver que estaba sentada a la derecha de Alessandro, con Sophia a la izquierda de él.

La distribución no le brindaría ningún respiro durante un par de horas.

Alessandro demostró ser un acompañante atento, quizá demasiado, ya que parecía contemplarla con un grado de afecto, asegurándose de que su copa estuviera llena y complaciendo su petición de agua mineral después de la copa de champán inicial.

Le sobraba encanto. Aunque sólo un necio no detectaría el artista despiadado que había bajo su fachada sofisticada.

Percibió que era una combinación que parecía fascinar, ya que notó miradas disimuladas en su dirección de tres mujeres diferentes sentadas a la misma mesa.

Se preguntó si lo que las atraía sería su pericia entre las sábanas o la fortuna que había logrado amasar.

Con un cinismo impropio de ella, decidió que ambas cosas.

¿Acaso no había sido el modo de comportarse de James interpretar un papel y luego exponer como excusa para mantener una aventura que necesitaba una mujer de *verdad*, preparada para satisfacer *todas* sus necesidades sexuales?

En ese momento se pidió atención para alzar las copas de champán y brindar por la nueva pareja, algo que se llevó a cabo con gran entusiasmo.

La recorrió un ligero escalofrío al sentir que Alessandro estiraba el brazo de forma casual por el respaldo de la silla y se inclinaba hacia ella para susurrarle:

—Está preciosa, ¿verdad?

Tan cerca, era consciente de la calidez de su cuerpo y de la intensa masculinidad que proyectaba sin esfuerzo alguno.

—Deslumbrante —concedió Lily, sintiendo que la vena del cuello le palpitaba con intensidad.

Fue un alivio que la cena concluyera y sus anfitriones animaran a los invitados a pasar al salón contiguo, donde un *discjockey* comenzó a poner música para que pudieran bailar.

La música clásica ambiental se alternó con la música pop movida, y adrede ella buscó moverse entre los invitados, consciente de que Alessandro rara vez se separaba de su lado.

—Baila conmigo.

Logró ocultar la sorpresa que la invadió. Un *no* si-

lencioso se alzó y murió en su garganta ante la idea de
estar entre esos brazos, moviéndose al son de una música lenta bajo una iluminación tenue.

–Creo...

–No –cortó él con suavidad y la llevó a la pista de
baile y al espacio entre sus brazos.

«Relájate», se dijo. Podía hacerlo. Se hallaban en un
salón lleno de gente.

Entonces, ¿por qué sentía como si estuvieran solos
y no existiera nadie más?

No debería ser tan agradable estar perfectamente sin-
cronizada con cada movimiento, como si ya hubieran
bailado juntos en otra vida. Mentalmente se dijo que era
una locura y lo descartó.

Él la sostuvo a cierta distancia, casi de manera formal, pero el instinto le advirtió que la pegaría a su
cuerpo si intentaba apartarse.

Como si percibiera el tren de sus pensamientos, la
pegó a él y la formalidad se olvidó por completo.

Sintió un nudo en la garganta cuando apoyó una
mano en la parte baja de su cintura.

La envolvió una magia sensual que hizo que sus sentidos sintieran vértigo y avivaran un anhelo de algo imposible.

Quizá se trataba de algo demasiado complejo para
comprender.

Lo único que conocía era el deseo de capturar el momento y aferrarse a él tanto como pudiera.

Inevitablemente, la canción lenta terminó, el ritmo
cambió y Lily se excusó con el pretexto de ir a felicitar
a la pareja que acababa de comprometerse antes de
agradecerle a la anfitriona una velada maravillosa y que
la hubiera invitado.

–Eres más que bienvenida. Sophia es una querida

amiga y es un placer que compartieras esta noche con nosotros. Espero que estés disfrutando de la fiesta.

–Mucho, gracias.

Lily decidió que un café solo, fuerte y con azúcar, le sentaría bien mientras se dirigía a una mesa colocada en un lado donde unos camareros servían expresos. Aceptó una taza y bebió; casi había terminado cuando oyó su nombre.

–Lily.

Sólo una voz masculina podía desbocarle el corazón de esa manera. Se volvió hacia él.

–Alessandro –sonrió–. ¿También andas buscando un café?

–No, a ti.

No podría haber sido más sucinto.

–¿En serio? –hizo una pausa meditada–. ¿Por algún motivo en particular?

–Varios. Aunque por el momento, *uno* me basta.

–¿Y cuál es?

Con expresión jocosa, le pasó un brazo por la cintura.

–Sophia está preparada para marcharse.

Lily no consiguió poner distancia entre ambos mientras Sophia charlaba unos momentos con los anfitriones en el recibidor antes de dirigirse al coche.

Era tarde, y mientras el coche descendía por las colinas llevado por las manos hábiles de Alessandro, la atención que le había dedicado él llenaba su mente mientras trataba de buscarle alguna lógica.

«Pero te fascina», afirmó una voz interior.

«¿Y qué si es así?»

«Tal vez deberías descubrir la causa».

Ya había sufrido una traición; ¿por qué descartar la cordura y arriesgarse a sufrir otra?

Fue un alivio llegar a las cancelas que guardaban la espaciosa villa de su tía, y una vez dentro, Alessandro les deseó buenas noches y se inclinó para besar la mejilla de Sophia antes de elegir su boca en una caricia ligera y evocadora que concluyó incluso antes de empezar.

Tal como él había querido.

Capítulo 4

LA RELAJÓ descubrir que Alessandro ya se había ido cuando a la mañana siguiente se reunió con Sophia para desayunar.

—Hoy tiene que asistir a una conferencia en París y mañana a otra en Londres —explicó la otra mujer. Lo que me brinda la oportunidad de mostrarte algunos de los lugares más afamados de Milán... galerías de arte, un *palazzo* maravilloso, el Duomo y algunas de las catedrales tan hermosas que tiene la ciudad.

Lily sonrió encantada.

Y todo resultó maravilloso, desde las obras maestras arquitectónicas y la exquisita artesanía hecha a mano, hasta la profunda sensación de antigüedad y de las personas que existieron entonces, sus estilos de vida.

Experimentó una poderosa sensación de pertenecer a aquel lugar, y así se lo comentó a Sophia.

—*Cara*, ¿por qué no te quedas? —la animó su tía con entusiasmo—. Ya sabes cuánto me gusta tenerte conmigo.

Sería muy fácil aceptar; tomó la mano de Sophia y la apretó.

—Hablémoslo durante la comida.

—Conozco el lugar perfecto —le sonrió jubilosa.

Lily estuvo de acuerdo cuando entraron un rato más tarde en el restaurante exquisitamente decorado y el maître la saludó por su nombre.

Completadas las presentaciones, las escoltaron a una

mesa con un mantel de lino y una vajilla y cubertería de gran calidad.

El menú también se ganó su respeto, al igual que la extraordinaria selección de vinos.

Una vez que pidieron, recibió la mirada interesada de su tía con una sonrisa reflexiva.

–Me gustaría encontrar trabajo en un restaurante y alquilar un apartamento pequeño en Milán –confesó antes de pasar a explicar su decisión–. En casa tengo un excelente director y personal, y estoy segura de que Parisi seguirá funcionando con la calidad habitual.

Sophia juntó las manos deleitada.

–Así que vas a quedarte. *Cara*, es una noticia maravillosa.

–Me alegró de que lo apruebes –fue fácil reír.

–¿Cómo no voy a hacerlo? –alzó una mano y el sumiller se acercó a la mesa–. Vino, por favor. Hoy celebramos algo.

–Desde luego –convino el sumiller.

Les sirvieron un magnífico Sauvignon Blanc, con el que Sophia brindó por el viaje de Lily a Milán, seguido de unos entrantes que resultaron una forma de arte visual en presentación y sabor. Superado, si ello era posible, por el plato principal. Llegado el momento del postre, el exquisito preparado de merengue desafió toda descripción.

Fue Lily quien solicitó que le transmitieran sus cumplidos al chef, el afamado Giovanni, cuyo nombre provocaba una reverencia superada por muy pocos, de acuerdo con la explicación de Sophia.

Para sorpresa de la joven, éste se presentó a su mesa cuando terminaron de comer.

–Sophia. Es muy grato volver a verte –saludó con afecto–. Hoy vienes acompañada por una joven amiga.

–Mi sobrina y ahijada, Lily –dijo con sonrisa cálida–. Quien también es chef y posee su propio restaurante en Sídney.

–¿Estás de vacaciones? ¿O pretendes permanecer en Milán y encontrar trabajo de inmediato?

No había pensado mucho en el tiempo.

–Lo último.

El interés de él pareció incrementarse.

–¿Hablas italiano con fluidez?

–Y también francés –le explicó Sophia–. Mi sobrina pasó un año en París estudiando la cocina francesa.

–En un rato cerraremos durante unas horas. Cuando hayas terminado el café, Giorgio, el maître, te escoltará a la cocina y hablaremos –inclinó la cabeza–. *Scusi, per favore*.

–Suena prometedor, *cara* –comentó su tía–. ¿Qué te parecería si Giovanni te ofreciera un puesto aquí?

«Acéptalo», le dijo una voz interior.

–No nos entusiasmemos hasta haber hablado con él –indicó con cautela.

En ese momento el maître se acercó a la mesa para preguntarles con cortesía qué les había parecido el almuerzo. Después de recibir una gratificante reafirmación de las excelencias de todo lo degustado, dirigió su atención a Lily.

–*Signorina*, si está lista, la conduciré a la cocina.

Al entrar en el recinto espacioso, la primera palabra que le fue a la mente fue *eficiente*. De un vistazo notó encimeras e islas limpias y despejadas de acero inoxidable, buenos utensilios y electrodomésticos y el personal trabajando al unísono.

Giovanni fue a su encuentro y señaló un pequeño despacho en la parte de atrás de la cocina.

–Hablaremos en privado.

Las preguntas se centraron en su preparación, dónde, cuándo, incluidos su experiencia y conocimiento. Después, le mostró una variedad de menús sobre los cuales trataron de los ingredientes y de la metodología detallada, tanto en francés como en italiano.

La estaba poniendo a prueba y no le quedó más opción que admirar su enfoque personal.

–Necesito un ayudante de chef –explicó–. ¿Estarías preparada para completar un día de prueba mañana?

¿Mañana?

No había resquicio para la vacilación.

–Sí.

–*Bene* –mencionó las horas y la paga–. Si trabajas bien, el puesto es tuyo –se puso de pie, indicando que la reunión había terminado–. Te espero en la cocina a las siete de la mañana.

Era más que lo que Lily había esperado. Y al reunirse con Sophia y Carlo pensó que además del destino, también influía el beneficio de encontrarse en el lugar y el momento adecuados.

–¿Es un sí? –inquirió Sophia de inmediato.

–Condicionado a un día de prueba mañana –confirmó con una sonrisa.

–En el que sobresaldrás –le aseguró su tía.

Aunque prematura, la certeza era conmovedora.

–Es posible.

–Lily, no puede haber duda alguna –la reprendió Sophia con gentileza al tiempo que se incorporaba–. Necesitamos recoger lo que sea que vayas a necesitar mañana –decidió mientras abandonaban el restaurante–. Carlo se encargará de nuestro alojamiento en Milán para una noche y mañana te llevará al restaurante. Mientras tanto, me pondré en contacto con una de mis amigas que se dedica a los negocios inmobiliarios.

–Primero, deja que supere el día que me espera –protestó ella con un gesto de cautela.

–Desde luego.

Sophia dalla Silvestri resultó ser una mujer muy eficiente al hacer y recibir llamadas telefónicas mientras Carlo las llevaba de vuelta a la villa en el lago Como, donde Lily preparó una maleta pequeña para pasar una noche y un día pleno de trabajo al día siguiente.

–Alessandro nos ha ofrecido su piso –le transmitió Sophia mientras Carlo avanzaba entre el tráfico de la noche en su aproximación a las calles del centro de Milán.

–Es muy amable –dijo con expresión impasible.

–No cree que vaya a llegar a Milán hasta mañana por la noche.

Eso la alivió, ya que la idea de mantener una conversación cortés con él no figuraba en su lista de pasatiempos predilectos cuando necesitaba una buena noche de descanso.

Su súplica fue atendida, porque no hubo rastro de él mientras cenaba con Sophia y Carlo... ni cuando se retiró a su suite de invitados.

Pero no podía dormir, y después de lo que pareció una interminable cantidad de tiempo, apartó el edredón, se puso un chal de seda sobre un pijama de algodón y bajó en silencio a la cocina.

Una bebida caliente y algo de meditación la ayudarían a dormir.

La bebida le sentó bien... pero no tanto los pensamientos. Las luces de la ciudad y el rastro dejado por los faros de los pocos coches en circulación la distrajeron.

–¿No puedes dormir?

Aferró la taza con ambas manos en un esfuerzo por

no derramar lo que quedaba del contenido al mirar sobresaltada al hombre que se situó a su lado.

Todo su cuerpo se puso en alerta.

—Se suponía que estabas en Londres.

A la luz tenue, sin chaqueta ni corbata y con la camisa remangada, parecía más alto y ancho. La mirada casual no pudo distraerla de la intensa masculinidad que parecía irradiar sin esfuerzo alguno.

—Decidí volver a casa.

—¿A una cama vacía a estas horas? —las palabras escaparon de su boca antes de poder pensar en lo que decía.

—¿En vez de pasar una noche físicamente activa en brazos de una mujer?

Lily se ruborizó y esperó que él no se percatara.

—Si es lo que te brinda placer —logró responder con humor irónico.

—¿Es que piensas que me acuesto con mujeres de forma indiscriminada, Liliana?

El uso burlón de su nombre completo encendió algo profundo en su interior, un destello sensual que amenazó con destruir su paz mental.

—Sin comentarios —replicó, como si no le importara lo más mínimo, y se negó a reconocer que era todo lo contrario.

—Es hermosa, ¿no crees?

—¿La vista?

—Por supuesto.

Sin embargo, por la cabeza le pasó que no se había referido al paisaje.

—¿Te pone nerviosa el día que te espera?

Sin duda Carlo o Sophia le habían dado la noticia.

—Un poco —contestó con su sinceridad innata y sintió que se situaba detrás de ella.

–Quizá esto te ayude.

Posó las manos en sus hombros y comenzó a aflojarle los músculos tensos con una habilidad que le provocó un suspiro.

Era agradable. Santo cielo... muy agradable. Cerró los ojos, bajó la cabeza y, simplemente, se entregó a sus cuidados.

No debería dejar que la masajeara... ni disfrutar tanto de ello. Se dijo que lo permitiría un minuto más antes de darle las buenas noches.

Lo hizo... aunque fueron tres minutos, no uno.

Y se sintió desolada cuando tuvo que huir de unos dedos suaves que le acariciaron la mejilla.

Alessandro la observó con ojos entrecerrados y pensó en la reacción que habría podido tener Lily si la hubiera acercado y tomado su boca... como había sentido la poderosa tentación de hacer.

Sus reservas iniciales no tardaron en desaparecer cuando le presentaron al personal de la cocina, le mostraron dónde estaban localizados los diversos utensilios y aparatos de cocina, el contenido de la despensa, el almacén frío... y cuando se familiarizó con el menú del mediodía.

Bajo la supervisión inicial de Giovanni, preparó, troceó en dados, cortó aves de corral, carne vacuna, verduras y se ocupó de hacer pasta fresca.

La concentración y la atención al detalle la mantuvieron centrada y trabajó con rápida diligencia, disfrutando de la adrenalina que la recorrió cuando el restaurante abrió para el almuerzo y el ritmo aumentó de forma drástica a medida que en la cocina se servían los platos que luego recogían los camareros de servicio.

Reconoció que era un trabajo en equipo de alta precisión y que Giovanni era un jefe duro pero justo, que no se mordía la lengua para declarar que un plato no satisfacía su grado de perfección.

Para su inmenso alivio, ella no recibió ninguna crítica.

En cuanto comenzaron a servirse los postres, la presión comenzó a decrecer.

A medida que se marchaban los últimos clientes y las puertas del restaurante cerraban, se inició la limpieza de la cocina hasta dejarla en su anterior e impoluto estado, luego se le dio un descanso a todo el personal del local antes de que llegara el momento de preparar el menú de la noche.

Lily se ganó un gesto de aprobación de Giovanni y la presentación del personal del salón, una de ellas una camarera rubia y atractiva procedente del Reino Unido de poco más de veinte años llamada Hannah, cuyos profundos ojos azules brillaban con humor travieso.

El almuerzo fue un paseo comparado con la cena, que Lily catalogó como una de las más ajetreadas que había experimentado en mucho tiempo. Sin embargo, era territorio familiar, alrededor del cual estructuraba su vida y del que disfrutaba, aunque a veces pusiera sus nervios a prueba.

Sin embargo, la sensación de logro y satisfacción pudo con cualquier momento aislado de caos.

Era casi medianoche cuando se quitó el mandil y la gorra y los tiró al carrito para la lavandería.

Comprobó el teléfono móvil y leyó un mensaje que le decía que en el exterior la esperaba un coche.

Giovanni se acercó a ella cuando recogía el bolso.

—El puesto es tuyo. Alternarás entre los turnos del mediodía y de la noche. A partir del lunes, empezarás en el turno del mediodía. Se inicia a la misma hora que hoy por la mañana —calló un momento y luego le ofreció una sonrisa leve—. Trabajas bien.

Eso la animó un poco.

—Gracias.

—*Buona notte*.

«Gracias», pensó para sus adentros. Sólo le faltaba llegar al dúplex de Alessandro, darse una larga ducha caliente y luego meterse en la cama.

Se hallaba tan absorta en ese pensamiento, que no notó de inmediato que era Alessandro, y no Carlo, quien le sostenía la puerta abierta.

Él lo notó de inmediato, ya que Lily se paralizó una fracción de segundo antes de pasar junto a él y ocupar el asiento del acompañante.

—¿Carlo no estaba disponible?

Alessandro contuvo una sonrisa irónica mientras iba a sentarse al volante.

—¿Habrías preferido su compañía?

—Es fácil hablar con él.

—¿Y conmigo no?

Después de mirarse unos momentos, respondió:

—No.

—¿De verdad? —sonrió—. ¿No quieres ser más explícita?

—No —le dedicó una sonrisa dulce.

La vio apoyar la nuca en el reposacabezas del asiento y percibió el suspiro apenas audible que soltó mientras él arrancaba y se ponía en marcha.

—¿Ha sido un día duro?

—Giovanni me ha contratado.

—¿Es lo que quieres?

—Sí —mientras avanzaban por las calles iluminadas, racionalizó que eso le proporcionaba un motivo para quedarse una temporada, lo cual era bueno.

Y en cuanto obtuviera la independencia que quería, probablemente ya no vería casi nunca a Alessandro.

No obstante, no supo por qué esa idea hacía que se sintiera como perdida y abandonada.

Al día siguiente buscaría apartamento con la ayuda de Sophia y haría algunas compras. Iba a necesitar sábanas y toallas. Y un coche. El transporte público después del turno del mediodía estaría bien, pero, ¿por la noche? Aunque siempre existía la posibilidad de un taxi...

Quedó tan absorta en la lista mental de cosas que debería hacer al día siguiente que no se dio cuenta de que el coche paraba ante el piso de Alessandro.

Al salir del ascensor, lo siguió al dúplex tenuemente iluminado y giró para mirarlo.

—Gracias.

Estaba pálida y en sus ojos veía una fatiga que ella se esforzaba en controlar. Debería extender un comentario cortés y dejar que subiera a su dormitorio.

—Entonces... agradécemelo —murmuró y vio que los ojos de ella se dilataban.

El aire pareció cargado, casi peligroso, y percibió cómo le palpitaba la vena en la base de su cuello. Le tomó el mentón con la mano y con el dedo pulgar trazó la plenitud de su labio inferior, aplicando algo de presión en el centro, luego siguió hasta posar la yema del dedo en la vena palpitante.

Durante un instante ella dejó de pensar, consciente en algún rincón de su ser de que eso no debería estar sucediendo, pero absorta en la necesidad de rodearle el cuello con los brazos y pegar el cuerpo contra el de Alessandro.

Una consternación atónita le devolvió la cordura al retroceder con la intención de establecer cierta distancia entre ambos.

Él la soltó y Lily se quedó paralizada, esclava de la percepción sensual.

La disgustaba que él lo supiera. Y que observara su lucha interior para recobrar la compostura. Pasado un rato, fue capaz de alzar la cabeza hacia esos ojos entrecerrados.

—No juegues conmigo, Alessandro.

—No estoy jugando.

Vio que abría mucho los ojos en un gesto de incertidumbre y aprovechó la ventaja para bajar la cabeza y tomar posesión de su boca.

Al principio se mostró gentil, explorando un poco al tiempo que la tentaba para que respondiera. La necesidad de ahondar el beso era abrumadora y anheló atraerla a la cuna de sus caderas, fundirla con su cuerpo.

Podría hacerlo con facilidad..., pero, ¿a qué precio?

Durante dos décadas había confiado en su instinto, que en más de una ocasión lo había salvado de cosas graves.

Como sacara demasiado en poco tiempo, podría perder.

Con una contención considerable, aligeró el contacto y se demoró un poco mientras trazaba la curva carnosa de esos labios con los suyos, luego levantó la cabeza y le acarició suavemente la sien antes de soltarla.

Durante un instante doloroso, ella pareció perdida, casi a la deriva, luego le dio la espalda, cruzó la estancia y subió la escalera sin mirar atrás.

No paró de dar vueltas en la cama en un intento por desterrar la imagen insistente de Alessandro, su contacto, la magia dulce de su beso. Y el modo en que hacía que se sintiera.

En conflicto consigo misma y con él, y con el deseo y la necesidad de contenerlo.

Quería un estilo de vida sereno y despreocupado. ¿Acaso no había ido a Italia justo en busca de eso? Bajo ningún concepto deseaba verse atrapada en un torbellino emocional.

Debía centrarse en lo positivo. Una vida nueva, un trabajo nuevo y en unos días su propio coche y apartamento.

Por fortuna fue lo último que recordó antes de que el sueño la reclamara.

Capítulo 5

AL COMPROBAR su ordenador portátil a la mañana siguiente, Lily encontró otro correo electrónico de James.

En esa ocasión el mensaje no era tan agradable, ya que afirmaba que si no recibía noticias en las siguientes cuarenta y ocho horas, tenía intención de hablar con ella en persona.

Sus dedos volaron al teclear *No pierdas tu tiempo* y darle a «Responder».

¿Es que de verdad creía que pasaría por alto la *distracción temporal* en que lo había sorprendido y volvería a aceptarlo en su vida?

Eso sólo demostraba que no la conocía.

Al bajar, se sintió aliviada al descubrir que Sophia era la única ocupante del comedor.

—Alessandro ya se ha ido, pero no sin antes comunicarme que la semana próxima empiezas a trabajar en el restaurante. Estoy encantada por ti —los ojos de Sophia brillaron de placer.

A Lily le resultó fácil sonreír mientras se servía café, añadía azúcar y saboreaba la bebida aromática.

—Gracias. Me complace que todo saliera bien.

—Debes instalarte durante el fin de semana —apuntó la mujer mayor con un grado de preocupación—. Hoy Carlo nos llevará a la agencia de mi amiga y miraremos apartamentos, ¿te parece?

–Por favor –aceptó agradecida–. Sería estupendo.

–*Bene*. Y ahora cuéntame lo de ayer mientras desayunas, luego nos iremos.

Sophia y su amiga, Julia, demostraron ser una pareja informada mientras seleccionaban emplazamientos apropiados y disponibilidad de alquiler; luego salieron juntas con la intención de ver las casas.

Había algunas condiciones. Sophia había insistido en que el apartamento debía estar en un buen edificio, con muebles confortables, excelente seguridad y plaza de garaje.

Julia resultó ser muy minuciosa y sus recomendaciones válidas al llevarlas a ver nada menos que cinco apartamentos, cualquiera de los cuales Lily habría estado encantada de alquilar.

–Vamos a almorzar –declaró Sophia al salir del quinto apartamento–. Luego continuaremos.

–Excelente idea –convino Julia–. Creo que os encantaría uno que tengo en mente.

Fue Julia quien eligió el restaurante e insistió en invitarlas.

En la agenda de la tarde había dos apartamentos y fue el segundo el que atrapó a Lily.

Situado en una calle bonita, el edificio en sí había sido restaurado con un respeto absoluto a su estilo clásico. Cómodo, muy funcional, con un salón de tamaño medio, un cuarto de baño dentro del dormitorio principal al igual que uno separado para el dormitorio de invitados. Los electrodomésticos de la cocina eran modernos y el comedor cálido y acogedor. Completamente amueblado, poseía servicio de seguridad y aparcamiento interior. A ello se añadía que el contrato brindaba flexibilidad y el alquiler era razonable.

–Éste –afirmó Lily con sonrisa encantada–. Me lo quedo.

–Bien. ¿No necesitas tiempo para pensártelo?

Negó con un movimiento de la cabeza.

–No –le sonrió a Julia–. ¿Tienes los papeles para firmar a mano?

–En mi despacho. Vamos para allá.

Experimentó una sensación de satisfacción al firmar el contrato, ya que conseguir un empleo y un apartamento en unos pocos días parecía algo increíble.

La siguiente adquisición sería la compra de su propio medio de transporte. Y sábanas, toallas y unos pocos elementos que personalizaran el nuevo apartamento.

Mientras Carlo las llevaba de vuelta a la villa en Como, alargó la mano y apretó los dedos de Sophia.

–Gracias.

–*Cara*, ¿por qué?

–Por todo –respondió con cálida sencillez y sintió la ligera presión de la mano de Sophia en la suya.

–Querida, quiero que seas feliz, aparte del deseo personal de que te quedes conmigo todo el tiempo que sea posible.

El calor del amor familiar le produjo un nudo en la garganta y tuvo que parpadear varias veces para contener las lágrimas.

El insistente zumbido del móvil hizo que metiera la mano en el bolso y lo sacara; el nudo se trasladó a su estómago al reconocer el número, a pesar de haber borrado el nombre de James de su agenda.

Sin reparo alguno, cerró el aparato y cortó la conexión, logrando sólo que la llamada se repitiera.

En esa ocasión dejó que sonara, lo que provocó la mirada de curiosidad de Sophia, a la que respondió con un movimiento de la cabeza.

–Me ocuparé de esa llamada más tarde.

Esperaba que James captara el mensaje de que no tenía intención de hablar nunca más con él.

Al parecer no fue así, porque justo cuando Carlo detenía el coche junto a la villa, el móvil volvió a sonar.

Bajó del coche, sacó el aparato del bolso y sintió que su furia crecía al ver el número familiar.

–No me mandes correos electrónicos ni intentes llamarme –expresó con fría determinación–. Se acabó. Se terminó.

–Lily, cariño, por favor, escúchame...

No en ese milenio.

–No tiene sentido –cortó la conexión y cerró la tapa del aparato.

–¿Problemas, *cara*? –preguntó Sophia preocupada, y su sobrina movió la cabeza.

–Nada que no pueda solucionar.

Con suerte, su exnovio ya habría recibido el mensaje.

Una ducha maravillosa la ayudó a distraer la mente de ese tema, igual que la cena ligera, tras la cual compartió una copa de vino con Sophia mientras trazaban los planes para el día siguiente antes de retirarse a dormir.

Mientras Carlo metía la tercera tanda de paquetes en el maletero del coche de Sophia, Lily reflexionó en lo sorprendente que era todo lo que se podía conseguir en tan breve espacio de tiempo.

Ya casi había tachado todos los artículos de su lista y le causaba placer que sólo quedara uno... un coche.

Después de un almuerzo placentero, Carlo las llevó a un concesionario donde, después de cierto regateo, compró un extravagante modelo plateado, perfecto para sus necesidades.

–Bien hecho –convino Carlo mientras Sophia abrazaba a su sobrina.

–Gracias –se arregló el pago después de que verificaran su carné de conducir internacional, el seguro, y el coche estuvo listo para llevárselo.

–Salgamos a la calle.

Entonces se sentó al volante y siguió al coche de Carlo hasta su apartamento.

Con placer, pensó que sería su casa mientras así lo decidiera ella al tiempo que llevaba las compras del día al segundo dormitorio.

Lo único que quedaba era el traslado al día siguiente de las cosas que aún tenía en la villa de Sophia.

Algo que se llevó a cabo con sentimientos encontrados mientras Sophia y ella se daban un abrazo antes de que se marchara con Carlo de su apartamento.

–Echaré de menos tenerte conmigo –comentó su tía con sincero pesar–. Pero saber que estás tan cerca es un placer, ya que nos veremos a menudo –se animó de forma considerable–. Hay una gala benéfica el sábado por la noche. Será un acontecimiento maravilloso –le dio un beso en la mejilla–. Te recogeremos a las ocho.

–*Grazie, zia*. No podría haber conseguido nada de esto sin tu ayuda –la abrazó con afecto–. En cuanto conozca mi agenda laboral, organizaré una noche para invitarte a cenar. Y también a ti, Carlo. Prepararé algo especial.

–Eso será estupendo, *cara*. Supongo que la invitación incluirá a Alessandro.

Lily ni parpadeó.

–Desde luego.

Como no le quedaba otra opción, se dijo que debía

aprender a controlar el pánico que dominaba sus emociones cada vez que estaba cerca de él.

Con determinación, decidió ponerse a deshacer todo el equipaje y los paquetes.

Después de redistribuir los muebles más a su gusto y de inspeccionar los armarios de la cocina, hizo una lista de la comida que debía comprar.

Era tarde cuando al fin se metió en la cama.

Los días siguientes transcurrieron a toda velocidad mientras ultimaba compras y añadía retoques personales al apartamento.

La gala significaba un vestido de noche y Lily observó complacida su vestido de seda en diferentes tonalidades de rosa, azul y lavanda, ya que resaltaba sus curvas esbeltas y caía con fluidez en torno a sus tobillos. Un delicado chal a juego le daba el toque final y unos zapatos de tacón alto de color lavanda completaban su atuendo.

En cinco minutos sonaría el telefonillo de la calle anunciando la llegada de Sophia y Carlo, por lo que empleó ese tiempo para un último retoque a su pelo y maquillaje... y estuvo lista.

En punto, el telefonillo sonó y Lily recogió el bolso y bajó en el ascensor hasta la entrada de la casa. Cuando las puertas se abrieron, vio a Alessandro a corta distancia con un aspecto demasiado atractivo para la paz mental de cualquier mujer.

Con un esmoquin a medida que resaltaba la anchura de sus hombros y su poderío físico, una camisa blanca y pajarita, parecía un modelo.

Pero ninguna fotografía podría transmitir el poder fascinante que irradiaba.

Era peligroso... un amante insaciable que podría hacer perder la razón a una mujer.

Atónita, se preguntó de dónde había salido ese pensamiento.

«Sonríe», se ordenó mientras buscaba controlar su imaginación desbocada–. «Avanza... ¡habla!»

–Hola –logró saludar con medida cortesía–. Esperaba ver a Sophia y a Carlo.

En sus ojos oscuros se proyectó un destello de humor.

–Carlo va a llevar a Sophia directamente a la gala.

–Y te envió en su lugar. Eres muy amable.

–¿Y tú tan correcta, Lily? –enarcó una ceja.

–Mi intención era ser cortés –la risa ronca de él le aceleró la sangre por las venas–. Supongo que he fracasado.

–Miserablemente –coincidió él mientras indicaba su coche aparcado junto a la entrada–. ¿Nos vamos?

Impasible por fuera pero asombrada por dentro, entró en el gran edificio antiguo al lado de Alessandro.

El esplendor hermosamente restaurado le proporcionaba un aura de atemporalidad a un acontecimiento moderno.

Con sus padres ya había asistido a galas benéficas, pero nada parecido a la escala que tenía ese acto.

Una descripción perfecta sería *elegancia refinada*. Y no se requería mucha imaginación para pensar en una época anterior de bailes a los que asistían la realeza italiana y extranjera.

–Alessandro. *Caro*.

No fueron tanto las dos palabras, sino la cadencia en la voz femenina que las pronunció. Al volverse con el fin de comprobar si la voz encajaba con la mujer, pensó que *seductora* no alcanzaba a describirla.

«Santo cielo, y más», concedió.

Incluso para el ojo más cínico, la mujer que se acercó a Alessandro era una visión de perfección, desde el cabello negro como el azabache hasta la punta de sus zapatos. Facciones hermosas e inteligentemente acentuadas con un maquillaje diestro, ojos oscuros, casi negros y resplandecientes sumados a una figura por la que se podía morir, enfundada en lo que tenía que ser el original de un diseñador de alta costura. Exhibía el toque exacto de joyas, caras pero no ostentosas.

Decididamente, para dejar boquiabierto.

—Giarda —el saludo de Alessandro mostró afecto auténtico—. Me gustaría presentarte a Liliana.

Ésta se quedó de piedra al ver que él le rodeaba la cintura con el brazo.

«No Lily, o la sobrina de Sophia, sino... Liliana». Se preguntó por qué su nombre de pila sonaba tan sexy saliendo de esos labios.

—Giarda está casada con uno de mis colegas empresariales —explicó él, causando una risa leve en Giarda.

—Alessandro y mi marido compitieron entre ellos por mí —los ojos le brillaron traviesos—. Ganó Massimo.

—Qué... agradable —no supo qué más decir.

—Para mí, sí. No para Alessandro.

—Estoy segura de que se recobró —Lily logró proyectar un toque de humor y la otra mujer inclinó un poco la cabeza.

—Por supuesto —reconoció con una sonrisa cálida—. Seguimos siendo muy buenos amigos —se volvió hacia él—. Me alegra ver que estás con una joven tan encantadora. Debes traer a Lily a cenar. Estaré en contacto para decidir una fecha que nos resulte mutuamente satisfactoria.

—Gracias.

Lily esperó hasta que Giarda no pudo oírlos antes de gritarle.

–Yo no soy *tu* joven encantadora. Me niego a desempeñar el papel de adorno.

La observó con interés.

–¿Crees que te usaría de esa manera?

–Oh, *por favor*.

–¿Estás tan insegura de tu atractivo, Lily? –preguntó con voz queda.

El aire entre ellos se tornó eléctrico y durante unos segundos todo se desvaneció ante Lily al verse atrapada en un torbellino de emociones encontradas.

Reconocía que su relación con James había sido cómoda, agradable. O así lo había imaginado.

Sin embargo, Alessandro despertaba una pasión primitiva en el fondo de su ser que la impulsaba a anhelar lo imposible.

Una parte de ella quería eliminar toda reserva y, simplemente, disfrutar de lo que él le ofrecía durante el tiempo que pudiera durar.

Salvo que eso sería como adentrarse en un camino de autodestrucción.

–Alessandro. Lily.

Se volvieron al unísono para saludar a Sophia.

–Llego un poco tarde –explicó ésta al darle un beso a Lily–. Carlo se encontró con mucho tráfico –retrocedió un poco y la estudió con cariñosa aprobación–. *Cara*, estás deslumbrante.

–Hermosa –añadió Alessandro, tomándole la mano y llevándosela a los labios.

–Creo que todas las entradas están vendidas –reveló Sophia al aceptar una copa de champán de uno de los muchos camareros que circulaban por la sala–. Los invitados tienden a ser generosos cuando los fondos a recaudar están destinados a los niños con enfermedades terminales.

La petición de que los invitados ocuparan sus sitios ya que iba a servirse la cena creó un movimiento generalizado hacia las numerosas mesas. En todo momento Lily sintió el contacto ligero de la mano de Alessandro en su cintura mientras la escoltaba a la de ellos.

Entre los otros asistentes que la compartían, se hallaban Giarda y su marido Massimo, un hombre atractivo cuyas facciones cetrinas exhibían un grado de poder implacable similar al de Alessandro.

Habían luchado por ganarse la atención de Giarda y Alessandro le había asignado a Massimo el rango de *colega*, pero, mientras se sentaban, se preguntó si en los negocios serían amigos o adversarios.

Era evidente que sentían un cierto respeto mutuo. Alessandro estaba sentado entre Sophia y ella, con Massimo y Giarda enfrente. Los otros cinco invitados eran una pareja de mediana edad y sus hijos, un chico y dos chicas.

Después de la cena, se anunció que la recaudación de fondos había sido un éxito sobresaliente, ya que los donativos personales habían llevado el total recaudado más allá de toda expectativa.

De forma gradual, los invitados comenzaron a marcharse, deteniéndose a charlar con amigos, por lo que el avance hacia el recibidor se tornó obligatoriamente lento.

Ya había sido bastante perturbador estar sentada junto a Alessandro durante toda la velada; pero se lo pareció aún más sentir su brazo en la cintura mientras abandonaban el salón.

Un acto que, así intentó convencerse infructuosamente, era una simple cortesía, ya que el contacto irradiaba una manifiesta sensación de idoneidad, y aunque para sus adentros lo negó con vigor, se sentía... *protegida*. Lo cual era una locura.

A los pocos minutos entraría en el coche con Sophia y Carlo la llevaría a su apartamento.

Pero se quedó de piedra cuando el coche se detuvo ante la entrada y su tía les deseó buenas noches antes de subir sola a la parte de atrás y marcharse, dejándola atónita.

–Pediré un taxi –manifestó con determinación, aunque lo único que logró fue que Alessandro la estudiara con atención.

–Eso no será necesario –indicó su deportivo que en ese momento se detenía al lado de la entrada–. Vamos.

Se sentó junto al asiento del conductor con sonrisa forzada debido a los fotógrafos presentes en la gala, y la mantuvo hasta que Alessandro abandonó el lugar y se adentró en el tráfico.

El silencio le pareció la mejor opción y lo mantuvo hasta que él frenó ante la entrada de su edificio.

Con injustificada celeridad se soltó el cinturón de seguridad y alargó la mano hacia el mecanismo de apertura de la puerta, pero él apagó el motor y bajó del coche.

–Gracias por traerme a casa.

Durante unos segundos interminables, se irguió en toda su estatura, como un ángel oscuro, antes de ir a su lado y tomarla de la mano.

–Te acompañaré dentro.

–No es necesario.

La atravesó con la mirada, y con lenta deliberación, le enmarcó el rostro entre las manos y bajó la cabeza para capturarle la boca con sus labios.

Durante un instante, quedó atrapada en la magia sensual de su contacto. Emitió un gemido suave mientras oscilaba entre devolverle el beso o apartarse, consciente de que eso último era lo mejor si quería mantener la cordura emocional.

Salvo que era demasiado placentero.

«Un beso... no es más que un beso».

Pero se convirtió en algo más, casi como si la estuviera reclamando como propia.

Se le hizo arduo resistir la tentación de rodearle el cuello con los brazos y se apoyó en él, mesándole el pelo con los dedos al tiempo que le devolvía el beso, encantada por el modo en que sus lenguas se acariciaron en una danza erótica que la enloqueció.

Quería tocarlo, sentir su piel, explorar ese cuerpo duro. Mordisquearlo y saborearlo hasta hacerlo gemir pidiendo más; perderse más allá de todo pensamiento racional mientras se entregaba a la liberación que aportaría el sexo.

Salvo que sólo sería... sexo. Y no solía entregarse a aventuras de una noche. O al sexo sin compromiso.

Después de sorprender a James, se había jurado no volver a confiar nunca más en un hombre.

«Contrólate. Y para esto antes de que se te escape de las manos».

Alessandro sintió el momento en que Lily comenzó a retraerse y aligeró el contacto, acariciándole el rostro antes de levantar despacio la cabeza y estudiar sus facciones.

Le sonrió con gentileza y la tomó de la mano.

—Te acompañaré hasta tu apartamento y luego me iré.

Lily no habló una palabra al llegar a su planta ni puso objeción cuando le quitó las llaves de la mano inerte y abrió la puerta de su apartamento.

Segundos más tarde, le devolvió la llave y con gentileza la empujó al interior.

–*Buona notte*, Lily.

Al cerrar la puerta y conectar la alarma, fue al dormitorio, se desnudó, se puso el pijama, se metió en la cama y se quedó despierta hasta la madrugada.

Capítulo 6

DOS SOLOMILLOS parmigiana, *una ensalada y dos de verduras al vapor»*, leyó Lily y comenzó a preparar el pedido de Hannah.

Era su segundo día en el turno del mediodía y el restaurante estaba prácticamente lleno.

Todo funcionaba con la máxima eficiencia, ya que nada escapaba a los ojos de Giovanni. El ego no existía en su cocina, aunque Cristo, el segundo chef, un hombre que no era verbalmente temperamental, en ocasiones podía alzar las manos al aire y dedicarle la mirada más lóbrega a cualquiera que osara cruzársele en el camino.

A Lily le encantaba la energía necesaria para preparar el menú del día... las salsas delicadas para los diversos platos de pasta, los postres exquisitos que parecían una obra de arte visual.

Luego siguió un *osso buco* que sirvió en un plato, acompañado de espinacas con piñones, todo ello rociado con aceite de oliva junto con una *ciabatta* tostada.

Ya quedaba poco para que los pedidos del almuerzo disminuyeran y comenzaran los de postre, seguidos de café. A media tarde podría echar el mandil al carrito para la lavandería y acabar la tarea del día.

Justo cuando iba a hacerlo, oyó que Giovannni pronunciaba su nombre; se volvió y fue a su lado.

—Cristo ha tenido una urgencia familiar. ¿Podrías hacer su turno de la noche?

No titubeó.

—No hay problema.

Juntos repasaron el menú.

Ajetreado fue un eufemismo a medida que el restaurante comenzaba a llenarse con la clientela de la noche y una velocidad certera resultó imprescindible a medida que los camareros dejaban una orden tras otra para que atendiera el personal de cocina.

La necesidad de trabajar bien en conjunto fue imprescindible, y Lily hizo lo que mejor se le daba: trabajar bajo presión centrándose en lo que se debía hacer.

El ritmo era veloz y fue estupendo llegar a esa fase de la noche en la que la mayoría de los clientes había dejado atrás el plato principal y degustaban el postre y el café mientras conversaban relajados y satisfechos.

La noche casi había terminado cuando Giorgio, el maître, entró en la cocina y fue junto a ella.

—Hay un caballero que desea hablar contigo.

Lo miró sorprendida.

—¿Te ha dicho cómo se llama?

—James. *Signor* James.

¿Su exnovio, examigo... extodo? ¿En Milán y en ese restaurante en particular? Tenía que ser una broma.

Las coincidencias no llegaban tan lejos.

Así como no habría sido difícil que la relacionara con Sophia, su tía jamás divulgaría dónde trabajaba ella en ese momento. Pero, de algún modo, James había sido capaz de averiguarlo, y por algún otro motivo había decidido tomar un avión a Italia con el fin de forzar un enfrentamiento personal.

Maldijo para sus adentros.

Pero podía mantener la calma y le ofreció a Giorgio una mirada irónica.

—El hombre es un exnovio y ya no es amigo mío.

–¿No quieres hablar con él?

–Por favor, si no te importa.

Giorgio inclinó la cabeza y Lily volvió a centrar su atención en satisfacer un pedido, ajena al hecho de que el maître había entrado en el despacho privado y realizado una llamada telefónica antes de regresar ante el atril.

Esperaba que James aceptara el mensaje que le sería transmitido y se marcharía.

Sin embargo, experimentó cierto nerviosismo al desprenderse del delantal y desearle las buenas noches al personal que aún quedaba en la cocina.

Consideró improbable que la esperara.

Pero al salir del restaurante lo vio de pie en la acera, imposibilitándole el deseo de evitarlo.

Con zancadas largas fue hacia ella e intentó tomarle las manos, pero Lily las juntó con celeridad a su espalda.

–James –dijo con rigidez–. ¿Qué haces aquí?

–Convencerte en persona de que cometí el mayor error de mi vida –extendió las manos en un gesto desvalido–. No estaba consiguiendo nada con los correos electrónicos y las llamadas.

¿Qué más podía decirle que no hubiera hecho ya por teléfono y correo?

–Nuestra relación se acabó en el instante en que entré en mi casa y te descubrí en la cama con otra mujer.

–No significó nada –avanzó un paso–. Fui un tonto. Por favor, dame una segunda oportunidad –imploró con desesperación–. Te amo.

Dudó que alguna vez lo hubiera hecho.

–Ya hemos pasado por esto. Por favor, no lo hagamos otra vez.

–Lily.

–Simplemente... vete, James.

–Lily, te lo suplico. Por favor.

De pronto él la acercó y le dio un beso en la boca con una fuerza voraz que la aturdió y la asqueó. Mientras luchaba por soltarse, se reprendió por no haberlo visto llegar cuando debería haberlo hecho.

Con un gruñido ronco, le dio una patada fuerte y aprovechó la sorpresa momentánea para soltarse.

–Si vuelves a acercarte a mí, haré que te arresten por acoso.

–No puedes hablar en serio.

–Muy en serio.

Intentó agarrarla otra vez, pero en esa ocasión Lily se hallaba preparada.

–No lo hagas.

–Te sugiero que sigas el consejo de Lily –recalcó una voz profunda y familiar.

Ella giró y vio a Alessandro apoyado contra su resplandeciente deportivo aparcado junto a la acera.

Se preguntó cuánto tiempo llevaría allí.

Alzó el mentón al observar su rostro inescrutable.

–Puedo manejar esto sola.

–No me cabe ninguna duda –coincidió con suavidad.

James, sin embargo, le lanzó una mirada llena de resentimiento.

–Esto es entre mi novia y yo, en absoluto asunto tuyo.

–Exnovia –corrigió Lily en el acto–. Ya casi desde hace dos meses.

–Intentamos reconciliarnos.

–No hables en plural –espetó ella.

Alessandro centró su atención en James.

–Un no rotundo, ¿no estás de acuerdo?

–Lily no sabe lo que quiere –declaró James con tono desdeñoso.

Pero se le pasó por alto que la tensión se había incrementado.

–No parece que sea a ti.

–¿En serio? –lo miró con dureza–. ¿Y tú quién eres?

–Un amigo.

James miró a Lily e indicó un utilitario alquilado.

–Te seguiré a casa y podremos hablar en privado.

Alessandro observó las facciones de Lily.

–¿Es lo que tú quieres?

–No –contestó sin titubeos y vio que él se volvía hacia James.

–Te sugiero que te marches –dijo con la misma voz suave empleada antes.

–¿O qué harás? –demandó James con sarcasmo.

Alessandro no movió ni un músculo. Pero sólo un necio obviaría la fuerza contenida en su postura.

–Asegurarme de que nunca olvides mi nombre.

James estudió el traje caro, el irrefutable aura de poder, el coche de lujo y luego miró a Lily con furia amargada.

–Me lo debes.

–No te debo nada –replicó. Había vivido en su casa, ella había pagado todas las facturas, el mantenimiento y la comida. Por no mencionar los adelantos para la recepción nupcial, la floristería, las limusinas, la luna de miel... La lista era interminable.

James cerró las manos con fuerza; luego, sin decir palabra, fue hacia su coche, se sentó al volante y se marchó a toda velocidad.

Lily se tomó un momento antes de girar hacia el hombre sin igual que permanecía observándola con velado interés.

–Tú, por supuesto, pasabas por aquí por casualidad.

–Andaba por el vecindario.

La dominó el escepticismo.

–¿Esperas que me lo crea?

–¿Importa?

El escrutinio de él se intensificó al no obtener respuesta y Lily abrió mucho los ojos cuando le alzó el rostro con la mano en el mentón.

Sin pensárselo, se pasó la lengua por el labio inferior.

Alessandro contuvo un juramento al acercarla. Tocaba algo profundo en su interior, la necesidad de tener una mujer especial en su vida. Una familia propia, hijos. *Amor*, del duradero, al que hasta ese momento se había considerado inmune.

Sonrió con ironía cuando ella acomodó la cabeza en la curva de su hombro y reposó allí lo que parecieron unos minutos prolongados.

Posó una mano en la nuca de Lily y despacio la bajó por su espalda.

Encajaba tan bien como si hubiera nacido para estar allí y bajó la cabeza para besarle levemente la sien.

Experimentó una cierta sensación de pesar cuando ella se separó.

Él extrajo una tarjeta de su cartera y se la entregó.

–Es el número de mi teléfono móvil. Si hay algún problema, me llamas. ¿Entendido?

–Gracias –Lily guardó la tarjeta–. Buenas noches, Alessandro.

Le pasó los dedos por la mejilla.

–Conduce con cuidado.

La observó cruzar hasta su coche y aguardó hasta que desapareció de vista para arrancar.

No le costaba nada pasar delante del apartamento

de Lily de camino hacia su piso; se sintió aliviado al no ver ni rastro del coche alquilado del antiguo novio de ella.

Lily pasó una noche agitada a medida que las palabras de súplica y las promesas vacías de James reverberaban en su mente. ¿Cómo había llegado a imaginar que ella podría pensar siquiera en reconsiderar una reconciliación?

Al final debió de quedarse dormida, porque despertó cuando el amanecer entraba débilmente por entre las persianas; se levantó, se vistió, se tomó un café solo, disfrutó de un relajado desayuno y luego llamó a su tía para tranquilizarla, sabiendo que la noticia del incidente ya debía de haber llegado a oídos de Sophia.

No se mencionó la presencia de Alessandro como caballero al rescate y le pareció prioritario cambiar el número de su móvil para solicitar uno que figurara como privado.

Este proceso requirió un formulario personal y la presentación de cierta documentación, pero al final le proporcionaron un número nuevo. Fue un trámite que pudo llevar a cabo antes y después de su turno del mediodía en el restaurante.

Completada su lista de cosas por hacer, fue a casa, ya que así empezaba a pensar en su apartamento nuevo, con el sol bajo en el horizonte, y justo mientras dejaba el bolso en la encimera de la cocina, sonó su teléfono móvil.

Tenía que ser Sophia, ya que su tía era la única persona a la que le había dado el número nuevo.

–Lily, me alegro tanto de encontrarte. Alessandro me ha pedido que lo llames para arreglar una cena con

Giarda y Massimo mañana. Tienes el número de su móvil, ¿verdad?

–Sí.

–*Ciao*, cariño. Ten cuidado.

«¿De quién?» se preguntó para sus adentros. ¿De James o de Alessandro? Rió sin humor. Los dos eran
igual de peligrosos. Sólo que de maneras diferentes.

Una vez que sacó todas las compras, extrajo la tarjeta de Alessandro de su bolso y lo llamó.

Contestó a la quinta llamada con voz vigorosa.

–De Marco.

–Lily –repuso ella–. Sophia me transmitió el mensaje de llamarte. ¿Es este un buen momento?

–Si cuentas que acabo de salir de la ducha y que estoy mojado y chorreando –indicó.

Reinó un segundo de silencio.

–Luego te llamo –y cortó, suspirando ante la visión
nítida de su cuerpo alto y musculoso sin ropa. Chorreando.

No fue bueno para el ritmo de su corazón.

Pasó una hora y media hasta que volvió a marcar el
número. Ese tiempo lo había dedicado a limpiar la casa,
a darse una ducha y a ponerse ropa cómoda.

–Lily –reconoció Alessandro con un toque de humor.

–¿Estás en medio de algo? –inquirió ella con sequedad.

–En este momento... no.

–Querías hablar conmigo –le recordó.

–Antes de que prosigamos, dame tu número nuevo.
Lo hizo.

–Mañana por la tarde te recogeré a las siete y media
–prosiguió él–. Hemos quedado con Massimo y Giarda
a las ocho.

—Puedo reunirme contigo allí.

—Pero no lo harás —aseveró con gravedad—. ¿Cómo ha sido tu día?

—Ajetreado.

—Una respuesta concisa.

—¿Quieres detalles? A Cristo le dio una pataleta cuando su salsa bechamel se cuajó y tuvo que empezarla otra vez. La sartén se inclinó sobre el fogón y la llama le quemó un dedo. Bajo ningún concepto fue su día.

—¿James?

—No lo he visto.

Alessandro esperaba que continuara de esa manera, aunque dudaba de que el exnovio de Lily se rindiera con tanta facilidad.

—Te sugiero que estés alerta.

—Puedo protegerme, Alessandro.

Verbalmente, sin duda. Pero, ¿físicamente? La preocupación de Sophia por la seguridad de su sobrina se había convertido en propia. El instinto le advertía de que tenía motivos para ello, y durante muchos años había vivido de acuerdo al instinto como para soslayarlo en ese momento.

—Mañana a las siete y media, Lily —le recordó con suavidad.

Capítulo 7

TENÍA UN maravilloso vestido de chifón en color jade con un corpiño ceñido y falda de corte sesgado que resaltaba sus curvas finas, que había llevado a Milán y que aún no se había puesto. Era de un afamado modisto australiano.

Un chal a juego como toque final, con el cabello recogido en alto, un mínimo de joyas y tacones vertiginosos... la decisión estuvo tomada.

Mientras se aplicaba un poco de maquillaje, se dijo que no se trataba de una cita, sólo del primer compromiso social sin la presencia de Sophia.

Recogió el bolso y fue al salón a tiempo de oír el telefonillo de abajo.

Alessandro. Pero la cautela la llevó a comprobarlo en el monitor antes de comunicarle que bajaba.

Mientras el ascensor descendía, sintió un nudo de nervios en el estómago y respiró hondo varias veces para calmarse antes de que las puertas se abrieran en el vestíbulo.

Se repitió que únicamente era una cena, y para cuatro, no para dos.

«Así que serénate, sonríe y pásalo bien».

Pero le bastó mirarlo para saber que se hallaba fuera de su elemento.

Las facciones marcadas, los ojos casi negros que veían mucho más de lo que a ella le gustaba, la boca...

el recuerdo de lo que sintió cuando le poseyó la suya fue tan intenso que apenas logró contener un escalofrío.

«Enfréntate a ello».

Y lo hizo, ofreciéndole una sonrisa generosa al ir a su lado.

–Hola.

–*Buona sera*, Liliana.

Otra vez... *Liliana*. ¿Sabía lo que le hacía a sus entrañas que pronunciara su nombre completo?

–¿Nos vamos?

¿Cómo iba a ser posible compartir la cena con un hombre que le sacudía las emociones de esa manera?

No tenía sentido.

–Te interesa rehabilitar edificios antiguos –comentó Lily mientras avanzaban entre el tráfico–. ¿Trabajas en algún proyecto ahora?

–Sí. Pero primero hay que cumplir ciertos requisitos. Conseguir los permisos, la presentación y aprobación de los planos. Las legalidades necesarias a estos proyectos... todo lo cual puede hacer que se convierta en un proceso largo.

–La burocracia en marcha.

–A veces durante varios meses.

–Supongo que la paciencia es la clave.

–¿No me consideras un hombre paciente? –le dedicó una mirada.

Lily reflexionó en ello.

–Quizá –concedió–. Si quisieras algo con suficiente deseo.

El hombre sentado a su lado era capaz de lograr lo que quisiera, sin importar los medios que hicieran falta para alcanzar el objetivo. Ya que debajo de ese exterior sofisticado había una naturaleza despiadada nacida de la necesidad de sobrevivir a cualquier costa.

Percibía que era un amigo leal, pero un adversario peligroso.

Tenía el aspecto de un hombre que sabía todo lo que había que saber sobre las mujeres, lo que querían, lo que *necesitaban*, y la destreza para proporcionarlo... en la cama y fuera de ella.

¿De dónde había salido eso?

Como si necesitara el contacto de otro hombre.

¿Acaso había olvidado que había descartado a *todos* los hombres? Y más a los del calibre de Alessandro, con quienes todo parecía como atravesar un campo de minas emocional.

El ligero contacto de la mano de él en su cintura fue cálido, casi protector, al guiarla hacia la barra donde Giarda y Massimo estaban sentados.

Giarda se puso de pie y besó a Lily en la mejilla.

—Es muy agradable veros a los dos —saludó antes de repetir el acto con Alessandro.

De inmediato Massimo la imitó.

—Tomaremos una copa juntos antes de ir a nuestra mesa —indicó ella.

Los ojos de Massimo brillaron con un humor latente.

—A mi mujer le gusta estar al mando.

—Porque a ti te divierte dejarme —repuso Giarda con dulzura.

La química entre ambos era casi palpable y Lily sintió un momentáneo aguijonazo de envidia. Se los veía tan bien juntos, tan el uno para el otro. Le causó añoranza que semejante pasión se hallara ausente de su vida.

El restaurante parecía ser uno de los favoritos entre la elite social, en cuyo seno los tres debían ocupar un rango elevado, a juzgar por la atención obsequiosa que les dispensaron el maître y los camareros.

La comida fue perfecta y la presentación magnífica. En una escala de uno a diez, Lily le dio la máxima.

Acababan de terminar el plato principal cuando Giarda alzó su copa de vino, bebió un sorbo y luego volvió a dejarla sobre la mesa.

–En un par de semanas, Massimo y yo celebraremos nuestro quinto aniversario –comenzó y le sonrió a su marido–. El sábado vamos a ofrecer una fiesta en la villa que tenemos en el Lago Maggiore y queremos invitaros a ambos a pasar el fin de semana allí para compartir nuestra celebración. El domingo daremos un brunch mientras recorremos los lagos en el barco. Será maravilloso que vengáis –concluyó con auténtica calidez.

–*Grazie*, Giarda –Alessandro le sonrió con afecto–. Aceptamos con placer.

Le molestó que empleara el plural para aceptar, aparte de que para las próximas semanas tenía turno de trabajo tanto el sábado como el domingo.

Por lo general, las noches de los sábados eran las más ajetreadas.

–No creo que me sea posible.

–Lily, prométeme que lo preguntarás –suplicó Giarda de forma persuasiva.

–Mañana hablaré con el chef.

–Podrías ir directamente a lo más alto y hablar con tu jefe ahora.

Realizar una llamada con el móvil mientras cenaban le pareció muy descortés, y estaba a punto de manifestarlo cuando Giarda intervino con suavidad:

–Se encuentra sentado a esta mesa.

Sorprendida, Lily abrió mucho los ojos mientras miraba aturdida a Massimo, quien en silencio indicó a Alessandro.

¿*Alessandro* era el dueño del restaurante en el que trabajaba?

Sólo hicieron falta unos segundos para que todo encajara en su sitio. La elección de Sophia del restaurante donde almorzar, la oportunidad de trabajar allí. Las casualidades eran estupendas, pero en ese caso parecía *demasiada* coincidencia como para no haber estado planificada.

Le dedicó una sonrisa antes de volver a mirar a Giarda.

—En ese caso, reorganizar mis turnos no representará ningún problema.

—Bien. Todo arreglado. Os esperaremos ansiosos a media tarde.

—Gracias —añadió Lily con educación.

De algún modo logró continuar el resto de la velada, aunque le costó, ya que por dentro la sangre le hervía.

La despedida requirió varios minutos mientras intercambiaban comentarios corteses antes de ir en busca de sus respectivos coches.

Lily esperó hasta que Alessandro arrancó y se metió entre el tráfico.

—¿Cómo ocurrió? Sophia podría haber elegido cualquier restaurante para almorzar aquel día.

—¿Y te preocupa que eligiera el mío?

Lo miró con ojos centelleantes.

—Sólo por el hecho de que huele a encerrona.

—¿Y eso te enfada?

—Me desagrada que me engañen. O que se me ofrezca una ventaja injusta.

—Te ganaste tu contratación —le recordó con suavidad—. Eres una chef profesional, eres propietaria de un buen restaurante y da la casualidad de que hablas italiano y francés con fluidez.

–Dime... si hubiera entrado siendo una desconocida que solicitaba un trabajo, ¿lo habría conseguido?

–Probablemente no.

Su mirada era lóbrega cuando él detuvo el coche ante su apartamento.

La irritaba sobremanera que hubiera sido amable debido a la relación que la unía a Sophia. Sin duda lo consideraba un deber y encontraba su compañía aburrida.

–No.

–¿Disculpa? –inquirió ella.

–No –repitió mientras se soltaba el cinturón de seguridad.

–No tienes ni idea de lo que...

–¿Eso piensas? Inténtalo.

Le enmarcó la cara con las manos y bajó la boca hasta dejarla a milímetros de la de ella. Luego se la cubrió con los labios, persuasivos y hábiles, mientras probaba esa dulzura interior, insistiendo hasta que Lily emitió un gemido renuente y deleitado.

Era mucho más que lo que había imaginado a medida que se perdía... tan entregada que volvió a gemir cuando él comenzó a retirarse.

Durante lo que pareció una eternidad, Alessandro sólo la miró y Lily contuvo el aliento mientras le acariciaba el labio inferior con el dedo pulgar.

–Ahora lo entiendes.

¿Lo entendía?

Santo cielo...

–No puedo. Tú... –sus ojos reflejaban incredulidad y aturdimiento por la pasión que acababan de compartir–. Tengo que... –se apartó, apenas consciente de que la había dejado ir mientras se afanaba con el cinturón de seguridad antes de abrir la puerta y bajar del coche.

La llave... ¿dónde diablos estaba la llave?

–Tu bolso.

Se preguntó en qué momento Alessandro había bajado para ir a situarse a su lado.

De algún modo, pudo sacar las llaves y él la siguió al interior, apretó el botón adecuado y la observó pensativo mientras el ascensor los llevaba a la planta de Lily.

–Por favor... vete.

–Cuando haya comprobado que te encuentras a salvo en tu apartamento.

–No –protestó ella–. Estoy bien.

Sin decir palabra, le quitó las llaves de la mano e introdujo la correcta en la cerradura y abrió la puerta antes de devolverle el llavero.

–*Buona notte, cara*. Te llamaré mañana. Echa el cerrojo.

Después de hacerlo, cruzó el salón como un autómata y se quedó de pie en el dormitorio sin ver nada hasta que la realidad intervino.

De forma mecánica, se quitó los zapatos y la ropa antes de entrar en el cuarto de baño.

Las manos le temblaron al soltarse los broches que le sujetaban el pelo. Fue entonces cuando vio su reflejo y cerró los ojos para bloquear temporalmente esa imagen... el rostro pálido, los ojos enormes, una boca inflamada por el apasionado beso.

Se preguntó adónde iría a partir de ahora.

LILY MIRÓ el calendario de trabajo, vio cuál era su próximo día libre y llamó a Sophia.

–Tengo un día libre el miércoles –le explicó después de intercambiar una charla trivial–. Me encantaría que vinieras a cenar a mi casa. Y Carlo también, por supuesto –hizo una leve pausa–. Y Alessandro.

Si Sophia notó esa leve vacilación, eligió no hacer ningún comentario.

–Acepto encantada. ¿Llamarás tú a Alessandro?

–Sí –aunque el sólo pensamiento de hacerlo le causaba un nudo en el estómago–. ¿Te parece bien a las siete y media?

–Perfecto. Espero ansiosa el día.

–Será estupendo –respondió Lily con calidez.

Sí con Sophia y Carlo. No tanto en lo referente a la presencia de Alessandro.

«Entonces, ¿por qué te derrites cuando te toca, incluso de la forma más inocente?»

Llamó para acabar cuanto antes. Él contestó al segundo timbre.

–Lily. ¿Qué puedo hacer por ti?

Sintió la tentación de decírselo, aunque no le pareció muy inteligente.

–He invitado a cenar el miércoles a Sophia y a Carlo. ¿Estás libre para unirte a nosotros?

–Será un placer –repuso con cálida sensualidad.

–A las siete y media. En mi casa –expuso con rapidez–. *Ciao* –añadió antes de cortar.

En su lujosa oficina, Alessandro colgó. A lo largo
del año, recibía muchas invitaciones, pero ninguna con
una renuencia tan cortés.

Lily, o Liliana... como prefería pensar en ella, era encantadora, cálida y deliciosa... cuando bajaba la guardia.

Un cambio bienvenido de las mujeres que practica-
ban el juego de la seducción con cualquier hombre lo
bastante rico como para poder proporcionarles el estilo
de vida que buscaban. Terminaban por parecer fotoco-
pias la una de la otra.

Podía nombrar a una docena de ellas que con una
llamada dejarían todo para estar a su lado.

Salvo Lily Parisi, la única mujer que deseaba, que
besaba como un ángel y encajaba en sus brazos como
si estuviera predestinada a ellos.

Con el tiempo lo conseguiría. Cuando lograra ganarse su confianza.

Tiempo y paciencia... dos cosas que tenía.

Aparte de que él siempre ganaba.

Lily empezaba a sentirse cómoda y parte de un equipo
valorado. Si Giovanni alguna vez había albergado alguna reserva hacia ella, ya no existía, y a Cristo, incluso
cuando se ponía más temperamental, por lo general lograba sacarle una sonrisa.

Del personal del comedor, con quien tenía más empatía era con Hannah, cuyo sentido del humor y expre-
siones en ocasiones aligeraban la carga de los días aje-
treados.

Cuando al fin se acabó el trabajo de la noche, se

quitó el mandil y estaba a punto de marcharse justo cuando Hannah captó su atención.

–Como mañana las dos tenemos el turno del mediodía. ¿Qué te parece si tomamos un café cuando salgamos?

–Me encantaría –su sonrisa recibió otra traviesa.

Aunque se sentía muy cansada, pensó que sería divertido. Hannah era de edad similar a la suya y compartían los mismos intereses.

–Tú eliges el lugar –dijo Lily cuando terminaron su turno al día siguiente–. Llevas en Milán más tiempo que yo.

–Un año y medio –convino Hannah–. Hay una cafetería pequeña a unas pocas calles de aquí donde sirven un café maravilloso.

–Entonces, vamos.

Era pequeña y acogedora; eligieron una mesa, pidieron un café con leche cada una y Hannah habló primero.

–¿Aquí es donde intercambiamos nuestras historias personales y nos compadecemos o alegramos la una por la otra? ¿O nos olvidamos de todo y hablamos de algo trascendente y aburrido?

–¿Y si la historia personal es corriente?

–Imposible. En la cocina se dice que tienes tu propio restaurante, que eres italiana de nacimiento y una profesional a la altura de Giovanni y Cristo.

Lily rió y extendió las manos.

–Bueno, ahí lo tienes. Es tu turno.

–Mmm. Más detalles.

–No hay mucho que contar. Mi tía me invitó a visitarla y yo decidí quedarme una temporada.

–¿Rompiste con un novio?

–Algo así.

–Lo mismo que a mí. La relación se estancó. Pensé que si me iba de Londres, me echaría de menos y me seguiría. No lo hizo.

En cuanto les sirvieron, ambas bebieron un sorbo del café con leche.

–Ahora estoy viéndome con alguien –le confesó Hannah–. Es italiano.

–Eso es estupendo –Lily sonrió.

Hannah puso los ojos en blanco y movió la cabeza.

–Su madre quiere que siente la cabeza con una chica italiana, que siga la tradición y le dé buenos hijos. No con una chica inglesa que tiene ideas diferentes y no habla su idioma.

–¿Y qué dice él?

–Que es su vida y que elegirá a la esposa que él quiera.

–Parece que sabe lo que quiere.

–Sí –confirmó con calidez–. Lo sabe.

–Entonces, ¿cuál es el problema?

–Que las madres italianas tienden a ser muy protectoras con sus hijos. *Famiglia*. Y yo no encajo en ella –repuso con sequedad.

–Es simple. Mantenlo feliz y gánate a su madre con tu destreza culinaria.

–No hay problema en lo primero –aseguró con un exagerado movimiento de cejas–. Sé cocinar. Y he estado tomando lecciones de italiano.

–Entonces, no tienes nada de qué preocuparte –vio que se animaba un poco.

–¿Y qué me dices de ti? ¿Ves a alguien?

Lily rió.

–Que sólo llevo en Milán unas semanas.

–Corren rumores de que tienes contacto con Alessandro de Marco, el dueño del restaurante.

–Es un amigo de mi tía –respondió con tono ecuánime.

–De vez en cuando cena en el restaurante. Material de primera –concedió Hannah con sonrisa perversa–. Apuesto que es fantástico en la cama.

–No puedo saberlo.

La otra movió los ojos con expresión de incredulidad.

–¿Y no quieres averiguarlo?

–No.

–Es una pena.

Se quedaron un rato más, se terminaron los cafés y en la calle se separaron cuando Hannah se dirigió a la estación de tren y Lily hacia su coche.

El miércoles se levantó temprano, limpió el apartamento y mientras desayunaba meditó en el menú que serviría para la cena.

Lingüini con una delicada salsa de setas de primero, seguido de una espléndida especialidad de pollo del menú del Parisi. De postre, una delicada tarta de frutas y un sorbete de mango para limpiar el paladar. Café. Y vino.

Comprobó la despensa, escribió una lista exhaustiva y fue a comprar los ingredientes necesarios.

A última hora de la tarde todo estaba en su sitio, con la mesa puesta, el vino enfriándose y la tarta en la nevera.

Había llegado el momento de desprenderse de los vaqueros, ponerse algo femenino, arreglarse el pelo y añadir un toque de brillo a los labios.

El telefonillo sonó a las siete y media, y al ir a contestar, en el monitor vio a Alessandro, no a Sophia y Carlo, de quienes había esperado que llegaran primero.

Al abrirle, sintió que el corazón se le aceleraba.

Demasiado pronto llamó a la puerta del apartamento

y lo dejó entrar con lo que esperó que fuera una sonrisa de bienvenida; aceptó la botella de vino que él le ofreció y luego los ojos casi se le desorbitaron cuando le enmarcó la cara entre las manos y la besó.

–Estupendo –valoró Alessandro al alzar la cabeza y mirarla con curiosa calidez.

No pensaba preguntarle a qué se refería y por fortuna para ella, apenas pasaron unos minutos antes de que volviera a sonar el telefonillo, anunciando la llegada de Sophia y Carlo.

Sintió que la tensión se mitigaba un poco al asumir su papel de anfitriona y ofrecer vino.

–Deja que yo me ocupe –indicó Alessandro al situarse a su lado. Con destreza descorchó la botella y llenó a medias cuatro copas. Relajado, las repartió antes de alzar la suya en un brindis–. Por Lily. Por una vida nueva y feliz.

Aunque nada tenía sentido cuando se hallaba en presencia de Alessandro, el aire parecía vibrar con una electricidad sensual, tanta que casi resultaba palpable.

–Si me disculpáis.

–¿Necesitas ayuda? –quiso saber Sophia.

–Ninguna, gracias.

Apenas tardó unos minutos en escurrir los lingüini, servirlos en platos y añadir la delicada salsa de setas. La receta principal esperaba en platos calientes, listos para ser trasladados a la mesa.

Realizó una última inspección, depositó el pan de hierbas en una cesta recubierta con una servilleta y pidió a sus invitados que se sentaran a la mesa.

Todos declararon que los lingüini estaban perfectos, que el pollo era pura ambrosía y excelentes la tarta de fruta y el sorbete.

Incluso para su visión crítica, fue una cena satisfactoria, a pesar de sentir más nervios que los que era capaz de recordar.

—*Miei complimenti* —añadió Carlo con voz queda.

—*Grazie* —aceptó con una sonrisa cálida y estuvo a punto de quedarse paralizada cuando Alessandro le acarició la mejilla.

—Extraordinario, Lily.

Durante un instante perdió la capacidad del habla.

—Gracias —logró decir al final—. ¿Os apetece pasar al salón mientras recojo la mesa? Así podremos relajarnos cómodamente.

—Es agradable hacer un poco de sobremesa, ¿no crees? —indicó Sophia con cierta nostalgia—. Me recuerda a mi familia, cuando nos poníamos al día con nuestras respectivas vidas, reíamos un poco y hablábamos mucho.

—Desde luego —acordó con gentileza. Igual que su tía, ella asociaba la comida con la camaradería familiar, ya que habían sido los únicos momentos del día en que habían estado juntos... donde la proximidad había importado, y el amor.

El café se retrasó mientras intercambiaban anécdotas.

—¿Te acuerdas, Lily —comenzó Sophia—, cuando viniste de visita con tus padres? Creo que tenías catorce o quince años.

La joven rió entre dientes.

—No lo menciones, por favor. Llevaba la ortodoncia y el pelo sujeto en una coleta, vivía con los vaqueros puestos y lamentaba el hecho de que jamás sería alta.

—Recuerdo que tu madre se afanaba por convencerte de que te pusieras un vestido.

—Mientras que yo creía que los vaqueros harían que mis piernas parecieran más largas y, por ello, añadirían la ilusión de altura.

–Una adolescente primorosa –Alessandro la miró con ojos intensos.

¿Primorosa? ¿Era lo que él recordaba? Mejor eso que el modo en que mentalmente había babeado por ese joven alto y moreno con un pasado turbio y cuya imagen invadía demasiado a menudo sus sueños.

Giró para mirarlo.

–¿Y qué nos dices de tus años de adolescente, Alessandro?

–Estoy seguro de que has oído como Giuseppe y Sophia me acogieron en su hogar, en sus vidas, y me convirtieron en el hombre que llegaría a ser.

–Sí –musitó–. Lo he oído. Pero sé muy poco de tu vida anterior.

–Es algo que comparto con muy poca gente.

–¿Tan mala fue?

Viviendo al día, sin un hogar al que ir, aprendiendo a pelear suciamente para poder sobrevivir en las calles; yendo un paso por delante de la *polizia*, sin dejar nunca de vigilar su espalda.

–Sí.

Llevaba las cicatrices de los navajazos que había recibido; los tatuajes ya eliminados por láser, con unos pocos que conservaba como recordatorio de la vida que hacía tiempo había dejado atrás.

–Prepararé café –dijo Lily–. Se está haciendo tarde y Carlo y Sophia deben regresar a Como.

Un vez hecho, lo depositó en una bandeja a la que añadió el azucarero antes de llevarla a la mesa.

Se dijo que en cuanto los tres se marcharan, recogería y se metería en la cama.

Pero no resultó tal como ella había pensado.

Alessandro permaneció a su lado mientras Sophia se despedía cálidamente y se marchaba con Carlo.

–Creía que tú también te ibas –dijo cuando lo vio cerrar la puerta y volverse hacia ella.

–Cuando te haya ayudado a recoger –se quitó la chaqueta, se remangó la camisa y fue hacia la cocina.

–No es necesario –pero la protesta cayó en oídos sordos y no le quedó otra opción que seguirlo–. No tienes que hacerlo –era demasiado consciente de su poderosa presencia.

–Yo enjuagaré y tú meterás las cosas en el lavavajillas –dijo él con calma y se puso manos a la obra.

–Da la casualidad de que ésta es mi cocina...

–Y preferirías que no lo fuera –la miró con expresión perceptiva–. Hazme saber cuando hayas descubierto el motivo.

En silencio, aceptó lo inevitable y comenzó a distribuir las cosas que él le pasaba.

Cuando Alessandro terminó y se secó las manos, la miró, haciendo que quedara atrapada en la oscuridad de sus ojos, con la insinuación de algo que no quería explorar a medida que él alzaba la mano y le acariciaba la mejilla.

Luego le enmarcó la cara con los dedos y posó los labios sobre su boca, trazando la línea que la cerraba con la punta de la lengua.

La sintió ponerse rígida, pero no paró, provocándola con suavidad a medida que esperaba su reacción, que ella se afanó en no ofrecerle hasta que el cuerpo la traicionó y sucumbió con un gemido desesperado.

Nunca había experimentado un beso así, y recordó golpearle el hombro en un gesto desvalido cuando lo profundizó antes de soltarla con suavidad y sostenerla con las manos en los hombros, ya que permanecía inmóvil en una mezcla de conmoción, consternación y maravilla por haber dejado que se acercara tanto.

—Creo que deberías irte —logró manifestar con voz trémula mientras él le acariciaba el labio inferior.

—Si es lo que quieres.

Ni siquiera se atrevía a tomar en consideración lo que quería, porque como le prestara atención al ardor del deseo, lo llevaría al dormitorio, le arrancaría la ropa y se entregaría a un sexo lujurioso y desenfrenado.

Salvo que seguir ese camino sólo conduciría al desastre.

—Sí —contestó con determinación.

Despacio, él le acarició los hombros y luego bajó las manos por sus brazos.

—Tú decides.

Su sola presencia era una amenaza para la paz mental que necesitaba. Cruzó los brazos.

—Preferiría no volver a verte.

La miró en silencio durante lo que pareció una eternidad.

—¿Tienes miedo, Lily?

—¿De ti? No —«de mí», pensó. Durante un momento creyó percibir un destello de humor en los ojos de él.

—¿Estás segura?

—Sí —confirmó pasados unos segundos.

—Y prefieres que me marche.

—Por favor.

Se puso la chaqueta mientras ella cruzaba el salón hacia la entrada.

—*Grazie*, Lily. Por una grata velada.

No la tocó y ella echó de menos el contacto de sus labios.

Lo cual era una locura.

—De nada —abrió la puerta y se apartó para dejarlo pasar.

Entonces, se marchó.

Capítulo 9

DESPUÉS DE un mediodía frenético debido a la ausencia de Cristo, lograron sacar adelante el turno como un equipo que funcionaba con una sincronización magnífica.

Tanto Giovanni como ella suspiraron aliviados cuando la presión se acabó.

–Lo conseguimos –declaró ella–. Amy ha estado magnífica.

–Sí –convino él–. Ve a tomarte una hora de descanso.

–Gracias.

Se quitó el mandil y el gorro, luego recogió su bolso y salió del restaurante.

Comería yogur, fruta y una ensalada. Compró el periódico mientras se dirigía a la cafetería donde pidió lo que ya había decidido que comería y se dedicó a hojear el diario.

–Lily. ¿Te importa si me uno a ti?

¿James? ¿Qué hacía ahí?

–No tengo nada que decirte –contuvo el impulso inicial de recoger su comida y marcharse.

Él se sentó en la silla opuesta y trató de tomarle la mano; suspiró cuando ella la retiró de su alcance.

–¿Podemos al menos intentar resolver nuestra separación?

–Está resuelta –lo miró fijamente a la cara–. *Finita,*

terminada, acabada. Sin esperanza alguna de reconciliación.

Él se adelantó ansioso.

—Compartimos una vida estupenda en Sídney. Seguro que puedes aceptar que yo he...

—¿Que has comprendido el error de tu forma de comportarte, James?

—Sí. Lo juro.

—No.

La expresión de él se endureció.

—¿Es tu última palabra?

—Sí. Más allá de toda duda —añadió con énfasis.

Volvió a reclinarse en la silla.

—Entonces, no me dejas elección.

Lo estudió con detenimiento.

—La única elección sensata que podrías tomar sería volver a Australia.

—Vas a pagarlo, y muy caro —juró con manifiesto deseo de venganza—. He preparado una lista exhaustiva que le enviaré a mi abogado para demandarte.

—Que ningún abogado tocará, dado que tú vivías en mi casa y que jamás contribuiste con un céntimo.

—Está la ruptura de una promesa, la pérdida de beneficios futuros, los gastos generados, por sólo mencionar unas pocas cosas. Tengo derecho a la mitad de tus ingresos durante el tiempo que estuvimos juntos, la pérdida de un hogar en el que esperaba residir como tu marido. Por no mencionar una cantidad para compensar mi dolor y angustia, cuyo resultado es mi incapacidad para seguir trabajando.

¿De verdad creía que se saldría con la suya? ¿Cuando ella disponía de pruebas para refutar cada afirmación que alegara?

—Dos millones serán suficientes.

Había perdido la cabeza.

«Tranquila», se dijo. Si mostraba ira, sólo ayudaría a provocarlo aún más.

Con serenidad forzada, recogió su bolso y encaró la mirada truculenta que le dirigía.

—Buenas suerte con eso. Ten por seguro que yo también te demandaré a ti —añadió con acerada determinación.

Si iba a producirse una batalla legal, iba a tener que estar preparada. Un correo electrónico a su abogado perfilando la amenaza de James aclararía el derecho legal según la ley australiana.

El turno de noche fue más turbulento que el del mediodía. Y experimentó una sensación de alivio al terminar y conducir hacia su casa.

Era tarde, había sido un día largo y nunca había anhelado tanto meterse en la cama. Sin embargo, se dio una ducha caliente para relajar los músculos agotados antes de secarse y ponerse un pijama.

Luego sacó el ordenador portátil, entró en su cuenta de correo y redactó una carta para su abogado. Con el cambio de horario, lo recibiría en horas de trabajo en Sídney y obtendría una respuesta en las siguientes veinticuatro horas.

Para su sorpresa, durmió bien y se despertó descansada. Quizá se debía a que era su día libre y al conocimiento de que James, una vez mostradas sus intenciones, se iría de Milán, y su vida regresaría a la normalidad.

Decidió salir sola a explorar la ciudad, ayudada por un mapa en el que había trazado algunas rutas que seguiría. Desayunó deprisa, recogió las llaves y bajó en el ascensor.

Aunque el cielo estaba despejado, hacía frío.

Vagó por la Piazza della Vetra, que enlazaba San Lorenzo con Sant'Eustorgo y recordó a su madre contándole los acontecimientos históricos que unían la zona, las bellas iglesias. Disfrutó de una gran sensación de libertad al carecer de un plan, aparte del de regresar a su apartamento a la puesta de sol.

Al mediodía comió en una pequeña *trattoria* y al finalizar el almuerzo pidió un café con leche. Estaba a punto de irse cuando sonó su móvil.

Vio que el número era el de Alessandro y contestó.

–Hola.

Reclinado en su sillón mientras contemplaba el horizonte urbano, pensó que Lily sonaba feliz.

Le gustaba el sonido de su voz, el ligero deje australiano, a pesar de que hablaba el italiano como una nativa.

–Tengo entradas para esta noche en *La Scala* de Milán –mencionó una hora–. Pasaré a recogerte.

–No he dicho que aceptaría la invitación.

–¿Vas a rechazarla?

¿Ese mítico teatro? Ni en sueños.

–La verdad es que *La Scala* resulta muy atractiva.

–Por lo tanto, tolerarás mi compañía con el fin de disfrutar de la ópera –expuso con un deje de humor y oyó la risa suave de ella.

–Sí. Pero será una dura prueba.

–Que aceptación tan elegante, Liliana.

–¿Qué querías que dijera? –resultaba fácil adoptar un tono jocoso y levemente jadeante–. *Caro mio, grazie*. ¿No veo la hora de quedar?

–Eso está mejor.

–Disfrútalo mientras puedas. *Ciao*.

Pagó la comida y decidió que era hora de ir a vestirse. Gracias a sus expediciones de compras con Sophia, poseía una selección adecuada de vestidos de noche.

Adoraba la ópera y se mordió la lengua por no haberle preguntado cuál iban a representar.

Aunque se dijo que tampoco importaba mucho.

Al llegar a su apartamento, fue directamente a la ducha, se lavó y secó el pelo, se puso un albornoz, comprobó la hora y luego fue a la cocina para cortar algo de fruta fresca para comer.

Alessandro no había mencionado la cena, lo que significaba que después del teatro irían a alguna parte.

La sofisticación funcionaba para cualquier ocasión, por lo que se ocupó del maquillaje con toque ligero, resaltando los ojos y los labios con un brillo rojo. El vestido de un rojo brillante armonizaba con su piel y decidió dejarse el cabello suelto en ondas naturales que le caían justo debajo de los hombros. Un colgante con un diamante en forma de corazón y pendientes a juego, junto con una fina pulsera de diamantes, completaban las joyas que lucía, luego se puso unos zapatos negros de tacón alto, eligió un bolso a juego, recogió las llaves, una cartera fina con algo de dinero por si le hiciera falta y el abrigo negro en el momento en que sonó el telefonillo de la calle.

Vio la cara de Alessandro en el monitor y le dijo:

—Bajo ya.

Vestido con un esmoquin, camisa blanca y pajarita negra, él proyectaba un envidiable aura de poder. El conjunto era pura dinamita.

—*Bella* —alabó sucintamente mientras la aferraba por los hombros y le daba un beso fugaz en la mejilla.

—Gracias —y sintió el habitual nudo en el estómago al recibir el impacto de su sonrisa—. Me halaga haber ganado a los numerosos nombres que tienes en tu pequeño libro negro.

Alessandro le rodeó la cintura con un brazo.

—Alguna vez recuérdame que te diga el porqué.

El tráfico era denso y tardaron tiempo en aparcar y

entrar en la Piazza della Scala para unirse a los asistentes que buscaban lo que muchos considerarían la experiencia de la ópera definitiva.

Fue imposible no experimentar una sensación de
asombro ante el conocimiento del tiempo que llevaba
allí el teatro, su historia, los compositores famosos cuyas obras habían sido interpretadas y cantadas por so-
pranos, tenores y barítonos igualmente famosos.

Hermoso, cautivador, exquisito... fueron los adjeti-
vos que le surgieron y que le manifestó a Alessandro en
el entreacto.

El tiempo que duró el espectáculo olvidó que al lado
lo tenía a él, todo lo que la rodeaba, menos lo que sucedía en el escenario.

—Estás disfrutando de la velada.

—¿Cómo no hacerlo? —respondió con sencillez.

Le tomó la mano y entrelazó los dedos con los suyos.

—*Bene*.

Lily se dijo sólo era un gesto amistoso e intentó ne-
gar que le resultaba... agradable. Durante un rato no
trató de soltarse, y cuando lo hizo, sintió que él afirmaba el apretón.

Experimentó una sensación de desilusión cuando se
encendieron las luces tras el último acto. Después de
avanzar despacio hacia las salidas, se encontraron con
el aire fresco al llegar a la *piazza*.

—Hay un restaurante acogedor cerca de aquí —Alessandro indicó la dirección—. ¿Tienes hambre?

—Sí. Estoy famélica.

—Entonces, cenaremos —rió.

Había un grado de intimidad en el modo en que le
ceñía la cintura con el brazo.

Incluso con los zapatos de tacón alto, sus ojos apenas se hallaban al nivel de la pajarita de él, y como se

apoyara contra Alessandro, su cabeza encajaría en la curva de ese hombro poderoso.

En el restaurante el maître los recibió de forma obsequiosa y los condujo hasta una mesa resguardada en un rincón.

–Agua mineral –indicó ella cuando Alessandro sugirió vino, y pidió un *risotto* con champiñones salteados rociado con perejil fresco.

Una cena ligera para una hora tan tardía, aunque Alessandro pidió un plato más sustancioso y descartó el vino.

Había una sensación de... ¿amistad? Tuvo que reconocer que era más que eso. Más que una simple obligación hacia la sobrina de una mujer que tenía en alta estima. Lenta y pausadamente, él invadía su mente, agitando emociones que preferiría que siguieran aletargadas.

Pero había algo elusivo bullendo entre ellos, algo casi inevitable que no sabía adónde conducía.

No quería caer en cuerpo y alma. Luego, ¿qué? ¿Un regreso a la amistad? Verse de vez en cuando en acontecimientos sociales. Y mucho peor sería verlo con otra mujer.

–Piensas demasiado.

–Es típico de las mujeres –lo miró con ojos solemnes.

–¿Preguntas para las que buscas respuestas?

Era demasiado perceptivo y eso la incomodaba.

–Ya conozco las respuestas.

–Estoy seguro de que así lo crees.

Era reacia a explorar esa aparente conclusión.

–Ha sido una velada maravillosa. Gracias por invitarme a compartirla.

Se sintió desilusionada cuando el coche se detuvo ante su edificio.

Alessandro se soltó el cinturón de seguridad, luego el de Liliana y la acercó, impidiéndole hablar con el simple acto de cubrirle la boca con la suya.

Provocó y probó la dulzura interior, animándola a responder hasta que le rodeó el cuello con los brazos y se aferró a él. Pero se quedó quieta cuando le coronó un pecho con la mano.

El suave roce de su dedo pulgar sobre la cumbre sensible la hizo soltar un gemido suave a medida que las sensaciones la atravesaban.

Durante un momento permaneció inmóvil, luego prevaleció la cordura y se afanó por liberarse de él. La sorpresa y el alivio se fundieron cuando Alessandro retrocedió despacio.

Tenía los ojos negros y una expresión imposible de leer.

—He... de irme —recogió su bolso y alargó la mano hacia el picaporte—. Gracias —logró decir al bajar.

—*Dormire bene* —le deseó Alessandro.

Como si pudiera lograrlo después de la magia embriagadora que había proyectado él.

«No ha sido más que un beso», se dijo mientras subía en el ascensor.

«Un beso estupendo», reconoció una vez que se encontró en la seguridad de su apartamento.

«Asombroso», corrigió mientras anhelaba que llegara el sueño.

Se preguntó cómo sería...

«Ni se te ocurra ir por ahí».

«No va a suceder».

Al día siguiente, después de que el cliente de la mesa cinco devolviera un plato de langostinos preparados por el mismo Giovanni, aduciendo que estaban pasados en la cocción, irritada, Lily le preparó otro primero que Hannah le sirvió.

Ésta regresó con el plato y los ojos en blanco.

—Demasiado aliño en la ensalada. Juro que lo hace a propósito.

—De acuerdo, esta vez dale el aliño por separado para que pueda servírselo él mismo.

Cinco minutos más tarde, Hannah regresó con el pulgar alzado en gesto positivo mientras recogía otro pedido.

Pero había sido una celebración precipitada.

El cliente comenzó a devolver todos los segundos aduciendo un exceso aquí u otro allí.

Era evidente que no se trataba de alguien quisquilloso, sino de un cliente que buscaba problemas.

—Si crees que las cosas no podían empeorar... olvídalo. Alessandro de Marco acaba de entrar en el restaurante.

—¿Para cenar?

—Está hablando con Giorgio.

Le dio la impresión de que el resto de la noche iba a ir cuesta abajo.

—Dile al cliente de la mesa cinco que pida otra cosa.

Hannah respiró hondo.

—Yo sugiero la marinara. Si le pone alguna pega a eso, puede que por accidente me asegure de que el contenido termine sobre sus pantalones.

—Por favor —se desahogó Lily—. Déjame ese placer a mí.

Cinco minutos más tarde, la joven regresó.

—Acepta unos *fettuccini marinara*.

—¿Sí? —preparó el plato y sirvió la salsa en un bol—. Llévaselo al quisquilloso con los cumplidos del chef. Y sonríe con amabilidad.

–Si no tengo otra opción.

Al rato Hannah regresó a la cocina con el plato y el bol.

–Te juro... –Lily calló con furia apenas contenida.

–Tranquila, cariño. Quiere ver al chef.

–¿De verdad? –se irguió. Tomó un plato nuevo, añadió pasta, salsa marinara y ladeó la cabeza.

–¿No irás a...? –musitó Hannah con incredulidad.

De camino hacia la puerta de la cocina, Lily miró por encima del hombro.

–Mírame. ¿Has dicho mesa cinco?

«Sonríe», se ordenó. «Sé amable».

Y lo hizo, hasta que vio quién ocupaba la mesa cinco.

James.

La idea de ser amable se evaporó.

–*Buona sera* –saludó con una cortesía tan gélida que le extrañó que las copas no se congelaran–. Tengo entendido que no te satisfacen los platos que has pedido.

Él le dedicó una mirada de desdén.

–Sí. Devolví el primero varias veces y no estoy satisfecho con los *fettuccini.*

–Entiendo. La camarera nos ha transmitido tus quejas –extendió el plato con la pasta perfectamente presentada–. Se te ha preparado una salsa marinara nueva. Con los cumplidos de la dirección –depositó la pasta sobre la mesa un poco cerca del borde, y al retirar la mano, sus dedos ladearon *accidentalmente* el plato, haciendo que el contenido cayera sobre los pantalones de James–. Oh, santo cielo –exclamó con fingido desconsuelo–. Lo siento tanto –extendió una servilleta nueva de la mesa y tomó una cuchara–. Por favor, permite que lo limpie.

–¡Aléjate de mí! –bramó y maldijo en voz baja.

–Mis disculpas más sinceras –ofreció ella.

–¡Maître!

El bueno de Giorgio asimiló la situación de un solo vistazo y de inmediato manifestó su preocupación.

–Un desgraciado accidente, señor. Desde luego, se le compensará por el importe del tinte.

–Ha sido deliberado. ¡Merece ser despedida!

–Te sugiero que te marches –expuso una voz familiar con peligrosa serenidad.

Lily observó palidecer las facciones de James al reconocer a quién tenía delante.

–¡Tú! –espetó con bravuconería–. ¿Qué diablos haces aquí?

Alessandro enarcó una ceja.

–Tienes la opción de marcharte con discreción y por propia voluntad o que te expulsen a la fuerza. Dispones de un minuto para elegir.

–No tienes derecho...

La expresión de Alessandro se endureció.

–Estás molestando a la clientela del restaurante del que soy propietario. ¿Quieres que llame a la policía y que presente cargos contra ti? Veinticinco segundos...

James no se movió.

Inadvertidamente, Lily contuvo el aliento.

Al llegar a *cero*, Alessandro hizo girar a James, le aferró ambas manos y a la fuerza lo sacó del local.

Se había terminado incluso antes de haber empezado, y con una indicación queda de Giorgio, Lily y Hannah regresaron a la cocina.

Cinco minutos más tarde, la puerta de la cocina se abrió y Alessandro se dirigió al lado de Lily.

–Tu turno se ha terminado... a partir de ahora.

Lo miró con cautela.

–No, no ha terminado.

–Yo digo que sí –le soltó las tiras que sujetaban el mandil y luego le quitó el gorro–. Vámonos.

–Tengo una obligación....

–De la que te he liberado.

–¿Me estás despidiendo?

–No.

A menos seguía teniendo trabajo.

–Recogeré mi bolso.

–Iremos en mi coche –afirmó él al salir del restaurante–. No creo que hayas cenado, y yo tampoco.

Lily no prestó especial atención a la dirección que seguían hasta que se detuvo delante de su piso.

–¿Por qué me has traído aquí?

–¿Preferirías un restaurante lleno de gente?

En realidad, no.

–Prepararemos la cena, tomaremos una copa de vino...

–Y luego me llevarás a mi casa.

–Si es lo que quieres.

–Sí –respondió de forma sucinta.

Mientras compartían la cocina, imperó una sensación de camaradería. Lily sacó huevos, queso, tomates, hierbas y preparó dos tortillas francesas sabrosas mientras Alessandro se ocupaba de la ensalada.

Unos platos sencillos que comieron a la mesa de la cocina, acompañados de unos panecillos crujientes y unas copas de vino blanco.

Él se había quitado la chaqueta y la corbata, se había remangado y desabrochado los dos primeros botones de la camisa.

Era otra persona. Alguien relajado y muy distinto del hombre que había expuesto el farol de James seguido de la expulsión a la fuerza del local hacía apenas una hora.

–No veo que tengas algún rasguño o hematoma –comentó ella al encontrar su mirada curiosa.

–Ya no necesito recurrir a los puños para dejar clara una cuestión.

–Estoy segura de que ha habido ocasiones en que no dispusiste de alternativa.

–Es una vieja historia.

–Una que no quieres compartir conmigo.

Él se reclinó en la silla.

–Fueron años que no me inspiran un orgullo especial.

–Sobreviviste –indicó ella con voz baja.

–Por medios cuestionables.

–¿Fuiste responsable de haber matado a alguien?

–No con mis propias manos –había presenciado cómo dos de sus amigos se desangraban hasta morir antes de que una ambulancia llegara demasiado tarde para salvarlos.

–¿Cuántos años tenías?

–Diez y medio –ese *medio* tenía importancia entonces.

–¿Estabas en hogares de acogida?

–El tercero. Hubo otros. Con trece años elegí arreglarme por mi propia cuenta. En las calles, viviendo con una mano delante y otra detrás, durmiendo allí donde podía.

–¿Qué edad tenías cuando Giuseppe y Sophia te acogieron en su hogar?

–Quince, casi dieciséis.

–¿Y los años transcurridos entre los trece y los dieciséis?

–¿Sientes curiosidad, Lily?

–Interés –corrigió sin desviar la mirada.

–La electrónica se me daba bien. Aparatos, ordenadores... podía arreglarlos, y eso comenzó a dar sus frutos.

–Y, de algún modo, captaste la atención de Giuseppe.

–Sí.

Sintió simpatía por el niño que había sido, consciente de que sólo le había mostrado la punta del iceberg.

Ningún niño se merecía algo así.

–Dudo de que quieras mi simpatía –aventuró al final–. Así que no te la ofreceré. A cambio, diré lo mucho que te admiro por darle un giro a tu vida y tener éxito con tantas cosas en contra –necesitaba una distracción para controlar tanta emoción–. Los platos –anunció, poniéndose de pie–. Luego me tienes que llevar a casa.

–Déjalos.

Lilly recogió la mesa y llevó todo a la encimera; allí enjuagó los platos y la cubertería antes de meterlos en el lavavajillas, luego se ocupó de la sartén.

–Ya está –se volvió y vio que él estaba cerca.

–Podrías quedarte.

No, no podía.

–Por favor, no me pidas eso.

Se secó las manos y fue hasta donde había dejado el bolso.

–Llamaré un taxi.

–Ésa no es una opción –dijo él al tiempo que recogía las llaves.

Mientras atravesaban las calles desiertas, no se le ocurrió nada que decir, y en cuanto detuvo el coche ante su edificio, abrió la puerta.

–Gracias.

–Me cercioraré de que llegas a salvo a tu apartamento.

–Estaré bien.

Pero sabía que tenía las emociones demasiado a flor

de piel, hostigadas por las imágenes del niño perdido que había sido y de lo que debía de haber sufrido.

Cruzó el vestíbulo vacío hacia el ascensor, introdujo su llave y rezó para que llegara antes de que las lágrimas la desbordaran.

—No es necesario que subas conmigo.

Él no dijo nada al seguirla al interior del ascensor, apretar el botón de su planta y salir con ella cuando se detuvo.

—Dame tus llaves.

Abrió la puerta.

Lily parpadeó con rapidez cuando una lágrima rodó por su mejilla hasta posarse en la comisura de sus labios.

Cualquier esperanza de que a él le hubiera pasado por alto desapareció cuando cerró la puerta del apartamento y le alzó el rostro.

—¿Lágrimas, Liliana?

—Se me ha metido una pestaña en el ojo.

—Claro —aceptó con gentileza mientras se la quitaba con el dedo pulgar antes de bajar la cabeza y capturarle la boca con la suya.

Una caricia sensual y ligera que la calmó mientras le enmarcaba el rostro con las manos y luego la soltaba con una última caricia en la mejilla.

—Te llamaré.

Capítulo 10

EL JUEVES hizo doble turno y se metió en la cama completamente extenuada.

El viernes el restaurante tenía las reservas completas para toda la noche y el trabajo se incrementó un poco a medida que el personal de cocina se encargaba de dar salida a los pedidos.

Era tarde cuando salió del local y una vez en casa, se desnudó y se dio una prolongada y relajante ducha; se secó y se puso un pijama, recogió el ordenador portátil y se metió en la cama para comprobar los correos del día que le enviaban de Parisi antes de cerrarlo en un esfuerzo por dormir.

Algo difícil, dado que inevitablemente su mente se centraba en la fiesta de Giarda y Massimo y en la creciente preocupación que la embargaba acerca de que Giarda hubiera dado por hecho que Alessandro y ella eran pareja y los alojara en la misma suite.

Sin duda Alessandro corregiría ese malentendido.

Pero, ¿y si no lo hacía?

Tenía la maleta preparada cuando el telefonillo sonó a las tres. Comprobó el monitor, dijo que bajaba y salió al vestíbulo donde la esperaba Alessandro.

El traje impecable y la corbata habían desaparecido. En su lugar llevaba unos chinos informales, un polo azul marino que resaltaba sus hombros musculosos y gafas de sol apoyadas en lo alto de su cabeza.

–Hola –le dedicó una sonrisa brillante al tiempo que le daba la maleta pequeña, y se quedó atónita cuando él se inclinó y le dio un beso en la mejilla.

Le rodeó a cintura con un brazo relajado.

–¿Nos vamos?

Le abrió la puerta del deportivo negro y antes de sentarse al volante guardó la maleta en el interior del maletero.

Lily esperó hasta que enfilaban hacia el norte por la autopista A8 antes de sacar el delicado tema del alojamiento.

Él le dedicó una mirada breve antes de centrarse otra vez en la conducción.

–¿Tienes miedo, Lily?

–De ti... no.

–No presumas de poder juzgarme por las acciones de otros hombres.

Ella cerró los ojos y los volvió a abrir, agradecida por los cristales tintados de sus gafas.

–No era ésa mi intención.

–Me tranquiliza oírlo.

El problema era suyo, ya que ella había respondido al beso con tal fervor como para llevarlo a pensar que estaba dispuesta a permitir que ese intercambio apasionado llegara a mayores.

Sabía que jamás saldría de una relación con Alessandro con las emociones intactas.

«Así que no vayas por ahí».

–Relájate, Lily.

Como si pudiera hacerlo.

Llegaron al hogar de Giarda a través de un camino sinuoso hasta lo alto de una colina que daba al Lago Maggiore. Una hermosa villa de dos plantas erigida en un espacioso terreno de césped cuidado cuya entrada estaba guardada por una puerta de hierro forjado que se abrió automáticamente cuando se acercaron.

La pareja salió a recibirlos en el momento en que Alessandro aparcaba junto a la entrada.

Giarda los saludó con afecto al tiempo que pasaba el brazo por el de Lily mientras los conducía al interior.

—Me alegro tanto de veros.

Un recibidor grande y de suelo de mármol exhibía una escalera curva y doble que llevaba a la primera planta. Arte original decoraba las paredes y el sol penetraba a través de los ventanales.

—Venid... os llevaremos arriba, a vuestra suite.

¿*Suite*... para una pareja?

—Os he puesto en el ala de invitados. Estoy segura de que os encontraréis muy cómodos —Giarda señaló una puerta al final del pasillo—. Aquí hay bastante intimidad y disponéis de una vista hermosa del lago.

La vista era estimulante y la habitación grande y con un cuarto de baño adjunto.

Una suite... con *dos* camas matrimoniales. Un mobiliario exquisito, cortinas elegantes y un escritorio antiguo y ornamentado.

—Gracias —logró decir—. Es perfecta.

—Sabía que te gustaría. Deshaced las maletas y relajaos un poco. Luego reuníos con nosotros... digamos, ¿en media hora?

La pareja los dejó solos y Lily se volvió hacia Alessandro en el instante en que la puerta se cerró.

—¿Qué cama quieres?

Él esbozó una sonrisa ligera.

—¿No deseas compartirla?

—No —repuso mirándolo a los ojos.

—Es una pena.

Y encima se divertía a su costa.

Alessandro rió entre dientes al apoyar su maleta en la cama más cercana y abrir la cremallera.

–¿Tienes alguna preferencia por el lado izquierdo o derecho del armario? –le preguntó.

Dado que era un armario enorme, movió la mano en un gesto de indiferencia.

–Por favor.

Habría una fiesta que se prolongaría más allá de la medianoche, momento en el que se retirarían a la habitación e inevitablemente caerían rendidos a los pocos minutos.

Al día siguiente habría un brunch tardío a bordo del barco mientras recorrían el lago y antes de que oscureciera regresarían a casa.

Era de una notable sencillez. No había nada de qué preocuparse.

Pero no había contado con que tendrían que cambiarse de ropa a medida que se acercaba la noche.

Le irritó que Alessandro no pareciera darle importancia al hecho de quitarse la ropa informal para ponerse un esmoquin, mientras ella no tenía ninguna intención de quedarse en braguitas y sujetador delante de él.

Recogió el vestido rojo que había comprado con Sophia, la lencería roja a juego y se metió en el cuarto de baño sin dedicarle una sola mirada a él.

Media hora después salía con el cabello y el maquillaje perfectos.

–Estás hermosa.

–Me alegra que lo apruebes –realizó una imitación de genuflexión.

La fiesta se hallaba en su apogeo cuando entraron en lo que debía ser el salón de baile, y a simple vista daba la impresión de que había más de setenta invitados charlando y bebiendo champán mientras se deleitaban con unos canapés que ofrecían los camareros que se movían entre ellos.

Una música suave hacía posible conversar y Lily reconoció a algunos de los invitados, a los que saludó con cortesía y con los que intercambió una charla grata y superficial, decidida a divertirse.

Había un disc-jockey que ponía música para aquéllos que querían bailar.

—Alessandro, querido. Estaba segura de que vendrías esta noche.

Un visión hermosa que Lily dedujo sentía afición al Botox ya que nadie poseía una frente tan increíblemente lisa.

—Chantelle.

El saludo fue lo bastante cálido como para que ella se preguntara cuál era la naturaleza de su relación.

—Y tú eres Lily —reconoció Chantelle—. La nueva pareja que los paparazis necesitaban adjudicarle a Alessandro.

—Amiga —corrigió ella.

—¿Tan tímida, querida?

Como si quisiera corroborar sus palabras, Alessandro tomó la mano de Lily y se la llevó a los labios.

—Lily es muy hermosa, ¿no te parece?

—Exquisita —convino Chantelle—. Espero que sepa apreciarte.

Si él era capaz de interpretar un papel, ella también.

—Alessandro es asombroso. Soy muy afortunada de tenerlo.

Chantelle sonrió y se mezcló entre los asistentes.

Él se inclinó.

—No me has...

—¿Tenido aún? —terminó por él y adrede le dedicó una sonrisa deslumbrante—. Y jamás lo haré.

–¿Tan segura estás?

Lily alzó una mano y la posó en su mejilla.

–Querido, desde luego que estoy segura.

No ayudó que él riera en voz baja y que no se separara de su lado en toda la noche.

A medianoche fluyó el champán, se pronunciaron brindis en honor de los anfitriones y una hora más tarde los invitados habían comenzado a dispersarse.

–Creo que es hora de irse a la cama –indicó él, consiguiendo que Lily frunciera la nariz.

–¿Tenemos que irnos?

–La fiesta prácticamente ha terminado.

Pero se mostraba reacia a estar a solas con él, a pesar de que la suite tuviera dos camas. Y aunque no quería reconocerlo, se hallaba cansada. Hacer dos turnos en el restaurante los últimos días le estaba pasando factura.

Le pareció que lo más sensato era capitular y simplemente sonrió cuando Alessandro la pegó a su costado.

Aguardó hasta que llegaron a la habitación y cerraron la puerta para separarse de Alessandro.

–Ya puedes dejar de fingir.

–¿Crees que estoy fingiendo? –enarcó una ceja.

–¿No?

Lily jadeó cuando la pegó a él. Luego le tomó la boca de un modo que ella no esperaba, y cuando intentó soltarse, simplemente le enmarcó el rostro entre las manos mientras le recorría el borde de los labios con la lengua de un modo persuasivo y tentador... y cuando no respondió, Alessandro abrió la boca sobre la suya y la mordisqueó con delicadeza al tiempo que saboreaba la curva suave de su labio inferior antes de poseer toda su plenitud con el borde de los dientes.

La tentación de devolverle el mordisco suave era demasiado tentadora para rechazarla... y lo hizo. O al menos lo intentó, salvo que la presión leve que ejerció su mandíbula le brindó a Alessandro la entrada que buscaba.

Fue él quien probó y saboreó gentilmente en un beso que la derritió hasta la médula.

Eso era algo más que una posesión.

Era una promesa.

A Lily la mente le dio vueltas. «Santo cielo... ¿una promesa de qué?»

De nada que pudiera querer.

De nada que se atreviera a necesitar.

«Mentirosa».

Si le devolvía el beso... Su mente frenó en seco ante la locura de ceder.

Unas manos espontáneas lo sujetaron por los hombros y empujaron, queriendo liberarse de él. Porque tenía que hacerlo.

Como si Alessandro lo supiera, se retiró un poco, ofreciéndole la libertad que buscaba a la vez que posaba las manos en los hombros de Lily y retiraba la boca de sus labios.

Ella sólo pudo mirarlo con aturdida incredulidad.

Él le pasó un dedo pulgar por la mejilla, desterrando ese leve rastro de humedad y vio que abría mucho los ojos, atónita.

¿Lágrimas?

¿Estaba llorando?

Casi nunca lo hacía.

Ni siquiera cuando la dominó la furia al descubrir la infidelidad de James.

Una excepción había sido la pérdida de sus padres.

Pero Alessandro había llegado hasta sus emociones y las había desnudado.

Tenía que cesar. En ese mismo instante.

Pero cuando iba a hablar, él le selló los labios con un dedo.

–Nada que puedas decir cambiará lo que acabamos de compartir.

Se apartó de él, recogió su pijama y se metió en el cuarto de baño, donde se tomó tiempo con su rutina de aseo con la esperanza de que al salir ya estuviera dormido.

Sí, Alessandro se había acostado, pero estaba despierto con los brazos cruzados detrás de la cabeza, y después de una mirada inicial, ella lo soslayó por completo al ir a la otra cama, meterse entre las sábanas y acomodarse de espaldas a él.

Segundos más arde, oyó el leve *clic* de la lámpara y la habitación quedó sumida en la oscuridad.

–*Buona notte*, Liliana. Duerme bien.

Aunque no lo habría creído posible, la extenuación pudo con ella y al despertar era de día.

Olía a café. Alzó la cabeza y vio la cafetera al lado de una taza sobre la mesilla de noche, junto con una nota que leyó:

Estoy con Giarda y Massimo. Reúnete con nosotros cuando estés lista. El crucero zarpa a las once. A.

Comprobó la hora y de inmediato se incorporó, incapaz de creer que había dormido hasta tan tarde.

Se duchó, se puso una ropa informal y bajó.

El crucero resultó pertenecer a la categoría de lujo y veinte invitados en total compartieron un brunch a bordo mientras Massimo llevaba el timón.

Hacía algo de fresco y una bruma que podía amenazar lluvia, pero a pesar de ello decidió divertirse. Agradeció que Alessandro le señalara los puntos de interés, le nombrara cada pueblo y le explicara parte de la historia de la zona.

Rara vez él se movió de su lado.

Para algunos de los invitados, ése era territorio familiar, pero ella estaba fascinada por todo lo que veía, ya que le proporcionaba una perspectiva diferente de la que había captado desde tierra.

Fue fácil relajarse, gozar... y se dijo que ya no le importaban las conjeturas que pudieran circular acerca de la relación que tenía con Alessandro.

Massimo atracó el barco a media tarde y el resto de invitados que se había quedado el fin de semana, comenzó a marcharse poco a poco.

Había sido una experiencia deliciosa y así se lo transmitió al matrimonio al darles las gracias por su hospitalidad.

El trayecto de regreso a la ciudad no pareció tan largo. Sintió la tentación de apoyar la cabeza en el asiento, cerrar los ojos y disfrutar de la música... y quizá lo hiciera durante un rato.

Acababa de anochecer cuando Alessandro detuvo el coche ante su edificio, y mientras la acompañaba al vestíbulo y subía con ella hasta la tercera planta, le dio las gracias.

Al llegar ante la puerta, la acercó y le plantó un beso en la boca, luego la soltó, le quitó las llaves de la mano, abrió la cerradura, dejó la maleta de Lily dentro y con gentileza le acarició la mejilla.

–Te llamaré –dijo antes de dar media vuelta y regresar al ascensor.

Capítulo 11

DESPUÉS de una mañana que resultó inusualmente tranquila en el restaurante, decidió que por encima del turismo y de las compras, lo que deseaba era ir a un *delicatessen* magnífico del que le habían hablado y que era suficiente para que a un gourmet veterano se le hiciera la boca agua.

Hizo una pequeña selección de productos, incluida una crujiente barra de pan y pagó. Ya estaba solucionada su cena.

Lo siguiente fue ir a la heladería, donde eligió uno de sus favoritos, sabor a mango, del que disfrutó hasta el último bocado.

Casi había oscurecido cuando llegó a su coche, y después de dejar las compras en el asiento del acompañante, se sentó al volante.

La imagen de Alessandro le llenaba la mente. Tuvo que reconocer que cuando no se hallaba presente, resultaba una constante.

No compartían una relación propiamente dicha, pero se había convertido en algo más que amistad. En cuando adónde podía conducir... ¿quién lo sabía?

«¿Adónde quieres tú que vaya?», provocó una voz interior.

En ese momento podía controlar una amistad, unos pocos besos, pero, ¿dar el siguiente paso?

Ése era un juego totalmente diferente.

Aunque la idea de que fuera su amante tenía el poder de derretirle el cerebro. Por no mencionar la excitación de todas sus zonas erógenas.

«No vayas por ahí».

No necesitaba un corazón roto, consecuencia inevitable cuando la relación llegara a su fin.

Con la imagen de una placentera velada a solas en su apartamento, aparcó, recogió las bolsas, cerró el coche con el mando a distancia y caminó hacia el edificio.

Al siguiente instante, un fuerte empujón por detrás hizo que cayera al suelo y durante un instante la conmoción le impidió moverse, pero casi de inmediato se puso de pie.

«¿Quién... *por qué*?», pensó al girar hacia su agresor, y durante un momento de horror, sólo vio a un hombre.

–Hola, Lily.

Su visión se enfocó ante el sonido de esa voz familiar.

¿James?

Sus ojos mostraron incredulidad.

–¿Qué demonios crees que estás haciendo?

–Ésa debería ser la pregunta que formulara yo, ¿no crees?

Avanzó hacia ella y Lily no retrocedió.

Su exnovio miró el edificio.

–Bonito lugar, Lily. El alquiler debe costar bastante –volvió a mirarla a ella–. ¿Lo está pagando tu nuevo amante?

Nada de eso presagiaba algo bueno y se obligó a mantener la calma.

–Yo pago mis cosas.

–¿Con tu cuerpo?

–No tengo por qué escucharte.

–Pero no he terminado.

–James...

Avanzó un paso.

–¿Le suplicas cuando te abraza, Lily? ¿Te gusta cuando se muestra... digamos agresivo? –le dio un puñetazo en el hombro y sonrió cuando ella se estabilizó–. *Zorra*. Lo invitas a tu apartamento. Te vas el fin de semana con él.

¿La había estado vigilando? Sintió un escalofrío ante semejante idea.

Le dio una bofetada y Lily trastabilló completamente aturdida por la incredulidad.

¿Así era James? ¿El hombre aparentemente tranquilo con el que había estado a punto de casarse? Ni una sola vez durante su relación había sido física o verbalmente violento.

Lo que demostraba lo bien que había representado su papel. Y lo poco que lo había conocido ella.

–No me dejarás –le aferró los hombros con fuerza y luego le plantó la boca en la suya.

Desesperada, le lanzó una patada y tuvo la momentánea satisfacción de oírlo gruñir de dolor.

Ese beso era una violación y le mordió la lengua en un afán por liberarse. Por un momento, pensó que lo había logrado, pero él era más alto, más corpulento y poseía la ventaja de la ira.

Al siguiente instante le dio un golpe doloroso con el dorso de la mano en el costado de la cabeza que hizo que cayera al suelo.

El dolor luchó con la incredulidad.

James... *¿James la estaba atacando?*

Algo duro impactó en su caja torácica y como un animal herido gritó pidiendo ayuda.

Tuvo el recuerdo vago de alguien que gritaba, del sonido de pies al correr, luego una ansiosa voz masculina le preguntó:

—¿Te encuentras bien?

Seguida de una voz femenina:

—¿Estás herida? ¿Puedes levantarte?

«Sí. No estoy segura».

¿Había hablado en voz alta? Su cabeza no parecía suya y no tenía ningún pensamiento coherente.

Fue consciente de una voz de fondo y oyó las palabras «policía», «ambulancia»... y comenzó a protestar.

—Necesitas ver a un médico —dijo con gentileza una voz femenina—. ¿Hay alguien a quien podamos llamar por ti?

«No». Probó el movimiento de sus brazos, de sus piernas. Bien. Le dolían la cabeza y las costillas.

—Mi edificio está a unos metros de distancia.

Vio la bolsa con sus compras en un batiburrillo de vidrios rotos y líquido conservante sobre el pavimento.

—Aquí tienes tu bolso —había auténtico pesar en la voz masculina al señalar la bolsa de la compra—. Me temo que de eso no se puede salvar nada.

—Te llevaremos al recibidor y esperaremos contigo hasta que llegue ayuda —le aseguró la voz femenina.

Le dolía casi todo y pudo probar sangre al pasar la lengua por el labio inferior.

Justo lo que le faltaba, cuando al día siguiente debía trabajar los dos turnos.

Quizá después de darse una ducha, recibir primeros auxilios y tomar unos analgésicos, por la mañana se sintiera mejor.

—Gracias.

Le dolía moverse y sintió una gratitud inmensa por el apoyo que le brindaron para llegar despacio a la entrada. Lily introdujo el código de seguridad en el panel, las puertas se abrieron y la ayudaron a sentarse.

Se dijo que en cinco minutos insistiría en que la subieran a su apartamento.

Pero no tuvo la oportunidad, ya que se abrió la puerta de entrada y una figura familiar dominó casi todo el umbral.

Lily cerró los ojos y volvió a abrirlos despacio a medida que Alessandro llegaba a su lado. Podía probar el humor o decantarse por el silencio... le resultó más fácil eso último.

Un músculo se contrajo en la mandíbula de él.

–*Per meraviglia* –las palabras sonaron con una serenidad peligrosa al ponerse en cuclillas a su lado.

–¿Qué haces aquí?

Con delicadeza, le apartó un mechón de pelo de la cara.

–Me llamó el encargado.

–¿Y por qué haría algo así?

–Soy el dueño del edificio.

–¿Por qué no me sorprende?

–Vamos –él se puso de pie.

Esperaba que a su apartamento, pero la cautela la llevó a preguntar:

–¿Adónde?

–A un centro médico privado.

–No necesito...

–Sí que lo necesitas –recogió el bolso de ella y con cuidado la alzó en brazos.

–Puedo caminar –manifestó resentida.

No le prestó ninguna atención, y para su disgusto, repitió la acción al llegar al centro médico.

En la sala de espera la depositó sobre una silla y tomó el control de todo.

Un especialista la examinó, solicitó análisis de sangre, radiografías, un escáner, una inyección... ¿o dos?

Lily perdió la cuenta cuando pasó una hora, luego otra, antes de que la autorizaran a marcharse.

Alessandro no se apartó de ella en ningún momento y pagó todos los gastos médicos, haciendo caso omiso de su protesta sin decir siquiera una sola palabra.

Y lo peor fue que la llevó a su piso, no al de ella.

—¿Por qué me has traído aquí? —demandó con exasperación cuando él apagó el motor del coche.

—Quiero dormir por las noches —declaró Alessandro.

—¿O sea que... esta sugerencia es para que puedas descansar tranquilo?

—Principalmente, es por tu seguridad.

—No.

A pesar de su ferocidad en el mundo de los negocios, era consciente de que en ese caso nadaba en aguas peligrosas.

—No tienes derecho a imponerme nada —afirmó ella haciendo caso omiso de la mirada sombría de Alessandro.

—El cariño que siento por ti me lo da.

—Yo no te he pedido que lo sintieras.

—Qué le vamos a hacer.

Durante lo que pareció una eternidad, únicamente lo miró, buscando en sus facciones sacarle algún sentido a lo que seguía sin decirse.

—Elige, Lily —indicó él con suavidad—. Mi casa o la tuya, pero compartiremos el mismo techo el tiempo que haga falta.

—La mía. Sola.

—*Madre de Dio*. ¿Tienes que ser tan obstinada?

Bajo ningún concepto iba a reconocerle que tenía miedo... y no de él, sino de sí misma.

–Llévame a casa, Alessandro –dijo al fin–. Por favor –añadió. Era tarde, estaba cansada y sólo quería darse una ducha y meterse en la cama.

Casi esperó que se negara, por lo que le resultó una sorpresa absoluta ver que arrancaba y la devolvía a su apartamento.

No fue capaz de reconocer que se sintió enormemente aliviada cuando él la siguió al interior.

En silencio, fue a su dormitorio, cerró la puerta, luego se desnudó y entró el cuarto de baño.

El agua caliente la ayudó a relajarle los músculos tensos. Se quedó más tiempo que el necesario. Luego se secó, se cepilló el cabello y se lo recogió en una trenza suelta antes de ponerse unos pantalones de algodón y una camiseta y salir al dormitorio.

El apartamento estaba silencioso. Y aunque sabía que la puerta de entrada se hallaba cerrada, un sentido de supervivencia la llevó a realizar una última comprobación.

Fue entonces cuando vislumbró la silueta de un hombre grande estirada en un sillón reclinable en el salón.

Alessandro, descalzo y sin chaqueta. Dormido, si se hacía caso de su respiración acompasada.

Suspiró y regresó al dormitorio.

Sorprendentemente, se quedó dormida y despertó con el tentador olor de café recién hecho, tostadas y, si no se equivocaba, beicon friéndose en una sartén.

Entró en la cocina en el instante en que trasladaba el beicon a dos platos, seguido de unos esponjosos huevos revueltos.

–*Buon giorno*.

–No haré la pregunta obvia.

–Siéntate –ordenó con amabilidad–. Come.

–Dictador –fue la única palabra que se le ocurrió.

–*Grazie*.

–No puedes quedarte aquí –dijo con cierta desesperación.

Alessandro optó por una sonrisa algo irónica.

–Ese sillón no es precisamente cómodo.

–Por favor, Alessandro.

–Haz una maleta mientras llamo a Giovanni –se puso de pie y estiró los brazos en un intento por relajar los músculos entumecidos–. Luego te vendrás conmigo.

–No iré a ninguna parte contigo.

–Claro que lo harás –su voz tenía un deje acerado.

Lily bufó y lo miró con expresión ominosa.

–No puedes...

–Con mucha facilidad –le aseguró sonriente–. O bien por tus propios medios o bien de una forma más autoritaria.

–Tengo turno en el restaurante –fue un recurso desesperado que no surtió ningún efecto.

–A partir de ahora mismo tus turnos se cancelan hasta que estés preparada para volver.

Durante largos segundos el aire entre ellos crepitó por la tensión.

Quería negarse. Pero sabía que no podía ganar. Además, sus costillas y la cabeza le dolían demasiado como para plantarle batalla.

–No me gustas.

Alessandro esbozó una leve sonrisa.

–En este momento, no esperaba otra cosa.

No necesitó mucho tiempo para recoger una bolsa de viaje, añadirle ropa y seleccionar todo lo demás que pudiera necesitar antes de regresar al salón y dejar la bolsa a los pies de él.

Alessandro simplemente cerró la mano en torno a las

asas de piel y se pasó la bolsa por el hombro. Se dirigió hacia la puerta, dejándola para que lo siguiera.

Sin decir una palabra, Lily recogió su ordenador portátil y salió del apartamento.

El trayecto hasta el piso de Alessandro transcurrió en silencio y en cuanto estuvieron dentro, se volvió para encararlo.

–¿Ya estás contento? –él la observó con una calma engañosa, bajo la cual se podía percibir el destello de una implacabilidad primaria–. Subiré a deshacer mi maleta.

Eligió la suite de invitados que había ocupado cuando Sophia y ella se quedaron allí después de la fiesta de la semana de Milán.

Fue a investigar en la cocina con el fin de ver qué podía preparar para comer. Tanto la despensa como la nevera se hallaban bien equipadas. Fue a buscar a Alessandro al despacho. Llamó a la puerta dos veces.

No obtuvo respuesta y llamó con más fuerza.

Quizá no estuviera allí.

Entonces la puerta se abrió y él se irguió demasiado alto después de que ella se hubiera cambiado los zapatos de tacón por unos mocasines cómodos.

–¿Vas a estar aquí todo el día?

–¿La idea te molesta? –inquirió impasible.

Le molestaba mucho, pero jamás se lo reconocería.

–En absoluto. ¿Te viene bien almorzar a la una?

–Es perfecto.

–Me gustaría comprobar mis correos electrónicos luego. Después de comer estaría bien, si a ti no te importa.

Al recibir un gesto afirmativo, dio media vuelta y fue a su suite.

Alessandro se quedó de pie, dominado por emociones encontradas. Por un lado quería tomarla en brazos y besarla hasta que le suplicara misericordia... ¿y por el otro?

¿Ir un paso más allá y llevarla a la cama? Eso... no funcionaría. Unas costillas magulladas más una gran conmoción no eran un buen comienzo para iniciar una relación. Todavía.

Mientras tanto, disponía de la distracción del trabajo.

Se decidió por una pasta con salsa de pesto y panecillos sacados del congelador que calentaría y emplearía para preparar *bruschetta*.

A la una en punto puso la mesa y contuvo una descarga súbita de nervios cuando Alessandro apareció sin previo aviso.

Él entrecerró los ojos al ver el rostro pálido de Liliana y las magulladuras que empezaban a manifestarse en el costado de su frente.

Experimentó una furia silenciosa contra su exnovio. Sólo era cuestión de tiempo hasta que descubriera el paradero de James.

Vio que ella más que comer jugueteaba con la comida y que terminaba por apartar el plato.

–¿No tienes hambre?

–Estoy bien –se puso de pie–. Tú termina mientras yo preparo café.

La dejó ir. Cuando acabó, entró en la cocina con su plato y cubiertos, que depositó en la encimera.

–La pasta estaba magnífica –alabó mientras recogía su café–. Yo llevaré esto.

Lily lo aceptó y continuó llenando el lavavajillas.

«Sólo hoy», se dijo, «y luego volveré a mi apartamento».

Se lo comentó mientras ordenaban la cocina esa noche.

—No.

—¿Qué significa eso? —demandó Lily—. Estoy perfectamente.

—James sabe dónde trabajas y vives. Hasta que lo atrapen y presentemos cargos contra él, te quedarás conmigo.

—Tiene que ser una broma. Es ridículo.

—Mañana iremos a mi villa del lago Como a pasar unos días. Es mía —recalcó—. Como sabes, James conoce la dirección de Sophia —con eso, acalló la protesta que ella quería manifestar—. Sophia aún desconoce la agresión que has sufrido. ¿Para qué angustiarla?

La irritó que él tuviera razón.

—No me brindas muchas opciones.

Le apartó un mechón perdido que había escapado del cabello recogido.

—No.

Estaba demasiado cerca y el corazón le palpitaba desbocado.

Quería recuperar su vida, no una montaña rusa emocional que parecía acelerarse con cada día que pasaba.

—Voy a retirarme temprano.

Alessandro la tomó por la nuca, vio que sus ojos se dilataban y le dio un beso en la frente.

—Que duermas bien.

Algo que él no conseguiría, sabiendo que ella ocupaba una suite muy próxima a la suya.

Capítulo 12

LA VILLA de Alessandro resultó ser una mansión de lujo situada en lo alto de una colina junto al lago Como, a la que se llegaba por un camino serpenteante alineado de árboles en los lados.

En el interior hermoso reinaba una sensación de tranquilidad y paz. Una escalera curva llevaba a la planta superior.

Era una mansión, pero también un hogar, decidió Lily cuando Alessandro le asignó la suite de invitados. En una palabra, era increíble. Parecía un santuario, igualmente idóneo para una estancia placentera y apacible como para ofrecer reacepciones y fiestas.

—Mi ama de llaves ha preparado el almuerzo y para cenar hay lasaña en la nevera —depositó la maleta de ella en un taburete ancho junto a la ventana—. Hay una sala de recreo al final del pasillo y una biblioteca de DVDs. Si te apetece, explora cuanto quieres el terreno.

—Gracias.

Había adoptado un papel de anfitrión cortés pero amigable y eso le parecía perfecto a Lily. Al menos proporcionaba cierta distancia y eso era bueno.

Razón por la que no lograba comprender la ligera sensación de decepción que la embargaba.

«Reconócelo», se reprendió mientras sacaba sus cosas de la maleta—. «Te gusta. De hecho, es algo más que una simple atracción. Agita algo profundo en ti que te da miedo explorar».

Sería tan fácil ceder, disfrutar compartiendo su cama, una parte de su vida, durante el tiempo que durara, sin ataduras.

Quizá lo que necesitaba era una aventura.

Pero estaba la certeza de que cuando terminara, tendría el corazón roto, sin otra alternativa que dejar Milán, la compañía de Sophia y establecerse en un lugar lejano donde nunca más pudiera ver a Alessandro.

Después de conectarse a Internet, de comprobar y contestar varios correos, al terminar de almorzar se dedicó a explorar los terrenos.

Los jardines tenían unos setos decorativos perfectamente cuidados, una fuente para los pájaros y, para su completo deleite, un pequeño cachorrito de gato blanco y negro sentado a la débil luz del sol.

—Hola, preciosidad —se acercó con cuidado para no asustarlo—. Me pregunto de quién serás.

El gato dejó de acicalarse y la observó acercarse, ladeando la cabeza cuando Lily se puso de rodillas.

Curioso, se aproximó y se detuvo antes de acercarse a una distancia donde pudiera olfatearla.

Despacio, ella alargó una mano y después de pensarse si debía avanzar más, el gatito dio un salto y estuvo a punto de caer sobre sus patas delanteras.

Fue fácil tomar en una mano a la diminuta bola peluda, y para su sorpresa, el gatito acomodó la cabeza en la palma de su mano y se puso a ronronear.

Lo alzó y lo acarició contra su mejilla, recibiendo a cambio un lametón cauteloso.

Desde su despacho en la villa, Alessandro observaba la escena junto al ventanal. De modo que la nueva camada de cachorritos de la gata del ama de llaves ya salía a explorar, pensó, consciente de la necesidad de encontrarles pronto una casa a cada uno.

Y vio a Frederica, la gata madre, en busca de su vástago perdido. Notó cuando al percibir la presencia de un ser humano se debatió entre seguir o retirarse, ganando al final el instinto maternal.

Después de acariciar otra vez al cachorrito, Lily extendió la palma para que Frederica lo examinara.

Ese gesto dulce lo conmovió de una manera en que rara vez se veía afectado, y vio cómo Frederica tomaba al cachorro por el pellejo del cuello y trotaba de vuelta al lugar donde descansaba el resto de la camada.

Observó a Lily ponerse de pie y seguir la marcha de Frederica hasta que la gata desapareció de la vista.

La cena resultó solitaria, ya que Alessandro se vio ocupado con algo evidentemente importante que requería su presencia en el despacho, por lo que comió sola. Después de dejarle la lasaña, un plato con ensalada y panecillos en la mesa, buscó el salón de recreo.

Eran las diez pasadas cuando la película que había elegido terminó.

Cansada, entró en su habitación, se quitó la ropa, se puso un pijama y después de completar su rutina nocturna de belleza, se metió entre las sabanas de una cama muy cómoda.

El sueño la dominó con rapidez, igual que las imágenes demasiado perturbadoras que la despertaron con un sobresalto. En cuanto se orientó y recordó dónde estaba, la repetición vívida de la agresión de James comenzó a desvanecerse.

Después de dar vueltas infructuosamente en la cama, se levantó y fue hasta la escalera.

Se dijo que un poco de leche caliente la ayudaría. Fue a la cocina y se calentó una taza en el microondas, luego se acercó a uno de los ventanales que daba a los jardines y bebió mientras sus ojos se acostumbraban a la vista.

Fue ahí donde la encontró Alessandro. Con voz queda pronunció su nombre mientras cruzaba la estancia para quedarse detrás de ella.

Lily le dedicó una mirada, vislumbró su torso desnudo, el botón de la cintura de los vaqueros abierto y se preguntó qué había perturbado *su* sueño.

–Estoy tan acostumbrada a trabajar a todo ritmo, que la vida tranquila empieza a afectar mi ciclo de sueño –explicó con ligereza y cruzó los brazos sin ser consciente de que lo hacía.

–¿No has tenido ninguna pesadilla? –al no obtener respuesta, giró un poco y le alzó el mentón–. ¿Liliana?

–Sólo una –admitió. «Y desperté sola y no sabía dónde me encontraba». Alzó la taza–. Leche caliente. Siempre funciona.

–¿Quieres hablar de ello?

Experimentó un inesperado escalofrío.

–No especialmente.

–Entonces, hay que volver a la cama –le quitó la taza, la dejó sobre la mesa y le tomó la mano.

Una noche, sólo una noche con ese hombre sería un bálsamo para su alma herida. Sentirse deseada, aunque fuera por un rato. Quedarse dormida en unos brazos cálidos, sabiendo que al despertar él estaría allí.

Sin embargo, quedaría el inevitable *después*, en el que aunque el sexo fuera fantástico, sería únicamente la aventura de una noche.

De modo que Alessandro la escoltaría a su suite y se marcharía.

Salvo que no se fue y ella no le dijo que lo hiciera. Un momento lo estaba mirando y al siguiente él emitió un sonido ronco al ir a la cama y tumbarse a su lado.

–Duerme, Lily. Y por el amor del cielo, no te muevas demasiado... hay un límite para lo que puede soportar un hombre.

Fue muy agradable. Más que agradable, y como al cachorrito que había cobijado ese día, acomodó la cabeza en la curva de su hombro... y durmió.

Mientras él permanecía despierto, anhelante y completamente excitado.

Al despertar, la luz se filtraba a través de las persianas. Estaba acurrucada de espaldas contra un cuerpo masculino y cálido.

Y lo que era peor, una mano le cubría el pecho.

Se dio cuenta de que se trataba de un hombre muy excitado.

–Estás despierta.

–No, estoy dormida y tú formas parte de una gran pesadilla.

Infructuosamente, trató de liberarse. Y mucho después se preguntó por qué no puso más empeño en ello.

¿Por qué quería lo que no debería tener?

¿La necesidad de prolongar el confort que él le ofrecía?

Pero ofreció una protesta simbólica.

–No creo que sea una buena idea.

Alessandro le apartó el cabello y le mordisqueó el borde del cuello, haciendo que ella temblara.

–No juegas limpio –logró mascullar antes de jadear cuando él trazó la curva del cuello con la punta de la lengua.

Sucumbir a sus atenciones se convirtió en una tentación innegable y emitió un sonido trémulo cuando bajó hasta su pecho, que desnudó con gentileza para introducirse la cumbre en la boca, saboreándola como si fuera la máxima delicadeza.

Con mucho cuidado, le tomó el bajo de la parte superior del pijama y se lo quitó por la cabeza.

Lo miró a los ojos oscuros y fue incapaz de apartar la mirada mientras le coronaba los pechos y pasaba el pulgar por encima de cada cima hasta dejarla absolutamente erecta y tensa.

Emitió un jadeo leve cuando cerró las manos en torno a su cintura antes de buscar el botón que sujetaba la parte elástica del pantalón, soltarlo y bajar el algodón suave por los muslos hasta dejarle los pantalones arrugados en torno a los tobillos.

El instinto entró en acción e hizo que se llevara una mano protectora a los rizos suaves que sombreaban su núcleo femenino, que luego él cubrió con su mano.

–¿Tanta timidez, Liliana?

Inclinó la cabeza y le tomó la boca en un beso suave de exploración que le vació la mente salvo de él... de su contacto, del olor limpio del jabón que había empleado esa mañana al ducharse y que se mezclaba con el olor a hombre.

Apenas fue consciente del brazo que descendía por su espalda, le coronaba el trasero y la pegaba contra él, ofreciéndole plena y dolorosa conciencia de su erección.

La invadió el calor cuando Alessandro buscó el vello suave de la unión de sus muslos y deslizaba un dedo entre los pliegues húmedos antes de hallar el hipersensible clítoris.

La sintió temblar levemente bajo su contacto y contener la respiración cuando con habilidad la llevó a un orgasmo y la abrazaba mientras Lily se desvanecía.

Durante largos minutos reposó contra él, demasiado

atrapada en la reacción de su propio cuerpo como para moverse. Emitió una protesta suave cuando él con suavidad la instó a mirarlo.

–Déjame darte placer.

–Acabas de hacerlo –logró afirmar con voz ronca por la emoción y oyó la risita de Alessandro.

–No lo suficiente –musitó mientras bajaba la boca abriendo un sendero de placer hasta la unión de sus muslos, que separó con suavidad para lamer la dulce humedad que se acumulaba allí antes de sondear los pliegues suaves con la lengua y encontrar el clítoris inflamado y tan sensible a su contacto.

Ella cerró los dedos en el pelo de la cabeza de Alessandro y aguantó mientras la volvía loca, ajena a los sonidos guturales que salían de su boca o al modo en que su cuerpo se sacudía bajo los latigazos del placer.

Cuando él se detuvo para buscar protección, Lily se quejó con un leve grito.

Un único factor consumía cada célula de su cuerpo: la necesidad de que él la poseyera.

Alessandro vio cómo se le abrían los ojos al absorber su tamaño y arquear las caderas en silencioso ánimo. Fue todo lo que necesitó para embestirla por completo y empezar a moverse, despacio al principio, luego con creciente velocidad, llevándola consigo mientras la hacía subir, tanto que Lily tuvo que aferrarse a Alessandro, una parte integral de él cuando la condujo hasta el precipicio y luego la sostuvo en el instante en que se deshacía.

Se encontraba más allá de las palabras, ya que le era imposible describir cómo se sentía o lo que había experimentado en sus brazos.

El Cielo. Simplemente, el Cielo.

Luego, compartieron la ducha y fue allí donde ella

vio las tenues cicatrices blancas en su cuerpo; el tatuaje en su bíceps izquierdo, el pequeño emblema en el extremo de una cadera.

Con gentileza ella trazó con el dedo el rastro de una cicatriz, luego otra al tiempo que se preguntaba qué le habría ocurrido para recibirlas. Tres eran cortes de una navaja. Una marca arrugada desafiaba identificación.

–¿Te resultan repugnantes?

Miró la oscuridad de sus ojos y movió despacio la cabeza.

–No –sintió un nudo en la garganta–. Son parte de lo que eres –sin reflexionar, se inclinó y trazó cada imperfección con los labios–. Quizá algún día me hables de ellas.

Contuvo el aliento al ponerse de pie y sentir cómo con un movimiento fluido él la alzaba y ella le rodeaba la cintura con las piernas y buscaba sus labios en un beso provocador que sólo podía tener un final.

Tardaron bastante en salir para secarse, e incluso más antes de que él le pasara un brazo por debajo de los muslos y la llevara a la cama.

Unos días más tarde, durante la cena, Alessandro le transmitió la noticia de que James había abandonado Italia.

–¿Cómo puedes estar tan seguro? –preguntó ella con dudas.

–Hice que cobrara conciencia de que la amenaza de cargos por acoso, sumada a su agresión física –repuso con expresión peligrosamente primitiva–, haría que lo arrestaran en una cárcel italiana. Por no mencionar tu intención de demandarlo por lesiones bien documentadas y privación de libertad.

–¿Te encaraste con él? –preguntó con incredulidad.

–¿Es que imaginaste que no lo haría?

–Sí... no –respondió confusa–. ¿Eso es todo?

«No», pensó Alessandro, pero por el momento no había necesidad de comunicarle todo.

–¿Hay más? –insistió ella con voz queda.

–Si valora en algo su pellejo, abandonará su intención de presentar una reclamación legal para una compensación por tu parte bajo cualquier forma.

–¿Lo amenazaste?

–Depende de la interpretación que le des a amenazar –un recordatorio de no intentar ponerse en contacto con Lily jamás, bajo ninguna circunstancia.

El silencio se prolongó.

–Comprendo –dijo ella al final.

–¿Qué comprendes?

«Demasiado... y no lo suficiente».

–Quiero darte las gracias. Tu ayuda y apoyo han sido inapreciables.

–¿Apoyo, Lily? –no dejó de mirarla.

Era inútil fingir cuando aún tenía la imagen nítida del recuerdo de lo que habían compartido. En la cama y fuera de ella.

Él no se movió, pero percibió que controlaba una furia que lindaba lo primitivo.

–Has sido muy amable –añadió ella con cautela–. Te debo tanto... –«oh, diablos, dile cómo es». Regalarle algo que ella creía que no existía. La belleza del amor altruista. Hasta pensar en lo que habían compartido le encendía la sangre.

En unas simples semanas había pasado de ser mucho más que una simple amistad.

Se preguntó si era real. O sólo una aventura conveniente que llenaba un vacío en la vida de él.

¿Y cómo averiguarlo?

La confianza debía ganarse y, ¿cómo podía estar segura si no la ponía a prueba?

–Creo que los dos necesitamos un poco de espacio.

Los ojos de Alessandro se ensombrecieron.

–¿Y cuál es tu motivo?

Una vez emprendido ese camino, necesitaba responder.

–No me entrego a relaciones superficiales y frívolas.

–¿Es lo que te parece que es esto?

–¿Acaso no es así?

–No.

–¿No se trata de un simple deseo físico?

–¿Consideras que el deseo físico es un inconveniente?

Cómo iba a creer algo así si con sólo pensar en él su cuerpo cobraba vida... Era una locura que no podía permitirse si buscaba retener una medida de sentido común.

–Tu cuerpo tiembla cada vez que te miro –continuó él con voz queda–. El pulso en la base de tu cuello se acelera. Mi contacto te causa escalofríos y cuando hacemos el amor, me regalas todo. Tu corazón... tu alma.

Era la verdad sin adornos... que ella no podía reconocer.

–Tenemos sexo.

–Hacemos el amor –corrigió él y vio como Liliana alzaba el mentón en gesto desafiante.

–¿Hay alguna diferencia?

–Eso ni siquiera vale como respuesta.

Con un gesto, ella los abarcó a ambos.

–Esto... ha sucedido demasiado deprisa.

–¿Y lo consideras algo malo?

–Conocía a James desde hacía casi un año cuando

nos prometimos. Durante meses compartió mi casa, mi cama —expuso con sinceridad natural—. Creía que me amaba... —lo miró con solemnidad impasible—. Como bien ha demostrado, no lo conocía en absoluto.

—¿Me vas a comparar con él? —demandó Alessandro. Dos hombres... tan diferentes como la tiza del queso.

—No.

—¿Lo amabas?

—Eso pensaba.

—¿Sólo lo *pensabas*, Liliana?

—James quería un atajo hacia lo que él consideraba una vida mágica. Yo era una mujer joven con una apreciable herencia, un negocio de éxito y un hermoso hogar en una urbanización de élite —intentó encogerse de hombros—. Interpretó muy bien su papel.

—¿Es lo que piensas que hago yo? —resistió el impulso de abrazarla y besarla—. ¿Interpretar un papel?

Lily se dijo que no podía ser algo ensayado...

Alessandro le enmarcó el rostro entre las manos.

—Mi única necesidad... eres *tú*. Todo lo que eres. Todo. Tu sonrisa, el modo en que se te iluminan los ojos cuando me miras. El amor que me obsequias con tanta generosidad... —le dio un beso fugaz en los labios—. Me dejas sin aliento.

Lo miró con los ojos muy abiertos... sin miedo.

—¿Qué estás sugiriendo, Alessandro?

—Compartir mi vida, que lleves mi anillo en tu dedo, que seas la madre de los hijos que espero que tengamos.

Se quedó boquiabierta, ya que no se le ocurrió nada que decir.

¿Matrimonio?

Se tragó el nudo que tenía en la garganta.

—No puedes hablar en serio —logró musitar y vio una leve sonrisa en los labios de él.

–Liliana –la reprendió con gentileza.

Había una poderosa sensación de idoneidad en lo que habían compartido. El conocimiento de que no podía ser algo parecido con otra persona... jamás. Que eso era especial, infinito.

–¿Cómo puedes establecer un compromiso semejante después de apenas unas pocas semanas? –preguntó con una mezcla de aturdimiento e incredulidad.

–Fácilmente –afirmó Alessandro.

«Santo cielo», pensó ella. Necesitaba tiempo para asimilar eso. La espontaneidad era perfecta en algunos aspectos de la vida, pero, ¿en el matrimonio?

Aunque una parte de ella quería saltar a sus brazos y decir *sí*. Aceptar todo lo que le ofrecía sin pensar en ello ni cuestionarlo.

Alessandro supo en un plano subliminal que si alargaba los brazos hacia ella, sería suya.

–Dispones de una semana –musitó.

–¿Y luego?

Se tomó su tiempo antes de responder.

–Vendré a buscarte.

Lily palideció y las palabras salieron de su boca sin un pensamiento coherente.

–¿Y si soy yo quien decide ir a buscarte?

La atravesó con sus ojos oscuros e insondables.

–Sabes cómo encontrarme.

Capítulo 13

DURANTE cuatro días y noches trabajó sin descanso, y luego iba a su apartamento, se daba una ducha y caía en la cama... levantándose al día siguiente para repetir el proceso.

No ayudó. Nada ayudó. Seguía dando vueltas en la cama por las noches.

Cada mañana reconocía las crecientes ojeras bajo los ojos, que ocultaba con maquillaje.

Con cada hora que pasaba, cobraba más conciencia de cuánto anhelaba el contacto de Alessandro. Sentir sus manos en el cuerpo, su boca... Santo cielo, empezaba a convertirse en una ruina emocional.

Se dijo que eso no podía seguir así. Tampoco le costó mucho tomar una decisión.

Al llegar a su apartamento, la ducha obró milagros, y por primera vez en varias noches, durmió como un bebé, despertó renovada y pidió un cambio al turno del mediodía para poder acabar a media tarde.

Su plan era sencillo y eligió la ropa con cuidado, y al salir del restaurante condujo hasta el edificio elegante que albergaba las oficinas de Alessandro.

Mientras subía hasta la planta adecuada, se preguntó si estaría en una reunión con algún cliente importante. O lo que era peor, si no se hallaba en la oficina.

Al abrirse las puertas, salió a un recibidor elegante y vio escrito Industrias de Marco en una doble de puerta de cristal justo delante de ella. Respiró hondo y fue hacia la recepción, donde la saludaron con interés cortés.

–El *signor* Alessandro de Marco –preguntó con igual cortesía.

–El *signor* De Marco se encuentra en una conferencia.

–¿Podría informarle a su secretaria que Liliana Parisi desea hablar con él cuando quede libre? –notó un fugaz destello de reconocimiento.

–Por supuesto –la recepcionista se volvió hacia su consola, apretó una tecla, habló en voz baja y luego cortó la comunicación–. Cristina la acompañará al salón privado del *signor* De Marco.

A los pocos minutos, apareció una joven perfectamente arreglada, se presentó y le pidió a Lily que la acompañara por un pasillo espacioso a una habitación con un mobiliario cómodo y elegante.

–Por favor, siéntese. El *signor* De Marco se reunirá pronto con usted. ¿Puedo ofrecerle algún refresco? ¿Café, té... algo frío?

–No, gracias. Estoy bien.

Cristina le ofreció un aparato electrónico compacto.

–Si necesita algo, no dude en contactar conmigo.

Cuando se quedó sola, se puso a hojear una revista y trató de no pensar en los nervios que la embargaban.

Los minutos pasaron con aparente lentitud mientras pasaba una hoja tras hoja sin fijarse en lo escrito ni en las fotos.

Estaba a punto de elegir una tercera revista cuando se abrió una puerta y Alessandro entró en la sala.

Se miraron mientras ella se ponía de pie y avanzaba unos pasos hacia él. Le ofreció una sonrisa trémula cuando él la imitó.

Alessandro no dijo nada. Todo lo que sentía por ella

resultaba evidente. *Amor*, en todas sus muchas facetas, y ternura.

Por ella... sólo por ella.

Él bajó la cabeza y le dio un beso leve al tiempo que le enmarcaba el rostro con las manos.

Durante lo que pareció un siglo, saboreó esa boca, ahondando en la dulce humedad mientras ella salía al encuentro de su lengua.

Luego le rodeó el cuello con los brazos cuando el beso se volvió tan increíblemente apasionado que la hizo perder el sentido del tiempo y del lugar.

Y al final, cuando todo lo demás había dejado de existir, él alzó la cabeza un poco y la miró profundamente a los ojos.

–¿Por qué tardaste tanto?

–Por la insensatez –se pasó la lengua por los labios inflamados por el beso y apoyó la palma de la mano en la mejilla de él–. Por razones por las que logré convencerme de que eran válidas.

–¿Y no lo eran?

Había llegado la hora de la sinceridad, de no ocultar nada.

–Creía que el amor necesitaba tiempo para crecer de una atracción inicial a algo... más. No a golpearte como un rayo y hacer que mi mundo se tambaleara.

Alessandro esbozó una sonrisa fugaz.

–Después de una relación desastrosa con James, no quería nada con los hombres. Pero ahí estabas tú –prosiguió con serenidad–. Una constante en mi vida. Al principio imaginé que era para complacer a Sophia. Y pude apreciar ese gesto. Salvo que tomó un giro inesperado y resultó fácil confundir mis emociones con un sexo bueno –hizo una pausa y estudió sus facciones.

–¿Crees que no comprendía tu incertidumbre? –inquirió con gentileza.

Sí, había sido un estratega extraordinario que la había conocido mejor que ella a sí misma.

–Te amo –palabras sencillas que habían sido difíciles de reconocer y aceptar, pero sentidas y verdaderas.

–*Grazie di Dio* –la voz ronca sonó emocionada antes de apoderarse de su boca en un beso que la dejó sin aliento.

Cuando alzó la cabeza, apenas pudo contener la humedad de sus ojos al mirarlo. Él le pasó el dedo pulgar allí donde una lágrima amenazaba con caer.

–Liliana –la reprendió con delicadeza mientras las lágrimas fluían por sus mejillas–. Tú eres mi vida. Tienes mi amor. Mi corazón.

Ella quiso llorar y reír al mismo tiempo.

–Vayámonos de aquí, ¿eh? –añadió Alessandro.

Lily le ofreció una sonrisa insegura.

–¿Has terminado ya por hoy?

–En la oficina... sí –volvió a darle otro beso suave–. Contigo... no.

Lo que compartía con ese hombre no tenía precio. Era todo lo que alguna vez podría desear.

El destino le había enviado una oportunidad, algo muy especial que había estado a punto de rechazar por no atreverse a creer en lo que sentía su corazón.

El tráfico era denso y caótico y el avance fue lento. Por lo que tardaron un rato hasta que él frenó ante la entrada principal.

Alessandro bajó del coche y cruzó hasta donde ella se erguía, los ojos llenos de pasión.

–Gracias –le dijo Lily con voz sincera y algo ronca.

–¿Por qué, específicamente? –quiso saber él.

–Por todo –fue la respuesta sencilla.

Nada en su vida tenía más sentido que esa mujer que había derribado sus defensas en apariencia impenetrables y se había adueñado de su corazón. Como nadie más habría podido hacerlo.

No supo quién se movió primero, sólo que la abrazó y se apoderó de su boca con un beso voraz y prolongado que se convirtió en algo primitivo y urgente.

Sus cuerpos se fundieron y se perdieron el uno en el otro. Conscientes de la necesidad creciente, del deseo de más... mucho más.

De algún modo ella logró retirarse un poco y contuvo una carcajada al tomarle la cara entre las manos.

–Nos encontramos en la calle –expuso–. Casi teniendo sexo a plena vista.

–¿No es una buena idea?

La provocaba y ella le siguió el juego, pasándose la lengua por el labio superior... hasta que los ojos de él centellearon.

–Se me ocurre una mejor –le bajó la cabeza y le susurró unas palabras al oído.

Alessandro soltó una risa ronca, la alzó en brazos y se dirigió a la entrada principal. Introdujo la clave de seguridad y obtuvo acceso al gran recibidor.

En cuestión de segundos, las puertas del ascensor se abrieron, entró, seleccionó el número de su piso y comenzaron a subir.

Le besó la curva suave del cuello hasta que el habitáculo paró electrónicamente con suavidad, las puertas se abrieron y cruzó el pasillo hasta su piso.

Abrió la puerta, entró y cerró detrás de ellos.

–Ya puedes bajarme.

Lo que hizo fue besarla mientras continuaba hasta el dormitorio principal.

Fue entonces cuando dejó que se deslizara hasta quedar de pie para ocuparse de los botones de su blusa y quitársela.

Luego siguió el sujetador; coronó cada pecho, sopesó la ligera carga y pasó un dedo pulgar por cada cumbre, acariciando, masajeando, hasta que ella se movió impaciente bajo ese contacto y lo liberó de la chaqueta y de la corbata antes de desabotonarle la camisa.

Después se centró en el cinturón, le bajó la cremallera del pantalón y fuera lo que fuere lo que hubiera querido decir se desvaneció con el beso que se adueñó de su corazón.

Lily no supo cómo desapareció el resto de su ropa, sólo fue consciente de que había dejado de hallarse de pie y se encontraba tendida sobre unas sábanas suaves en una maraña de miembros mientras la boca perversa de Alessandro le ofrecía un festín sensual de un erotismo tan intenso que apenas pudo soportarlo.

Experimentó la necesidad desesperada de corresponderle, por lo que lo puso boca arriba, le dedicó una mirada llena de promesas misteriosas y comenzó a besarlo en el hueco del cuello, mordisqueando, succionando, antes de lamer una tetilla dura con besos delicados para luego centrarse en la otra.

Él contuvo el aliento con un sonido casi imperceptible cuando Lily comenzó a descender despacio hasta explorar con exquisito cuidado el ombligo, en anticipación precisa del objetivo de sus atenciones.

El pene suave y sedoso, tenso por el deseo, fue una tentación que rodeó con la punta de la lengua, lo que provocó en él un gemido.

Con besos etéreos recorrió toda la extensión, demorándose un poco para ponerlo nervioso antes de concederle el placer definitivo.

–Santo cielo –el cuerpo poderoso le tembló en su afán por mantener el control.

La experiencia de Lily del poder femenino resultó demasiado breve cuando las manos de Alessandro se cerraron en torno a su cintura y con movimiento fluido la situó debajo de él.

Entonces fue su turno de jadear cuando la penetró y se quedó quieto al tiempo que luchaba para contenerse antes de empezar a moverse, enloqueciéndola hasta que fue el turno de ella de suplicar liberación con una voz que no pudo reconocer como propia.

Era mucho, mucho más de lo que había creído posible. El cuerpo y la mente en perfecta sincronía con él mientras escalaban juntos las cumbres, se detenían ante el precipicio y saltaban con los cuerpos poseídos por una sensación vertiginosa que los recorrió al unísono.

Al rato la respiración de Lily fue acompasándose hasta adquirir cierto vestigio de normalidad.

No quería moverse ni se creía capacitada para hacerlo.

Durante un rato, simplemente se abrazaron en el exquisito corolario de un acto sexual gozoso.

«Amor», pensó Lily mientras reflexionaba somnolienta sobre el camino que su vida había seguido hasta ese lugar, ese hombre... y como, de no ser por el destino, tal vez jamás hubiera llegado a descubrir.

Bastante más tarde, se levantaron, se ducharon y se vistieron con ropa informal.

–Yo prepararé la cena –ofreció Lily.

Alessandro le acarició la mejilla.

–La haremos juntos.

Fue mientras bebían café cuando él alargó el brazo y le cubrió la mano con la suya.

–¿Vas a protestar si sugiero que nos casemos pronto?

–¿Cuándo es pronto?

–El tiempo que requiera solicitar la licencia.

La felicidad de Sophia ante la noticia fue tan abrumadora que casi hizo que Lily llorara mientras se veía
arrastrada a las pruebas de vestido, encargar que le en-
viaran los documentos necesarios desde Australia, un
considerable donativo a la iglesia para que el sacerdote
local los casara en la intimidad de la villa de Sophia. No
habría invitados, sólo una pequeña ceremonia familiar
presidida por el sacerdote.

Dos semanas después, Lily daba los últimos retoques a su maquillaje y su cabello y se calzaba los zapatos de tacón alto y color marfil.

El vestido del mismo color tenía un estilo sencillo
con líneas elegantes, un escote pronunciado, mangas
tres cuarto y le llegaba hasta los tobillos. Un velo tenue
caía desde una delicada diadema de capullos de rosa he-
chos de seda, también de color marfil.

Las joyas eran mínimas, un colgante de diamantes
con una fina cadena de platino, pendientes a juego y el
hermoso anillo de diamante y platino que le había regalado Alessandro.

Con una sonrisa que le llegaba hasta los ojos, se volvió hacia su tía.

–Mi querida Lily –musitó ésta–. Estás preciosa. Me
siento tan feliz por ti.

–Gracias. Por todo –añadió con voz ronca por la
emoción antes de abrazarla. Luego le dio un beso en
la mejilla–. ¿Nos vamos?

Era Sophia quien bajaría la escalera con ella y la

acompañaría hasta el salón principal, donde esperaban el sacerdote y Carlo, el padrino.

Una ceremonia muy íntima, seguida de una comida de celebración, para luego pasar la noche en la mansión de Alessandro en el lago Como antes de tomar al día siguiente un avión que los llevaría a Venecia.

No albergó ni un atisbo de duda al entrar en el salón del brazo de Sophia.

Vio que Alessandro se volvía hacia ella y durante el resto de sus días recordaría la expresión que mostraba al caminar hacia él.

Amor... en todas sus muchas facetas, con la promesa de una pasión eterna. Para ella. Sólo para ella.

Parpadeó en un esfuerzo por contener las lágrimas y le sonrió con gesto trémulo al llegar a su lado.

Sin decir una palabra, alzó las manos para enmarcarle la cara y besarlo, una unión fugaz de las bocas antes de manifestarle con voz apenas audible y sólo para sus oídos:

—Te amo con todo mi corazón. *Per sempre, amante.*

Por primera vez en la vida, Alessandro perdió el don de las palabras. Le tomó las manos y se las llevó a los labios antes de obsequiarle una sonrisa radiante.

Luego encontraría las palabras... y le demostraría con el cuerpo lo mucho que significaba para él.

Liliana. Su vida, el mismo aire que respiraba.

Su único y verdadero amor.

Per sempre.

BIANCA.

SANDRA MARTON
LA PASIÓN TENÍA UN PRECIO

Lucas Vieira necesitaba un traductor para cerrar un importante acuerdo de negocios, y también una mujer que se hiciera pasar por su novia. Así que, ¿por qué no matar dos pájaros de un tiro? A la lingüista Caroline Hamilton le surgió la oportunidad de ganar un buen dinero de forma decente. Pero cuando conoció a su cliente, se dio cuenta de que no jugaban en la misma división…

ANNIE WEST
EL PRÍNCIPE INDOMABLE

El príncipe Alaric de Ruvingia era tan salvaje e indómito como el principado que gobernaba. Las mujeres se peleaban por calentar su cama, pero él se aseguraba de que ninguna se quedara. Entonces, llegó la inocente archivera Tamsin Connors, por la que se sintió inmediatamente atraído. Enseguida la nombró ¡amante de su Alteza! Per tenía que ser sólo un acuerdo temporal…

N.º 466

HELEN BIANCHIN
EL SABOR DE LA PASIÓN

El mundo de Lily Parisi se había visto sacudido hasta los cimientos al sorprender a su novio engañándola, sin embargo, ahora estaba decidida a seguir adelante con su vida... ¡sola! Pero, durante sus vacaciones en Italia se encontró con Alessandro de Marco y sus planes se modificaron un poco...

Hacía tiempo que Alessandro deseaba a Lily, aunque jamás había intentado seducirla. Pero una vez que tuvo a su alcance lo que siempre había anhelado, le resultó imposible mantener el control...

¡YA EN TU PUNTO DE VENTA!

DESEO

KATHERINE GARBERA
SOLO POR UNA NOCHE

La heredera Iris Collins necesitaba un acompañante para una boda y el millonario Zac Bisset era el mejor candidato. A cambio, ella tenía que invertir en el equipo de regatas de Zac. El acuerdo era redondo, y todo iba bien hasta que acabaron en la cama.

KIRA SINCLAIR
PECADOS DE UN SEDUCTOR

Gray Lockwood había cumplido senten-cia por un crimen que no había cometi-do. Para limpiar su nombre, necesitaba la ayuda de Blakely Whittaker, la severa y preciosa auditora cuyo testimonio le había enviado a la cárcel. El problema era que la línea entre la enemistad y la pasión entre ellos era extremadamente fina.

N.º 531

JULES BENNETT
AMOR EN LA CIUDAD DE LA MÚSICA

El propietario de su nuevo sello discográfico, el hombre a cargo de su carrera profesional, era demasiado atractivo. Tanto que Hannah Banks solo podía pensar en él. Para evitar la tentación, se hizo pasar por su hermana gemela, una mujer mucho más discreta. Pero Will Sutherland quería a la auténtica Hannah en el estudio de grabación… y en la cama.

DESEO

MAUREEN CHILD

UNA MENTIRA INOCENTE

Viajar en el avión privado de Luke Barrett y pasar un fin de semana cargado de pasión con él resultó bastante arriesgado para Fiona Jordan. Confiaba en no estropear su misión secreta de convencer al multimillonario de la industria tecnológica para que regresara al negocio familiar. Cuando Luke descubriera la verdad, ¿lograría Fiona evitar la caída? Mezclar el placer con los negocios podría terminar siendo el malabarismo más complicado de su vida…

MAGIA EN EL MAR

Hacer un crucero de lujo en Navidad debería ser como estar en el paraíso, pero Mia Harper tenía que confesarle algo a su multimillonario ex: ¡seguían casados!

N.º 532

Ahora estaba atrapada entre el tremendamente sexy Sam Buchanan y el abrasador deseo que los había rodeado siempre y, por si eso fuera poco, Sam le iba a hacer un pequeño chantaje: le concedería el divorcio si le daba lo que él quería por Navidad: una breve aventura con ella.

JAZMÍN.

SUE SWIFT
EN BRAZOS DEL JEQUE

El jeque Rayhan ibn-Malik estaba a punto de olvidar que la dulce y sensual Cami Ellison era la misma pilluela que había prometido utilizar como instrumento para su venganza. Había jurado hacerle pagar al padre de Cami por haberlo estafado. Pero no había previsto que la muchacha conquistara su corazón de aquella manera.

RENEE ROSZEL
EN BRAZOS DE UN SEDUCTOR

Taggart Lancaster había accedido a hacerse pasar por su amigo por una buena razón. Pero su papel de mujeriego estaba teniendo tanto éxito que todo el mundo creía que así era él realmente. Mary O'Mara no quería tener nada que ver con un tipo así. El problema era que no le quedaba más remedio que pasar algún tiempo con él.

N.º 569

SUSAN LUTE
UNA VIDA PERFECTA

Dillon Stone andaba buscando a la esposa perfecta, pero no podría ni haberse imaginado casado con la irresistible Eleanor. Lo que necesitaba no era pasión, sino una madre para su hija. ¿Sería aquella la mujer que le daría el amor y la ilusión que tanta falta le hacía?

Tiffany™

Brenda Novak

Dos 2 en 1 uno

Un completo desconocido

Aquel accidente había sido culpa de Hannah Price. Un momento de distracción que había cambiado la vida de Gabe Holbrook y había acabado con todo lo que siempre había querido ser.

Él lo había tenido todo: inteligencia, atractivo y riqueza, y había sido uno de los mejores jugadores de la liga de fútbol americano. Ahora había regresado a Dundee, la pequeña ciudad en la que había crecido, pero era un completo desconocido para todos los que lo habían tratado

en otro tiempo. Se había vuelto introvertido y amargado, aunque él estaba convencido de que sólo era porque estaba concentrado en recuperarse. Sin embargo, por culpa de Hannah, había cosas que jamás podría recuperar. Y ahora se veía obligado a tratar con ella...

La otra mujer

Elizabeth O'Connell había sufrido una de las peores traiciones que cualquier esposa podría imaginar. Descubrir que no era la única mujer en la vida de su marido significó el fin de su matrimonio y el principio de un verdadero infierno. Ahora sólo quería concentrarse en su nuevo negocio y en criar a sus dos hijos.

Carter Hudson no figuraba en sus planes. Pero a medida que fue pasando tiempo con él, Liz se dio cuenta de que le gustaba tenerlo en su vida. Sin embargo, Carter tenía algunos secretos en su pasado de los que no conseguía escapar, secretos que parecían relacionados con cierta mujer...

N.º 165

DESEO

*Se suponía que esta vez
tenía que evitar la tentación*

UN PEQUEÑO DESLIZ

JOSS WOOD

N.° 220

A Sadie Slade no le interesaban las relaciones amorosas. Ya había sufrido bastante durante su matrimonio con un hombre que la maltrataba verbalmente y su posterior divorcio. No quería arriesgarse a tener que volver a pasar por lo mismo.

Pero Carrick Murphy, el apuesto director de la casa de subastas que la había contratado para investigar la autenticidad de un cuadro, irrumpió en su vida cambiándolo todo. Tras una inesperada noche de pasión juntos, ella no podía dejar de fantasear con repetir, complicando así su relación laboral. Y por si eso fuera poco, Sadie no tardó en descubrir que no solo estaba enamorada de él, sino que también esperaba un hijo suyo.

BIANCA™

La boda con aquel italiano
iba a ser su plan de huida…

MATRIMONIO POR HONOR

LYNNE GRAHAM

N.° 3056

Cuando Enzo se detuvo para ayudar a un coche averiado, se llevó una sorpresa monumental. Skye era la conductora, y huía aterrada con sus dos hermanos pequeños. Su sentido del honor lo empujó a ofrecerle refugio y un trabajo, pero quizás, solo quizás, la atracción incipiente que sentían uno por el otro, podría ayudarle a solucionar el problema que tenía él: su necesidad de novia.

Skye necesitaba desesperadamente un nuevo comienzo… y Enzo le hacía hervir la sangre y estremecer. ¿Podría casarse con un hombre al que acababa de conocer? ¡Unirse a aquel millonario en el altar sería el salto de fe definitivo!

BIANCA™

No se había casado con ella...
¡la había comprado!

ESPOSA
DE UN JEQUE

LUCY MONROE

N.º 3057

Después de un fugaz romance, el jeque Hakim bin Omar al Kadar le propuso a Catherine Benning que se casara con él. No hubo declaración de amor, pero la tímida e inocente muchacha estaba locamente enamorada del jeque y no pudo hacer otra cosa que aceptar su proposición...

Después de la boda... y de la noche en la que ella le entregó su virginidad, Catherine y Hakim se fueron al desierto... donde Catherine descubrió la verdad sobre su matrimonio.